«PANDORA»

MONA KASTEN

BEGIN AGAIN

Traduzione di Alessandra Petrelli

Sperling & Kupfer

Si ringrazia per l'autorizzazione a pubblicare i versi tratti da: *A Beautiful Lie*, di 30 Seconds to Mars © Universal Music - Z Tunes LLC /Apocraphex Music (ASCAP) per conto di Jared Leto, per gentile concessione di IMAGEM Music GmbH, Berlino.

Pubblicato per

Sperling & Kupfer

da Mondadori Libri S.p.A.

ISBN 978-88-200-6434-1

I Edizione marzo 2018

Anno 2018-2019-2020 - Edizione 1 2 3 4 5 6 7 8 9 10

Per Christian, il mio più grande sostenitore

Playlist

Brain – Banks
Waiting Game – Banks
Feel Real – Deptford Goth
Meet You There – Busted
Can't Break Thru – Busted
Strong – One Direction
Right Now – One Direction
Ocean Avenue – Yellowcard
Breathing – Yellowcard
Irresistible – Fall Out Boy
The Kids Aren't Alright – Fall Out Boy
Fourth Of July – Fall Out Boy
I Wish You Would – Taylor Swift
New Romantics – Taylor Swift
Red – Taylor Swift
Fearless – Taylor Swift
A Beautiful Lie – Thirty Seconds To Mars
Attack – Thirty Seconds To Mars
Jealous – Nick Jonas
Where Are Ü Now – Jack Ü, Skrillex, Diplo, Justin Bieber

1

WHITE.

Fissai il campanello.

Poi, con la testa piegata di lato, alzai il dito, ma lo ritrassi all'ultimo secondo. Serrai le labbra e strinsi il pugno, nella mia testa scorrevano ancora una volta gli avvenimenti degli ultimi giorni.

Avevo alle spalle estenuanti discussioni durate settimane con i miei genitori, 1.700 chilometri e un viaggio di venti ore. Ero arrivata a Woodshill due giorni prima, avevo pernottato in un ostello scadente e, dopo le prime ore in cui ero stata sul punto di fare dietro front, ora avevo la mente molto più chiara. Ce l'avevo fatta.

Ero davvero lì.

Peccato che l'inizio fosse andato in maniera decisamente diversa da come lo avevo immaginato. Naturalmente avevo dato un'occhiata da lontano alla mia nuova casa. Grazie a internet, conoscevo già le montagne dell'Oregon, le foreste e il campus universitario. Il giorno precedente, finiti gli incontri di orientamento per le matricole, avevo cominciato a visitare gli appartamenti che avevo individuato online. Una fatica inutile, perché fino a quel momento avevo trovato solo fregature. In ogni caso, finalmente ero nell'Oregon.

Libertà.

Negli ultimi mesi ero andata avanti solo grazie a quel pensiero. Finalmente avrei potuto costruire la mia vita, fare e disfare tutto a mio piacimento. I precedenti diciannove anni erano stati maledettamente soffocanti. A volte mi ero sentita come un uccellino che viene liberato dalla gabbia solo per pochi minuti al giorno affinché compia le sue acrobazie. Ammesso che possano definirsi acrobazie fare bella figura alle feste, sorridere educate e chiacchierare oziosamente con perfetti sconosciuti. In quello ero una vera artista. Oppure un uccellino estremamente limitato.

Per i miei genitori l'apparenza è sempre stata al primo posto. Colpi di sole perfetti, raffinati abiti all'ultima moda; sapevo sfoggiare a comando un sorriso impeccabile che accompagnava il tutto. Dovevo essere sempre ineccepibile, almeno esteriormente. Per questo, il primo atto d'ufficio come studentessa universitaria (a parte preparare qualche scatolone con le mie cose) era stato andare dal primo parrucchiere che avevo trovato per tagliarmi i capelli e tingerli. Per la prima volta da anni, tenevo i capelli mossi al naturale, cosa che mia madre aveva sempre profondamente disprezzato. Non sopportava che li avessi ereditati da mio padre. Per anni mi aveva trascinato ogni quattro settimane in uno di quei saloni d'élite dove ti guardano storto se la ricrescita supera il mezzo centimetro. Aveva insistito che mi tingessi i capelli biondo miele, per mettere in risalto i miei occhi dal colore indefinito, un misto tra grigio e verde. Fin da bambina dovevo alzarmi prestissimo la mattina per sottopormi alla tortura della piastra, in modo che le onde naturali fossero domate e i capelli setosi. Ma era arrivato il momento di dire basta. Non avrei mai più permesso a nessuno – men che meno a mia madre – di decidere il colore e la piega dei miei capelli!

Tutte le volte che le punte dei capelli, tagliati appena sotto le orecchie, mi sollecitavano le guance, ripensavo alla libertà appena conquistata. Il taglio era stato una sorta di primo passo in quella direzione, anche se può sembrare strano: mi sentivo una persona nuova.

Niente di tutto ciò però mi aveva aiutato a trovare un appartamento. Non avevo neppure fatto domanda per un posto nel dormitorio: non avevo nessuna voglia di svegliarmi un giorno e trovare mamma in camera mia che osservava tutto con aria schifata. Era bastato questo per spingermi a cercare un alloggio nei dintorni del campus, dove, almeno speravo, non mi avrebbe rintracciato in fretta. Il che però complicava tutto, come mi ero resa conto nell'ultimo giorno e mezzo.

A parte il fatto che avevo trovato solo poche camere disponibili per il giorno in cui avrei dovuto liberare il mio posto all'ostello, ogni singolo appartamento mi era sembrato un disastro.

Nel primo, il potenziale coinquilino era sembrato più interessato alla misura del mio reggiseno che alle mie cattive abitudini. Il pensiero di quel pervertito mi turbava ancora. Non era andata molto meglio con la giovane madre, che sprigionava un penetrante odore di fumo, e che mi voleva non solo come coinquilina, ma soprattutto come baby-sitter. Nell'appartamento numero sei avevo incontrato una coppietta che fin da subito mi aveva fatto senza remore avances esplicite. E tutti gli altri appartamenti erano irrimediabilmente sporchi oppure pieni di muffa. Non so perché, ma mi ero immaginata che la ricerca di un alloggio sarebbe stata più semplice.

Forse era proprio per questo che mi risultava così difficile suonare il campanello dell'ultimo appuntamento. Le lettere sul citofono, retroilluminate, si erano nel frattempo impresse sulla mia retina.

WHITE.

La mia ultima chance. Non avevo trovato altre offerte di affitto. Se non fossi riuscita a trasferirmi lì all'inizio della settimana seguente, mi sarei trovata per strada. Il semestre stava per cominciare e tutti i letti erano prenotati. Inoltre i prezzi continuavano a salire. Le sette notti nella camera a dodici posti mi costavano già una mezza fortuna. Avevo una somma di tutto rispetto sul conto, ma in realtà quei soldi non erano destinati a una squallida stanza con undici coinquilini e un bagno in comune per donne e uomini.

Avevo un assoluto bisogno di quell'appartamento; se non lo avessi ottenuto, avrei dovuto cercarmi una bella panchina nel parco, oppure dormire nella mia utilitaria. Non volevo tornare a Denver per nessun motivo. L'opzione di mollare tutto non esisteva. Avrei trovato una nuova casa, costasse quel che costasse, ed ero pronta anche a trascorrere qualche notte sotto le stelle. L'importante era non tornare a Denver. Feci un profondo respiro e suonai il campanello. Nell'attesa, inspirai a pieni polmoni l'aria della sera. Non avvertii quasi la pressione che andava aumentando nel mio petto.

Uno, due, tre, quattro, cinque...

Contavo in silenzio, a occhi chiusi.

Finalmente si udì un ronzio e lo scatto della serratura, feci un ultimo profondo respiro ed entrai.

Mr. K. White – non conoscevo ancora il suo nome di battesimo – nella mail aveva indicato che l'appartamento si trovava al secondo piano sul lato sinistro. Non avevo ancora messo un piede sulla scala che udii sopra di me il rumore di una porta che si apriva e subito dopo un mormorio sommesso, che si faceva sempre più distinto man mano che salivo.

«Il mio numero ce l'hai», sussurrò vellutata una voce femminile.

Un colpo di tosse. «Sai che...»

«Sì, certo, niente di impegnativo. Me l'hai fatto capire senza mezzi termini.»

E poi una specie di risucchio sospetto. Mi misi in ascolto. Ero abbastanza sicura che si trattasse di un bacio. Non feci in tempo a cercare conferme che dei passi mi vennero incontro sulle scale. Non mi ero accorta di essermi fermata. Ricominciai a salire con lo sguardo rivolto ai miei piedi con lo smalto blu e i sandali con il cinturino argentato. Uno dei pochi lussi che mi ero portata dietro. Ad alcune cose ero attaccata più di quanto volessi ammettere.

Un sospiro soffocato risuonò proprio accanto a me, e alzai la testa. Osservai di sfuggita la ragazza, suppongo che fosse uscita dall'appartamento che stavo per visitare. Lei non mi guardò neanche, oltrepassandomi con un sorriso ebete e trasognato. Le guance arrossate e i capelli spettinati indicavano che fino a poco prima era stata impegnata a fare ben altro.

Accidenti.

Salii gli ultimi gradini accigliata. Nessuna traccia di Mr. White. Mi incamminai titubante sul pianerottolo guardandomi intorno. All'estremità sinistra c'era una porta socchiusa. Doveva essere quello l'appartamento.

Aprii lentamente la porta e mi fermai indecisa sulla soglia.

Il corridoio era ordinato e c'era un guardaroba con appesa qualche giacca. Sul ripiano inferiore c'erano diverse paia di scarpe sportive, degli stivali Engineer e un paio di scarponi da montagna. Guardai tutto ammirata. La sfilza di scarpe indicava già una notevole varietà di interessi. Presi coraggio e feci un passo nello stretto corridoio. La vista del laminato chiaro mi confortò. Finalmente niente moquette. Mi tolsi precipitosamente i sandali e li misi accanto alle altre calzature. Se avevo imparato qualcosa nei giorni precedenti era che quel gesto faceva una buona impressione... anche se era consigliabile lasciar perdere nel caso di moquette luride.

«Scusa, vecchio mio!» risuonò una voce ovattata dalla stanza adiacente al corridoio. «È un'ora che cerco di farla sloggiare senza sembrare maleducato. Ma certe persone non capiscono le allusioni...»

Fiu! Sembrava un tipo simpatico.

La voce diventò più nitida. «Non c'è stato molto tempo per prendere un appuntamento, ma mi fa piacere che ce l'abbiamo fatta.»

Sentivo i suoi passi avvicinarsi.

«Se hai una ragazza con te, sono l'ultimo che darà giudizi. Almeno finché...»

Mr. White comparve sulla soglia, e non fu l'unico a restare sbigottito.

Inspirai rumorosamente.

La prima cosa che mi colpì fu il suo torace. L'addome nudo, tonico, muscoloso. La seconda furono i tatuaggi. Piegai involontariamente la testa di lato e li osservai sulla pelle abbronzata. Peccato non aver portato gli occhiali con me. Le lettere tracciate sugli avambracci mi risultavano sfuocate, e non sapevo cosa significassero gli anelli intorno al bicipite.

Lui si schiarì la voce e mi strappò dalla paralisi.

«Che diavolo vuoi?»

Lo fissai interdetta. Non era molto più grande di me, al massimo un paio d'anni, e aveva due occhi caldi, color caramello, un velo di barba e i capelli corti sulle tempie e più lunghi sulla sommità della testa.

Finalmente ritrovai la voce. «Sono venuta a vedere l'appartamento. Ci siamo scritti via mail», blaterai troppo precipitosamente, in preda all'agitazione.

Mr. White – nella mia mente continuavo a chiamarlo così, sebbene mi rendessi conto che era un'idiozia – piegò la testa e mi guardò con sospetto. «A. Harper... » mormorò. La sua mente sembrò mettersi a girare a tutta velocità. Mi squadrò da capo a piedi una seconda volta, poi il suo viso si fece torvo. «No.»

No? Come no? Ricambiai perplessa la sua occhiata critica, pronta a ribattere, ma lui ripeté: «No».

«Cosa significa no?» Mi misi a braccia conserte. «Ci siamo scritti eccome!»

«Deve esserci stato un equivoco. Tu non puoi venire a vivere qui», dichiarò prima di girarmi le spalle e allontanarsi verso... non avevo idea verso dove fosse diretto, dopotutto non avevo ancora visto quello stupido appartamento! «L'uscita la trovi da sola», mi disse senza nemmeno guardarmi.

Ero allibita.

Il tizio era semplicemente sparito. Mi aveva piantata lì nel suo corridoio senza darmi neppure una possibilità.

Non avevo avuto modo di pronunciare una sola parola del discorsetto che mi ero preparata. Nelle ultime quarantott'ore avevo affrontato un sacco di situazioni di merda, ma quella... le superava tutte.

Nella mia testa ci fu un cortocircuito e un'esclamazione stridula e frustrata sgorgò dalla mia gola. Con passo impetuoso seguii Mr. White.

«Ehi!» sbottai, piombando in una stanza che si rivelò un accogliente e luminoso salotto. Lo stronzo si voltò verso di me con un'espressione minacciosa. «Non puoi sbattermi fuori senza avermi fatto vedere l'appartamento!»

Un lampo di stupore rischiarò il suo sguardo caldo, che non si addiceva all'aura distaccata. «Eccome se posso.» Anche lui si mise a braccia conserte e io vidi altre scritte sui suoi avambracci. Udii di nuovo lo sbuffo scandalizzato di mia madre quando c'era qualcosa che trovava assolutamente inqualificabile.

«Invece non puoi. Ci siamo scritti, per la miseria! Mi hai dato appuntamento per visitare l'appartamento, e io voglio almeno vedere la stanza e cercare di convincerti che sarei un'ottima coinquilina.» Mi sforzavo di mantenere un tono di voce pacato, senza riuscirci fino in fondo.

Lo stronzo mi guardò dall'alto in basso. «Ti ho detto che c'è stato un equivoco. Pensavo che fossi un ragazzo. E decisamente non lo sei.» Mi rivolse un'altra occhiata sprezzante dall'alto in basso. «Cerco un coinquilino, non una *coinquilina*.» Pronunciò l'ultima parola con il massimo disprezzo.

Dentro di me si accesero tutti i campanelli d'allarme. Le altre visite erano andate male, ma quella era di gran lunga la più disastrosa.

«Ti rendi conto di quello che ho passato negli ultimi due giorni?» esordii con il cuore che batteva sempre più forte. «Un tizio in mutande seduto in cucina mi ha chiesto la misura del reggiseno. E portava delle mutande molto sporche. Per tre volte mi sono state richieste prestazioni sessuali come parte dell'affitto, una volta mi è stato proposto di diventare baby-sitter, e altre due ho evitato per un soffio che i miei potenziali coinquilini scopassero sotto i miei occhi!» Il tono della mia voce si era alzato gradualmente, ma non avevo intenzione di abbassarlo. Il fiume di parole era inarrestabile, da quanto ero fuori di me. Se avessi saputo dove si trovava la cucina di quel dannato appartamento, ci sarei andata, avrei preso una padella e l'avrei sbattuta in faccia a quel bastardo arrogante, come avevo visto fare da Rapunzel nel cartone animato della Disney. «Sono entrata in stanze con i muri completamente neri di muffa. Sono stata in appartamenti così luridi che non si vedeva il pavimento. Certe volte non sapevo se camminavo sulla moquette o su qualcos'altro. In altri posti fumavano così tanta erba che mi sono sballata anch'io solo per l'odore.» Feci un altro passo verso di lui e spinsi le spalle all'indietro. «È stato un inizio di merda qui a Woodshill, *vecchio mio*. Perciò non venirmi a dire che devo andarmene. Voglio vedere questa fottuta stanza!»

Il suo sguardo non era più sospettoso, bensì semplicemente indifferente. Come se stessi sprecando secondi preziosi del suo tempo.

«È per questo che non voglio una coinquilina», disse con la massima calma. «Ne faccio volentieri a meno di chiacchiere infinite e seghe mentali femminili.»

Fremevo dalla quantità di adrenalina che avevo in corpo.

Probabilmente non era stata un'idea molto furba gettare in faccia a questo tipo i miei problemi. Ma a volte riuscivo a smettere di parlare solo quando avevo detto tutto quel che dovevo.

«Hai finito, o devo sentirti blaterare ancora? In questo caso, vorrei prima andare a mettermi qualcosa», proseguì imperturbabile, facendomi infuriare ancora di più.

«Benissimo», sibilai, voltandomi sui tacchi e... andando a sbattere contro una lampada a stelo. Imprecai a voce alta. Soprattutto quando alle mie spalle sentii risuonare la sua risata. Era profonda, e in qualsiasi altro ragazzo probabilmente mi sarebbe piaciuta. Ma non in questo pezzo di merda arrogante e superbo. Mentre uscivo, un telefono squillò. La suoneria era un pezzo dei Fall Out Boy. Lo stronzo aveva pure buoni gusti musicali. Avvertii l'impulso di soffiare come un gatto. Forse dovevo prendermene uno. Non mi ero mai sentita così affine a un animale come in quel momento.

Lacrime di rabbia mi bruciavano negli occhi quando mi infilai i sandali. Non volevo tornare a Denver, a una vita finta, di plastica.

Tutta la mia vita era stata una facciata, modellata da mia madre secondo i suoi desideri. Me n'ero resa conto solo da tre anni, il giorno in cui avevo sperimentato sulla mia pelle fino a che punto fosse disposta a spingersi. Quando la mia fiducia in lei dapprima aveva vacillato e infine si era frantumata in migliaia di schegge. Credevo che mia madre mi avrebbe sempre protetto. Invece aveva solo mantenuto le apparenze e mi aveva propinato una quantità sempre maggiore di bugie, che per me era ormai impossibile trascinarmi dietro. Da allora niente era stato più come prima.

Deglutii a fatica e tentai di scacciare quei pensieri negativi.

L'adrenalina mi faceva tremare le mani e impiegai più tempo del normale ad allacciare il cinturino dei sandali. Percepii la voce dello stronzo ovattata. Era ancora al telefono. Pochi secondi dopo lo sentii imprecare.

Il rumore dei suoi piedi nudi risuonò sul pavimento quando si avvicinò in corridoio. Maledizione, perché mi ero messa proprio quei sandali? Le Vans sarebbero state molto più comode da infilare e togliere.

«Ehi», disse alle mie spalle.

Lasciai slacciato il sandalo destro e mi alzai lentamente. «Che vuoi?» esclamai brusca, lanciandogli un'occhiata rabbiosa.

Si era infilato una maglietta blu aderente. «Il mio secondo aspirante coinquilino mi ha appena scaricato», disse alzando la mano in cui teneva il cellulare.

«Ah», feci indifferente, cercando le chiavi dell'auto nella borsa.

Lui sospirò e iniziò a battere il piede per terra a lungo, finché non mi restò altro da fare che guardarlo di nuovo.

«Ci saranno delle regole», annunciò dopo un po' stringendo gli occhi, come per studiarmi.

«Regole? A che riguardo, se posso chiedere?» La mia pazienza era agli sgoccioli. Volevo tornarmene all'ostello e crogiolarmi nell'autocommiserazione, fino a quando non sarei stata nuovamente pronta a cercare altre inserzioni. Potevo fare decisamente a meno delle chiacchiere di bastardi antipatici.

«Per te. Se vuoi la stanza, ci saranno delle regole da rispettare.» Fece un gesto con il braccio, che nelle sue intenzioni avrebbe dovuto essere invitante, e tornò verso il salotto. Pensava forse che lo avrei seguito?

«Non voglio la tua fottutissima stanza!» gli gridai dietro; mi accovacciai e allacciai finalmente anche l'altro sandalo.

La sua testa spuntò oltre lo stipite. Si passò la mano tra i capelli. «Senti, ho bisogno dei soldi e non ho più voglia di cercare. La gente continua a darmi buca.»

«Chissà perché...»

Lui fece finta di niente. «E a te serve con urgenza un alloggio. Quindi smettila di fare tante storie e vieni a vedere la camera.»

Feci per replicare, ma lo stronzo era di nuovo sparito in salotto senza aspettare la mia reazione.

Quanto avrei voluto uscire dalla porta e sbatterla alle mie spalle. Invece mi bloccai.

In tutta sincerità, dovevo ammettere che già il corridoio e il salotto di quell'appartamento erano molto più belli di tutti quelli che avevo visitato fino a quel momento, ed ero abbastanza sicura che sarebbe stato più gradevole affrontare l'inizio del semestre lì anziché su una panchina al parco. Dare un'occhiata alla camera non avrebbe guastato. Non importava quanto fosse antipatico quel tizio: avevo calpestato il mio orgoglio già abbastanza volte, una in più non avrebbe fatto differenza.

«E va bene.» Non mi diedi neppure la pena di togliere i sandali e tornai subito in salotto. Dato che mi ero un po' calmata, potevo apprezzare il buongusto dell'arredamento. Un enorme divano a U con molti cuscini sopra era piazzato al centro della stanza, in diagonale, davanti a una grande finestra oltre la quale si vedeva un balcone. A destra c'era la cucina, con il bancone alto e un ampio piano di lavoro.

«Il salotto lo conosci già, là c'è la cucina. Qui c'è il bagno», disse lo stronzo con un gesto vago verso una porta socchiusa. Feci in tempo a intravedere delle piastrelle azzurre e una grande vasca, prima di fermarci davanti all'ultima porta.

«È questa. Non è molto grande, ma di sicuro è meglio che al dormitorio.»

Abbassò la maniglia.

Entrai trattenendo il fiato.

La camera era davvero piccola, ma le pareti tinteggiate di beige e la finestra da cui entrava l'ultima luce del giorno la rendevano molto accogliente. Si vedeva che non ci abitava più nessuno; a parte una scrivania, una sedia girevole bianca, una piccola libreria e un letto, era vuota. Alla vista del materasso macchiato feci una smorfia. Preferivo non sapere cosa fosse successo lì sopra.

«Non preoccuparti, Ethan verrà a riprendersi il letto», annunciò lo stronzo con un cenno del capo verso il mobile in questione. «Puoi tenere la scrivania e la libreria, nel caso ti interessino.»

Annuii e staccai lo sguardo dal letto. Anche in quella stanza il pavimento era di laminato chiaro. Alzai la testa ed esaminai ogni angolo alla ricerca di tracce di umidità. Sembrava tutto a posto.

Individuai subito l'angolo dove avrei potuto studiare. E una volta che il letto fosse stato portato via, ci avrei messo un divano letto per risparmiare spazio. Immaginavo già il copridivano che ci avrei gettato sopra. E delle lucine decorative! In quella camera ci volevano assolutamente delle lucine!

La mamma le aveva sempre detestate, perché secondo

lei erano dozzinali e non si sposavano con il resto degli oggetti d'arredo scelti da lei con cura. Inoltre, mi aveva sempre rimproverato di essere troppo grande per certe cianfrusaglie infantili, e una volta era addirittura arrivata a ordinare alla nostra domestica di sbarazzarsi di quello che avevo comprato di nascosto con la mia paghetta.

Sì, avrei di sicuro appeso dei fili di luci. E avrei riempito la camera di tutte quelle cose che non avevo mai potuto avere perché non erano all'altezza delle aspettative di mamma.

Esattamente come non sarebbe stato all'altezza delle sue aspettative questo tipo, pensai all'improvviso. Probabilmente le sarebbe venuto un infarto. Oppure avrebbe vomitato. L'idea mi strappò un sorriso.

«La prendo», dissi senza esitazioni. Mi voltai verso di lui, e per un attimo rimasi catturata dalla sua espressione assorta. Poi feci scorrere lo sguardo sul suo avambraccio ricoperto di scritte... Sì, la mamma sarebbe svenuta all'istante. A parte il fatto di avere un tetto sopra la testa, quella prospettiva rendeva l'appartamento ancora più attraente.

«Ancora non conosci le regole», mi ammonì, ma nei suoi occhi colsi una scintilla divertita.

«Spara», dissi girando su me stessa un'altra volta. In nessun'altra camera di quelle che avevo visto avevo avuto la sensazione che provai in quel momento. L'istinto mi diceva che lì sarei stata bene. A prescindere dalle regole che avrei dovuto rispettare.

Mister non-voglio-assolutamente-una-donna-nel-mio-appartamento si avvicinò lentamente alla scrivania. Ci si appoggiò di schiena, le braccia sempre conserte. Il suo atteggiamento non era più provocatorio, ma quasi difensivo.

«Primo», esordì alzando un dito, «non vieni a scocciarmi con le tue menate da femmina. Non mi frega niente di ciò che succede nella tua vita, quindi non impormi la tua compagnia. Non ci saranno serate femminili sul mio divano, i programmi alla tv li decido io, e tu non verrai a sfogarti da me in lacrime.»

«Si può fare», ribattei gelida.

«Secondo», proseguì imperturbabile, «tieni la bocca chiusa quando rimorchio qualcuna. Non ho intenzione di giustificarmi in casa mia.»

«Per me non fa differenza con chi te la fai», replicai prontamente, gettando però un'occhiata scettica verso la porta. La sua camera era sì sul lato opposto del corridoio, ma chi poteva sapere quanto fosse rumoroso? Mi augurai di non dovermi mai accorgere quando se la spassava con qualcuna.

«E terzo...» Si staccò dalla scrivania e si fermò minaccioso davanti a me. Mi sovrastava di diversi centimetri, e dovetti piegare la testa all'indietro per sostenere lo sguardo cupo dei suoi occhi color caramello. «Non me ne frega niente dell'effetto che fanno le tue gambe con questi pantaloncini.»

Avvampai, ma rimasi impassibile.

«Tra di noi non ci sarà mai niente. Quindi non farti illusioni, capito?»

La sua voce profonda mi accarezzò e il suo respiro mi solleticò le tempie. Avvertii un fremito allo stomaco che non aveva niente a che fare con la fame che pian piano si stava facendo sentire. Aveva un buon profumo, un misto di bagnoschiuma speziato e menta. A causa dell'improvvisa vicinanza, impiegai qualche secondo a capire ciò che aveva appena detto.

«Mi rincresce dare un brutto colpo al tuo ego», dissi

asciutta. «Ma ho soddisfatto già da anni il mio bisogno di bad boys.» Era la verità. Non avevo nessuna intenzione di intraprendere alcunché con un ragazzo, per il momento.

La mia risposta lo lasciò interdetto. Un lampo di sorpresa si accese nei suoi occhi. Si stropicciò il viso e indietreggiò di un passo.

«In questo caso, benvenuta a casa White.» Mi porse la mano. «Io sono Kaden.»

Per un istante rimasi stupefatta. Poi spalancai gli occhi e feci un saltello di gioia. «Significa che la camera è mia?» strillai.

Kaden fece una smorfia. «Stai contravvenendo alla regola numero uno.»

Smisi all'istante di saltellare e abbassai la voce a un tono più accettabile. «Scusa. Io sono Allie.» Ormai il nuovo nome mi usciva come burro dalle labbra, probabilmente perché lo avevo già utilizzato spesso durante le visite precedenti.

Strinsi la mano di Kaden. Era calda e ruvida. La scossa che il gesto provocò dentro di me fu del tutto inaspettata.

Così come il fremito che si impossessò di me quando Kaden cominciò a disegnare con il pollice delicati cerchi sul dorso della mia mano. Staccai la mia bruscamente e lo guardai indispettita.

«Volevo solo controllare che avessi capito la regola numero tre.» Con un sorriso compiaciuto, affondò le mani nelle tasche dei pantaloni.

Schioccai la lingua sprezzante. Era un bel tipo, ma non certo la fine del mondo. Le sue cosiddette regole erano ridicole e superflue. Mi strofinai più volte la mano con cui avevo stretto la sua per scacciare il fremito. Maledizione, perché doveva avere delle mani così calde?

«Allora, quando posso venire?»

Lui si voltò verso la porta. «Dammi l'affitto e metà della cauzione, e la camera è tua.»

Mi abbandonai alla mia danza della gioia solo una volta fuori dall'appartamento.

2

«SONO. Così. Tenere!» Gli occhioni di Dawn si allargarono ancora di più alla vista della catenella di luci a forma di stelline nel nostro enorme carrello. Nel frattempo eravamo arrivate al reparto dei tessili, ma i motivi a fiori dai colori accesi che mi balzavano agli occhi da tutte le parti mi disgustavano. Accarezzai un'ultima volta uno di quei tessuti sgargianti e mi girai verso la mia nuova amica.

Avevo conosciuto Dawn durante le lezioni di orientamento. Eravamo arrivate entrambe in anticipo e, nell'attesa, ci eravamo messe a chiacchierare. Era stato un segno del destino, ne ero sicura. Altrimenti non si sarebbe spiegato. Anche Dawn era nuova di lì. Non si era trasferita per scappare dalla famiglia, ma da un ex ragazzo che l'aveva tradita dopo sei anni di relazione. Lei aveva semplicemente sentito il bisogno di andarsene. Eravamo insieme da Target per cercare degli accessori per le nostre camere. Il tragitto di due ore fino a Portland ci aveva fatto bene, inoltre ci dava modo di familiarizzare con l'ambiente intorno a Woodshill.

«Prendi quello a fiori», mi consigliò prima di sparire nel corridoio successivo. «Oppure quello rosa!»

La sua frangia castana spuntò un attimo più tardi sopra lo scaffale delle lampade. Doveva essersi messa in punta di piedi.

Passai di nuovo in rassegna i tessuti davanti a me. Volevo qualcosa che rispecchiasse i miei gusti, e i motivi a fiori non facevano proprio per me. Sebbene mi piacesse uno stile femminile, preferivo disegni più lineari.

Continuai lungo il corridoio. Dawn mi mostrò alcune lampade e io le diedi il mio giudizio. Alla fine della corsia scoprii un copridivano color crema di tessuto grezzo con le frange. Sarebbe stato perfetto con le tende beige che avevo già messo nel carrello.

«Che te ne pare di questo?» chiesi.

«Semplice e di gusto. È perfetto per tutto il resto», commentò venendomi incontro con una abat-jour rosa. «Che ne dici di questa?»

Anche da lontano notai i brillantini sul paralume. «Ma dove l'hai presa, al reparto bambini?»

Lei sorrise e posò la lampada nel carrello. «Indovinato!»

Kaden sarebbe inorridito se mi fossi presentata a casa con una cosa del genere. Ma non doveva interessargli come arredavo la mia camera.

Ero stata costretta a rimanere tutta la settimana all'ostello, prima che Kaden mi desse la chiave dell'appartamento. Il precedente inquilino aveva impiegato più del previsto a riprendersi il letto. Ma finalmente il gran giorno era arrivato, mi sarei trasferita nella mia nuova camera. Anche se Kaden, consegnandomi la chiave quel mattino, mi aveva guardato ancora con un certo sospetto. Come se fosse pentito della sua decisione. Ma era un problema suo, non mio.

Subito dopo mi ero incontrata con Dawn, per andare a

comprare i primi accessori per la camera. Avevo già messo via qualche soldo ai tempi delle superiori, perché tenevo da parte quelli che guadagnavo dalle ripetizioni o che ricevevo in regalo dai parenti per i compleanni o in altre occasioni. Con quello che avevo, potevo tranquillamente pagare gli oggetti che erano nel carrello. Inoltre, disponevo di un libretto di risparmio che mi aveva aperto la mamma, ma lo usavo solo per le emergenze. O per ciò che era assolutamente necessario, come le tasse universitarie. Dopotutto, non mi aveva versato quei soldi senza motivo. Mi veniva la nausea quando pensavo al perché mi aveva messo a disposizione quei soldi. Credeva veramente di potermi comprare e che qualche banconota bastasse a farmi dimenticare ciò che era accaduto? Si sbagliava di grosso. In ogni caso, anche se non mi lasciavo comprare, spendere una parte dei soldi della mamma era una piccola vendetta che mi concedevo volentieri.

Feci un profondo respiro e relegai quei pensieri molesti in un angolo della mente. Dovevo concentrarmi sugli acquisti.

«Ti serve anche un tavolo?» chiese Dawn, fermandosi davanti a un modello pieghevole ed esaminandolo con aria assorta. Poi afferrò la parte inferiore del piano e lo scosse finché il meccanismo scattò e il tavolo si aprì. Dawn a quel punto lanciò un gemito e per un istante parve essere sul punto di perdere l'equilibrio, ma non lo fece e riprese a contemplare la sua opera socchiudendo gli occhi.

«No, l'inquilino precedente ha lasciato la scrivania e una libreria. Kaden ha detto che se non mi piacciono devo sbarazzarmene io stessa.» Alzai gli occhi al cielo. «Per fortuna è venuto a prendersi il letto. Era disgustoso.»

«Deve essere un tipo davvero affascinante», commentò Dawn.

«Non è il primo aggettivo che mi verrebbe in mente per descriverlo», replicai.

Accidenti. Non avevo nessuna voglia di abbandonare tanto presto la mia nuova camera. La ricerca di un appartamento era stata un'impresa spaventosa. Compativo tutti coloro che dovevano affrontare una simile frustrazione.

Sarei stata la coinquilina perfetta. Almeno mi proponevo di esserlo.

Kaden non avrebbe trovato alcun motivo per buttarmi fuori.

«Peccato che abbia trovato un posto al dormitorio», sospirò Dawn appoggiando le mani al tavolino basso dietro di lei, cosa che poteva fare solo grazie alla sua statura. Era una ragazza minuta e delicata ma, al contrario di me, era dotata di curve. «Altrimenti potevamo cercare un appartamento insieme.»

«Già, un vero peccato», concordai continuando a spingere il carrello che nel frattempo si era riempito: cuscini, un copriletto, un soffice tappeto, le luci e diversi accessori decorativi alla rinfusa. Tuttavia, sarebbe stato facile per chiunque riconoscere a prima vista a chi apparteneva quella roba. Dawn era molto colorata, e la sua camera avrebbe rispecchiato tale caratteristica, mentre io preferivo i toni pastello e una tinta di fondo molto simile al gelato alla vaniglia.

«La mia coinquilina è proprio una zoccola», si lamentò Dawn. «Sono arrivata soltanto da due settimane e si è rimorchiata già tre ragazzi. Tutte le volte vuole buttarmi fuori dalla camera! Prima o poi per protesta resterò seduta dove sono. Però, sinceramente, a te piacerebbe guardare il tuo coinquilino mentre fa sesso?»

Feci subito una smorfia. Quella frase aveva suscitato in me immagini che preferivo non vedere. Dovevo ammetterlo, Kaden non era niente male. Le braccia muscolose dimostravano che praticava molto sport. Poi c'erano le linee nere orizzontali sui bicipiti e le scritte...

Scacciai con determinazione l'immagine della sua pelle dalla mia testa. «No, non mi piacerebbe. Anche se da noi le cose sono un po' diverse», risposi infine.

Forse avevo indugiato troppo a rispondere: l'occhiata che mi rivolse la mia amica fu piuttosto scettica, poi sorrise e sulle sue guance comparvero due fossette.

«Ma davvero? Un po' diverse?» ripeté.

Sorrisi a mia volta. «Sì. Dopotutto non stiamo nella stessa camera e non dobbiamo condividere ogni momento.»

Dawn afferrò rapida un cuscino dal carrello e cominciò a colpirmi. Io la schivai ridendo.

«Non è divertente!» Lasciò ricadere il cuscino nel carrello e si nascose il volto tra le mani con un gemito. «Sul serio. Anche perché quella riesce a trovare sempre tipi nuovi senza problemi. Insomma, siamo a Woodshill! Chi l'avrebbe detto che in un buco come questo ci fossero tanti maschi sexy?»

Su quello dovevo darle ragione. In quel periodo, a inizio semestre, ti imbattevi in continuazione in ragazzi della nostra età, uno dei vantaggi di una città universitaria. Ragazzi sexy a perdita d'occhio.

«Facciamo un patto», proposi, mettendole un braccio intorno alle spalle.

Lei mi guardò tra le dita, e un lampo di interesse attraversò i suoi occhi nocciola. «Ti ascolto.»

«Tutte le volte che hai problemi con la tua coinquilina vieni da me. Non sarà la soluzione ottimale, conosci le regole del mio fantastico inquilino...»

Le avevo raccontato la storia della visita senza tralasciare alcun dettaglio. E anche lei trovava che le regole di Kaden fossero stupide. «Potremmo chiuderci in camera mia. Almeno finché da te le acque si saranno calmate.»

Intanto avevamo raggiunto il reparto candele e cornici. Con un gesto automatico afferrai due enormi candele al profumo di vaniglia e cocco. Neanche quelle erano mai entrate in casa nostra. Secondo la mamma avevano un profumo dozzinale. Io invece lo trovavo celestiale e mi pregustavo l'atmosfera che avrebbero creato nella mia camera.

«Hai un cuore d'oro, Allie Harper», disse Dawn. Mi diede una pacca sulle spalle e mi guardò seria. «Grazie.»

Mi sentii avvampare e distolsi lo sguardo. Nessuno mi aveva mai detto niente del genere. Ero sempre stata solo Allie, la superfiga. Allie, quella ricca stronza della porta accanto. Allie, la puttana. Non sapevo come comportarmi davanti a parole così piene di gratitudine.

Dawn si accigliò, come se avesse intuito il mio disagio, e si affrettò a cambiare argomento. «Guarda che belle cose laggiù, vieni con me?» Indicò delle cornici bianche con arabeschi in rilievo. Mi misi in punta di piedi per riuscire ad arrivare allo scaffale più alto.

«Sono proprio carine», dichiarai in tono distratto. «Peccato che non ho nessuna foto da metterci.»

Mi era sfuggito, e mi rendevo conto di quanto sembrasse patetico. Sperai che Dawn non mi prendesse per una completa sfigata. Dopotutto, era stata una mia decisione non portarmi dietro nessun ricordo da Denver. La zavorra che avevo dentro era già abbastanza pesante: non avevo bisogno di foto che mi ricordassero il mio passato.

«Che scemenza. Allora ce ne facciamo subito una», propose Dawn, tirando fuori il cellulare. Si mise davanti a me, io la sbirciai da sopra la spalla, e lei accese la fotocamera.

«Qui? Adesso?» domandai con voce stridula. La gente ci passava accanto e avvertii qualche occhiata.

«Certo, perché no?» ribatté lei imperturbabile, sorridendo nell'obiettivo. «Forza, *cheeese*!»

Feci un sorriso forzato. I miei occhi grigio verdi sembravano torbidi sullo schermo del cellulare.

«Fregatene della gente!» Dawn mi diede una gomitata nel fianco. «E adesso urlalo a squarciagola per farlo sentire a tutti: *cheeese*! Dai, Allie.»

Non c'era altro da fare. Scossi il capo, feci un sorriso smagliante ed esclamai «*Cheeese!*»

Stavolta il sorriso che mi guardava dallo schermo era sincero.

La cornice fu il primo soprammobile che misi in camera. Al ritorno ci eravamo fermate apposta al centro commerciale per far stampare la foto e adesso Dawn e io sorridevamo sul davanzale della finestra. A dire il vero, non eravamo poi così belle nella foto: entrambe indossavamo la maglietta della Woodshill University e avevamo i capelli raccolti in una crocchia disordinata, soprattutto io. Dovevo ancora abituarmi ad avere i capelli corti. Ma la foto mi piaceva lo stesso.

Anche Dawn aveva comprato la stessa cornice per metterla in camera. Non ho idea di come fosse potuto accadere, ma sembrava già che quel giorno avesse posto le basi di una meravigliosa amicizia.

Dawn mi aveva fatto sentire che poteva esistere una cosa del genere. L'amicizia fine a se stessa, disinteressata, e non per trarre il maggior vantaggio possibile sfruttando l'altra persona.

Ero molto orgogliosa di noi. Ci eravamo procurate una libreria e un grande comò che entravano al millimetro dietro la porta. Siccome ero stata così intelligente da dimenticarmi di misurare la stanza, era stato un vero colpo di fortuna. Avevamo già finito di montare il comò e la seconda libreria bianca. Mancava soltanto il divano letto, il cui montaggio si rivelò più complicato del previsto. Nella parte inferiore sembravano mancare alcuni fori, inoltre i pezzi da collocare lungo il piano estraibile non combaciavano. Uno era più lungo dell'altro. Doveva essere difettoso. Avrei dovuto riportarlo subito indietro, ma non avevo voglia di trascinarmelo per due piani di scale e rifare la strada fino al negozio. Viceversa, né Dawn né io possedevamo degli attrezzi, e senza un trapano non avremmo potuto fare niente.

Mi misi a sedere per terra, in preda alla frustrazione. Avevo la fronte madida di sudore e mi facevano male tutti i muscoli. L'indomani sarebbe stata una sofferenza. Grazie al pilates mi tenevo in forma, ma non ero una montatrice di mobili. «È impossibile!» esclamai.

«Non capisco cosa sia successo», mormorò Dawn con una matita in bocca. Faticavo a capirla e allora se la mise dietro l'orecchio.

«Andrà a finire che dovrò dormire qua sopra», dissi scontrosa, mettendomi in grembo il tappeto arrotolato.

Accarezzai la soffice pelliccia chiara artificiale come se fosse un animale domestico. Un gatto, per esempio.

«Ma che dici, ce la faremo», ringhiò lei con un'aria un po' da chihuahua, e mi venne da ridere.

In quel momento sentii la porta di casa chiudersi e delle voci ovattate in corridoio venire verso di noi. Fantastico, il mio coinquilino era tornato.

Dawn spalancò gli occhi. «Perché non chiediamo a lui se ha un trapano?» Si era sollevata così in fretta che somigliava a un suricata. Ridacchiai di nuovo.

«Lo dici solo perché vuoi vederlo.»

«Certo», ammise lei, alzandosi in piedi agilmente. Si lisciò la maglietta cosparsa di segatura e subito dopo si tastò la crocchia. «Come sto?» chiese facendo un giro su se stessa.

«Direi che avremmo bisogno di una bella doccia entrambe», replicai alzandomi a mia volta.

Ci avvicinammo alla porta e rimanemmo in ascolto per un istante. L'altra voce era decisamente maschile. Era evidente che Kaden non aveva rimorchiato una ragazza.

«Credi che infranga le regole se gli chiediamo un trapano?» bisbigliai, come se potessero sentirci.

«Sciocchezze. Non farti intimidire da quel pezzo di merda», rispose Dawn, facendo un passo verso la porta.

Mi stropicciai il bordo della maglietta, riflettendo. Naturale che non volessi farmi intimidire, ma la camera per me era importante. Non volevo contrariare lo stronzo, men che meno il primo giorno della nostra coabitazione.

Prima che avessi tempo di riflettere ulteriormente, Dawn spalancò la porta e piombò in salotto.

«Dawn!» sibilai correndole dietro.

Kaden era in cucina e stava prendendo della birra dal

frigorifero. Anche da dietro, o forse soprattutto da dietro, era un gran bel pezzo di ragazzo. Portava un paio di jeans color ruggine che mettevano in risalto il posteriore e una camicia aderente verde scuro tesa sulle spalle che attirò inevitabilmente il mio sguardo sulla schiena muscolosa. Accanto a lui, appoggiato al bancone della cucina, c'era un tizio con i capelli neri. Era molto alto e sembrava goffo. La camicia a quadri gli andava larga, e aveva rimboccato le maniche.

«Ciao, tu devi essere il coinquilino strambo!» Dawn si piazzò davanti al tizio moro, che la guardò sorpreso. La sua occhiata incuriosita era straordinariamente amichevole, l'esatto contrario di Kaden. «Tanto per cominciare, volevo dirti che trovo le tue regole del tutto idiote. Insomma, guardati, e guarda lei.» Dawn indicò verso di me con un ampio gesto del braccio. Avrei voluto sprofondare. O dissolvermi nell'aria. Andava bene qualunque cosa. «Non credo che abbia bisogno di farsela con te. E poi trovo assurdo che tu abbia un'immagine delle ragazze così stereotipata e che ci metti tutte allo stesso livello! Come fai a sapere cosa ci piace fare nel tempo libero? Insomma, magari siamo appassionate di wrestling oppure giochiamo a football a livello professionale.»

Kaden chiuse lo sportello del frigorifero e si voltò lentamente. Scrutò Dawn e seguì con interesse la sua tirata contro l'amico. Sembrava divertirsi.

Sembrava...

Mi affrettai a raggiungere Dawn e le posai le mani sulle spalle. Mi chinai verso di lei e mormorai: «Non è lui».

Lei si irrigidì. «Come, non è lui?»

Con un cenno della testa, le indicai Kaden. «Lui è Kaden, il mio coinquilino. Kaden, lei è la mia amica Dawn.»

L'amico intanto sorrideva compiaciuto. Aveva le fossette sulle guance. Si voltò verso Kaden. «Vecchio mio, è possibile che tu non sia stato troppo gentile con le ragazze?»

Kaden si strinse nelle spalle e stappò rumorosamente una birra. La appoggiò sul bancone per l'amico, poi ne aprì un'altra, che si portò subito alle labbra. Si pulì la bocca con il dorso della mano e mi scrutò dall'alto in basso. C'era qualcosa che non gli piaceva, perché aggrottò la fronte e poi si girò per andare verso il divano. Non degnò Dawn di uno sguardo.

«Io sono Spencer», si presentò l'amico, porgendo la mano prima a Dawn e poi a me. «Piacere di conoscervi.»

«Ciao, io sono Allie.»

«Ho sentito parlare di te», mormorò, gettando un'occhiata fugace a Kaden. Scosse la testa e sorrise ancora più divertito. «E tu invece sei Dawn, la giocatrice professionista di football e tifosa di wrestling.»

«Scusa, non volevo dare una brutta impressione.» Di colpo era diventata sorprendentemente timida, e io non riuscii a trattenere una risata.

«Figurati, nessun problema. Credimi», disse Spencer. Solo in quel momento mi resi conto di quanto fossero azzurri i suoi occhi.

Mentre loro chiacchieravano, mi ricordai del motivo per cui eravamo uscite dalla camera. Se quella notte volevo dormire in pace, avevo assolutamente bisogno del mio divano.

«Ehi», dissi, raggiungendo il mio coinquilino.

Lui piegò la testa all'indietro e mi guardò accigliato. «Non è che per caso avresti un trapano?»

«Cosa te ne fai di un trapano?» domandò incuriosito, mantenendo però l'espressione critica.

Avrei voluto rispondergli che non erano affari suoi, ma cambiai idea in tempo. Dopotutto, mi serviva qualcosa da lui. «Nel divano da montare che ho comprato mancano dei fori», spiegai, sforzandomi di avere un tono più amichevole possibile. «Devo farne altri.»

«Non ce l'ho il trapano», disse lui.

Impiegai un istante per rendermi conto del significato della sua risposta. «Ma allora perché ti interessava sapere cosa dovevo farci?»

«Volevo solo capire se ti serviva sul serio oppure se eri troppo scema per leggere il libretto d'istruzioni», rispose. Poi afferrò il telecomando dal tavolino e accese la tv.

Ricacciai indietro l'ondata di indignazione che mi aveva assalito. «Significa che hai un trapano ma non me lo vuoi prestare?» chiesi sforzandomi di restare calma. Era snervante il modo in cui se ne stava seduto lì con quella maledetta birra in mano, rilassato e indifferente, come se non avesse una sola preoccupazione al mondo.

Non si sforzò nemmeno di rivolgere lo sguardo verso di me mentre parlava. «Esattamente.»

Feci un ringhio di frustrazione e mi girai sui tacchi. A pugni stretti andai in camera mia, raccolsi da terra le istruzioni di montaggio e tornai in salotto. Mi piazzai tra Kaden e la tv che stava guardando. Con una certa soddisfazione, vidi la sua indifferenza tramutarsi lentamente in rabbia. Socchiuse gli occhi e aprì la bocca, ma io non gli diedi tempo di parlare.

«Tieni.» Gli piazzai le istruzioni sotto il naso. Probabilmente con troppa enfasi, perché fece un brusco movimento all'indietro. «Passaggio 13 B. Abbiamo inserito i cunei, montato il primo pezzo e infilato tutte le viti sul lato destro. E qui», toccai indispettita l'illustrazione, «qui dovrebbero esserci dei buchi. Invece non ci sono. Perciò sarebbe davvero molto gentile da parte tua se volessi darmi il tuo maledetto trapano!»

All'improvviso ci fu un gran silenzio. Dawn e Spencer avevano smesso di parlare e mi fissavano.

«Non fare lo stronzo, vecchio mio», disse alla fine Spencer.

«Esatto. Non fare lo stronzo, *vecchio mio*», ripeté Dawn. In circostanze normali mi avrebbe fatto ridere, ma ribollivo di collera, e le labbra serrate di Kaden mi fecero capire che anche lui trovava la situazione tutt'altro che comica.

Tornò a fissarmi con quell'espressione insopportabilmente diffidente. «Stai giocando con il fuoco», mormorò, poi si alzò di scatto e io per lo spavento feci un balzo all'indietro urtando il tavolino con il polpaccio. Persi l'equilibrio e roteai le braccia per restare in piedi. Kaden intanto mi aveva già afferrato per gli avambracci. Guardai interdetta le sue mani, piacevolmente fresche sulla mia pelle sudata. Evidentemente era dovuto alla birra che aveva tenuto in mano fino a un attimo prima. Spostai lo sguardo dalle sue dita alle braccia muscolose e poi su, fino al suo viso. Per la prima volta, mi resi conto della curva del suo labbro inferiore più pieno e della fossetta sul mento, quasi completamente nascosta dalla barba corta.

Anche lui sembrava esaminarmi con la stessa intensità. Probabilmente riusciva a vedere anche le poche lentiggini che avevo sul naso, da quanto mi era vicino. Sentivo il suo petto contro il mio e percepivo il battito del suo cuore.

Poi lui batté le palpebre e l'incanto si spezzò.

Mi lasciò andare e uscì precipitosamente dal salotto.

Tentai di riprendere fiato, sperando che Dawn e Spencer non si fossero accorti di niente. Quando mi girai, vidi che entrambi avevano voltato la testa verso il corridoio, da dove si udiva un gran fracasso.

Kaden spuntò sulla soglia. «Tieni», disse brusco, porgendomi una valigetta verde scuro. «Guai a te se combini qualche casino.»

«Potresti anche venire a darci una mano, invece di startene lì come un idiota», suggerì Dawn con un dolce sorriso. Quando voleva, sapeva essere un vero demonio.

Quell'aspetto del suo carattere mi piaceva, ma cavolo, se non si fosse decisa a essere un po' più gentile con Kaden, l'avrei strozzata con le mie mani. Non era sfuggito nemmeno a me il suo comportamento sgarbato, e avrei tanto voluto rispondergli per le rime. Qualcuno doveva rimetterlo in riga una volta per tutte. Ma, per quanto lo trovassi insopportabile, avrei dovuto trascorrere i mesi successivi a stretto contatto con lui. Non volevo provocarlo inutilmente, di sicuro non all'inizio della nostra convivenza. Non potevo ancora sapere come avrebbe reagito.

«Penso di farcela da sola», mi affrettai a dire, prendendo fulminea la valigetta. Era più pesante di quanto mi aspettassi, e sarebbe finita per terra se non l'avessi sorretta con l'altro braccio. Era naturale che quel tizio non avesse una banalissima valigetta degli attrezzi, bensì la versione speciale completa di tutti gli accessori che probabilmente non utilizzava mai nessuno.

«Vi do una mano io», propose Spencer attraversando il salotto. «Dov'è l'oggetto?»

Ignorai l'occhiata furente di Kaden e seguii Spencer in camera mia. La porta era aperta, ma prima di entrare lui mi rivolse un'occhiata interrogativa. Feci cenno di sì.

«Wow! È cambiato parecchio qua dentro da quando Ethan se n'è andato.»

Spencer diede un'occhiata alle candele profumate e alle lucine decorative, poi si girò a osservare dietro la porta la cassettiera e le librerie, dove avevo già collocato qualche soprammobile. Le boccette di profumo erano allineate con ordine, insieme ad alcune scatole in cui avrei messo i documenti. Le mie scarpe erano in fila sopra la cassettiera, le lucine, di traverso sopra la scrivania, erano appese provvisoriamente ai chiodi che avevo già trovato piantati nel muro.

«Qui c'è un odore come se qualcuno avesse mangiato un sacco di gelato alla vaniglia e poi lo avesse vomitato sul pavimento», commentò la voce di Kaden alle mie spalle.

Mi voltai.

Kaden esaminò il caos sul pavimento, poi mi oltrepassò e si accucciò davanti ai pezzi del divano letto.

«Mancano dei fori», spiegai. «Abbiamo già cercato di ribaltare i pezzi, ma non funziona lo stesso. Allora pensavo di farne qualcuno qui.» Posai la valigetta degli attrezzi per terra, raggiunsi Kaden e indicai da sopra la sua spalla il punto difettoso. «Credo che così possa andare. Però c'è anche un pezzo troppo lungo.»

«Forse lo possiamo segare», propose Dawn.

«Non credo che vada bene», dissi. «Rischiamo di indebolire la struttura. Ci devo dormire sopra. Alla fine avrei paura a muovermi troppo.»

Kaden mi lanciò un'occhiata dal basso verso l'alto. Vidi

i suoi occhi lampeggiare tra le folte ciglia. «Il che sarebbe un vero peccato.»

Sbuffai. Spencer rise piano e io incenerii con lo sguardo anche lui. Ma certo. Avrei dovuto abituarmi a simili battute, se fossi stata continuamente circondata da maschi.

«Non vorrei essere responsabile se Allie non se la sentisse di muoversi troppo sul suo letto», disse Spencer malinconico, portandosi una mano sul cuore. «Dobbiamo assolutamente fare qualcosa, amico.»

Kaden White sorrise per la prima volta da quando lo conoscevo. Era un bel sorriso, sincero. Non si limitava alla bocca, ma raggiungeva anche lo sguardo. Una miriade di piccole rughe si formò intorno agli occhi, e un lampo malizioso li illuminò. «Hai ragione. Sarebbe una responsabilità troppo grande.»

Con quelle parole avvicinò a sé la valigetta degli attrezzi, fece scattare le chiusure e afferrò il trapano.

«Accidenti, sono sfinita», sospirai lasciandomi cadere sul divano in salotto. Dawn mi raggiunse poco dopo e appoggiò la testa sulla mia spalla.

«Anch'io. Credo che non riuscirò più a muovermi.» Provò a sollevare leggermente la testa e la lasciò ricadere subito all'indietro. «Visto?»

«Un bel problema», disse Spencer, che si era seduto all'angolo opposto del divano a U. «Se non sbaglio, Kaden ha invitato un paio di persone stasera.»

«Ah.» Allarmata, mi chiesi cosa potesse significare per me. Sarei rimasta confinata in camera mia? O «un paio di persone», era un eufemismo, e il mio coinquilino aveva organizzato una festa? Da noi a Denver succedeva sempre così.

«Non ti preoccupare. Non credo che abbia in mente di fare un'orgia», commentò Spencer ammiccando. Mi resi conto che lo faceva sorprendentemente spesso. Non capivo perché si sforzasse tanto di alleggerire l'atmosfera nel nostro appartamento. Certe volte la sua gentilezza risultava quasi forzata, tuttavia mi era molto simpatico.

«A pensarci bene, andrei a letto anche subito», dissi assorta. «Tu ci staresti?»

«Io ci starei di sicuro», sogghignò Spencer.

Dawn e io lo guardammo perplesse.

«Scusa, ma se mi lanci un assist di questo tipo...»

Sorrisi scuotendo la testa.

«Purtroppo mi sa che devo tornare da me. Oggi è tutto tranquillo, e poi devo chiamare papà», rispose Dawn sbadigliando sonoramente contro la mia spalla.

«Figurati, non c'è problema. Vuoi che ti accompagni in auto?»

«Ma no, ci metto dieci minuti. Tu datti una rinfrescata e ambientati nella nuova camera. Non per niente ci abbiamo sgobbato tutto il giorno.» Si sollevò e allungò le braccia sopra la testa. «Domani mi faranno male tutti i muscoli.»

«Anche a me!» Con un gemito mi massaggiai le spalle indolenzite. «Per fortuna domani non c'è lezione. Altrimenti sarei uno zombie in aula.»

Dawn rise e insieme ci incamminammo verso il corridoio. L'abbracciai forte davanti alla porta d'ingresso. «Grazie. Mi hai salvata: da sola non ce l'avrei mai fatta.»

«Invece sì. Sei una donna forte e indipendente», replicò Dawn eccessivamente seria, strappandomi di nuovo un sorriso. «Sentiamoci per lunedì. Magari possiamo prendere un caffè insieme prima delle lezioni.»

Anche Dawn studiava Inglese come materia principale, ma aveva scelto un piano di studi diverso dal mio. Ero molto contenta di poter seguire le lezioni insieme a lei. Almeno non avrei dovuto aggirarmi da sola per tutto il tempo dentro l'enorme campus.

«Ma certo. E ricordati il mio invito: quando la tua coinquilina ti dà sui nervi, puoi venire qui.»

«Lo farò.» Prima di uscire, Dawn si voltò verso il corridoio e salutò: «Ciao, ragazzi!»

Udii un mormorio, che sicuramente proveniva da Spencer e non da Kaden. Dawn mi rivolse un'ultima occhiata del tipo non-farti-scoraggiare, poi si richiuse la porta alle spalle.

Rimasta sola, tornai in camera mia, presi il beauty e mi diressi verso il bagno. E lo osservai con attenzione per la prima volta. Era straordinariamente luminoso, forse grazie alle piastrelle e alla finestra proprio sopra il gabinetto. Quando mi voltai per chiudere la porta a chiave, rimasi interdetta.

Spalancai la porta e diedi un'occhiata in salotto. Sul divano c'era soltanto Spencer che giocava con una consolle che aveva tutta l'aria di essere l'ultimissima Playstation.

«Kaden?» chiamai.

«Credo che sia in camera sua», disse Spencer senza alzare gli occhi, indicando l'unica porta chiusa di tutto l'appartamento.

Dopo un attimo di esitazione attraversai il salotto e bussai timidamente alla porta. Nessuna risposta. Bussai di nuovo. Aspettai un istante, indecisa, infine abbassai la maniglia.

«Senti, mi diresti dove hai messo la chiave del bagno?»

domandai infilando dentro la testa. Notai di sfuggita le librerie piene di riviste disordinate, un'enorme scrivania con due schermi su cui erano aperti dei programmi di grafica e delle pareti color cappuccino. Un ampio letto con alcune camicie appese alla struttura di ebano e, accanto, un comodino con sopra qualche matita.

Prima che potessi cogliere altri particolari della sua camera, Kaden mi si parò davanti nascondendomi la vista.

«Una cosa è obbligarmi a montare i tuoi dannati mobili», ringhiò. «Ma piombare in camera mia mentre sto lavorando, non è permesso.»

Confusa, alzai lo sguardo sul suo viso. Aveva gli occhi furiosi.

«Scusa, volevo solo sapere dove...»

«Ti ho sentito. Sarebbe impossibile non sentirti.» Si passò la mano sulla fronte. «Stammi a sentire, per oggi ho raggiunto il mio limite.»

«Hai raggiunto il *tuo* limite?» domandai incredula.

Avevo passato tutta la giornata a montare mobili e a sistemare la mia camera. Ero stremata e volevo solo farmi una doccia, ma con la porta chiusa e senza paura che Kaden piombasse dentro da un momento all'altro ricoprendomi di altre scortesie.

«Vediamo di fare chiarezza!» inveii mettendomi le mani sui fianchi. «Tanto per cominciare, non ti ho obbligato io a montare i miei mobili. Ti sei limitato a fare tre fori in un pezzo di legno, a tutto il resto abbiamo pensato Dawn e io! Secondo, volevo solo chiederti dov'è la chiave del bagno, non mi pare che sia 'sta gran cosa. Mi dici che non devo tormentarti con le mie menate da femmina, ma tu hai degli sbalzi d'umore peggio di una ragazza con la sindrome premestruale!»

Lui non batté ciglio. «Non ho sbalzi d'umore, dolcezza. Sono sempre insopportabile.» Mi afferrò per le spalle. La sua presa salda mi fece fremere la pelle sotto la camicia, e maledissi il mio corpo che si accendeva tanto per un massaggio.

Poi mi spinse fuori dalla sua camera. «E adesso vai al diavolo», disse sbattendomi la porta in faccia.

3

La doccia non fu per niente rilassante. In realtà avrei preferito fare un bagno, ma a causa della chiave mancante e dell'imprevedibilità di Kaden, non ne ebbi il coraggio. Mi lavai in un lampo, poi mi chiusi in camera.

Mi appoggiai con la schiena alla porta di legno, chiusi gli occhi e, per la prima volta dal mio arrivo a Woodshill, inspirai davvero a fondo. Poi espirai. E ancora, dentro e fuori, fino ad avere la sensazione che l'aria mi scorresse per tutto il corpo.

Quando mi sentii relativamente calma, aprii gli occhi.

Era esattamente come l'avevo sempre sognata. Sul divano appena montato erano posati un soffice plaid e cuscini di diverse dimensioni e forme. Sopra la scrivania era appesa una fila di luci, e un'altra correva lungo una delle librerie dove avevo sistemato tutte le mie cose. Matite e quaderni erano collocati in bell'ordine sulla scrivania. Dal davanzale la mia faccia sorrideva accanto a quella di Dawn, e sulla destra c'era una sveglia bianca con lo stesso motivo della cornice. Le tende erano socchiuse e l'ultima luce del giorno entrava dalla finestra.

Mentre osservavo per la prima volta tutti quei particolari, crollai.

Mi sfuggì un sonoro singhiozzo.

Mi premetti subito la mano sulla bocca, sperando che nessuno avesse sentito. Le lacrime mi bruciavano negli occhi. Mi lasciai scivolare sul pavimento dietro la porta e mi strinsi le ginocchia con le braccia.

Ce l'avevo fatta davvero. Ero a Woodshill, a 1.700 chilometri di distanza dai miei genitori. Quella settimana avevo fatto più cose per me di quante ne avessi mai fatte prima, e all'improvviso ne fui sopraffatta. Non riuscii più a trattenere le lacrime. Le sentii scorrere calde sulle guance.

Ero stremata. Per tre anni avevo sognato giorno e notte quel momento, l'arrivo in un posto che finalmente mi avrebbe offerto un po' di pace.

Sollevai la testa con cautela e guardai un'altra volta la mia camera. Da quel momento in avanti avrei tenuto ogni cosa nelle mie mani. Nessuno avrebbe deciso della mia vita, mai più. Non avrei più permesso ad altri di collocarmi in una categoria che non mi apparteneva. Avrei cominciato a scrivere la mia storia. In una nuova casa.

Lentamente, sotto le lacrime, affiorò un sorriso.

Non avevo idea di quanta gente avesse invitato Kaden. Sentivo solo un vociare chiassoso. Avrei partecipato volentieri ma non avevo intenzione di farmi rovinare la serata. Indossai cose comode: una canottiera con le spalline sottili e il pizzo sulla scollatura, che faceva parte del mio pigiama preferito, e un paio di calzoncini di morbida maglina grigia. Per quanto mi riguardava, Kaden poteva organizzare feste anche tutte le sere. A me bastava la certezza di non dover passare un'altra notte all'ostello.

Tirai fuori il letto. Mi ci vollero diversi tentativi, e per due volte mi tirai il cassetto estraibile contro gli stinchi, ma alla fine ci riuscii senza gravi danni. Poi mi misi comoda sul mio paradiso di cuscini.

Finalmente avevo tempo di recuperare le serie tv che mi ero persa nei giorni precedenti. Ero una divoratrice di serie, e seguivo praticamente tutto quello che mi capitava sottomano, o che scovavo su Netflix. Negli ultimi tempi mi appassionavano in particolare quelle con i supereroi tipo *Arrow*, *Agents of S.H.I.E.L.D.* e *The Flash*, anche se dipendeva sempre dal mio stato d'animo del momento. Certi giorni non potevo vivere senza serie per teenager come *The Vampire Diaries*, mentre in altri avevo bisogno degli ultimi episodi di *Dancing with the Stars*. A volte sviluppavo una vera ossessione per i drammi storici come *I Borgia* o *Outlander*.

Quel giorno toccava decisamente ai supereroi. Accesi il portatile e lo appoggiai sul letto, quindi cercai nell'ultimo scatolone del trasloco non ancora svuotato le mie cuffie preferite, enormi ma comodissime da indossare. Dopo aver allestito l'occorrente per la mia serata, mi accoccolai sotto le coperte e seguii le imprese degli eroi che salvavano il mondo.

Non avrei saputo dire quante puntate avessi già guardato, ma a un certo punto mi appisolai. Non era strano, dopo essere stata in piedi tutto il giorno.

Fui svegliata da un rumore attutito che penetrò dentro le cuffie. Un raggio di luce mi colpì in faccia e io battei le palpebre, intontita. Qualcuno aveva spalancato la porta della mia camera facendola sbattere contro la libreria.

«Scusa», disse una voce, e la porta si richiuse.

Mi sfilai le cuffie, confusa, e liberai i capelli dal cavo annodato.

«Kaden, per la miseria! C'è una gran figa nella mia camera!» sentii gridare dalla stessa voce per tutto l'appartamento. Le parole erano biascicate. Il tipo doveva aver già bevuto qualche bicchiere di troppo. All'improvviso la porta si spalancò di nuovo. Mi tirai la coperta fino al mento e fissai il tizio che si piazzò in mezzo alla stanza sorridendomi. Sembrava un surfista. Se non avesse avuto la testa così rossa, sarebbe stato perfetto per uno spot pubblicitario di Abercrombie.

«Ciao, sono Ethan. Questa prima era la mia camera, era una zona off limits per le ragazze, fino a quando ho conosciuto la mia ragazza, almeno. Lì c'era il mio letto, e io e Monica abbiamo spesso...»

«Tesoro», disse una voce cauta alle sue spalle. «Credo che non le interessi sapere cosa abbiamo fatto in questa camera. Non disturbare questa poveretta.» Sulla soglia apparve una ragazza. Prese Ethan per un braccio, lo trascinò fuori e lo sospinse dolcemente verso il salotto.

Poi si girò di nuovo verso di me. Aveva un trucco pesante e ciocche colorate tra i capelli. Nel mio stato comatoso non riuscivo a definire bene di che colore. «Scusa. Sono Monica, quello era il mio ragazzo Ethan. Volevamo solo farti un saluto.»

«Beh... Ciao», dissi strofinandomi gli occhi. Accidenti, che ore erano?

«Ciao», ripeté Monica guardando le stelle luminose appese sopra la scrivania. «Ti sei sistemata proprio bene. Ethan se la prendeva sempre con me tutte le volte che provavo a usare anche solo un deodorante in questa camera. Ma adesso è davvero carina», disse indicando le lucine e i soprammobili.

«Grazie mille.» Non sapevo bene cosa dire. Dal corridoio la musica entrava nella stanza. Insieme a voci confuse e a un tintinnare di bicchieri.

«Ma sei veramente una ragazza?» esclamò incredula Monica.

«Direi di sì», risposi perplessa, abbassando la coperta di qualche centimetro. Monica non si sarebbe certo scandalizzata.

Lei strizzò gli occhi ed esaminò con interesse la mia canottiera di pizzo. «Oh sì, decisamente.» Sorrise. «Accidenti, Kaden deve trovarti davvero a posto se ti permette di vivere qui.»

«Mmm», feci io poco convinta, spostando lentamente le gambe giù dal divano. «Non ne sarei troppo sicura. Ha detto che gli servivano i soldi dell'affitto e gli altri candidati avevano rinunciato.»

«Credimi, deve trovarti davvero okay. Di solito manda al diavolo tutte le ragazze.» Doveva piacerle la canzone che avevano appena messo, perché dondolava leggermente la testa. «Prima che Ethan si trasferisse qui, Kaden aveva una coinquilina, e stupidamente non era riuscito a tenere le mani a posto. Lei si era innamorata e lui...» Fece un gesto come per strapparsi il cuore dal petto. «Dopo colei-il-cui-nome-non-si-pronuncia-per-nessun-motivo-in-questo-appartamento, qui dentro è stato instaurato un assoluto divieto per le ragazze. Alla fine le cose erano davvero degenerate. Credo che lei gli avesse addirittura messo della crema depilatoria nel bagnoschiuma. Prova a immaginare Kaden senza peli sulle braccia o sulle gambe.»

Scoppiai a ridere.

«È stata la mia stessa reazione!» esclamò Monica con enfasi. «Ma ho smesso di ridere quando Kaden mi ha cacciato via da qui. Negli ultimi mesi, tutte le creature femminili che finivano nel suo appartamento erano intruse da cacciare. Non mi permetteva nemmeno di fare colazione qui. Puoi ritenerti soddisfatta se ti dà un po' del suo caffè.» Continuò a ridere e si voltò per gridare qualcosa verso il salotto. Poi tornò a guardarmi. «Se ti va, vieni di là. Non mordiamo mica.»

Guardai dubbiosa la mia mise. Non ero truccata e indossavo il pigiama, decisamente non i presupposti migliori per una festa. Soprattutto considerando il fatto che, a partire dal mio undicesimo compleanno, non ero più andata da nessuna parte senza make-up. Mia madre non si stancava mai di sottolineare l'importanza di truccarsi prima di uscire di casa. Il make-up era imprescindibile. Che sfacchinata applicare tutte le mattine con cura il fondotinta, poi l'eyeliner e il fard. All'inizio non ci riuscivo. Ma ormai lo facevo quotidianamente da otto anni. L'idea di uscire da quella stanza senza trucco era assurda.

«Almeno questo vale per la maggioranza», aggiunse Monica. «Con Kaden non si può mai sapere. Riesce a essere insopportabile, ma a un certo punto ci si abitua, credimi.» Con un movimento del capo indicò verso il salotto. «Dai, vieni. Ti offro una birra.»

Mi venne da sorridere. I suoi modi diretti erano contagiosi quasi quanto quelli di Dawn. «Dammi un secondo. Mi cambio.»

Lei indugiò per un istante con lo sguardo sulla mia scollatura. «Te lo avrei consigliato anch'io. Non vorrei che a Ethan cascassero gli occhi.» Rise della propria battuta e questo mi fece sorridere ancora di più. Poi uscì e si richiuse la porta alle spalle.

Mi alzai e cercai nella cassettiera un paio di pantaloni comodi e non troppo aderenti. La mia scelta cadde su dei jeans di tessuto stretch. Tenni la canottiera di pizzo e ci aggiunsi sopra un cardigan.

Gettai un'occhiata allo specchio sulla scrivania. Avevo gli occhi stanchi. Per un istante valutai l'idea di applicare almeno un po' di correttore, ma poi rinunciai. Cosa avrebbero pensato di me?

Che sei la zoccola superficiale che tutti ti hanno sempre considerato, sibilò una voce odiosa nella mia testa. La misi subito a tacere.

Controllai invece più volte la mia nuova pettinatura. Passai la mano tra le ciocche e ravvivai le onde, che avevano un'aria disordinata qualunque cosa facessi. Almeno qualcosa di cui non dovevo preoccuparmi.

Andai alla porta e contai fino a tre. Se non mi fossi trovata bene con qualcuno, sarei tornata semplicemente a letto. Con un sorriso deciso uscii dalla mia camera.

Nell'appartamento regnava il caos più totale, e all'inizio ne rimasi turbata. C'era gente assiepata in cucina, e anche il balcone era gremito di persone, che fumavano e chiacchieravano a voce alta. Mi agitai. Sul bancone della cucina c'era l'impianto stereo. Dappertutto bicchieri, boccali e bottiglie di alcolici assortiti. Non avevo idea di come fossi riuscita a isolarmi e appisolarmi tranquilla mentre si svolgeva una rumorosissima festa.

Cercai automaticamente Kaden. Scorsi la sua testa dietro una ragazza seduta sulle sue gambe. Gli stava bisbigliando qualcosa all'orecchio, riversandogli i capelli biondi sul petto. Non sembrava che quella particolare dedizione lo rendesse molto felice. In realtà dubitavo che ci fosse qualcosa che potesse renderlo felice, visto com'era sempre scontroso. Anche quando dava una festa, sembrava il Grinch. Alla prima occasione, avrei dovuto dirgli che tenere la bocca sempre rivolta all'ingiù causava rughe tremende.

«Eccoti qua!» mi salutò Monica prendendomi per mano.

Mi lasciai condurre docilmente fino al bancone della cucina. «Ti va una birra?»

«No, grazie», risposi. Notando la sua espressione delusa, mi affrettai ad aggiungere: «La birra non mi piace molto».

«Capisco. Vediamo cosa abbiamo... Credo che Spencer abbia portato non so che vino costoso di suo padre.»

«Il vino va benissimo», dissi, e la osservai muoversi con disinvoltura tra gli armadietti della cucina per prendermi un calice. Poco dopo trovò la bottiglia e riempì il bicchiere fino all'orlo, tanto da non riuscire a trasportarlo senza rovesciarne un po'.

La ringraziai e sorseggiai il vino. Riconobbi subito il tipo e intuii persino l'annata. Negli ultimi anni a volte mi era sembrato di impressionare mio padre solo nei momenti in cui ero in grado di discettare con i suoi colleghi sulle qualità di una particolare annata. Per questo mi ero fatta, fin troppo precocemente, un'ampia cultura sui vini.

«Allie, ma allora sei sveglia!»

Mi voltai in direzione della voce di Spencer. Era seduto su uno sgabello al bancone, e mi invitò a raggiungerlo con un cenno della mano.

«Sì, credo di sì», mormorai nel bicchiere. Guardai Monica, che mi prese per mano ridendo e mi tirò con sé fino a raggiungere Spencer.

Monica si mise subito a raccontare di come Ethan si fosse presentato in camera mia, provocando una violenta risata di Spencer, al quale andò di traverso l'acqua che stava bevendo e la spruzzò sul bancone attraverso le narici.

«Dimmi, Allie, cosa ti ha portato a Woodshill?» chiese Monica, dopo aver salvato dal soffocamento Spencer, tornato ormai a respirare in maniera quasi normale.

Mi appoggiai al bancone e le ressi la birra mentre saliva su uno sgabello accanto a Spencer. Quando gliela restituii, mi ringraziò con un cenno del capo.

«Volevo vedere posti nuovi.» Era la mia risposta standard. L'avevo studiata alla perfezione insieme all'alzata di spalle di accompagnamento.

«Anche per me è stato lo stesso», ribatté lei levando la bottiglia di birra verso di me. Brindammo e io bevvi qualche sorso di vino. A poco a poco, mi stavo ambientando. Non c'era niente di male, ero una normalissima ragazza a una normalissima festa e parlavo con gente normalissima. Nessuno mi conosceva lì. Potevo lasciare una prima impressione del tutto nuova. E fino a quel momento non me l'ero cavata male. Anzi, le cose andavano meglio del previsto. Forse era valsa la pena di alzarmi e vestirmi.

«Io sono qui solo perché non mi hanno preso a Portland», sospirò Spencer.

Monica finse di dargli uno schiaffo, che lui schivò con un sorriso.

«Woodshill non era la mia prima scelta, non dico altro», aggiunse in tono conciliante.

«Sono indignata!» esclamò Monica con aria offesa. «Abbiamo così tanto da offrire qui. A parte lo splendido paesaggio, ci sono monumenti di rilievo. Il cabaret, il museo di arte e archeologia, il centro cittadino e il magnifico campus con la statua di Shakespeare...»

Le attrazioni di Woodshill sembravano un tema che Monica aveva molto a cuore, così Spencer e io ci affrettammo ad annuire con ammirazione.

«A me piace molto qui», dissi. «Il paesaggio è stato uno dei motivi che mi ha fatto scegliere questo posto. Da quando sono qui ho respirato così tanta aria pulita da essermi disintossicata completamente.»

Monica sorrise beata. «Credo che succeda lo stesso a tutti quelli che vengono da una grande città.»

Ethan spuntò dietro di lei e la cinse con un braccio.

«Sta di nuovo tenendo una conferenza per dimostrare che Woodshill è la città più bella in cui studiare?»

«Sta tentando di convincere Allie», rispose Spencer. «Sebbene lei abiti già qui.»

«Ehi! Ma tu sei la ragazza che sta in camera mia», esclamò Ethan. «Cioè, voglio dire, non è più la mia camera. Ormai è il tuo regno.»

Mi venne da sorridere per il modo in cui si aggrappava alla sua ragazza per non stramazzare a terra. «Grazie per la libreria e la scrivania, Ethan.»

«Grazie a te di aver preso quella roba. Ci hai risparmiato di doverla portare via», replicò lui affondando il viso nell'incavo del collo di Monica e facendole il solletico.

Erano uno spettacolo. Lui con quell'aria da surfista, lei con i capelli sgargianti e le unghie nere. Il fatto che fossero così diversi li rendeva una coppia ancora più irresistibile.

«Succede lo stesso anche a me, quando li guardo insieme», mormorò Spencer chinandosi con espressione complice. Aveva gli occhi di un azzurro indescrivibile. «All'inizio sembra tutto molto tenero, ma a un certo punto ti fa venire la nausea e basta.»

«Attento che ti sento», esclamò Monica con voce soffocata, dal momento che Ethan non riusciva a staccarle di dosso né la bocca né le mani. La sua chioma spettinata le nascondeva metà del viso.

«Scusa tanto, ma siete davvero vomitevoli. È un dato di fatto», disse Spencer.

«Vomitevoli? Ti faccio vedere io cos'è vomitevole.» Monica balzò giù dallo sgabello e si lanciò su Spencer. Ethan perse l'equilibrio, barcollò inaspettatamente in avanti e tentò invano di afferrarsi al bancone. D'istinto, lo afferrai per un braccio e lo sorressi per non farlo cadere.

«Secondo me dovresti bere un bicchiere d'acqua, Ethan. Che ne dici?»

Lui sorrise e si scostò i capelli dalla faccia scuotendo la testa. Poi cominciò a muoverla su e giù. Non la smetteva più. Quel movimento lo rese ancora più instabile. Lo aiutai ad arrampicarsi su uno sgabello, mentre Monica e Spencer continuavano la loro lotta accanto a noi, scambiandosi colpi di karate e di boxe e facendosi il solletico, accompagnando il tutto da teatrali grida di battaglia. Mentre giravo intorno al bancone per andare a prendere un bicchiere d'acqua per Ethan, vidi con la coda dell'occhio Monica bloccare Spencer in una morsa e arruffargli i capelli accuratamente pettinati. Poi il mio sguardo si spostò verso il divano dall'altra parte della stanza.

Mi bloccai.

Gli occhi scuri di Kaden erano fissi su di me.

La ragazza di prima non era più seduta su di lui, ma gli stava appiccicata. Lui le cingeva le spalle con un braccio, e la bocca di lei gli sfiorava l'orecchio. Capii perché l'avessi trovata familiare: era la ragazza che avevo visto uscire dall'appartamento quando ero venuta a visitarlo.

Pensai alle regole di Kaden. Fissarlo mentre era con una ragazza sicuramente violava la più importante. Distolsi lo sguardo e mi concentrai sul compito di portare l'acqua a Ethan.

Quando gliela posai davanti, Monica e Spencer avevano finito di darsele. Erano piuttosto arruffati e dovetti aiutare Monica a risistemarsi.

«Mi piacciono i tuoi capelli», le dissi, facendo scorrere le dita un'ultima volta sulle ciocche colorate. «Io non avrei il coraggio di portarli così.»

«Ti dirò, a volte vorrei essere meno intrepida», replicò con un'occhiata rassegnata. «Non penso mai alle conseguenze quando si tratta di cambiamenti. Sono troppo impulsiva e non riesco a scegliere una cosa soltanto. Come per il colore dei capelli; ho scelto tutti quelli che mi piacevano.»

«È una bella cosa. Il cambiamento più grande che abbia mai affrontato è stato questo qui», dissi indicando la mia chioma.

Monica si accigliò. «Perché, prima come li portavi?»

Stavo per mostrarle una foto, quando mi ricordai di averle cancellate tutte dal cellulare. «Avevo i capelli biondo miele», risposi allora, «lunghi fino al petto.»

«Non hai affatto l'aspetto di una bionda», disse lei stupefatta.

«Invece lo ero. Assomigliavo un po'...» Lasciai vagare

lo sguardo per la stanza, fino a soffermarmi sulla ragazza con Kaden. «Ero un po' come lei, ma più scura», conclusi.

Monica girò la testa nella direzione che indicavo. «Somigliavi a Sawyer?» esclamò interdetta a voce alta.

La ragazza con Kaden si girò di scatto e guardò Monica. Poi socchiuse gli occhi a due fessure e si alzò.

«Oh no», mormorò Monica facendosi all'improvviso piccola piccola.

Mentre Sawyer veniva verso di noi, la esaminai attentamente per la prima volta. Era molto graziosa e aveva un fisico prorompente, con tutte le curve nei punti giusti e un decolleté invidiabile. Aveva i capelli lunghi, mossi e un po' spettinati, perfetti con il trucco scuro e il vestitino nero che aveva abbinato a un paio di Dr. Martens. A pensarci bene era più adatta a stare su un palco accanto a Hayley Williams che a questa festa.

«Ho sentito pronunciare il mio nome», disse Sawyer invece di salutare, rivolgendo un sorriso finto a Monica.

Kaden, che si era alzato a sua volta e aveva raggiunto Sawyer con due falcate, sembrava avvertire la tensione nell'aria. Le cinse la vita con un braccio e l'avvicinò a sé. Il gesto non ebbe l'effetto desiderato, al contrario. Anziché rilassarsi, Sawyer si staccò bruscamente da lui e si mise a braccia conserte.

«C'è qualcosa che vorresti dirmi, Monica?»

«No, davvero. È solo che Allie ha...» A Monica mancò la voce e si voltò verso di me con aria implorante.

«Le stavo raccontando che fino a poco tempo fa avevo i capelli...»

Sawyer si girò verso di me. «Non parlavo con te, ma con lei.»

Il suo tono gelido mi lasciò esterrefatta.

Kaden piegò la testa e sfiorò l'orecchio di Sawyer con le labbra, mormorandole: «È tutto a posto, Sawyer. Non farne un dramma per favore». Ma anche quel tentativo di placarla fallì.

«Lasciami. Queste due parlavano di me», sibilò lei allontanandosi nuovamente da Kaden. Poi si rivolse a Monica. «D'altronde, non è la prima volta che spettegola alle mie spalle.»

«Ormai è acqua passata, Sawyer», intervenne a questo punto Spencer.

«Tu stai zitto», lo ammonì. Sembrava sul punto di tirar fuori gli artigli e avventarsi su di noi. Non avevo idea di come evitarlo, ma valeva la pena fare un tentativo. Alzai le mani in un gesto conciliante.

«Ho solo detto che prima avevo una pettinatura simile alla tua. Hai dei capelli molto belli, sul serio. Non so cosa sia successo in passato tra di voi, ma non stavamo sparlando di te. Lo giuro.»

Wow, il vino aveva già fatto effetto. Non avrei mai immaginato di poter parlare così in fretta. Le parole mi erano schizzate fuori dalla bocca e non sapevo se gli altri mi avessero capito.

«Raccontala a qualcuno che ti creda. La prossima volta che avrete qualcosa da ridire su di me, ditemelo in faccia, invece di mentirmi. È patetico.»

«Adesso datti una calmata», ribatté Monica con impeto, ma Sawyer la interruppe.

«La prossima volta che sparlerai di me, non garantisco la mia reazione.» Avanzò di un passo verso Monica con aria minacciosa.

In quel momento scattò il mio istinto di protezione. Non conoscevo il loro passato comune, ma Monica mi era simpatica. E non sarei rimasta a guardare mentre quella ragazza la umiliava.

«Senti», esordii in tono diplomatico. «Non è il posto giusto per parlare di certe cose.»

Intorno a noi era sceso un silenzio sospetto. Gli altri invitati seguivano la scena con curiosità, qualcuno aveva persino abbassato la musica.

Mi schiarii la voce. «Molto probabilmente abbiamo bevuto tutti un po' troppo, quantomeno il vino era bello forte. Non credo che sia una conversazione da affrontare da ubriachi. Meglio essere sobri, no? Su un terreno neutrale. Senza spettatori.» Mi sforzai di sorriderle amichevolmente.

«Credo che sarebbe meglio se ora andassi via.» La voce di Kaden paralizzò Sawyer.

«Mi prendi in giro?» urlò esterrefatta, girandosi verso di lui. Indicò prima me, poi Monica. «Queste stronze delle tue amiche se la prendono con me, in tua presenza, e tu mi butti fuori? Sei un bastardo.»

Kaden fece per replicare, ma prima che ne avesse il tempo, altre parole esplosero irrefrenabili dalla mia bocca.

«Il fatto che il tuo orgoglio sia stato ferito non significa che tu debba offendere tutti i presenti. E poi Kaden non può farci niente se sei così suscettibile. Non era successo niente, finché sei arrivata tu a fare tutte quelle storie. Non va bene.»

Sawyer arrossì violentemente, e mi aspettavo che mi mollasse uno schiaffo da un momento all'altro. Ma prima che la situazione degenerasse, Kaden la prese per la vita e la condusse fuori dal salotto.

Chiuse la porta dietro di sé. Per un attimo regnò un silenzio tale che si sarebbe sentito cadere uno spillo. Sembrava che tutti stessero trattenendo il respiro.

Poi qualcuno alzò di nuovo il volume della musica e la festa ricominciò come se non fosse accaduto niente.

Monica mi prese sottobraccio e appoggiò la testa alla mia spalla. «Scusa, Allie», sospirò. «Non volevo che accadesse.»

Le accarezzai la mano. «Non ti preoccupare. Un pizzico di dramma posso affrontarlo. Fa parte dell'esperienza del college.»

Dal corridoio provenivano stralci di conversazione ovattata, e Monica trasalì quando Kaden alzò la voce.

«Se la prenderà sicuramente con me», disse sconfortata.

Spencer scosse la testa. «Non pensarci nemmeno. Sai com'è fatta Sawyer. Credo che il suo ego non abbia ancora digerito che Ethan...»

Monica staccò bruscamente il braccio dal mio e si tappò le orecchie, mettendosi a canticchiare a voce alta.

Spencer sorrise. Poi, rivolto a me, spiegò: «Una volta a una festa di matricole, Sawyer ha limonato con Ethan. E quando, poco dopo, lui si è messo con Monica, lei non l'ha presa bene. Evidentemente si aspettava qualcosa di più».

Annuii. Se Sawyer non si fosse appena comportata in maniera esagerata, l'avrei quasi compatita. Ma nemmeno un cuore infranto giustificava un simile attacco nei nostri confronti.

La porta d'ingresso che sbatteva mi fece sussultare. Kaden tornò in salotto a passo di marcia e, quando i nostri sguardi si incrociarono, provai un brivido freddo lungo la schiena.

Era furioso. Aveva la faccia tirata e tutto il corpo era

contratto. Ripensai alle sue stupide regole e mi maledissi per essermi immischiata.

«Sono stanca», annunciai salutando tutti al volo.

In camera, appoggiai la schiena alla porta, con sollievo.

Fantastico. Era la mia prima festa a Woodshill, e con le mie menate avevo obbligato il padrone di casa a sbattere fuori la sua ragazza.

Ero un caso disperato.

4

Fui svegliata da una spiacevole sensazione. Avrei voluto dormire a lungo, ma evidentemente non era destino. Doveva essere davvero molto presto. Non riuscivo a sollevare le palpebre. Con un mugugno, mi tirai la coperta sopra la testa.

Mi bloccai sentendo uno strano rumore. Abbassai lentamente la coperta e strizzai gli occhi assonnata, accecata dalla luce del sole che colpiva proprio il mio letto.

In camera mia c'era Kaden. Per la precisione si era messo comodo, seduto con i piedi accavallati sulla scrivania. Mi guardava pacifico, come se fosse la cosa più normale del mondo fissarmi mentre dormivo.

«Buongiorno, raggio di sole.» La sua voce trasudava sarcasmo, e provai l'impulso di lanciargli addosso qualcosa.

Aveva dato una festa poche ore prima e di sicuro aveva dormito meno di me. Come faceva ad avere quell'aria così riposata ed energica?

«Caffè», gemetti nel cuscino. «Senza caffè, Allie non parla.»

L'occhiata divertita che mi lanciò mi sorprese. Non avevo mai visto una simile espressione sulla sua faccia. Aveva sempre l'aria come se fuori fosse brutto tempo. O come se avesse addentato un limone. Invece in quel momento sembrava decisamente divertito. Dopo la serata appena trascorsa, mi aspettavo di tutto, tranne quello.

«Chi l'avrebbe mai immaginato che proprio tu eri una di quelle persone che si sveglia di malumore.»

«Magari te l'avrei detto, se avessimo avuto un normale colloquio di presentazione», borbottai. Mi sollevai, facendo bene attenzione che la coperta mi coprisse il seno. Sapevo quanto potessero essere traditrici le canottiere di pizzo, anche con la mia scarsa dotazione.

«Il caffè è in cucina. Te ne ho lasciato un po'.»

Lo guardai diffidente. Doveva essere un sogno, altrimenti perché era così gentile? C'era qualcosa che non andava. Tuttavia, il bisogno della mia bevanda vitale era più forte del desiderio di scoprire le intenzioni di Kaden, così mi raddrizzai la canottiera, mi alzai e mi guardai intorno alla ricerca del cardigan.

«Tieni.» Kaden mi lanciò il gomitolo grigio, che mi colpì in piena faccia. «E adesso vedi di svegliarti.»

«Perché?» borbottai. Prima di uscire dalla camera, mi voltai ancora una volta a guardarlo. Teneva le braccia incrociate dietro la testa e mi osservava da capo a piedi.

«Dobbiamo fare una cosa.» La sua voce profonda aveva una nota che non riuscivo bene a interpretare. Ma era troppo presto e io ero troppo stanca per essere in grado di risolvere qualsiasi enigma.

Mi diressi in cucina scuotendo la testa, e mi resi conto che l'appartamento era già in ordine. Non era rimasta nemmeno una traccia del caos della notte appena trascorsa. Nell'aria c'era profumo di detersivo, che si mescolava all'aroma irresistibile del caffè appena fatto.

Al contrario di Monica, che il giorno precedente aveva dovuto alzarsi in punta di piedi, io arrivavo senza fatica a tutti gli armadietti della cucina.

Presi la tazza più grande che trovai e la riempii fino all'orlo. Poi aprii il frigorifero per cercare del latte, ma mi venne in mente che avevo qualcosa di meglio nell'ultimo cassetto della scrivania. Tornai in camera con la tazza di caffè. Senza badare al mio coinquilino, che occupava ancora la mia sedia con la massima naturalezza, mi chinai accanto a lui per aprire il cassetto in basso. Con la coda dell'occhio vidi Kaden accigliarsi.

«Non preoccuparti», mormorai. «Non voglio farti eccitare... Evviva!» Con un sorriso trionfante tirai fuori dall'angolo in fondo al cassetto la panna da caffè, e gliela mostrai compiaciuta. Agitai la bottiglia, tolsi la stagnola protettiva e ne versai una dose generosa nella tazza. L'aroma di menta si sprigionò per la stanza.

«Non avrai versato della panna alla menta nel caffè», osservò Kaden disgustato. Si chinò in avanti e mi tolse di mano la bottiglia. «Che schifo.»

«Tu non capisci», replicai bevendo un lungo sorso. Sospirai estasiata. «Sembra un after eight. Vuoi assaggiare?»

Esaminò la bottiglia e fece una smorfia. Poi, con un deciso «No, grazie» la posò sulla scrivania, allontanandola da sé il più possibile.

Mi strinsi nelle spalle e continuai a gustarmi il caffè. «Un'altra delle cose che ti avrei raccontato, se tu mi avessi permesso di farlo.»

«Hai altre abitudini di cui dovrei essere a conoscenza?»

Mentre mi studiava, si sporse in avanti e appoggiò i gomiti sulle cosce.

Finalmente del tutto sveglia, mi accorsi del piacevole profumo che sprigionava. Il bagnoschiuma speziato si sposava magnificamente con la miscela after eight e candele alla vaniglia della mia camera. Che carino.

Aveva i capelli ancora bagnati e spettinati, e provai l'inspiegabile bisogno di passarci le mani.

«A parte il fatto che hai l'olfatto e il gusto decisamente rovinati», commentò indicando prima le candele profumate, poi la tazza di caffè.

Rimasi per un attimo assorta, quindi mi appoggiai alla scrivania accanto a lui. «Mi piace Taylor Swift. A parte qualche eccezione, conosco tutte le sue canzoni a memoria e mi piace da morire cantarle sotto la doccia. Ho un debole per le serie di tutti i generi. Da quando sono a Woodshill, ho mangiato solo roba da fast-food. A casa non potevo farlo. Mia madre ha un tremendo aggeggio che misura le calorie. Ah, mi piacerebbe tantissimo avere un gatto. Ma tranquillo», mi affrettai ad aggiungere, vedendo che Kaden stava per protestare. «Non lo prenderò finché sarò in una camera in affitto. Mi accontento di questo», dissi indicando il soffice tappeto sotto i miei piedi e agitai le dita dei piedi. «Quando l'ho visto, mi ha fatto subito pensare a un gatto. Cos'altro? Ah, quando guardo un film triste mi metto a singhiozzare, senza accorgermene. Probabilmente mi immedesimo molto...»

Mi bloccai a metà della frase notando l'espressione di Kaden. Mi fissava con le labbra socchiuse e mi pareva di vedere gli ingranaggi della sua mente lavorare freneticamente.

«Ho di nuovo parlato troppo?» chiesi mortificata. Speravo di non averlo sopraffatto con l'elenco di tutti i miei tic, inducendolo a cercare un modo rapido per sbarazzarsi di me.

«Non importa.» Kaden si passò le mani sul viso e infine tra i capelli cortissimi sulle tempie.

«Come è proseguita la festa ieri?» mi informai per cambiare argomento.

Si appoggiò di nuovo all'indietro e si mise a braccia conserte. Il mio sguardo si posò automaticamente sui suoi numerosi tatuaggi. Erano raffinati, non dozzinali come quelli che avevo visto su altri. Sull'avambraccio destro c'era una frase scritta con una bella calligrafia. Dalla mia posizione vedevo le lettere rovesciate, e non riuscii a decifrarle. Intuii però che erano in inglese. Sul bicipite sinistro c'erano diversi cerchi, alcuni più spessi, altri sottilissimi.

«Dopo la vostra esibizione, l'atmosfera si è un po' afflosciata.»

Staccai lo sguardo dai tatuaggi, sorpresa. «Oh, mi spiace.» Posai la tazza e mi passai una mano tra i capelli. Prima le dita mi restavano sempre impigliate tra le ciocche e dovevo fare numerosi tentativi. Ormai invece era una cosa veloce. E indolore. «Ti giuro che non volevo trattare male la tua ragazza. Però non mi è piaciuto il suo modo di parlare con Monica e di sbattere offese in faccia a tutti.»

Trattenni il fiato, mentre Kaden mi accarezzava il corpo con gli occhi. Poi scosse leggermente il capo e mi guardò di nuovo in faccia. «Non è la mia ragazza. E non è piaciuto neanche a me.»

«Lo so, e per questo mi dispiace. È stata una settimana lunghissima e non sono riuscita a controllarmi, e poi tutto quel vino e...» Mi bloccai. «Come, scusa?»

«Non è piaciuto nemmeno a me come ha trattato Monica.» Rimase in silenzio a pensare per un po', poi incrociò le braccia dietro la testa. «In tutta sincerità, non mi piaceva proprio niente di quello che usciva dalla sua bocca. Più che altro erano le cose che faceva con la bocca...»

Il caffè mi andò di traverso, così lo risputai nella tazza e qualche goccia mi schizzò in viso. «Che schifo, Kaden!»

Lui sorrise malizioso. Era un sorriso decisamente furbo e pieno di autocompiacimento. Avrei voluto rovesciargli il caffè in testa. «Che problema c'è? Adesso che siamo coinquilini, possiamo parlare apertamente di certe cose, no? Con Ethan lo facevo sempre.»

Feci una smorfia disgustata. «No, grazie. Non ce n'è bisogno. E ora vorresti scusarmi? Vado a lisciarmi le orecchie.»

«Hai delle fantasie davvero perverse.»

«Veramente sei stato tu a fare quella battuta sulla bocca», replicai.

Kaden fece un sorrisetto storto. «I pompini non sono l'unica cosa che si può fare con la bocca. Per esempio ci si può baciare in maniera del tutto innocente. Comunque, buono a sapersi che nella tua testa ragioni in modo così inappropriato.»

«Nella mia testa non ragiono affatto in modo inappropriato.» Avevo parlato troppo in fretta e il rossore sulle guance tradiva la mia bugia. «Sai una cosa? Vado a lavarmi i denti», dissi, e mi girai per andare in bagno. Non feci molta strada.

Kaden mi afferrò per un polso e mi fece voltare verso di lui. Con un gesto agile mi attirò verso di sé, proprio in mezzo alle sue gambe. Persi l'equilibrio, e con la mano libera dovetti appoggiarmi alla sua spalla per non piombargli addosso. Sotto la maglietta avvertii i muscoli tonici.

«Monica è l'unica persona di sesso femminile che definirei amica.»

La sua stretta intorno al mio polso era delicata, avrei potuto liberarmi tranquillamente. Ma non era quello che volevo. Aveva un profumo così piacevole che stavo quasi per dimenticarmi con chi avessi a che fare.

Quasi.

«Perciò non hai infranto nessuna regola», mormorò lasciandomi libera.

Interdetta, rimasi dov'ero e lo guardai. «Significa che mi sono comportata bene?»

«Non mi esprimerei proprio con queste parole, no», rispose perplesso.

«Mi sembrava», ribattei con un sorriso smagliante.

«Non essere così superba, Allison.»

Il sorriso mi morì sulle labbra. Mi irrigidii e feci un passo indietro. Come faceva a sapere che Allie era il diminutivo di Allison? Non era possibile che conoscesse il mio vero nome... Oppure sì?

«Come fai a sapere che mi chiamo Allison?» domandai in tono di accusa.

Fu come se il momento appena passato tra di noi non fosse mai esistito. Kaden si spinse un po' all'indietro sulla sedia e mi rivolse quello sguardo truce e sprezzante che già conoscevo bene. «Ho tirato a indovinare. Non c'erano poi così tante possibilità.»

«Ah.» Mi girai. «Devo proprio andare in bagno», annunciai confusa, uscendo di corsa dalla camera.

Entrata in bagno, avrei voluto chiudermi a chiave, poi mi tornò in mente che la chiave non c'era. Con un sospiro mi chinai sul lavandino appoggiando le mani sulla superficie fredda. *Respira, Allie. È tutto a posto.* Non servivano i poteri magici per risalire da Allie ad Allison. E comunque era solo il mio secondo nome. Era tutto a posto. Non c'era niente di cui preoccuparmi.

Feci un ultimo respiro profondo, poi tirai fuori lo spazzolino dal bicchiere e ci misi sopra il dentifricio.

In quel momento, bussarono alla porta. Kaden naturalmente l'aprì prima che io potessi rispondere.

Avrei voluto urlare. E se fossi stata sul gabinetto? Mi sforzai di restare indifferente e mugugnare un semplice: «Mmm?»

«Hai degli scarponi da trekking?» chiese, puntellandosi con le mani allo stipite della porta. Poi si piegò agilmente in avanti. Accidenti, aveva delle braccia stupende.

Scossi la testa strofinandomi i denti con più impeto del necessario. In qualche modo dovevo sfogarmi.

«È un problema», borbottò lui.

Sputai la schiuma e mi sciacquai abbondantemente la bocca. «Vuoi portarmi a fare un'escursione?»

Mi asciugai la faccia con la salvietta, che soffocò in parte le mie parole.

«Hai detto di essere venuta qui per il paesaggio. Pensavo di farti vedere qualche scorcio particolare.»

Lo guardai scettica. «Perché?»

Mi rendevo conto che era almeno la decima volta che gli rivolgevo questa domanda da quando mi ero svegliata. Ma ero esterrefatta dal cambiamento che aveva subito nel giro di una notte, da stupido arrogante a coinquilino accettabile.

«Non sei obbligata a venire», si limitò a dire. «Se vuoi puoi rimanere qui a compiangerti.»

Oddio. Aveva forse sentito il mio piccolo crollo emotivo del giorno prima?

«I muri sono sottili», commentò fulminandomi.

«Ero solo...» cominciai, ma lui mi interruppe.

«Non me ne frega niente del perché frignavi. Regola numero uno», mi ammonì, e io serrai subito le labbra. Giusto. «Però se ti va di vedere un po' Woodshill e se ti interessa davvero il paesaggio, puoi venire con me. Oggi mi va di uscire.»

Come se avessero intuito che stavo accarezzando l'idea di accompagnarlo, i miei muscoli doloranti si fecero immediatamente sentire. «Veramente sono ancora un po' provata da ieri.» Lo oltrepassai e tornai in camera mia.

«L'aria fresca è un vero toccasana, credimi», mi disse seguendomi da vicino.

Mi voltai di scatto. «Okay, mi hai convinto. Ma lasciami sola che devo vestirmi.»

Nei suoi occhi passò un lampo di divertimento. «Potrei darti una mano.»

«Regola numero tre, Kaden», lo ammonii, sorprendendomi io stessa di quanto bene imitassi il suo tono. Speravo si rendesse conto di quanto tutto fosse ridicolo.

«No, intendevo nella scelta dell'abbigliamento», replicò senza reagire alla mia battuta. Mi oltrepassò e si avvicinò al ripiano per ispezionare le scarpe che avevo sistemato ordinatamente. «Sul serio non hai scarpe da trekking?»

«No. Sono arrivata da pochi giorni, e a Denver non mi servivano.»

Prese un paio delle mie scarpe con il tacco. «Di queste però ne hai un sacco.»

«Di tacchi non se ne hanno mai abbastanza.»

«Sono terribilmente sexy, ma dubito che tu possa usarle per camminare molto.» Le rimise al loro posto. Poi esaminò le mie scarpe da ginnastica. Erano vecchie, in realtà le usavo solo quando andavo a pilates. «Dovrai accontentarti di queste.»

Le posò davanti a me sul pavimento e uscì dalla camera. «Sbrigati. In realtà avrei voluto partire mezz'ora fa.»

Per fortuna, non si accorse che alzai gli occhi al cielo. Da una parte era gentile a volermi portare con sé, dall'altra le sue maniere altezzose mi davano sui nervi.

Ciononostante, ero segretamente felice di poter finalmente vedere le montagne, che fino a quel momento avevo guardato solo da lontano o su Internet. Infilai in fretta e furia un paio di jeans e una camicia. Misi delle stringhe robuste alle scarpe e presi la borsa.

Trovai Kaden appoggiato al bancone della cucina. Appena mi vide, mi chiese interdetto: «Mi prendi in giro?»

«Perché?» Mi guardai. Non ero niente male.

«Quella camicia non va bene. Si strapperà appena ti avvicinerai a un ramo. In altre situazioni sarebbe decisamente pratico...» Per un secondo il suo sguardo si posò sul mio seno. «Ma per un'escursione non è per niente adatta.»

Un'altra delle sue allusioni sessuali. Non era la prima volta che sentivo certe battute, ovvio, ma dette da lui assumevano un significato del tutto diverso. Mi intimidiva quasi, forse perché non si poteva mai sapere cos'avesse in mente. Voleva mettere il broncio? Sbattere la porta? Preparare il caffè? Flirtare?

In sua presenza ero sempre confusa e potevo solo sperare che con il tempo le cose migliorassero.

«Vieni con me», disse, dirigendosi in camera sua.

Lo seguii perplessa e mi fermai sulla soglia.

Aprì l'armadio e cominciò a frugare chino sui cassetti. In quella posizione, la maglietta gli scivolava sulla schiena scoprendo una striscia di pelle. Uno spettacolo decisamente gradevole. Soprattutto quando il mio sguardo scivolò dall'elastico dei boxer verso il basso. Il mio coinquilino aveva proprio uno splendido...

«Tieni», disse, lanciandomi un fagotto grigio. Oddio, speravo che non si fosse accorto che gli stavo fissando il sedere. «Metti questa.»

Posai la borsa sulla scrivania ed esaminai l'indumento. Una pesante felpa con delle tasche in cui si poteva comodamente infilare le mani. Sul davanti c'era la maschera di Deadpool che mi strappò un sorrisetto compiaciuto. Evidentemente non ero l'unica fan di supereroi, nell'appartamento. «Grazie.»

Mi sfilai la camicia dalla testa. Sebbene sotto portassi la canottiera, Kaden rimase per un momento interdetto, e io mi affrettai a girarmi. Dopo essermi infilata la felpa, la annusai discretamente. Profumava di detersivo ma anche inconfondibilmente di Kaden. Presi la borsa dalla scrivania e mi voltai di nuovo verso di lui.

«Cosa te ne fai di una borsa durante un'escursione?» domandò.

«Di sicuro avrò bisogno di soldi. E ovviamente del cellulare. E poi burrocacao, fazzoletti e...»

«Forse sarebbe meglio se ti lasciassi qui», mi interruppe.

Cavolo, sembrava che quel tizio non fosse mai andato in giro con una persona di sesso femminile. Stizzita, tirai fuori dalla borsa il cellulare, poi mi bloccai quando mi chiamò per nome.

«Allie.»

Era la prima volta che usava il nome con cui mi ero presentata. Alzai lo sguardo dalla borsa e lo fissai.

«Passeggiare significa lasciarsi tutto alle spalle e liberare la mente. Non ti servirà né il cellulare né il portafoglio. Men che meno tutto il resto.»

Feci un sospiro esasperato. Poi posai la borsa sulla scrivania e alzai le mani. «Soddisfatto?»

Kaden fece un sorriso storto. «Molto.»

Cavolo.

Dove mi stavo andando a cacciare?

5

Mi bloccai in mezzo al parcheggio.

«Allora ti decidi a venire?» mi gridò Kaden spazientito, mentre apriva la jeep.

Già, la jeep. Quel tizio possedeva davvero una mastodontica Jeep Wrangler grigio metallizzato nuova di pacca.

Il mio sguardo passò da Kaden all'enorme auto e ritorno. Avrei dovuto immaginarlo. Una macchina del genere era perfetta per un individuo scorbutico come lui. Era virile, incuteva soggezione, e quando Kaden accese il motore, il rombo mi fece trasalire.

Corsi verso la portiera del passeggero e feci appena in tempo a salire prima che Kaden partisse e imboccasse la statale.

Osservai l'interno dell'auto di sottecchi. Era pulita, ma non così splendente come avrebbe lasciato immaginare l'esterno. Sul sedile posteriore c'erano lattine e dei sacchetti vuoti, e il tappetino dalla mia parte avrebbe avuto bisogno di una passata di aspirapolvere. Più di una volta doveva esserci salito qualcuno con le scarpe infangate.

In ogni caso, quell'auto era un sogno. Avrei dato qualunque cosa per provare a guidarla. Tuttavia, avevo la certezza che Kaden non avrebbe mai lasciato il volante di quel gioiello a una persona che conosceva da una settimana.

«Nel cassetto del cruscotto ci sono dei CD», mi disse, strappandomi alle mie riflessioni.

Non me lo feci ripetere due volte. Da un lato non capitava tutti i giorni di poter decidere la musica nella macchina altrui, dall'altro ero terribilmente curiosa di scoprire i suoi gusti.

Aprii il cassettino e iniziai a frugare tra i numerosi dischi. Rimasi abbastanza sorpresa. Ce n'erano alcuni che non conoscevo, ma anche un paio dei miei preferiti.

Con la coda dell'occhio vidi che Kaden mi osservava. Era attento alla strada, ma ogni tanto girava lo sguardo su di me, e questo mi provocava uno strano fremito sotto l'orecchio. Avevo l'impressione di dover superare l'esame per la scelta della colonna sonora appropriata alla nostra gita. Rovistai ancora un po' tra la sua collezione e sul fondo trovai un paio di CD copiati.

«Cosa sarebbe il mix K.?» domandai con un sorrisetto, mostrando un disco pieno di cuoricini disegnati.

Me ne pentii all'istante. Per una frazione di secondo un'espressione amareggiata attraversò la faccia di Kaden. Ma scomparve con altrettanta rapidità, e mi trovai a fissare una maschera dura e impenetrabile.

«Tiralo fuori dalla custodia e dammelo», disse in tono pericolosamente basso.

Deglutii e feci ciò che mi aveva chiesto, con una sgradevole sensazione addosso. Nel giro di un secondo, Kaden mi strappò di mano il CD e lo spezzò in due. In preda al panico, guardai oltre il parabrezza, mentre lui toglieva anche l'altra mano dal volante e spezzava un'altra volta il CD. Gettò i frammenti sul sedile posteriore e riprese il volante. Lo strinse così forte che le nocche gli diventarono bianche.

I cuoricini sul CD mi lasciavano pensare che fosse il regalo di una ex ragazza. Forse la coinquilina psicopatica di cui mi aveva raccontato Monica. Non immaginavo nessun'altra ragione che spiegasse la sua reazione.

«Ora che hai sfogato la rabbia, potremmo mettere questo», proposi dopo un po' in tono cauto, mostrando il mio album preferito dei Thirty Seconds To Mars.

Lui me lo tolse di mano e, senza degnarlo di uno sguardo, lo infilò nel lettore. Scelsi una delle mie canzoni preferite.

Mentre risuonavano i primi accordi, avvertii nuovamente lo sguardo di Kaden su di me. «Taylor Swift l'ho subito immaginato, ma non mi sembravi il tipo che ascolta anche i Thirty Seconds To Mars.»

Per un attimo sostenni il suo sguardo intenso, poi girai la testa e guardai fuori dal finestrino. Il paesaggio era semplicemente troppo bello per perdersene anche un solo momento. Il tempo era splendido, i raggi del sole spuntavano tra le cime delle montagne e inondavano tutto di luce chiara. «Uno come te dovrebbe sapere che i pregiudizi vanno gustati con cautela.»

Lui fece una specie di grugnito. «Cosa vorrebbe dire?»

«Sono sicura che la gente a volte ti giudica diverso da come sei veramente. Le persone tendono a dare giudizi affrettati.»

«Anche tu, vero?»

Lo guardai di nuovo. Teneva il gomito appoggiato al finestrino aperto, lo sguardo rivolto in avanti. Con il berretto da baseball, sembrava un altro.

«Perché?» gli domandai. Ero sempre stata abituata a giudicare le persone dal loro aspetto. Quel genere di superficialità era normale negli ambienti frequentati dai miei genitori. Ma da quando ero a Woodshill mi ero sforzata di perdere l'abitudine, soprattutto con Kaden e durante il nostro primo incontro. Il fatto che, nonostante tutto, non fosse andato in maniera esemplare, non era stata certo colpa mia.

«Hai dato un'occhiata ai miei tatuaggi e mi hai subito etichettato come bad boy», mi ricordò, girando la visiera del berretto all'indietro.

«Che assurdità», obiettai, un po' più forte di quanto volessi.

Lui mi guardò scettico.

«Non l'ho fatto per i tuoi tatuaggi, bensì per il tuo carisma», gli spiegai.

Fece un sorrisetto sospetto. «Che genere di carisma avrei?»

«Ma dai, Kaden», dissi in tono sarcastico, e tornai a guardare fuori dal finestrino. Jared Leto inneggiava alla libera verità e come sempre la sua voce mi faceva venire la pelle d'oca. Era una musica che mi prendeva un sacco.

«Sul serio. Cosa significa?»

Sospirai. O era duro di comprendonio, oppure voleva che gli dicessi quanto lo trovassi sexy. «Non ho l'abitudine di adulare chi non ne ha bisogno.»

A quel punto scoppiò a ridere. Una risata piena, che si mescolò alla musica.

Il resto del tragitto passò in silenzio. Era bello vedere altre parti di Woodshill. A un certo punto la strada cominciò a salire, fiancheggiata da fitti alberi. Kaden si fermò in un parcheggio dove alcuni cartelli mi rivelarono che da lì partivano diversi sentieri escursionistici. C'era anche un negozio di articoli sportivi e souvenir, ma era chiuso. La baita di legno dall'aria un po' trascurata era graziosa. Non doveva passare molta gente di lì.

Kaden aveva inforcato gli occhiali da sole e girato di nuovo la visiera del berretto. Indossava una felpa che sembrava molto comoda, pantaloni beige e robusti scarponi. Nella mano destra teneva una bottiglia di plastica.

Fantastico. Lui si era portato degli accessori e a me aveva concesso solo questa maledetta felpa. Scesi dall'auto e infilai le mani nelle tasche davanti.

Mi guardai intorno e mi avvicinai ai cartelli accanto alla baita per orientarmi. Probabilmente non mi sarebbe servito, visto che ero in compagnia di una guida esperta, ma dare un'occhiata era sempre utile.

Sulla cartina sotto il vetro era indicata la nostra posizione con un puntino rosso dal quale si diramavano diversi sentieri che risalivano la montagna, ognuno segnato con un colore differente per indicarne la difficoltà. A seconda della lunghezza del percorso che si voleva affrontare e del tipo di salita, si poteva scegliere l'uno o l'altro colore.

«Prendiamo questo?» domandai, indicando una linea azzurra che era l'escursione più facile. Mi girai verso Kaden, ma lui era già partito senza badare a me.

«Ehi!» gli gridai dietro.

Aveva imboccato un sentiero e si era allontanato già di qualche metro. Diedi ancora un'ultima occhiata alla cartina. «Dove stai andando? Dobbiamo ancora decidere che sentiero prendere!»

Kaden non si curò della mia domanda. «Parla meno, cammina di più», disse, continuando imperterrito a camminare.

Naturalmente era pretendere troppo che scegliesse un tracciato che mi introducesse gradualmente all'escursionismo. No, Kaden doveva partire subito in quarta e imboccare il sentiero con una pendenza stimata del cento per cento. Avevo già problemi a raggiungerlo, ed eravamo solo a una cinquantina di metri di distanza. Quando finalmente ci riuscii, ero già scivolata diverse volte. Se volevo dedicarmi alle passeggiate naturalistiche, dovevo assolutamente procurarmi un paio di scarponi.

«Che sentiero abbiamo preso?» Mi misi la mano davanti agli occhi per ripararmi dal sole.

«Adesso? Per ora quello nero», rispose tranquillo. Non era per niente affannato. Naturale.

Sebbene dovessi avere da qualche parte dei muscoli nascosti dopo tutti i corsi di pilates frequentati a Denver, quella era una prova micidiale. Grondavo sudore per il sole e la salita, e rimpiangevo di aver sempre snobbato il cardio training.

«Quello nero non era il sentiero facile, vero?» domandai faticando a restare al passo con lui. Accidenti, doveva avere dei motori dentro gli scarponi. Non capivo come potesse mantenere una simile velocità senza avere il fiatone.

«Quello azzurro è per gli anziani.» C'era qualcosa di inquietante nella sua voce. «Adesso smettila di blaterare e cammina, Bubbles.»

Non badai al soprannome più idiota nella storia dell'umanità e mi fermai. «Questo è il tracciato più difficile, vero?»

Kaden si girò e scese camminando all'indietro. Avrei tanto voluto che inciampasse e rotolasse giù per la montagna. Era l'unico desiderio che provavo di fronte al suo ghigno arrogante. «Parla meno, cammina di più», ripeté, riprendendo la marcia.

Purtroppo le mie preghiere non furono esaudite.

* * *

Non avevo la minima idea di quanto a lungo avessimo camminato. L'indolenzimento muscolare e la mancanza di allenamento mi davano l'impressione che fossero ore.

A un certo punto, Kaden aveva lasciato il sentiero segnalato. Alla mia occhiata interrogativa aveva risposto semplicemente: «Fidati di me, ne varrà la pena».

Fidati di me. Ma per favore.

Non avrei mai più fatto qualcosa con lui. Mai. Più.

Si addentrò in mezzo a un intrico di radici e di rami. Ero caduta due volte senza che lui mi aiutasse a rialzarmi, e mi sentivo bruciare il collo dove un ramo di rovo mi aveva graffiato.

«Ce l'hai quasi fatta», annunciò la voce di Kaden un paio di metri sopra di me.

Lo ripeteva in continuazione da almeno due ore. Non gli credetti. Ero così arrabbiata che trovavo la forza di andare avanti solo pensando a come lo avrei spinto giù da quella dannata montagna una volta arrivati in cima.

Spostai il peso e mi issai su un'enorme roccia. Quando ci fui sopra, boccheggiai stremata. Grondante di sudore, mi misi a sedere sul masso e stavo per sdraiarmi e abbandonarmi al dolore dei muscoli, quando Kaden mi afferrò sotto le ascelle e mi costrinse a rialzarmi. Barcollai brevemente, poi lui mi fece girare e mi portò con sé a qualche passo da lì.

E allora respirare diventò all'improvviso secondario.

Mi aggrappai involontariamente al braccio di Kaden perché di colpo mi sentivo infinitamente piccola.

Sotto di noi c'era il mondo.

Nessuna foto su Internet avrebbe potuto cogliere quello spettacolo. Il sole si rifletteva sulla superficie limpida dell'acqua, così splendente da costringermi a schermarmi gli occhi con una mano per riuscire a vedere ogni cosa. Eravamo così in alto da avere sotto di noi persino le cime degli alberi più maestosi.

Feci un profondo respiro e provai un'unica sensazione: purezza.

Là in cima non si sentiva il piacevole frusciare delle fronde, il frinire dei grilli o il cinguettio degli uccelli. C'era una pace assoluta.

In quell'istante mi fu possibile non solo intuire la libertà che avevo desiderato tanto a lungo. Ne ero piena dalla testa ai piedi. Non sentivo più neppure il dolore ai muscoli, da quanto era intensa l'energia vitale che mi pervadeva. Fui sopraffatta dalla pazzesca sensazione che...

«Non vorrai mica rimetterti a frignare, vero?» commentò Kaden disgustato.

Non fui in grado di rispondergli. Le parole erano sparite. Anche il mio desiderio di buttarlo giù dal monte si era dissolto. Lasciai il suo braccio e mi passai la manica sugli occhi che si erano inumiditi senza che me ne fossi resa conto. Dopo un paio di secondi ritrovai la voce. «È il sole che mi ha accecato.»

«Non importa», disse, mettendosi a sedere sulla roccia.

Lo imitai con prudenza e mi appoggiai all'indietro sulle mani.

«La prima volta che sono salito quassù anch'io sono rimasto sopraffatto.»

«Anche tu ti sei commosso?» chiesi divertita, chiudendo gli occhi. Il sole splendeva e ne gustai il piacevole tepore sul viso. Nonostante la scarpinata, sentivo fresco. Probabilmente perché ero completamente sudata.

Kaden sbuffò sprezzante. «Casomai te ne fossi dimenticata, io sono un uomo.»

«Ah davvero?» ribattei ironica.

«Non te ne sei ancora accorta?» La sua voce risuonò così vicina al mio orecchio da spaventarmi e farmi spalancare gli occhi. «Vuoi una dimostrazione?»

La sua voce profonda mi fece venire la pelle d'oca, che non aveva niente a che fare con il freddo. Deglutii a fatica. Mi stava così vicino che gli vedevo ogni singola ruga intorno agli occhi, oltre all'irresistibile curva delle labbra che aveva piegato in un lieve sorriso.

«È questo quello che fai normalmente quassù? Dare certe dimostrazioni alle ragazze?» chiesi affrettandomi a distogliere lo sguardo. Mi massaggiai stizzita il petto, nella speranza di rallentare il battito del cuore. Maledetto Kaden con il suo maledetto fascino e le sue maledette battute a doppio senso.

«Finora sono venuto quassù solo con Ethan e Spencer. La tua è stata una specie di prova di iniziazione», mi spiegò, tornando a sdraiarsi sui gomiti. Gettò la testa all'indietro tendendo il viso verso il sole.

«E?» domandai cingendomi le ginocchia con le braccia.

«E cosa?»

«L'ho superata?»

Il suo sguardo era imperscrutabile. «Non lo so ancora.»

Restammo in silenzio per un po' mentre io mi abbandonai alla bellezza del panorama davanti a me. Avevo visitato diverse città, avevo viaggiato con i miei genitori e visto un sacco di cose, ma fino a quel momento niente mi aveva colpito così in profondità. Ero incredibilmente orgogliosa. Non solo di essere arrivata in cima alla montagna, ma in generale. Perché finalmente ero arrivata dove volevo essere da tanto tempo.

Quell'escursione era un simbolo perfetto del mio viaggio esistenziale.

«Grazie», dissi involontariamente. Provai di nuovo un bruciore agli occhi, ma per fortuna riuscii a ricacciare indietro le lacrime.

Sentivo che Kaden mi osservava, ma non ebbi la forza di girarmi verso di lui. Avrei dovuto distogliere lo sguardo dalla perfezione che si apriva sotto di noi, ed era l'ultima cosa che volevo fare.

6

La sera precedente alla mia prima lezione all'università, ero così esaltata che in circostanze normali non avrei chiuso occhio. In quel caso, però, durante la giornata ero stata in cima a una montagna. Il mio sonno comatoso quindi era dovuto sicuramente all'escursione e all'aria pura.

L'esaltazione tornò in pieno il mattino dopo, e quando Dawn e io ci incontrammo per il nostro primo corso di Letteratura, eravamo euforiche ed eccitate.

La realtà ci fece tornare ben presto con i piedi per terra. Eravamo sedute nel mezzo di un'aula magna strapiena. Non riuscivo a seguire la lezione, perché il brusio era così assordante da impedirmi di capire quello che leggeva l'insegnante. A ciò si aggiungeva il fatto che non si sforzava nemmeno di alzare la voce o di chiedere agli studenti di fare silenzio. Non erano graditi neppure gli interventi, e a questo avrei dovuto abituarmi mio malgrado.

«Come va la vita con lo stronzo?» bisbigliò Dawn, offrendomi una caramella. A colazione le avevo già raccontato della festa di sabato sera e avevo dovuto rispondere a tutte le sue domande. Evidentemente eravamo passate a un nuovo tema.

Scartai la caramella con lentezza, per guadagnare tempo. «È decisamente scontroso, ma credo che andremo d'accordo», risposi dopo un po'. «Ieri mi ha portato a fare un'escursione.»

«È forse un'espressione in codice per qualcosa di perverso?» chiese lei trepidante con un lampo negli occhi.

Tentai di trattenere una risata, e così emisi una specie di gorgoglio. Una ragazza seduta davanti a noi si voltò e mi lanciò un'occhiata severa.

Mi premetti una mano sulla bocca. «No», bisbigliai. «Siamo stati davvero in montagna.»

«Perché?»

«Volevo vedere un po' i dintorni e a lui piace camminare.»

Dawn ridacchiò. «Oh certo, ti credo sulla parola che a Kaden piace... camminare.» Si guadagnò anche lei un'occhiata feroce dalla studentessa davanti.

«Zitta, Dawn», la ammonii con finta serietà.

Prima della lezione del pomeriggio – Dawn aveva un corso di Scrittura Creativa, io un seminario su Film e Televisione – raggiungemmo insieme la mensa.

Ci accodammo alla lunga fila e ci alzammo in punta di piedi per sbirciare il menu. Niente da fare. C'era troppa gente.

«La prossima volta ci portiamo qualcosa, oppure andiamo da me», proposi. Dovevo quasi urlare per sovrastare il fracasso. Quella ressa non mi piaceva affatto. Cominciavo già a sudare.

«Dubito che in quel caso torneremmo in tempo per l'inizio delle lezioni», obiettò la mia amica, rinunciando a leggere i nomi delle pietanze sopra il bancone.

Quando finalmente toccò a noi, non ci fu molto tempo per scegliere. Dawn ordinò al volo dei maccheroni al formaggio e io optai per dei tortellini con verdure.

«Al tuo posto non li prenderei», bisbigliò qualcuno dietro di me, proprio mentre stavo per ordinarli.

Sussultai e rischiai di far cadere il vassoio.

«Ah, ecco il singolare coinquilino», disse Dawn, alzando meccanicamente la mano in un gesto di saluto.

Girai la testa di lato e guardai Kaden. Si stava passando la mano tra i capelli con una smorfia.

«Perché no?» domandai.

«Il ripieno è disgustoso. Ci sono dei pezzi di cartilagine immangiabili.»

Indicai la pietanza successiva. Ali di pollo con purè e piselli. Kaden scosse la testa anche in quel caso.

«Che ne dici delle verdure in padella?» chiesi. Il suo sguardo si illuminò e io le ordinai.

Quando l'inserviente mi porse il piatto, Kaden me lo sfilò da sotto il naso e lo posò sul proprio vassoio. «Questo perché stamattina non mi hai lasciato nemmeno un po' di caffè», disse, dileguandosi verso la cassa.

Rimasi a bocca aperta per l'indignazione.

Che stronzo bastardo! Mi girai di nuovo verso l'inserviente, che ormai stava servendo lo studente dietro di me. Ogni tentativo di catturare la sua attenzione fallì miseramente.

«Dai, ci dividiamo la mia pasta», disse Dawn indicando la poltiglia gialla sul suo piatto. Con un sospiro, annuii.

Kaden ne avrebbe viste delle belle, quella sera.

Ci sedemmo a un tavolo con alcune matricole che conoscevamo dagli incontri di orientamento. Durante il pranzo, ci scambiammo opinioni sugli insegnanti e sui seminari, e ci raccontammo dei relativi alloggi. Venne fuori che un paio di noi aveva visitato gli stessi appartamenti.

«Io sono stato da una signora che mi voleva appioppare la figlia», disse un tizio di fronte a me. Davanti alla sua espressione di raccapriccio scoppiammo tutti a ridere.

«Ci sono stata anch'io», confermai, infilzando un'altra forchettata di maccheroni. Per fortuna la porzione era enorme e non dovevo avere sensi di colpa di togliere il cibo a Dawn.

«Sì, anch'io!» esclamò esaltata una ragazza in fondo al tavolo. «La bambina però era un tesoro.»

«Io sono stato da uno che per prima cosa ha messo in chiaro che non voleva venire a letto con me, nel caso mi fossi trasferito da lui», raccontò un ragazzo di nome Scott. Almeno credo.

«Tu lo avresti fatto?» gli domandai.

«Al cento per cento!» dichiarò con aria estasiata. «Un vero pasticcino, ve lo dico io. Tutto muscoli e tatuaggi e la voce, poi, così sexy... sarei voluto andare a vivere lì solo per farmi raccontare da lui la fiaba della buonanotte.»

Ridemmo tutti di gusto.

«La regola del non andare a letto insieme la conosce bene anche Allie», mi stuzzicò Dawn.

Sbuffai, al contrario di Scott, piuttosto irritata.

«Aspettate, ma state parlando dello stesso tizio?» intervenne interessata un'altra ragazza.

Scott drizzò le orecchie. «Se è tatuato e ha una voce profonda, da farti eccitare solo a sentirla, decisamente sì.»

«Ah, ma allora parlate di Kaden White», dichiarò un'altra con aria sognante. Il boccone mi andò per traverso. «È in cima alla mia lista.»

«Che lista?» chiese Dawn incuriosita, mentre mi dava una gomitata di nascosto.

«Sulla lista se-potessi-avere-tutti-gli-uomini-che-voglio», sospirò lei.

Dawn e io ci scambiammo un'occhiata divertita. Kaden era sexy, su questo non c'erano dubbi. Ma se avessi potuto avere tutti gli uomini del mondo, di sicuro mi sarei cercata qualcun altro. Per esempio Theo James.

«Allora dovresti rivolgerti ad Allie. Sta da lui.»

La ragazza lanciò un gridolino esaltato e Scott sospirò sognante appoggiando il mento sulla mano. «Beata te, tesoro. Stento a credere che tu sia ancora qui invece di sedergli in braccio.»

«Me lo puoi presentare?» chiese la ragazza, speranzosa.

«Come fate a conoscerlo? Io sono qui solo da pochi giorni ed evidentemente devo essermi persa qualcosa», commentai divertita. «Devo aver preso informazioni dalle fonti sbagliate.»

«Kaden è uno dei pasticcini qui, insieme a Spencer Cosgrove», spiegò un'altra ragazza alla mia sinistra.

«Spencer?» Dawn scoppiò a ridere, ma si ammutolì quando fu bersagliata da un'occhiata truce.

«Già, qui da noi ci sono diversi pasticcini», osservò Scott.

Si aprì un dibattito su chi fosse il ragazzo più sexy del campus. Kaden era ai primissimi posti. Per fortuna cambiammo velocemente argomento e la discussione prese un'altra direzione. Non avevo molta voglia di trascinarmi a casa una tizia qualunque o di dare il numero di cellulare di Kaden a matricole sconosciute.

Anche se...

Osservai la ragazza con lo sguardo sognante.

E sorrisi compiaciuta.

Mentre mi incamminavo verso l'ultima lezione del pomeriggio, sentii vibrare il cellulare. Lo tirai fuori dalla borsa senza fermarmi.

Si può sapere che cavolo ti salta in mente?

La punizione per il mio piatto di verdure, stupido.

Avevo dato il numero di cellulare di Kaden a quella ragazza dopo pranzo. Non ci vedevo niente di male, magari si trovavano simpatici. Oppure, e questo mi sembrava più probabile, Kaden si sarebbe arrabbiato perché avevo fatto circolare il suo numero.

Il cellulare vibrò di nuovo.

D'ora in avanti puoi scordarti il caffè. Chiuderò a chiave la macchinetta in camera mia.

Sbuffai e mi fermai sul vialetto per rispondere.

Sbaglio o nel nostro appartamento non ci sono le chiavi delle stanze?

L'ho detto solo per evitare che tu ti chiuda in bagno per ore. Io sono e rimango il re di chiavi.

Cosa?! Significava che negli ultimi tre giorni mi ero affannata in bagno inutilmente? Non poteva dire sul serio.

Provaci.

Andrebbe contro la regola numero tre, e lo sai anche tu, Bubbles.

Sbuffai spazientita e rimisi il cellulare nella borsa. Che imbecille! Prima mi rubava il pranzo e poi scoprivo che mi aveva mentito. Dopo le lezioni avrei cercato su Internet se era lecito negare la chiave del bagno a una coinquilina.

E cosa stava a significare quel soprannome demenziale che mi aveva appioppato? Bubbles. Forse perché blateravo troppo? Sul serio? Evidentemente Kaden apparteneva a una razza di idioti tutta particolare.

Mentre entravo nell'edificio in cui si sarebbe tenuta l'ultima lezione della giornata, decisi di cancellare dalla mente qualsiasi pensiero legato a Kaden. Seguii le frecce sui muri e trovai la mia aula al primo piano, all'inizio del lungo corridoio. Entrai.

La maggior parte degli studenti era già arrivata. Per fortuna il corso era a numero chiuso, e non c'era il casino delle altre lezioni. C'erano persino alcuni studenti più grandi, che si distinguevano senza fatica dalle matricole. Parlavano tra loro a voce alta e con disinvoltura, mentre i novellini erano seduti in silenzio al loro posto con aria intimidita.

Riconobbi una ragazza che era al nostro tavolo alla mensa

e le sorrisi. Lei mi indicò il posto libero accanto a sé e io mi feci largo tra i banchi.

«Ehi, carne fresca!» mi gridò un tipo da una parte.

Feci finta di niente, ma appena lo ebbi oltrepassato, lui inclinò la sedia all'indietro e mi diede una pacca sonora sul sedere.

Un dolore bruciante mi salì fino alla testa. Ricordi che non volevo vedere affiorarono alla mia mente. Una vampata di calore si diffuse dentro di me.

Volevo andare avanti. Non farne un dramma.

Ma quando avevo lasciato Denver, mi ero ripromessa che qualcosa del genere non sarebbe mai più accaduto. Mi girai sui tacchi e fissai il tizio con sguardo carico di odio.

«Non ti azzardare più a toccarmi. Hai capito?» Mi sforzai di mantenere un tono calmo, ma mi riuscì solo in parte.

Il tipo alzò le mani in un gesto conciliante e mi rivolse un sorriso sfacciato. «Calmati, era solo uno scherzo.»

«Allora il tuo senso dell'umorismo fa davvero schifo», sibilai.

«Cavolo, non darti tante arie», brontolò, e il suo vicino di posto gli manifestò il proprio appoggio con un'esclamazione soffocata.

«Non ci penso proprio, cavolo. Se una ragazza è interessata a essere toccata da te, te lo farà capire. Credimi, sappiamo essere molto esplicite», ringhiai. «Ma quando qualcuno ti passa davanti senza neppure degnarti di uno sguardo, non significa certo che voglia essere palpeggiata.»

Nel frattempo lui era arrossito, non so se per la rabbia o la vergogna.

«Tieni le mani lontane da lei, Ryan», dichiarò una voce

che ormai mi era familiare. «A meno che tu voglia assaggiare le mie. Credimi, non ti piacerebbe.»

Kaden era seduto di fronte a noi. Teneva le mani incrociate dietro la testa, le gambe allungate sotto il banco e accavallate. Nei suoi occhi si accese un lampo divertito quando vide la mia espressione sorpresa, ma la sua mandibola rimase tesa. Mi rivolse un impercettibile cenno, poi infilò la mano nella tasca dei pantaloni.

Quando iniziò la lezione e il docente si presentò, sentii vibrare il cellulare nella borsa. Lo tirai fuori di nascosto per leggere il messaggio.

L'hai superata.

7

Nelle settimane seguenti, la mia vita prese un andamento più regolare, mentre l'estate volgeva al termine. Finalmente potevo tirare fuori gli stivali e le sciarpe. Frequentavo le lezioni, facevo molte cose con Dawn e altri compagni di corso, e a poco a poco mi stavo ambientando. Ero persino diventata capace di riconoscere i piatti appetitosi da quelli immangiabili alla mensa. Un grande progresso.

Kaden lo vedevo di rado, a causa del fitto orario di lezioni e della fase di ambientamento. Passavo molto tempo in biblioteca e mi sforzai di studiare fin dal principio. Gli insegnanti non perdevano tempo e avevano già fissato le date dei primi esami. Mi ero unita a diversi gruppi di studio, e a volte ci trattenevamo fino a tarda sera. Quando arrivavo a casa, il mio inquilino si era già chiuso in camera sua, oppure era seduto in salotto nella penombra a giocare con la Playstation. Avevo imparato per esperienza che non era una buona idea disturbarlo in quel caso. Da quando aveva perso per causa mia e mi aveva cacciato in camera con un'occhiata rabbiosa, condividevamo solo il caffè al mattino. E tutte le volte faceva una smorfia quando allungavo il caffè con la panna alla menta.

Quella sera, insieme agli amici, volevamo andare per la prima volta in un club. Non avevamo idea di come saremmo entrati, perché molti di noi, me compresa, non avevano ancora ventun anni, ma ci avevano assicurato che intorno al campus non veniva controllata l'età e non ci sarebbero stati problemi.

Stavo finendo di truccarmi gli occhi, quando suonarono alla porta.

«È per me!» gridai dalla camera, casomai a Kaden fosse venuta l'assurda idea di alzare il sedere.

Quando uscii dalla camera, lo trovai che trafficava in cucina. Distolsi lo sguardo e sbirciai dallo spioncino. «Non è per me», dichiarai, aprendo la porta a Spencer.

«Ciao, Allie», mi salutò abbracciandomi forte. Fui avvolta dal piacevole profumo aspro del suo dopobarba.

«Ciao, Spencer.» Lo allontanai da me e lo osservai da capo a piedi. «Sembra che tu abbia grandi progetti per la serata», dissi con un cenno di apprezzamento.

«Esatto.»

Indossava un paio di jeans aderenti e una delle sue camice a quadri. Aveva i capelli tirati all'indietro con il gel. Era favoloso.

«Kaden non ti ha detto che oggi all'*Hillhouse* danno una festa?» mi domandò seguendomi in salotto. Lanciò un'occhiata fugace in cucina e io scossi la testa.

«No, però ci vado con i miei amici.»

«Possiamo andare insieme, se ti va», propose. Evidentemente non sapeva che Kaden mi evitava come la peste. «Sarà divertente.»

«Non credo che...»

«Ottima idea», mi interruppe Kaden raggiungendoci in salotto. «Potremmo anche farci le trecce a vicenda e guardare un film della Disney.»

«L'ironia non fa per te, Kaden.» Strinsi i denti fino a farli scricchiolare.

«Come a te non sta bene quello straccetto», replicò lui asciutto, offrendo una Coca a Spencer.

Poi tirò fuori il cellulare dalla tasca dei pantaloni e iniziò a digitare con aria concentrata.

Guardai il mio vestito. Era azzurro e arrivava quasi al ginocchio. Lo avevo messo solo perché aveva una bellissima scollatura, abbastanza profonda ma non volgare.

«Beh, se lo dice un esperto come te, andrò subito a cambiarmi.» Sistemai l'abito e guardai Spencer. «Tu che ne dici?»

Lo sguardo di Spencer scese dal mio viso al mio seno e ritorno. «Secondo me stai da Dio.»

«Davvero?» chiesi facendo una giravolta davanti a lui. «Quindi non devo cambiarmi?»

«Assolutamente no.» Bevve un sorso di Coca mentre mi scrutava ancora una volta dalla testa ai piedi.

Gli rivolsi un ringraziamento silenzioso e un sorriso smagliante, che lui ricambiò senza esitazioni.

Dal divano giunse uno sbuffo. Per fortuna, prima di essere costretta a iniziare un nuovo duello verbale con il mio coinquilino, fui salvata dal campanello.

Ammiravo Dawn mentre percorreva accanto a me gli ultimi metri fino all'*Hillhouse* vacillando su un paio di scarpe con un vertiginoso plateau. Anch'io portavo i tacchi, ma con i suoi non sarei riuscita a fare nemmeno un passo. Per fortuna non ne avevo bisogno. Con il mio metro e settantacinque superavo molte ragazze anche con le scarpe basse.

Alla fine eravamo andate con i ragazzi. Spencer aveva insistito e, dato che eravamo diretti dalla stessa parte, non aveva senso che Kaden ne facesse un dramma.

All'*Hillhouse* non andavano tanto per il sottile riguardo l'età. Senza discussioni, ricevemmo il timbro sul polso con il logo del club, e ci fecero passare. Una volta dentro, Dawn e io cercammo i nostri compagni, mentre Spencer e Kaden raggiungevano Monica e gli altri.

Quando Scott ci vide, ci salutò gesticolando. Aveva i capelli biondi tirati all'indietro con il gel, e una camicia azzurra infilata nei jeans. Aveva un'aria davvero tenera, e lo salutai con un bacio sulle guance, come pretendeva sempre lui. Poi abbracciammo Grace, Cody e Madison, che studiavano con noi e con le quali passavamo regolarmente gli intervalli tra un seminario e l'altro. Si spostarono lungo il bancone per far posto a Dawn e me.

«Siete uno schianto», mormorò Scott con voce flautata. «Come mai non avete portato i vostri accompagnatori?» Si allungò per guardare oltre la folla, chiaramente cercando Spencer e Kaden.

«Ci hanno solo accompagnate qui», disse Dawn dandomi una gomitata. «E poi Mr. White non è particolarmente gentile con la nostra piccolina.»

«La nostra piccolina?» ripetei incredula, guardandola dall'alto in basso.

Quella sera Dawn mi aveva dato il permesso di truccarla, e aveva un make-up più marcato del solito. Con i jeans skinny e la maglia nera con il profondo scollo a V era molto sexy, ma minuscola. Nonostante i tacchi, la superavo di due spanne buone, cosa di cui si era lamentata apertamente più di una volta durante il tragitto.

«Sì, tu sei il mio pulcino. A prescindere dalla statura», spiegò Dawn con un sorriso. «Io curo i miei pulcini. Li accudisco, li cresco e li aiuto a spiccare il volo.»

«I polli non volano. È una metafora patetica», ribattei ridendo. Poi diedi un'occhiata alla lista. Gli altri avevano già ordinato dei long drink. Avevo la sensazione che non avrei trovato una gran scelta di vini, in quella bettola. «Ma non controllano la carta d'identità?» chiesi scettica. Al di là della pista da ballo gremita c'era il bar illuminato di blu, dove parecchie persone tentavano di attirare l'attenzione del barman.

«No, non ti preoccupare», mi rassicurò Scott. «O preferisci che vada a prendervi qualcosa io?»

«Ma figurati.»

Dawn e io arrancammo fino al bar facendoci largo nella ressa. Mi appoggiai con i gomiti al bancone, sventolai la prenotazione che tenevo tra le dita e gridai la mia ordinazione. Nessuno badò a me, c'era troppa gente. Allora aspettai pazientemente che il barman si girasse dalla mia parte. Gli rivolsi un sorriso smagliante e mi scostai capelli dal viso.

Ottenni l'effetto desiderato.

Consegnai a Dawn il suo bicchiere, e tornammo al nostro tavolo.

«Non so perché, ma ho la sensazione che tu abbia frequentato spesso locali di questo tipo», commentò Dawn pensierosa, bevendo una lunga sorsata.

Pur sapendo che non lo aveva detto per cattiveria, la sua osservazione mi diede fastidio. I ricordi si affollavano nella mia mente, e bevvi tutto d'un fiato il mio Long Island Iced Tea nella speranza di affogarci dentro. Quello non era un tuffo nel passato, era il mio nuovo inizio con gli amici.

Meno di un'ora dopo, ordinai un altro drink. Leggermente alticcia, potevo finalmente rilassarmi. Era divertente chiacchierare e giocare con le mie amiche del corso di Letteratura a trovare il ragazzo più sexy del locale. In realtà, era un pretesto per guardarci in giro, ma naturalmente non protestai.

Dopo un po', Scott mi prese per mano e mi trascinò sulla pista insieme a Dawn. Avevano messo il remix di una canzone che gli piaceva, e cominciammo a muoverci con disinvoltura. Era bello non dovermi preoccupare di cosa pensassero gli altri di me, una volta tanto. La serata era già un successo, e mi sentivo completamente rilassata. Almeno finché, girandomi, mi trovai di fronte Kaden.

Lo riconobbi subito, anche da dietro. Non avrei mai pensato che sapesse ballare.

I suoi movimenti erano fluidi e ritmati, i muscoli della sua schiena guizzavano. Portava jeans color ruggine e una semplice camicia chiara. Sotto le luci colorate, i cerchi sui suoi avambracci erano ancora più affascinanti. Non volevo fissarlo, eppure il mio sguardo gli rimase incollato addosso.

Per la precisione, addosso a lui e alla ragazza che stringeva con le sue braccia scolpite e gli stava attaccata muovendosi insieme a lui.

Deglutii.

«Possiamo farlo anche noi», disse Scott ballando insieme a me. Mi posò le braccia attorno alla vita e mi strinse a sé, finché avvertii il suo corpo contro la schiena. Lo lasciai fare e chiusi gli occhi. Ero consapevole che Scott non nutriva alcun interesse né per me né per nessun'altra ragazza, e questo mi permise di lasciarmi andare. Alzai le braccia e ondeggiai i fianchi, poi mi girai verso di lui e gli posi una mano sulla spalla. Dawn gli si avvicinò da dietro e ballammo tutti e tre allo stesso ritmo, ridendo. Quando mi girai di nuovo, i capelli mi finirono davanti agli occhi. Con una mano li scostai dal viso sudato.

Lo sguardo di Kaden mi colse del tutto impreparata. Era a pochi metri di distanza da me e seguiva attentamente ogni mio movimento. La ragazza di prima era sempre con lui, ma Kaden non la degnava di uno sguardo, neppure quando lei gli gettò le braccia al collo con fare possessivo.

Lui invece piegò la testa di lato e sorrise malizioso senza mai distogliere lo sguardo da me.

In quel momento, immaginai che fosse lui quello con cui ballavo, e che la mano che mi stringeva in vita e mi guidava nei movimenti fosse la sua.

«Bingo», mi mormorò Scott all'orecchio.

Mi voltai sorridendo verso lui e Dawn.

«Vi ho mai detto che vi voglio bene?» chiesi, gettando le braccia impulsivamente intorno a entrambi.

Dawn ricambiò l'abbraccio con una risata. «Sì, ma non mi stancherei mai di sentirmelo dire.»

Nel corso della serata, mi resi conto che Dawn non aveva esagerato affermando di non reggere l'alcol. Dopo il secondo bicchiere era già piegata sul gabinetto; io le reggevo i capelli e lei mi giurava amore e riconoscenza eterni. A parte gli orribili suoni che emetteva, era davvero carina. Chi poteva vantarsi di essere carina mentre vomitava? Sicuramente non io.

In realtà, il mio ultimo colpo di testa risaliva a diversi anni prima. All'epoca bevevo parecchio, per mettere a tacere i pensieri.

Nell'attesa del taxi, ordinai al bar un bicchiere d'acqua per Dawn.

«Fai quello che hai fatto prima e ordinami una tequila», mi sussurrò una voce all'orecchio. Il respiro di Kaden mi sfiorò la nuca facendomi rabbrividire. In circostanze normali, tutti i miei campanelli d'allarme si sarebbero messi a suonare appena un ragazzo mi fosse venuto così vicino, ma nel caso di Kaden il mio corpo seguiva leggi diverse. Anziché affrettarmi a creare una distanza di sicurezza tra noi, tutto in me voleva abbandonarsi all'indietro per sentire il contatto del suo torace contro di me.

Resistetti alla tentazione e mi voltai, lanciandogli un'occhiata scettica. Aveva le pupille dilatate e le guance arrossate. «Allora mi hai osservata.»

Kaden si avvicinò ancora di più e si appoggiò al bancone con le mani ai lati del mio corpo. Indietreggiai e avvertii il piano di legno contro la schiena. Lui avanzò ancora e mi sfiorò l'orecchio con le labbra. Rabbrividii di nuovo. «Forse.»

«Sei ubriaco», constatai.

Lui indietreggiò leggermente. «Può essere.»

«Cosa ti succede?» gli chiesi. Poiché non rispondeva e continuava a fissarmi con il suo sguardo cupo, mi appoggiai con studiata disinvoltura all'indietro e sollevai le braccia per posare i gomiti sul bancone. Per nessuna ragione al mondo gli avrei fatto capire quanto mi turbasse la sua vicinanza.

«Sei sfuggente», disse alla fine piegando la testa di lato. «Non ti capisco.»

«Allora sai cosa si prova», replicai.

«Sei sempre lì che frigni e spargi il tuo odore per l'appartamento», proseguì.

«Smettila di lamentarti, Kaden. Non sei il tipo.»

«Perché non puoi essere un ragazzo, Bubbles?» Si chinò in avanti e mi venne pericolosamente vicino. Il battito del mio cuore accelerò. Dopo le settimane passate quasi senza vederci, il contatto con lui in quel momento era troppo. Il mio corpo era tutto un fremito, come se mi fossi appena svegliata da un profondo sonno. Avvertii una contrazione al basso ventre.

«So che per te sarebbe meglio, ma non è possibile. Mi sono cresciute queste», dissi indicandomi la scollatura.

Gli occhi di Kaden seguirono il movimento delle mie mani verso il basso. Poi alzò di nuovo lo sguardo, lentamente, con cura, quasi non volesse perdersi neppure un centimetro della mia pelle. Indugiò un attimo di troppo sulle mie labbra, poi tornò a guardarmi negli occhi. Senza volerlo, trattenni il respiro.

Lui batté le palpebre più volte, poi, come se all'improvviso si fosse accorto di quanto mi stava vicino, fece un passo indietro e staccò le mani dal bancone per passarsele tra i capelli. Dalle sue labbra sfuggì un'esclamazione irritata.

Nello stesso momento, il barman appoggiò accanto a me il bicchiere d'acqua per Dawn. Mi voltai e lo pagai. Feci per oltrepassare Kaden, ma lui mi trattenne delicatamente per l'avambraccio. Le sue dita mi sfioravano la pelle e mi provocarono la pelle d'oca su tutto il braccio. «Dove vai?»

«A occuparmi di Dawn, poi torno a casa. Divertiti con

la tua conquista», dissi, indicando la ragazza con la quale aveva ballato prima e che mi stava lanciando occhiate di fuoco dall'altro lato della sala. «Sente già la tua mancanza.»

Mi attirò leggermente verso di sé. Avvertii il suo respiro sulla tempia, mentre con un'espressione di avvertimento negli occhi mormorava: «E a te cosa manca, Allie?»

«Il mio letto, Kaden. Solo il mio letto», risposi con un sorriso.

Lo mollai lì e portai l'acqua a Dawn.

Fui svegliata da un sonoro tonfo. Mi sollevai di scatto e con un gesto automatico mi cinsi il corpo con le braccia. Poi udii un'imprecazione dal corridoio.

Mi rilassai, sollevata. Era soltanto Kaden che tornava a casa. Gettai un'occhiata all'orologio. Le tre e mezzo.

Ci fu un tintinnio, poi qualcosa cadde per terra. Lui imprecò di nuovo.

Mi augurai che non parlasse così anche quando rimorchiava le ragazze. Non lo trovavo particolarmente sexy. Ma forse era solo il suo modo di fare una dichiarazione d'amore. Certe persone amano le volgarità.

All'improvviso scese il silenzio. Era ancora più strano. Dopo qualche minuto cominciai a preoccuparmi e mi alzai. Con passo cauto andai alla porta e la socchiusi.

Vidi solo dei piedi, che spuntavano in corridoio dalla porta del salotto. Mi precipitai fuori dalla camera.

«Cosa ci fai lì?» chiesi mettendomi a braccia conserte.

Kaden era sdraiato a pancia in su in mezzo al corridoio. Compresi l'origine del tonfo: nel tentativo di togliersi le scarpe, era finito contro il guardaroba e lo aveva trascinato per terra con sé.

Emise un mugugno soffocato.

Mi accovacciai accanto a lui per sfilargli gli stivali. Appena ebbi finito, si mise a scalciare e io mi rialzai.

«Lasciami», borbottò. Tentò di sollevarsi, ma riuscì soltanto ad appoggiarsi con la schiena contro il muro. La testa gli ciondolò da una parte. Aveva le labbra socchiuse e gli occhi serrati.

«Non puoi dormire in corridoio», dissi in tono fermo.

Lui fece una smorfia e un gesto brusco con la mano.

Con un sospiro, mi domandai come fosse possibile che, pur essendo la più giovane tra gli amici, reggessi l'alcol molto meglio di tutti loro. Solo Spencer mi era sembrato in condizioni decenti. Viceversa, era normalissimo alla nostra età cominciare a bere. La mia storia pregressa decisamente non faceva testo.

«Avanti, Kaden», mormorai mettendomi in ginocchio accanto a lui. Lo cinsi per la vita e gli feci posare il braccio sulle mie spalle, per sostenerlo.

«Lasciami in pace.» Stavolta la sua voce era forte e chiara.

«Non fare tante storie e lasciati aiutare, maledizione!»

Continuai a sollevarlo imperterrita. Con un enorme sforzo lo trascinai fuori dal salotto. Ogni due passi andava a sbattere contro qualche mobile. Sembrava che lo facesse apposta.

Arrivati in camera sua, lo aiutai ad abbassare il copriletto e a spostarlo di lato. Avevo fatto lo stesso poche ore prima con Dawn. Poi cercai un'aspirina e presi una bottiglia d'acqua in cucina.

Quando tornai da lui, Kaden stava litigando con la cintura. Aveva già buttato sul pavimento la camicia e i calzini. Posai la bottiglia sul comodino mentre lui si lasciava cadere di schiena sul letto. Indossava solo un paio di boxer aderenti. Mi affrettai a distogliere lo sguardo. E io che pensavo che sarebbero state solo quelle misere scritte sulle sue braccia a rendere la mia vita un inferno.

«Tieni, prendi questa», gli dissi porgendogli la compressa. Se la mise in bocca ubbidiente e la ingoiò a secco. La sola vista mi fece star male, e gli porsi la bottiglia. «Devi berla almeno fino qui», gli dissi indicando la scanalatura più in alto.

«Sei consapevole che mi sono sbronzato già diverse volte in passato, vero?» ribatté lui, ma si portò docilmente la bottiglia alle labbra.

«Posso lasciarti da solo senza che tu vada a sbattere contro qualcosa?»

Kaden posò la bottiglia sul comodino, con quel sorriso strafottente sempre sulle labbra. Con i capelli spettinati e le rughe intorno agli occhi era irresistibile. Sebbene volessi guardare altrove, non riuscivo a togliergli gli occhi di dosso.

Era evidente che facesse allenamento con i pesi. Muscoli così tonici non potevano venire solo con l'escursionismo. Gli guardai il torso nudo, i bicipiti, l'addome e la sottile linea di peli che scompariva sotto l'elastico dei boxer.

Aveva un fisico magnifico. Non mi sorprendeva che le mie amiche sbavassero per lui. Anche a me faceva lo stesso effetto, per quanto tentassi di resistere.

«Mi stai guardando», constatò Kaden mettendosi seduto. Sembrava estremamente compiaciuto.

«Cosa?» esclamai con espressione colpevole. «Non è assolutamente vero!»

«Quando menti diventi rossa. Lo sai?» Mi guardò con insistenza.

Mi portai le mani alle guance e girai intorno al letto per tornare il più in fretta possibile in camera mia. «Che scemenza.»

«Sai benissimo che è vero!» Esclamò lui ridendo e lasciandosi cadere sui cuscini. Soddisfatto, incrociò le braccia dietro la testa. Non aveva nessuna intenzione di coprirsi, anzi assunse un'espressione provocatoria, quasi volesse sfidarmi a rimanere a guardarlo ancora un po'. Che idiota narcisista.

«Buonanotte, Kaden.»

Gli voltai le spalle e andai alla porta.

«Allie?»

Mi voltai ancora una volta verso di lui. Si era sollevato di nuovo, ed era tornato serio.

«Ho mentito», disse pensieroso.

Capivo che si sforzava di parlare chiaramente, ma le parole gli uscivano di bocca lente e impastate, come se avesse la lingua attaccata al palato. La sua voce era più profonda del solito.

«A che proposito?» domandai, spegnendo la luce.

«Il vestito», mormorò. Sentii il fruscio della coperta che si tirava addosso nel buio. «Ti stava benissimo.»

Richiusi la porta dietro di me con un sorriso.

8

Il mattino seguente fui svegliata da un solletico alla nuca. Battei le palpebre assonnata, senza riuscire ad aprire del tutto gli occhi, dopo i bagordi della sera precedente. Decisi di girarmi dall'altra parte e continuare a dormire.

Sentii una risata soffocata.

Sbuffai, presi il cuscino e lo lanciai alla cieca nella direzione da cui proveniva la risata. «Fuori da qui!»

«Vengo in pace. Ti porto il caffè.»

Mi misi seduta all'istante. Mi strofinai la faccia un paio di volte, nella speranza di svegliarmi un po' di più. Presi gli occhiali dal comodino e li inforcai. Non ero molto miope, ma in certe situazioni mi servivano per vedere più nitidamente. Per esempio quando guidavo. Oppure la mattina, quando un pazzo mi strappava troppo presto al sonno.

Una tazza spuntò davanti al mio naso. Guardai oltre di essa negli occhi di un Kaden incredibilmente in forma. Solo il pallore del viso lasciava intuire i postumi di una sbronza.

«Cosa mi ha fatto meritare il caffè a letto, Mr. White?» lo provocai posando le mani intorno alla tazza calda. Quando me la portai alle labbra, riconobbi un aroma familiare. Mi bloccai. «Ci hai messo anche la panna alla menta!»

Kaden si strinse nelle spalle e si sedette alla mia scrivania. «Credo di esserti debitore, dopo stanotte.»

«Ma figurati», replicai sincera. Il mio era stato solo un intervento di pura amicizia. Non avrei potuto lasciarlo dormire in corridoio.

«Dico sul serio. Grazie.»

«Non starai diventando sentimentale...» osservai. «Oppure c'è un trucco? Devo leggere tra le righe?»

«Ecco che ricominci a bubblare.» Sembrava serissimo, ma il lampo nei suoi occhi mi fece capire che trovava divertente la nostra conversazione.

Bevvi un lungo sorso del mio caffè, e sospirai beata. «Non dovresti avere un'emicrania bestiale dopo la sbronza di ieri?»

Sebbene fossi relativamente in forma e avessi smaltito senza problemi i cocktail, volevo sapere a tutti i costi se aveva un rimedio miracoloso per certi casi. Ero sicura che prima o poi mi sarebbe tornato utile.

«Mi fa un po' male la testa, ma credo che l'aspirina abbia fatto effetto.» Si massaggiò brevemente la fronte. «Altrimenti avrei avuto un altro rimedio per sentirmi meglio.»

«Ovvero?»

Fece un sorriso storto. «Un po' d'aria fresca.»

Vidi il lampo nei suoi occhi e scossi immediatamente la testa. «Niente da fare. L'ultima volta mi sono venute certe vesciche che non credo potrei sopravvivere a una seconda esperienza. Certo, mi sono divertita un sacco, escludendo tutti i tagli che mi sono procurata, ma...»

«Mi fai tornare l'emicrania, se parli così in fretta e così tanto», gemette lui, tappandosi le orecchie.

«Quello che volevo dire è che prima devo procurarmi le scarpe adatte per affrontare un'altra sfacchinata in montagna con te.»

«A questo ho già pensato io», disse Kaden indicando la mia cassettiera.

Il mio sguardo seguì il movimento del suo braccio e rimasi interdetta. Dopo essermi accertata di indossare un paio di pantaloncini presentabili, mi liberai dalla coperta e scesi dal letto. Mi avvicinai alla cassettiera per guardare le scarpe che erano appoggiate sopra.

Scarponi da trekking.

Marroni, con i lacci e una suola spessa e robusta.

Kaden mi aveva davvero procurato degli scarponi da trekking.

Mi girai a guardarlo esterrefatta. «Mi hai comprato delle scarpe?»

Rise piano e scosse la testa. «A Monica non servivano più. Ethan a volte la obbligava a seguirlo, ma ormai non si muovono quasi più. Pensavo che potessero andare bene a te.»

«Sei stato davvero gentile.» Ero sinceramente sorpresa da quel gesto premuroso.

«Gentile è una parola orribile.» Si arruffò i capelli e assunse un'aria un po' da gatto.

Scoppiai a ridere. «Prima fai qualcosa di carino per me e poi te la prendi se ti ringrazio», dissi, prima di bere un altro sorso di caffè.

Kaden fece una smorfia. «Io non sono carino con te. Questi occhiali fanno schifo.»

«Grazie tante», sbuffai.

«Sul serio, ti fanno sembrare una scialba bibliotecaria. E adesso vedi di alzarti. Voglio uscire.» Mi gettò la stessa felpa che mi aveva dato l'ultima volta.

Quando uscì dalla camera non riuscii a trattenere un sorriso.

Faceva molto più freddo rispetto alla nostra prima escursione. L'autunno era arrivato e avevo i brividi mentre affrontavamo la salita. Anche quel giorno ero stata io a decidere la colonna sonora in auto. Avevo scelto un vecchio album dei Fall Out Boy e credo che Kaden avesse apprezzato la mia scelta. Per tutto il viaggio aveva battuto il tempo con le dita sul volante, mentre io avevo accompagnato gli assolo con un'impressionante imitazione degli accordi di chitarra.

«Rallenta un po'», ansimai, sentendo un dolore al fianco.

«Se rallentiamo ancora un po', non arriveremo in cima prima del tramonto e allora lo spettacolo sarà rovinato», mi gridò imperterrito Kaden girando solo la testa. Aveva un vantaggio di almeno dieci metri e non sembrava intenzionato ad aspettarmi. Era spietato.

Aveva scelto un percorso diverso dalla volta precedente. Era incredibile come conoscesse bene la zona; non c'erano sentieri, ma lui si orientava anche senza avere a disposizione un GPS. Come se avesse un sesto senso.

All'improvviso mi bloccai. Sentivo uno scroscio lontano; era molto flebile, ma avevo la certezza che nei dintorni ci fosse un torrente.

«Dai, muoviti!» Kaden si era fermato e batteva il piede impaziente. Aveva smesso di fare il motivatore.

Mi venne un'idea. «Mi dici cosa studi?» domandai con il fiato corto, una volta arrivati su un'altura.

«Giornalismo come materia principale, e poi Graphic Design.»

«Dev'essere interessante. Cosa vorresti fare dopo?»

Per fortuna gli scarponi di Monica erano del mio numero. Camminare così era molto più piacevole, e non avevo problemi a seguire Kaden tra la vegetazione.

«Non ne ho idea», rispose pensieroso. «Vorrei fare qualcosa nel cinema, ma è difficile entrare nel settore dei media. Proprio ora che la stampa è in crisi. Per questo ho preferito diversificare i corsi, anziché approfondirne solo uno.»

Ero senza parole. Era la prima volta che mi diceva così tante cose di sé tutte insieme.

«E tu?» mi chiese gettandomi un'occhiata da sopra la spalla.

«Vorrei diventare insegnante», risposi semplicemente.

«Di che livello?» insistette, reggendo in alto un ramo che sporgeva sul nostro cammino, in modo che potessimo passarci sotto. Fece andare me per prima.

«Delle superiori.» Sentivo il suo sguardo addosso, ma proseguii senza fermarmi.

«Una risposta piuttosto laconica per i tuoi standard, Bubbles», dichiarò sarcastico.

Mi strinsi nelle spalle. Non c'era molto da dire al riguardo. I miei genitori trovavano assurdo che volessi andare a insegnare a degli adolescenti. Ma io ero decisa a farlo.

«Eri forse una di quelle ragazze che a scuola venivano tartassate e adesso vorresti cambiare la vita di altri studenti?» mi domandò.

Mi fermai di scatto. Il cuore mi batteva forte. «No.»

«Eri la star della tua scuola e il capitano delle cheerleader e sei rimasta legata ai tuoi successi?», ipotizzò ancora.

Avevo la nausea. Non volevo ripensare ai tempi di scuola, a quella che ero stata. Rimasi in silenzio, e Kaden lo prese come incentivo per continuare ad avanzare ipotesi.

«Oppure eri una di quelle ragazze che faceva di tutto per attirare l'attenzione? Alcol, feste, uomini eccetera?»

«Smettila!» sibilai, stringendo i pugni tanto da farmi male e fissandolo minacciosa.

Aveva tirato a indovinare, e la sua espressione sorpresa mi fece capire che aveva appena compreso.

«Allie...»

«No.»

Si avvicinò di un passo e io, tremante, mi misi a braccia conserte.

«Scusa se sono stato indiscreto.»

Sbuffai.

Lui si fece serissimo e mi guardò con intensità. «Mi interessa davvero sapere perché vuoi insegnare.»

Deglutii e distolsi lo sguardo. Non avevo ancora raccontato a nessuno il vero motivo. In realtà, non volevo che qualcuno lo sapesse. Men che meno Kaden.

«D'accordo, allora comincio io», fece lui. «Fosse per mio padre, dovrei studiare economia e commercio, per poi prendere il suo posto in azienda, proprio come mio fratello maggiore Alex.» Girò all'indietro la visiera del berretto. «A lui non interessa che io voglia fare l'esatto contrario. Ho sempre avuto una grande passione per il cinema e il design. È stata mia madre a indirizzarmi verso il giornalismo.»

Stavolta fui io a sollevare qualche ramo per farlo passare. Lo ascoltavo senza parlare. Sapevo che era stata una delle sue solite provocazioni, e che non voleva ferirmi. Tuttavia le sue parole avevano risvegliato in me ricordi spiacevoli.

È solo un'altra delle tue trovate perché non ricevi abbastanza attenzioni, sentii dire chiaramente dalla voce di mio padre.

Mi sforzai di concentrarmi completamente su Kaden. Sull'ambiente circostante, le montagne, le radici sotto gli scarponi, il cinguettio degli uccelli.

Ero libera. Quella era la mia libertà. Non ero più la persona di un tempo, e ciò che stava succedendo non aveva niente a che fare con il passato.

Me lo ripetei una, due, tre volte. Finché ebbi la sensazione di essere tornata me stessa.

«Tuo padre cosa ne pensava?» chiesi dopo un po'.

Kaden affondò le mani nelle tasche. «Non era particolarmente entusiasta. Diceva che avrei dovuto studiare una disciplina che potesse assicurarmi un futuro. Quando mi sono trasferito qui, mi ha tolto qualunque tipo di sostegno.»

«Cosa?» esclamai.

Lui rispose con un'alzata di spalle.

«Solo perché i tuoi sogni non corrispondono ai suoi, non può piantarti in asso così. Insomma, sei pur sempre suo figlio!» Sebbene non ne capissi esattamente il motivo, il racconto di Kaden mi faceva infuriare.

«Posso fare a meno del suo sostegno», disse evitando il mio sguardo e armeggiando con il berretto.

«Che bastardo», dissi indignata. Mi resi subito conto del mio errore e guardai Kaden con timore. «Scusa, non volevo dire questo. Volevo solo...»

«Non preoccuparti.» Fece un sorriso storto, e i suoi occhi

color caramello brillarono sotto il sole. «Mi piace la libertà con cui ti esprimi.»

Mi sentii riscaldare le guance sotto il suo sguardo. Era pazzesco quante emozioni potessero invadere un corpo in un tempo così breve. Panico, disperazione, terrore... E poi quel fremito impetuoso che si espandeva nel mio petto.

«Io... vorrei cambiare la vita dei giovani.» Le parole mi uscirono di bocca da sole, incontenibili. Non lo avevo ancora raccontato a nessuno. «Sono ingenua, lo so. Ma per molti la scuola è il periodo più difficile della vita. A parte il fatto che vorrei dare anche degli insegnamenti agli studenti, mi piacerebbe essere per loro una persona a cui rivolgersi per qualsiasi necessità. Vorrei far capire loro quali sono le cose davvero importanti. Vorrei...» Mi bloccai. Lo scroscio di prima era più nitido, e d'istinto mi incamminai nella direzione da cui proveniva.

«Cosa vorresti?» chiese Kaden alle mie spalle. Non aveva un tono annoiato né arrogante come quello dei miei genitori quando avevo tentato di spiegare loro i miei desideri.

«Vorrei insegnare non solo gli argomenti che sono sul programma. Ci sono tanti valori che non vengono presi in considerazione e si perdono per strada. Tantissimi ragazzi non hanno una persona di riferimento, qualcuno a cui rivolgersi quando hanno bisogno di una guida. Io non ero particolarmente brava a scuola... Non si tratta di questo. Vorrei semplicemente lasciare qualcosa di positivo nella vita dei ragazzi. Dare loro ciò che probabilmente non ottengono dalla famiglia, indirizzarli sui binari giusti quando sono fuori strada.»

Kaden mi si affiancò. Mi guardò e io mi sentii arrossire.

Ma più parlavo, più diventava facile. Era bello esprimere finalmente a voce alta quelle riflessioni.

«Le tue intenzioni mi piacciono», disse. «Ci sono troppe persone che vogliono dedicarsi alla scuola solo perché rimpiangono i bei tempi che hanno passato lì. È difficile trovare insegnanti che mettono il cuore nel lavoro, che si preoccupano davvero degli studenti.» Mi lanciò un'altra occhiata. «Secondo me sarai una professoressa favolosa.»

«Lo pensi sul serio?» non riuscii a fare meno di chiedere.

Lui si strinse nelle spalle e sorrise. «Blateri in continuazione. Credo che questo sia un ottimo presupposto. Alla maggior parte dei professori piace sentirsi parlare.»

Feci una smorfia e inciampai in una radice. Kaden mi afferrò per il braccio e mi sostenne. Appena ebbi ritrovato l'equilibrio, mi lasciò.

«Inoltre avrai il privilegio di essere la protagonista di molti sogni bagnati», disse in tono allusivo. «Ricordo ancora perfettamente il mio primo sogno con la mia insegnante. Miss Shaw era davvero sexy.»

«Che schifo», esclamai con una smorfia.

«Sul serio. Portava sempre delle camicette con i bottoni che tiravano sul seno, e noi facevamo scommesse per vedere se...»

«Kaden!»

«Con le tue gambe non ci vorrà molto, e i pivelli in prepubertà sbaveranno ai primi banchi.»

«Sembra che tu abbia una notevole esperienza in materia.» Non riuscii più a trattenere un sorriso.

«Macché, alle superiori ero innocuo.»

La sua voce aveva assunto un timbro particolare e il suo

sguardo era velato, come se all'improvviso gli fosse tornato un ricordo.

«Adesso però non lo sei più», osservai cauta.

«No, ora no», confermò con un altro sorriso scaltro. «Essere innocui è una qualità sopravvalutata. Ci si perde tutto il divertimento.»

«Allora quello che si dice di te è tutto vero...»

«Cosa si dice di me?» chiese, svoltando improvvisamente a destra. Lo scroscio dell'acqua si fece ancora più forte, e Kaden dovette alzare la voce per farsi sentire.

Ripensai alle storie che circolavano su di lui nel campus, e decisi di tenermi sul vago.

«Che sei un rubacuori», ansimai, mentre tentavo di arrampicarmi su un masso. Kaden era davanti a me e si reggeva con una mano sola. Camminare e arrampicarsi sembravano cose semplicissime fatte da lui, mentre io sembravo una lottatrice di sumo che affronta una marcia militare.

«Credimi, le ragazze sanno sempre cosa aspettarsi da me, non ne ho mai illusa nessuna. Ma alla fine siamo sempre noi quelli cattivi», dichiarò.

«Non mi sorprende che tu prenda delle belle musate. Volersi divertire senza impegno, senza obblighi, può solo finire ma...» Lanciai un grido quando il piede mi scivolò e persi la presa sul masso.

Una salda stretta al braccio mi impedì di cadere. Kaden mi sollevò verso di sé, poi mi lasciò il braccio e mi osservò con aria critica.

Sospirai. «Non c'è bisogno di guardarmi così. Piaci alle ragazze e loro si fanno idee su di te. Succede lo stesso anche a me, con quelli che mi piacciono.»

Kaden piegò la testa di lato e guardò a lungo il mio viso.

«È per questo che ieri mi hai portato a letto», disse.

«Ti ho portato a letto», ribattei, «perché non potevo lasciarti a dormire in corridoio. E poi mi avevi svegliato con tutto quel fracasso.» Volevo evitare lo sguardo intenso di Kaden, ma non era possibile. Mi venne così vicino da sfiorarmi la fronte con la sua e bisbigliò: «Mi hai portato a letto perché ti piaccio».

«Non è assolutamente vero.» Avrei voluto dirlo con voce fredda e distaccata. Di solito ci riuscivo a comando... come mai invece avevo fallito?

«Eccome se ti piaccio. È nella tua natura occuparti delle cose, l'hai detto tu stessa. E sono pronto a scommettere che quello che ti eccita di più sono le cose che non puoi riparare.»

Avvertivo il suo respiro sulla fronte. Deglutii. «Cosa significa? Che sei rotto?»

Non rispose alla mia domanda e continuò a fissarmi. Per un istante il suo sguardo indugiò sulle mie labbra, poi tornò sui miei occhi. «Credimi, Bubbles. Non ti piacerebbe scoprirlo», disse infine.

Kaden non poteva immaginare quanto lo capissi bene in quel momento. Ognuna delle sue parole rispecchiava la mia situazione. Era come se parlassimo di me, non di lui.

«Tu non sei rotto, Kaden. Solo un po' ammaccato. Non c'è niente in te che non possa essere aggiustato», mormorai. Il fragore dell'acqua era così forte che non ero sicura che mi avesse sentito. Per un po' restammo l'uno di fronte all'altra a guardarci, finché lui scosse la testa e si girò.

Si tolse il berretto si passò la mano tra i capelli. Poi fece un passo di lato e liberò la vista di ciò che avevamo davanti.

Rimasi sbigottita.

Finalmente capivo l'origine dello scroscio. Kaden mi aveva portato fino a una grande cascata.

«Oddio...» sospirai incredula.

Grandi masse d'acqua sgorgavano dalle rocce tra alberi e cespugli contorti. I raggi del sole facevano scintillare l'acqua mentre precipitava dalla parete a picco in un lago sottostante.

«Andiamo», disse Kaden.

Non riuscivo a distogliere lo sguardo da quello spettacolo, ma la mia guida era già ripartita.

Lo seguii lungo uno stretto sentiero che costeggiava la cascata tra rocce ricoperte di muschio. Man mano che scendevamo, erano più lisce e scivolose. Una lieve pioggerellina ci bagnava. Ero sopraffatta da quel grandioso spettacolo naturale.

Quando raggiungemmo la riva del lago contemplai la cascata piegando la testa all'indietro e schermandomi gli occhi con una mano.

Un movimento alla mia destra mi fece sussultare.

Un attimo dopo mi trovai a fissare la schiena nuda di Kaden.

«Ma cosa fai?» balbettai, mentre si toglieva anche gli scarponi e si slacciava la cintura. Osservai paralizzata la piuma nera che aveva tatuata sul fianco sinistro, così dettagliata da non riuscire a coglierne tutti i particolari in una volta sola.

«A te cosa sembra, Bubbles?» replicò imperturbabile, lo sguardo fisso sull'acqua. Si voltò brevemente verso di me con uno sguardo ammiccante, poi prese la rincorsa e si tuffò nel lago.

Trattenni il respiro finché tornò in superficie, si scostò i capelli dalla fronte e lanciò un'esclamazione di gioia.

«Non è troppo fredda?» gli gridai, le mani attorno alla bocca come un megafono.

«Prova tu stessa.»

Lo scroscio della cascata era assordante e lo capii a stento.

Una cosa bisognava riconoscerla a Kaden: non gli importava di ciò che gli altri pensavano di lui. Se in una giornata d'autunno voleva fare il bagno in un lago, lo faceva, senza un attimo di esitazione. Da questo punto di vista lo ammiravo. Sprizzava non solo vita, ma anche libertà. Kaden era in grado di liberarsi da tutto ed essere se stesso. Avrei voluto saper affrontare la vita come lui.

Senza indugiare oltre, mi tolsi la felpa e i pantaloni.

Per fortuna avevo addosso della biancheria presentabile. Era un completo rosa di pizzo, le mutandine non troppo striminzite. Con un bikini sarei stata scoperta allo stesso modo. Comunque, Kaden non mi guardava neppure, nuotava a grandi bracciate verso il centro del lago.

Toccai l'acqua con la punta del piede e cacciai un urlo. Era gelata.

Ovviamente Kaden si girò in quel preciso istante. Feci qualche passo indietro e saltellai per farmi coraggio.

«Non essere fifona», mi sfidò, e io decisi all'istante di rimangiarmi l'ammirazione nei suoi confronti. Strinsi gli occhi e i pugni, poi presi la rincorsa.

Mi tuffai lanciando un grido. Il freddo mi avvolse e lo scroscio svanì. Diedi qualche energica bracciata sott'acqua e aprii spavalda gli occhi. Non vedevo niente, era tutto verde e torbido. Quando riaffiorai, ero molto vicina al punto di cascata. La schiuma era più densa e sopra di me l'acqua precipitava con i colori dell'arcobaleno.

«Presa.»

Kaden era spuntato dal nulla alle mie spalle e mi aveva stretto in vita. Un brivido mi percorse tutto il corpo, boccheggiai e deglutii a fatica.

Kaden allora mi sollevò in aria e mi lanciò ad almeno tre metri da sé.

Finii sott'acqua. Non avevo più aria nei polmoni, ma dipendeva soprattutto dallo shock. Tornai in superficie annaspando rabbiosa.

«Brutto...» gridai affannata.

«Cosa c'è?» Kaden si lasciò galleggiare sull'acqua, le braccia allargate. Si comportava come se niente fosse.

Se pensava che non gliel'avrei fatta pagare, si sbagliava di grosso.

Lo raggiunsi di slancio e lo spinsi sott'acqua con entrambe le braccia. Non si aspettava un simile attacco. Solo quando fu sott'acqua si rese conto di quanto era successo e mi scrollò via da sé. Mi afferrò saldamente per i fianchi, mi sollevò e mi gettò sopra la sua spalla.

«Lasciami subito!» strillai, divincolandomi come una pazza.

«Puoi scordartelo.»

Lo presi a pugni sulla schiena, ma lui cominciò a nuotare, un braccio stretto intorno a me. Gli spruzzi erano sempre più densi e mi colpivano con più forza. Continuai a gridare, pur sapendo che non poteva sentirmi nel frastuono scrosciante. Raggiungemmo la cascata. Tentai di sollevare la testa, ma l'acqua ci precipitava addosso con tanto impeto che fui costretta ad abbassarla di nuovo.

Fu solo grazie alla salda presa di Kaden che arrivai dall'altra parte della cascata. Quando mi lasciò scivolare dalla sua spalla rimettendomi in piedi, avvertii il suo corpo contro il mio. Quasi non mi accorsi di toccare terra con i piedi: l'ondata di calore che mi pervadeva era troppo violenta.

Kaden mi guardò con occhi cupi, di un color caramello intenso. L'acqua gli gocciolava dalle labbra e dalla pelle. Non sapevo come, ma le mie mani avevano trovato da sole la strada fino al suo petto, proprio come le sue mi stringevano i fianchi.

Ogni muscolo del mio corpo era in tensione, tutto in me fremeva in maniera quasi intollerabile. Avvertivo un nodo dentro di me, che non c'era mai stato prima. I capezzoli diventarono turgidi e un brivido mi scese fino al basso ventre.

La tensione che regnava tra noi non dipendeva semplicemente dal fatto che fossimo quasi nudi. Derivava da qualcos'altro, qualcosa che era molto più in profondità dentro di me. All'improvviso ebbi una tremenda paura.

Non avrei resistito un minuto di più, tanto vicina a lui, e temevo che avrei potuto fare qualcosa di cui mi sarei pentita.

Deglutii a fatica e lasciai cadere le braccia. «Regola numero tre», mormorai rauca staccandomi da lui. Come se pochi centimetri bastassero a placare il mio tumulto interiore.

Kaden batté diverse volte le palpebre, finché il suo sguardo tornò limpido.

All'improvviso trovai sconveniente stare davanti a lui con solo la biancheria addosso. Piegai le gambe e mi immersi fino al collo.

Mi guardai intorno. «È meraviglioso qui», dissi in tono volutamente disinvolto. Ero alla disperata ricerca di un argomento innocuo per smorzare la tensione. «Ci vieni spesso?»

Eravamo in una piccola insenatura proprio dietro la cascata. Lo scroscio era più attutito, e sentivo addirittura la vaga eco della mia voce. Piegai la testa all'indietro e osservai la grotta. Le rocce erano quasi nere e in alcuni punti ricoperte di muschio e di rampicanti.

«Sì, d'estate quasi tutti i giorni. L'ho scoperta l'anno scorso.»

La voce rauca di Kaden mi fece accelerare i battiti di nuovo. Avevo il respiro affannoso. Dovevo calmarmi quanto prima.

«Come mai conosci così bene la zona? Verrebbe da pensare che tu faccia la guida di professione.» Nuotai brevemente nell'insenatura. Più ci allontanavamo, meglio era per me. «Magari potresti offrire questa cosa agli studenti. Ti potrebbero pagare per farsi accompagnare in cima alla montagna. È un'attività di nicchia, con la quale guadagneresti parecchio. Come sei finito qui? Voglio dire, come si fa a trovare una grotta nascosta dietro una cascata? Sulla carta dei sentieri giù al parcheggio non mi sembra di averla vista.» Come al solito, le parole uscivano in maniera disordinata dalla mia bocca, ma in quel momento ne ero contenta. Era un modo di allentare la tensione.

Ero quasi sicura di aver udito un sospiro rassegnato da parte di Kaden, e già pensavo che avrebbe ignorato le mie domande. Invece cominciò a raccontare. Era andato spesso lì con Spencer e Ethan. All'inizio erano rimasti sui sentieri segnati, ma li avevano trovati troppo frequentati. Allora avevano cominciato a cercare nuovi percorsi e a organizzare cacce al tesoro in tutta la vallata.

Invece di guardarlo, mi concentravo sulla sua voce, ascoltando attentamente ogni singola parola.

Trascorremmo così l'ora successiva. Gli feci domande su Woodshill e la sua famiglia, e lui mi rispose con sincerità.

Più a lungo parlavamo, più sentivo la tensione scivolare via dal mio corpo.

Seppi che la madre di Kaden abitava a Portland, ovvero a poche ore di macchina da lì. I genitori erano separati, e aveva un fratello maggiore che somigliava sempre di più al padre, e con il quale non andava molto d'accordo.

Era fantastico sapere quelle cose di Kaden, ed ero sorpresa di tutto ciò che condivideva con me. Pendevo dalle sue labbra, e non mi resi conto che a un certo punto cominciai a battere i denti. Decidemmo di tornare a riva.

La biancheria bagnata lasciò il segno sulla felpa di Kaden e sui pantaloni quando mi rivestii. Lui naturalmente non si risparmiò le battute. Da parte sua, si sfilò i boxer senza esitazioni, e io mi affrettai a distogliere lo sguardo e a prendere il cellulare dalla tasca. Per quel giorno avevo soddisfatto il mio bisogno di nudità.

Sbloccai lo schermo distratta, e rimasi paralizzata.

C'era il nome di mia madre.

Mi aveva telefonato due volte.

Cancellai impulsivamente il messaggio e infilai la mano e il cellulare nella tasca. Lo strinsi con tanta forza che le dita intirizzite si scaldarono.

Avrei fatto tutto il possibile per impedire che riprovasse a contattarmi. Non volevo sapere cosa volesse da me. Probabilmente si era accorta, a un mese dalla mia partenza da Denver, che la sera non tornavo a casa per cena.

Kaden mi guardò con espressione imperscrutabile. Ci mettemmo in cammino in silenzio.

Per tutto il tempo tenni le labbra serrate, battendo i

piedi più forte del necessario e scostando impetuosamente i rami che mi bloccavano la strada. Il nome di mia madre aveva scatenato una rabbia indicibile dentro di me, e volevo liberarmene a tutti i costi.

«Non avrei mai immaginato di poter dire una cosa del genere», esordì Kaden a un certo punto, quando ormai eravamo in vista della jeep. «Ma non mi piace quando sei così silenziosa. Non è da te. È come una pizza senza mozzarella.»

Le mie mani tremavano nelle tasche della felpa. Bastava una telefonata di mia madre e tornavo a essere la ragazzina debole e indifesa che volevo dimenticare. Maledetta guastafeste.

«Credevo che fosse ciò che volevi», commentai.

Lui si fermò. «Cosa ti succede?»

Continuai a camminare imperterrita. Desideravo solo rifugiarmi nel mio letto e distrarmi guardando una delle mie serie preferite. «Niente.»

«Se non mi dici subito cosa succede, Allison, te ne torni a casa a piedi.»

Mi voltai a guardarlo incredula.

«Non fare quella faccia. Ti lascerò qui e dovrai cavartela da sola per tornare», disse lanciandomi un'occhiata minacciosa. «È perché abbiamo fatto il bagno insieme nudi, vero? Dai, dovresti saperlo che non ci proverei con te nemmeno se...»

«Non farla tanto lunga!» sbottai avvampando. «Sei così egocentrico che mi fai vomitare. Prima di tutto non abbiamo fatto il bagno nudi, nel caso tu non te ne fossi accorto: avevo addosso la biancheria.»

«Eccome se me ne sono accorto. Puoi credermi», disse con un sorrisetto.

Alzai gli occhi al cielo e mi voltai.

«Qual è il secondo punto?» insistette, raggiungendomi con due falcate.

«Non c'è nessun secondo punto.»

Chi l'avrebbe immaginato che una giornata così bella sarebbe finita in un simile disastro.

«E va bene.» Kaden mi oltrepassò e raggiunse l'auto quasi di corsa. Salì e accese il motore.

Perplessa, mi domandai se mi stesse prendendo in giro. Non poteva certo lasciarmi lì da sola! E se ci fossero stati animali feroci? Non volevo diventare un cadavere che marciva in mezzo al bosco!

Kaden fece un giro e si fermò accanto a me. Aprì un po' il finestrino e mi disse: «O ti decidi a spiegarmi perché hai l'aria abbattuta come se la tua band preferita avesse deciso di sciogliersi oggi, oppure me ne vado. Decidi tu».

Ero furibonda e avevo una gran voglia di prendere a calci la sua maledetta macchina. «Che te ne frega?» esclamai. «Sei stato tu a dire che dovevo tenere per me le mie menate da femmina. Non faccio altro che ubbidirti!»

«Come vuoi.»

Kaden accelerò facendo rombare il motore. Se ne sarebbe andato sul serio e mi avrebbe lasciato lì.

Strinsi forte i pugni facendomi schioccare qualche articolazione. «Quella stronza di mia madre mi ha telefonato!» sbottai.

La jeep inchiodò alzando una nuvola di polvere. Poi fece retromarcia.

«Visto? Non era così difficile.»

Mi aspettavo che Kaden insistesse e pretendesse una

spiegazione, invece non lo fece. Si sporse di lato e aprì lo sportello del passeggero. «Sali.»

Impiegai qualche istante a calmarmi. Avrei voluto prendere a calci la portiera aperta, ma dubitavo che in quel caso Kaden mi avrebbe riaccompagnato a casa. Rimasi con le labbra serrate per tutto il tragitto e lasciai a lui la scelta della musica. Trovò qualcosa che non conoscevo ma che si adattava perfettamente al mio umore. Dirompente, veloce e spaccatimpani.

La musica si mescolò alla mia rabbia e la portò via da me con il suo ritmo indiavolato. Pian piano mi calmai e rilassai le spalle.

Non avrei permesso a quella donna di togliermi la mia libertà.

Tornai con il pensiero alla nostra escursione. Era stata una giornata bellissima, e dovevo ringraziare Kaden. Mi girai a guardarlo. Non riuscii a trattenere un sorriso. Non ero più così scontenta di essere finita a casa sua.

9

Nei giorni successivi mi sforzai di scacciare dalla mente la consapevolezza che mia madre mi aveva telefonato. Mi gettai a capofitto nello studio e trascorsi ancora più tempo in biblioteca, e la fatica si fece ben presto sentire. Alla fine della settimana ero esausta e avevo i nervi a fior di pelle.

Una sera, tornando a casa, non trovai traccia di Kaden. Per la prima volta da quando abitavo da lui, ero completamente sola. Mi lasciai cadere sul divano con sollievo, ma me ne pentii subito perché diverse zone del mio corpo cominciarono a protestare dolorosamente. L'escursione aveva lasciato il segno. Avevo ancora i muscoli indolenziti, e i graffi sul collo e le vesciche ai piedi erano lenti a guarire.

Decisi di concedere al mio corpo martoriato un bel bagno. Mi erano rimaste ancora delle sfere da bagno dall'ultima volta che ero stata da Lush. Mentre la vasca si riempiva, preparai il pigiama e presi le candele dal davanzale per sistemarle sul bordo della vasca. Avrei voluto anche il portatile. Rilassarmi nell'acqua guardando una serie tv era l'apoteosi di una serata perfetta. Peccato che non mi fidassi troppo di abbinare acqua e tecnologia. Non volevo rovinare il computer né finire fulminata, rischiando che Kaden mi trovasse nuda nella vasca.

Osservai le sfere colorate e luccicanti che si scioglievano nell'acqua e inspirai il celestiale profumo di vaniglia e cacao che pian piano riempì il bagno. Raccolsi i capelli in una crocchia, da cui però sfuggirono molte ciocche, e mi immersi.

Un paradiso.

Chiusi gli occhi godendomi il calore dell'acqua e la morbida schiuma che mi avvolgeva il corpo sprigionando un dolce profumo. Il bagno era uno dei miei rituali di rilassamento preferiti.

Ero così concentrata che colsi solo vagamente un'imprecazione soffocata in corridoio.

Poi Kaden piombò in bagno e mi strappò dal mio stato di trance.

«Ma cosa...»

«Fuori!» strillai, sollevando le braccia per coprirmi. Afferrai prontamente la tenda della doccia e la tirai.

Il mio coinquilino però non aveva nessuna intenzione di uscire dal bagno. Vedevo la sua sagoma dietro la tenda. «Cos'è questo profumo di pasticceria?»

«Kaden, forse ti è sfuggito, ma sto facendo il bagno», sibilai cercando intorno a me qualcosa da lanciargli addosso.

«Ti spiacerebbe evitare di appestare tutta casa con i tuoi disgustosi profumi?»

«Ti spiacerebbe sparire gentilmente dal bagno e darmi la chiave in modo che possa starmene un po' tranquilla?»

«Ti spiacerebbe spiegarmi come mai la tua stramba amica matricola è convinta che io sia single e mi interessi la sua compagnia? Mi perseguita da settimane, si è procurata persino una copia del mio orario.»

La sua voce ringhiosa si avvicinò e io mi affrettai a coprire i punti critici con la schiuma.

«Chi le ha dato il mio orario, Allie?»

Trattenni un sorriso compiaciuto. Era solo questione di tempo prima che Kaden ci arrivasse. Ma Madison non mi aveva dato tregua. Eravamo nello stesso gruppo di studio e continuava a chiedermelo: cosa avrei potuto fare? Dire di no per essere cacciata dal gruppo di studio fondato da lei? Kaden era disponibile per appuntamenti senza impegno, lo aveva ammesso lui stesso. Non c'era bisogno di fare tante storie. Inoltre Madison era davvero carina e, a parte i suoi modi un po' asfissianti, era una brava ragazza.

«Pensavo che ti servisse un po' di compagnia femminile, dopo che io avevo causato la cacciata della tua ultima fiamma. Volevo solo farti un piacere», mormorai.

Lui fece una risata sprezzante. «Come no. E io sono Spiderman.»

La porta si chiuse di scatto e io mi lasciai scivolare nell'acqua.

Passarono pochi secondi che si spalancò di nuovo.

La tenda fu scostata bruscamente.

«Kaden!» strillai.

Aveva un ghigno così malvagio che per un attimo mi spaventai sul serio. Sollevò un enorme secchio e ne rovesciò il contenuto su di me.

Cacciai un grido tremendo.

Quello stronzo mi aveva versato addosso acqua gelata. Afferrai la tenda e me la tenni davanti mentre uscivo dall'acqua e prendevo l'asciugamano dall'asta più alta. Me lo avvolsi intorno al corpo, mi asciugai la faccia e rivolsi uno sguardo feroce a Kaden.

«Allora vuoi la guerra.»

Lui era appoggiato alla porta, la mano nella tasca dei pantaloni. Il modo strafottente in cui mi fissava stava a significare che aveva visto tutto.

Mi avvicinai al secchio che aveva abbandonato accanto alla vasca e, senza pensarci due volte, lo raccolsi, lo immersi nell'acqua della vasca e lo lanciai verso Kaden, centrandolo in pieno.

Qualunque cosa sarebbe successa dopo, l'espressione scioccata sulla sua faccia era impagabile.

Aveva la camicia piena di schiuma, come i capelli e il viso. C'erano brillantini ovunque. Sembrava una fata che aveva sparso la sua polverina nella direzione sbagliata.

Mi venne da ridacchiare.

«Hai commesso un grave errore.»

Un attimo dopo si lanciò su di me. La mia risata si trasformò in un grido stridulo. Afferrai l'asciugamano con entrambe le mani, temendo che me lo volesse strappare via, ma mi sbagliavo.

Kaden saltò tutto vestito dentro la vasca. Mi cinse il collo con un braccio e mi bloccò mentre con l'altra mano prendeva la doccia. Con la coda dell'occhio lo vidi girare il termostato verso il freddo.

«No!» strillai, le dita sempre strette intorno all'asciugamano sul petto. «Kaden, ti avverto!»

«Cosa vorresti fare?» domandò sogghignando.

Gli pestai un piede con tutta la forza che avevo. Purtroppo sott'acqua non funzionò come avrebbe voluto.

«Bel tentativo», commentò lui indifferente, stringendomi più forte.

Poi aprì la doccia.

Il mio grido si perse nell'acqua gelata. Il freddo mi tolse l'aria dai polmoni e dalla bocca mi uscì solo un gorgoglio. Neppure l'asciugamano poté proteggermi dal violento getto.

Una volta superato lo shock iniziale, cominciai a difendermi. Avevo solo una mano libera, ma riuscii ad afferrargli un braccio. Volevo stritolarglielo, ma aveva i muscoli troppo sodi e la pelle troppo scivolosa. Sbuffai e tentai di divincolarmi, ma fu inutile. Ricorsi a quel poco che ricordavo del corso di autodifesa frequentato alle superiori, e gli assestai una gomitata nello stomaco con tutta la forza che avevo.

La mossa non ottenne l'effetto desiderato, però gli fece perdere l'equilibrio. Il suo primo impulso fu quello di aggrapparsi a me. Che idiota.

Non ressi il suo peso nemmeno per un secondo e non tentai neppure di aggrapparmi alla tenda della doccia. Sentii la sua mano fulminea sulla nuca prima che cadessimo insieme nella vasca. L'acqua fuoriuscì e inondò tutto il bagno.

Lanciai un gemito di dolore, mentre davanti agli occhi mi danzavano puntini colorati. Ero caduta proprio sul coccige.

«Tutto okay?» Kaden si era puntellato con un braccio al bordo della vasca. L'altro braccio lo teneva dietro la mia testa. «Allie?»

Mugugnai e mi sforzai di ritrovare l'orientamento. La testa non mi faceva male, ma il gomito sinistro e la schiena sì. Battei più volte le palpebre e alzai la testa, confusa.

Kaden era sopra di me e mi fissava. Sentivo il suo respiro sulla guancia, rapido e concitato.

D'istinto, gli scostai le ciocche bagnate dalla fronte con una mano. Lui mi venne più vicino. Ancora di più. A un certo punto il suo viso si fece sfocato e io percepii i suoi muscoli contro di me. C'era soltanto lui. Avevo il respiro flebile e una sensazione familiare si impadronì di me. Trattenni il fiato, rendendomi conto che era desiderio. Chiusi gli occhi e affondai le dita nel suo braccio.

Questo sembrò risvegliarlo dalla trance. Lo sentii irrigidirsi sopra di me. Poi imprecò.

Battei le palpebre imbarazzata.

«È per questo che non voglio coinquiline femmine», disse a denti stretti, sollevandosi più velocemente di quanto credessi possibile. In un attimo, era sparito e aveva richiuso la porta di slancio.

Impiegai un po' a calmarmi.

Cos'era successo, per la miseria?

10

Mi fumava il cervello e, data la quantità di libri e foglietti sparsi sul tavolo del salotto e sul pavimento, non c'era da sorprendersi.

Dawn fece un profondo sospiro, allungò le gambe sotto il tavolo e si appoggiò all'indietro sulle braccia. «Credo di non farcela più. La testa mi scoppia, non ci entra più niente. Spazio di memoria insufficiente», disse chiudendo gli occhi per un attimo.

«Per me è lo stesso.» Raccolsi le ginocchia, reclinai la testa all'indietro contro il bordo del divano e guardai il soffitto.

Mancava una settimana al nostro primo esame di Letteratura, per il quale dovevamo studiare i fondamenti di analisi del testo oltre alle diverse epoche con caratteristiche e rappresentanti. Era una materia così vasta che non sapevo da che parte cominciare. Dawn e io ci eravamo sempre sforzate di prestare attenzione durante le lezioni, e di non chiacchierare troppo. Tuttavia, siccome era previsto che gran parte delle nozioni si acquisissero con lo studio autonomo, non faceva molta differenza. «Che ne dici se per oggi smettiamo?»

Come a confermare il mio proposito, suonarono alla porta. Mi sollevai con fatica dal pavimento, corsi in corridoio e guardai dallo spioncino. Rimasi sorpresa. Dall'altra parte mi sorridevano le facce di Monica e Ethan.

«Ciao, entrate», li salutai aprendo la porta.

«Allie!» Monica mi abbracciò di slancio e, prima di lasciarmi, mi annusò rumorosamente capelli. «Te l'avevo detto che Kaden esagera! Non puzza mica.»

La guardai indignata. «Va in giro a raccontare che puzzo?»

Ethan annuì con espressione esageratamente seria. Poi si chinò su di me e mi annusò a sua volta. «Però non è vero, se ti può consolare.»

Scossi la testa rassegnata.

«Spencer e Kaden stanno arrivando. Volevamo passare una serata tranquilla sul divano...» Monica si alzò in punta di piedi e guardò oltre la mia spalla; Dawn la salutò dal pavimento. «Siete invitate anche voi.»

«Ah!» esclamai esitante. Ero sicura che Kaden si sarebbe rimangiato subito l'invito, se fosse stato in casa.

«Ehi, ma quelli sono i miei scarponi!» esclamò Monica. Erano posati ordinatamente nel guardaroba accanto a quelli di Kaden. «Ti sono serviti?»

«Sì, grazie ancora», risposi con un sorriso. «L'ultima volta non mi è venuta nemmeno una vescica. Avevo solo qualche livido per le cadute e dei graffi sulle braccia e sulle gambe.»

Monica rise mentre si toglieva il giubbotto. «Credimi, so cosa intendi.» Mi strinse il braccio, poi entrò in salotto per presentarsi a Dawn.

«Le hai dato la scusa perfetta per non venire più a camminare con me», osservò Ethan sorridendo. «Per questo ti vuole ancora più bene.»

«Mi spiace, Ethan», ribattei dandogli una pacca amichevole sulla spalla. Poi tornai in salotto a raccogliere la nostra roba.

Dopo l'incidente nella vasca da bagno, Kaden e io ci eravamo evitati accuratamente, e preferivo battere ritirata prima che arrivasse. Ma mentre Dawn scompariva in camera mia con l'ultimo raccoglitore, si aprì la porta d'ingresso. Mi voltai e vidi spuntare Spencer e Kaden, carichi di grandi scatole piatte.

«Ciao, Allie», mi salutò Spencer. Si tolse le scarpe con i piedi e le spinse accanto a quelle di Kaden e alle mie.

«Ciao, Spencer. Come va?»

«Non mi lamento. Finora ho superato tutti gli esami, me ne mancano soltanto due. Fammi un in bocca al lupo!»

Lui e Kaden salutarono Monica e Ethan, poi posarono le scatole sul bancone della cucina.

«Certo, in bocca al lupo», gli augurai, poi mi avviai verso la mia camera.

«Dove vai?» mi gridò dietro Kaden.

Mi fermai e lo guardai da sopra la spalla. Stava tirando fuori piatti e tovaglioli.

«È venuta a studiare Dawn», risposi. «Non vogliamo disturbare.»

Lui aprì la prima scatola. «È un po' difficile. Vi abbiamo portato la pizza.»

Rimasi stupefatta. Era forse un'offerta di pace la sua? Il profumo che si spandeva per casa mi fece venire l'acquolina in bocca. «Sul serio?»

Kaden sistemò la prima pizza su un piatto e lo porse a Spencer, che lo portò in tavola davanti a Monica e Ethan.

Mi riscossi dalla paralisi e andai in cucina mentre Kaden apriva la seconda scatola. «Ah, eccola qua. Pancetta, uova, salsa olandese, broccoli. La pizza più disgustosa che era sul menu. Ho pensato che fosse la scelta migliore, visti i tuoi gusti assurdi.»

Stentavo a crederci. All'improvviso avvertii un grande vuoto dentro di me. Kaden infilò una spatola sotto la pizza e la sistemò su un piatto, che mi porse con un'occhiata trepidante.

E allora successe la cosa più patetica del mondo.

Cominciai a singhiozzare.

«Questo no», gemette lui, buttando il piatto sul bancone. «Regola numero uno, dannazione!»

Per un attimo lo guardai senza fiatare, poi girai sui tacchi e mi rifugiai in camera. Chiusi la porta per dare libero sfogo alle lacrime.

«Allie?» esclamò allarmata Dawn, alzandosi prontamente dal letto. «Cos'è successo?»

Rimasi appoggiata alla porta con la testa china. Mi premetti furiosamente i pugni sugli occhi, costringendomi a respirare lentamente. Dopo un paio di minuti, ritrovai una calma sufficiente per rispondere a Dawn.

«Kaden ha portato la pizza», dissi con voce tremante, abbassando lentamente le mani.

Dawn mi fissò perplessa. «Che stronzo. Ma come si permette?»

Scoppiai a ridere e mi asciugai gli occhi. Poi mi lasciai cadere con un sospiro sul divano letto. «Non intendevo questo.»

«Allora cosa? Io vorrei odiarlo, ma mi risulta difficile», disse Dawn appoggiandosi al muro. «Questo profumino di pizza mi fa venire una gran fame.»

Alzai lo sguardo, e a poco a poco gli occhi smettevano di bruciarmi. «Io non ho mai mangiato la pizza a casa.»

Dawn mi guardò attonita. «Cosa?»

«A casa nostra il fast-food era bandito. Mia madre era fissata per il mangiare e contava sempre le calorie. Non voleva che ingrassassi, e tutte le settimane mi sottoponeva un piano alimentare e un rigido programma di allenamento fisico.» Mi strinsi nelle spalle. «L'unica volta in cui ho mangiato la pizza è stato a Roma, durante una vacanza con la famiglia.»

Era solo una parte della verità. Mi sentivo ancora destabilizzata dalle telefonate di mia madre. Quando Kaden mi aveva offerto la pizza, avevo sentito di nuovo la voce di lei all'orecchio che mi metteva in guardia contro le calorie e mi rimproverava che mi stavo lasciando andare. La odiavo, e odiavo il fatto che fosse ancora così presente nella mia vita.

Dawn aveva un'espressione assorta.

«Quale madre nega al proprio figlio il cibo da fast-food?» esclamò indignata staccandosi dal muro. «Alcuni dei ricordi più belli della mia infanzia sono legati a McDonald's. Lo scivolo unto, il mangiare buonissimo e i giocattoli. Per favore, non dirmi che non sei mai stata da McDonald's.»

Scossi la testa, e lei si portò una mano alla bocca scioccata. «Allie, non puoi dire sul serio.»

Feci un profondo sospiro. «Tu non conosci Sharon Harper, Dawn. È una despota. Anche ora, se potesse, vorrebbe controllare la mia vita. Il mio corso di studi, i miei amici, le mie abitudini alimentari, persino il colore dei miei capelli, per la miseria.»

Dawn mi si parò davanti, allibita. «Allie Harper», dichiarò con espressione serissima. «Adesso torniamo di là e tu mangi quella pizza. Se devi mugolare di piacere, per me sta bene. Se ti viene da piangere, magnifico!» Si chinò leggermente e mi guardò dritto negli occhi. «Tu sei libera, Allie. Hai tutto nelle tue mani e non devi più permettere a nessuno di intromettersi nella tua vita. Hai capito?»

Mi salirono di nuovo le lacrime agli occhi. Le scacciai con fatica e buttai giù il groppo che mi serrava la gola. «D'accordo.»

«Stupendo! E adesso andiamo», disse Dawn aprendo la porta e uscendo senza controllare che la seguissi.

Lanciai uno sguardo allo specchio e mi strofinai le chiazze grigie sotto gli occhi. Feci qualche respiro profondo e raddrizzai le spalle. Gli altri non dovevano accorgersi di quanto fossi complessata. Confidarlo a Dawn era una cosa; sapevo di potermi fidare di lei. Ma Kaden e i suoi amici li conoscevo troppo poco. Per loro volevo essere semplicemente Allie, e non quel patetico guscio vuoto nel quale mi aveva trasformato mia madre a Denver.

«Questa è la prima pizza di Allie!» annunciò Dawn a gran voce.

Fantastico, adesso lo sapevano tutti.

Entrai titubante in salotto, ma constatai con sollievo che nessuno badava a me. Forse non si erano accorti della mia fuga, oppure erano così discreti da non farne parola.

«Dateci dentro, gente», bofonchiò Spencer a bocca piena.

Mi sedetti sul pavimento accanto a Dawn e presi il tovagliolo che mi porgeva. Le sorrisi riconoscente. In sottofondo c'era una musica bassa. Presi una fetta della pizza che Kaden aveva scelto per me e litigai con i fili di un formaggio. Sentii lo sguardo di Dawn su di me quando diedi il primo morso.

Masticai lentamente. Era squisita. L'insieme di salsa, formaggio e pancetta era perfetto. Deglutii e lanciai un'esclamazione beata.

Dawn rise e anche Kaden emise un suono divertito.

«Credo che tu abbia fatto la scelta giusta», gli disse Spencer.

Kaden si limitò ad alzare le spalle e addentò la sua pizza.

«Ecco, non riesco più a immaginare la mia vita senza pizza», dichiarai dopo un po', scatenando una risata generale.

«Com'è possibile che tu non l'avessi mai mangiata? Insomma, non è normale», osservò Ethan. Monica gli diede una gomitata.

«Ethan, tutti siamo poco normali», disse. «Pensa a noi. Mi affascinano le unghie. Mi piace dar loro forma, metterci lo smalto, afferrarle...»

Ethan fece una smorfia e guardò le sue unghie colorate. «Una qualità che pesa parecchio sul mio amore per te, baby.»

Lei scosse la testa e sorrise. «E tu una volta hai provato a scendere dal monte Wilson con una tavola da surf. Chi farebbe una cosa del genere?»

«Era una scommessa. Kaden mi aveva sfidato», spiegò rivolto a Dawn e me.

«Non dare la colpa a me, vecchio mio. Non c'entro niente se fai tutto quello che ti si dice.»

Mi accorsi che Kaden nascondeva un sorriso dietro la fetta di pizza. Lo tradivano le rughe intorno agli occhi.

«A me piacciono i capelli rossi», dichiarò Spencer a bocca

piena. Dawn si irrigidì accanto a me. «Non scherzo, quando una ragazza ha i capelli rossi, per me è dieci volte più sexy.»

Scoppiai a ridere.

«Tu sei fuori, amico.» Kaden si appoggiò all'indietro e si pulì la bocca con il tovagliolo.

«E allora? Monica ha ragione. Nessuno di noi è del tutto normale», ribatté Spencer. «Tu hai problemi relazionali, Allie, per qualche motivo insondabile, non aveva mai mangiato la pizza, Monica è patita delle unghie e Dawn... ha i capelli rossi.» Spencer batté più volte le palpebre, come se si fosse reso conto solo in quel momento di quel particolare. «Ti va di uscire con me?»

Tutti scoppiammo a ridere, tranne Dawn che avvampò. «No, grazie.»

Spencer si strinse nelle spalle e tornò a concentrarsi sulla pizza. Con precisione assoluta prelevava uno alla volta tutti i tipi di verdura e li ingoiava prima di mangiare la base della pizza.

«Io non ho problemi relazionali», dichiarò Kaden. «La mia è una decisione volontaria di rinunciare a una relazione. Trovo che sia qualcosa di superfluo.»

«Certo, guarda cosa ti perdi», ribatté Monica ridacchiando e indicando se stessa. «Reperto A.»

Lui si limitò ad alzare gli occhi al cielo.

«Ti ricordi ancora quando al mattino vi preparavo i pancakes? Che periodo stupendo...» sospirò sognante. Ethan emise una specie di brontolio che interpretai come manifestazione di assenso.

«I tuoi pancakes erano sempre bruciati», ribatté Kaden asciutto. «E poi lasciavi tutti i trucchi in giro per il bagno.»

«Se ricordo bene, non ti sei mai lamentato dei pancakes: li divoravi.»

«Soltanto perché Ethan mi costringeva a essere gentile con te.»

«Se quella era gentilezza, io sono la regina della Cina!»

«Per la precisione, dovrebbe essere l'imperatore della Cina», mormorò Ethan con un guizzo sospetto della bocca.

«Chi se ne frega. Kaden è uno stronzo, e per niente gentile. Però sai una cosa? Ti voglio bene lo stesso!» Si alzò di scatto e lo abbracciò di slancio. Lui fece una smorfia quando lei lo baciò sulla guancia e tentò senza troppa convinzione di staccarla da sé.

Non fui l'unica a notare il suo sorriso.

Durante la settimana seguente passai molte serate insieme a Kaden e ai suoi amici. Dawn veniva a trovarci tutte le volte che la sua coinquilina aveva visite maschili – il che succedeva sorprendentemente spesso – e insieme sperimentavamo tutti i servizi di pasti a domicilio dei dintorni. Però nemmeno l'ottimo cheeseburger che divorammo il mercoledì superò la mia prima pizza.

La convivenza con Kaden diventò più agevole. Ormai mi permetteva persino di guardare la sua televisione quando non c'era. E quando c'era non mi scacciava più dal divano, ma lasciava che guardassi le serie insieme a lui.

Un pomeriggio eravamo seduti a gustarci una serie di supereroi appena uscita in Blu-ray. Finalmente avevo fatto l'esame di Letteratura, e per festeggiare avevamo ordinato una porzione gigante di sushi.

«Non è giusto», protestai a bocca piena intingendo un

altro maki nella salsa di soia. Il sushi era al secondo posto nella lista dei miei piatti preferiti.

«Cosa?» chiese Kaden senza distogliere lo sguardo dallo schermo.

«Possibile che non esista un film d'azione in cui ci sia una donna che non sia stata presa di mira dai cattivi?» protestai. «Voglio dire, certo è bello, a tutte le donne piace essere salvate, ma questo continuo tira e molla mi innervosisce.»

«È uno degli elementi fondamentali. L'eroe s'innamora, se ne pente, e dopo un po' abbandona il suo amore per il bene dell'umanità.»

«Secondo me i fumetti potrebbero funzionare benissimo anche senza queste storie d'amore forzate.» Schioccai la lingua quando il suddetto personaggio femminile comparve sullo schermo lanciando un'occhiata struggente al suo eroe. «E poi questa attrice recita da schifo. Guarda, ha il carisma di una zucchina.»

Kaden gettò la testa all'indietro e scoppiò in una risata. Era piacevole, ruvida e profonda. «Condivido pienamente.»

Il maki mi sfuggì dalle bacchette e cadde sul vassoio. «Cos'hai detto?» domandai fissandolo.

«Condivido...» Si bloccò e ricambiò la mia occhiata stupita. Evidentemente si era accorto solo in quel momento di avermi dato ragione per la prima volta.

«Chi l'avrebbe mai detto!» esclamai infilzando il rotolino di riso con una bacchetta sola e sollevandolo trionfante. Prima che riuscissi a infilarmelo in bocca, Kaden se l'era preso con la mano.

«Ehi!» esclamai indignata.

«Colpa tua», disse lui a bocca piena, massaggiandosi l'addome piatto.

Non avevo idea di come facesse a restare così magro. Mangiava sempre porzioni enormi, e poi finiva quello che lasciavo io. Da due settimane avevo ripreso regolarmente il pilates, tuttavia ero già ingrassata. Non molto, ma sicuramente un chiletto, dato che i jeans mi stringevano.

Il campanello mi distolse dai miei pensieri e mi fece trasalire.

«Aspetti visite?» chiese Kaden.

Feci cenno di no e mi alzai, dato che lui non aveva ancora finito di mangiare. Andai in corridoio e sbirciai dallo spioncino.

Rimasi senza fiato.

Fuori c'era mia madre.

11

Mi sembrava che degli artigli gelidi mi avessero afferrato alla nuca.

Le ginocchia mi cedettero.

Il cuore mi si fermò.

Non riuscivo a respirare.

Mi allontanai di scatto dalla porta e mi appoggiai con la schiena al guardaroba.

«Bubbles?» mi chiamò Kaden sporgendosi sul divano verso sinistra, per riuscire a vedermi.

Lo fissai sbigottita, scuotendo la testa con decisione.

«Cosa succede?» domandò più forte.

Diedi un'occhiata al mio stato. Siccome i miei progetti prevedevano di passare la serata sul divano, mi ero già liberata dei jeans aderenti in favore di un paio di comodi pantaloni da jogging. Sopra portavo una maglietta della Woodshill University di almeno due taglie più grande. Non mi ero ancora struccata, ma era da un po' che non mi guardavo allo specchio. Probabilmente il trucco era finito in tutti i posti in cui non doveva essere. Per non parlare dei capelli. Conciata in quel modo non potevo assolutamente aprire la porta.

Kaden mi raggiunse senza indugio e mi guardò accigliato, poi guardò lui stesso dallo spioncino. Solo in quel momento mi resi conto di essere finita sopra le sue scarpe, ma non osavo muovermi nemmeno di un millimetro.

Il campanello suonò di nuovo, tre volte di seguito.

«Ma quella...»

«È mia madre», bisbigliai.

«Crystal!» esclamò ovattata la voce sul pianerottolo. Poi ci fu una serie di energici colpi alla porta.

Il cuore mi si fermò per davvero. Kaden avrebbe dovuto chiamare l'ambulanza per farmi rianimare.

«Crystal Allison Harper, so benissimo che sei qui! Ho fatto localizzare il tuo cellulare!»

Con dita tremanti tentai di lisciarmi la maglietta. Kaden si mise davanti a me e mi afferrò per le spalle. I suoi occhi si fecero cupi, mentre mi fissava intensamente. Non poteva immaginare quello che stava succedendo, ma aveva intuito che avevo bisogno di aiuto. «Vai a cambiarti con calma», disse prontamente. «Io le offrirò una tazza di caffè o qualcosa.»

Non riuscivo a parlare. Annuii più volte.

«Meglio se vai in camera, Allie», disse piano, sospingendomi in corridoio.

Avevo le gambe di piombo quando entrai in camera e mi richiusi la porta alle spalle. Il mio sguardo si posò sulla scrivania, che non era disordinata ma neppure impeccabile come piaceva alla mamma. I vestiti che avevo indossato quel giorno erano appoggiati alla sedia, e quella mattina non avevo nemmeno richiuso il divano letto.

Osservai la stanza con gli occhi di mia madre e mi venne

la nausea. L'avrebbe trovata detestabile, ne ero sicura. E non si sarebbe fatta problemi a dirmelo.

Mi sfilai rabbiosamente i pantaloni e infilai i jeans. Dopotutto ero appena arrivata, mi ero appena ambientata. Non era giusto che mi assalisse in questo modo! Udii delle voci in corridoio, ma non capii le parole. Come in trance, presi dall'armadio una camicetta rosa che avevo portato l'ultima volta a Denver. Ma mentre tiravo fuori la piastra per i capelli dalla cassettiera, mi bloccai.

No.

Non mi sarei travestita.

Gettai un'occhiata allo specchio. Il trucco era decente, i capelli a posto. Il colore si era un po' sbiadito, ma risultava più naturale rispetto al biondo di prima, soprattutto con le onde morbide. D'un tratto fui invasa da una singolare pace.

Mi sarei sentita meglio se fossi stata me stessa e non le avessi dato la soddisfazione di trasformarmi nella ragazza di prima solo con la sua presenza. Con un gesto risoluto riposi la camicetta nell'armadio e tenni la maglietta dell'università.

Mancava solo di calmare il battito cardiaco. Prima o poi avrei dovuto affrontarla. Che fosse in quel momento o tra due mesi, non faceva la minima differenza.

Un brivido freddo mi corse lungo la schiena; avevo le mani sudate quando aprii la porta ed entrai decisa in salotto. La mamma era su uno degli sgabelli in cucina, e mi dava le spalle. Kaden le stava dicendo qualcosa, ma ero troppo agitata per capire le sue parole.

«Ciao, mamma», dissi con voce roca.

Lei si voltò al rallentatore, e io trattenni il respiro.

Mi sentivo come se fossi stata catapultata indietro nel tempo, nella nostra cucina a Denver, quando avevo annunciato ai miei genitori i miei progetti per l'università. Lo sguardo sprezzante della mamma dall'alto, il mento sollevato, il perfetto caschetto biondo. E sul suo viso, sempre più rigido e innaturale per i frequenti ritocchi, un'espressione di raccapriccio.

«Cielo, Crystal. Ma come ti sei conciata?» La voce tradiva tutto il suo ribrezzo, come se stesse esaminando qualcosa di particolarmente disgustoso.

«In che senso?» Mi guardai con finta sorpresa.

«Cos'hai fatto ai capelli?» proseguì, scivolando giù dallo sgabello. Si lisciò il tailleur che doveva essere costato più di tutto l'arredamento di Kaden, e fece un passo verso di me con gli occhi socchiusi.

Mi prese per il mento e mi girò la testa a destra e a sinistra, poi afferrò diverse ciocche dei miei capelli, con una smorfia. Dovetti fare uno sforzo su me stessa per non allontanare la sua mano.

«Seriamente. Mi aspettavo di meglio da te.»

«Anche a me fa piacere vederti, mamma», riuscii a dire costringendomi a sorriderle.

Le schioccò la lingua e poi mi oltrepassò per andare verso il divano.

La seguii a una certa distanza. «A cosa devo l'onore?» chiesi.

Lei accavallò le gambe e appoggiò accanto a sé la borsetta di Chanel, guardandosi in giro. Poi si toccò con delicatezza i capelli perfettamente phonati. «Non hai risposto alle mie telefonate. Tuo padre e io eravamo preoccupati.»

Feci una risata, che somigliava più a un latrato. «Ma davvero?»

«Non fare la bambina, Crystal.»

Tutte le volte che mi chiamava così, trasalivo.

«A nostro giudizio, la tua fuga in questa... cittadina», la parola le uscì a fatica dalle labbra, «è durata abbastanza. Smettila una buona volta con questa ribellione infantile.»

Mi mancavano le parole. Credeva davvero che sarei tornata a Denver?

Kaden posò una tazza di caffè sul tavolino di fronte a mia madre. Aveva la mandibola stranamente in tensione, come se stesse facendo uno sforzo per non intervenire nella nostra conversazione.

«Ma guardati.» Tenendo il mignolo in fuori, prese la tazza senza nemmeno ringraziare Kaden. «Ti stai lasciando completamente andare. Quanti chili hai messo su da quando abiti qui?»

Deglutii e sopportai in silenzio l'esame lento e scrupoloso del suo sguardo di ghiaccio. Subito dopo fissò il vassoio di sushi sul tavolo.

«Non mi sorprende, con le porcherie che mangi.»

Kaden emise un suono indefinibile. La mamma lo guardò, e io capii che era pronta a sferrare il successivo attacco. Su Kaden.

«Sei venuta qui per giudicare la mia vita, oppure volevi dirmi qualcosa?» mi intromisi.

«Tuo padre e io ci aspettiamo che tu torni a casa prima del Ringraziamento. Non è pretendere troppo se vogliamo che la nostra unica figlia partecipi all'annuale galà di beneficenza.»

Mi costò uno sforzo tremendo non manifestare tutto il mio disprezzo. I miei genitori mi avevano costretto a partecipare a innumerevoli feste e galà. Non avrei più messo piede a una di quelle manifestazioni, neanche morta. «Non ho intenzione di abbandonare gli studi solo perché secondo te questa strada non è quella giusta per me, mamma.»

Lei arricciò le labbra perfettamente truccate e piegò la testa di lato. «È ora che tu la smetta con questo capriccio infantile, Crystal. C'è un'eredità di cui dovrai occuparti, che tu lo voglia o meno.»

«Non so quante volte devo dirtelo ancora, ma studio per diventare insegnante», dichiarai a denti stretti.

«Ah, bambina. E io non so quante volte devo ripeterti che così non hai un futuro», ribatté piccata. «Puoi ritenerti fortunata che ti paghiamo le tasse universitarie.»

Mi conficcai le unghie nei palmi delle mani, da quanto avevo stretto i pugni. «Questo è il minimo, dopo ciò che ho dovuto passare per colpa tua!» sibilai. Non mi importava che Kaden fosse lì e ascoltasse tutto. Non mi importava niente di niente. Volevo solo che lei sparisse.

«Il minimo?» Scoppiò in una risata affettata e si portò una mano curata davanti alla bocca. «Quanto sei ingenua. Fai la vittima pur sapendo benissimo che...»

«Taci», le ordinai con voce fremente.

«Non mi faccio certo dare ordini da mia figlia!» Si sistemò di nuovo i capelli. «Credimi, Crystal. Abbiamo preso la decisione giusta. E siccome voglio farti un favore, ti chiedo di guardarti intorno. Abiti con un... uno sballato.» Gettò un'occhiata sprezzante a Kaden. «Ti sei tagliata i capelli e ti stai lasciando andare completamente. Non ti rendi conto dell'aspetto che hai? Io desidero solo il meglio per te.»

Ero così tesa che cominciava a farmi male la schiena. «Puoi prendertela con me e offendermi quanto ti pare, mamma. Ma lascia stare il mio coinquilino.»

Lei sorrise superba. «Incantevole. Vai a letto con un

cafone tatuato e pensi di poter fare e disfare come ti pare. Stammi a sentire, non sono qui per...»

Non riuscì a dire altro. Kaden si piazzò di fronte a me, a braccia conserte. «Credo sia il caso che lei se ne vada.»

Mia madre alzò la testa per guardarlo. Continuò a sorridere anche quando Kaden fece un altro passo verso di lei. Si alzò con grazia e prese la borsetta.

«Prima o poi tornerai a casa, Crystal. Quando tutto andrà a rotoli, verrai a bussare piangendo alla nostra porta. Non sorprenderti se allora tuo padre e io non saremo più disposti ad accoglierti.»

Mi lanciò un'ultima occhiata sprezzante, poi andò in corridoio. Pochi secondi dopo sentii il rumore della porta di casa che si chiudeva, ma sembrava provenire da molto lontano.

Ero stordita. Non sapevo da quanto tempo ero lì immobile. Minuti? Ore?

Le parole di mia madre mi echeggiavano in testa, anche mentre andavo a rifugiarmi in camera mia. Non so come feci ad arrivare al letto. Era come se il mio corpo non mi appartenesse. Avrei voluto piangere, ma non ci riuscivo. Sentivo invece un vuoto dentro di me, che era fin troppo familiare.

Non mi accorsi quando Kaden entrò in camera mia. Disse qualcosa che non compresi. A un certo punto la sua faccia comparve davanti alla mia. Sollevai leggermente la testa. Tutto intorno a me era sfocato. Avevo freddo.

«Vattene», gracchiai.

Lui si era accovacciato accanto a me e mi osservava intensamente. I suoi occhi color caramello mi accarezzarono il viso, poi scesero sulle mani strette a pugno e ritorno. Aveva un aspetto incredibilmente calmo. Capitava molto di rado a chi aveva la sfortuna di incontrare Sharon Harper.

«Ehi», disse piano.

Avevo la bocca asciutta e dovetti passarmi la lingua più volte sulle labbra. «Vorrei rimanere sola adesso», bisbigliai. Mi scostai una ciocca di capelli dalla fronte e mi resi conto che era sudata. Avvertivo ancora una forte pressione al petto. Faticavo a respirare.

«Non ho intenzione di lasciarti sola in questo stato.»

«Vattene, Kaden.»

«No.»

«Ti ho detto di andartene!» gridai, e volevo voltargli le spalle, ma lui mi afferrò per un polso. Mi tirò in avanti e io dovetti allargare le gambe perché lui era accovacciato proprio davanti al mio letto. «Kaden», lo ammonii.

«Uscirò da questa stanza solo quando sarò sicuro che non ti farai del male.»

«Non ho intenzione di farmi del male.»

«Bene. Uscirò da questa stanza solo quando sarò sicuro che tu abbia dimenticato ogni parola di quella... signora.» Ero sicura che avrebbe voluto usare un epiteto diverso e che si fosse limitato a questa definizione neutra solo per riguardo nei miei confronti. «E smettila di avere l'aria da cane bastonato.» Mi accarezzò le mani con il pollice. Aveva la pelle calda e asciutta, al contrario della mia.

«Non sembro un cane bastonato», mormorai.

Lui si avvicinò ancora un po'. «Invece sì, Allie.»

«Al massimo un gatto.»

«Cosa?»

«Voglio dire, preferirei essere un gatto bastonato. Sono un tipo da gatti.»

Mi resi conto che mi stavo rilassando a poco a poco. La vicinanza di Kaden aveva un piacevole effetto su di me, e le sue carezze mi facevano quasi dimenticare quanto accaduto poco prima.

«I gatti sono maledettamente furbi», ragionò Kaden. «Non credo che si farebbero bastonare.»

Abbozzai un sorriso.

«Così va meglio», dichiarò soddisfatto. Poi tornò serissimo e mi strinse più forte il polso. «Non c'è nemmeno un briciolo di verità in quello che ti ha detto. Lo sai, vero?»

La sua voce era bassa ma decisa.

Mi strinsi nelle spalle.

«Quella è come Crudelia De Mon. Le mancava solo la pelliccia di dalmata. Allie, non puoi prendere sul serio una come lei», proseguì.

«Ma ha ragione!» replicai fiacca. Non volevo avere quella conversazione. Non volevo che si accorgesse di quanto fossi vulnerabile.

«Che scemenza!» si accalorò lui. «Ha detto un sacco di idiozie, cosa ci sarebbe di vero?»

«Che... che sono ingrassata!» esclamai. Mi liberai dalla sua stretta e mi nascosi il viso tra le mani. Kaden appoggiò le dita sulle mie cosce.

«Sì, forse questo è vero.»

Lo sbirciai dalle fessure tra le dita. «Grazie tante.»

«Di niente, è la verità.» Fece un sorriso storto. «La prima volta che ci siamo visti sembravi una pertica. Adesso finalmente ti si vedono le curve. È molto meglio, Bubbles.»

Mi diede un pizzicotto sul fianco e io tentai di colpirlo. Lui mi schivò ridendo. Si chinò un'ultima volta e mi osservò attentamente. «Adesso posso lasciarti sola», disse, poi si alzò e uscì dalla mia camera.

Deglutii a fatica. Kaden ce l'aveva messa tutta, lo sapevo. Ma non bastava qualche parola di conforto per riempire il vuoto che aveva creato in me la visita di mia madre.

Per contrastarlo conoscevo un solo rimedio.

12

Reclinai la testa all'indietro e ingoiai la tequila. Poi mi leccai il sale dalla mano e addentai il limone.

Non ricordavo con precisione quante volte avessi ripetuto l'intero processo nel corso della serata. Reggevo bene l'alcol, forse troppo bene, e ci voleva un po' prima che cominciasse a fare effetto. Ma le pareti iniziavano a girare intorno a me, e mi sentivo alla grande.

«Ma come fa?» chiese Scott. Ero seduta tra lui e Dawn al bar dell'*Hillhouse*.

«Non ne ho idea. Deve avere il fegato d'acciaio», rispose la mia amica guardandomi ammirata. Il fegato d'acciaio. Sbuffai. Dovevo averlo preso da mia madre. Lei aveva il cuore d'acciaio.

Mi bloccai. Se riuscivo a pensare ancora così lucidamente, non era abbastanza. Mi chinai oltre il bancone e alzai la mano. Nel giro di pochi secondi un altro bicchiere era davanti a me, e io brindai al barman.

«Voglio ballare», annunciai a Dawn e Scott dopo aver trangugiato l'altra tequila. Li trascinai sulla pista e cominciai a muovermi a ritmo di musica. Ero ubriaca e circondata dai miei amici. Presto mi sarei sentita meglio. Almeno era quello che mi ripetevo.

Dopo un po', Scott si allontanò con un tipo che conoscevo di vista da uno dei miei corsi. Dawn e io facemmo amicizia con un gruppo di ragazzi e ragazze, con i quali ci mettemmo a ballare disinvolte. Era passata la mezzanotte quando ci invitarono a unirci a loro a casa di un amico che dava una festa. Noi accettammo senza esitazioni.

L'alloggio si trovava al campus. In realtà distava dieci minuti a piedi dall'*Hillhouse*, ma siccome la maggior parte di noi barcollava pericolosamente, impiegammo una mezz'ora a compiere il tragitto. Dawn ci era andata un po' più piano di me – e aveva fatto bene, visto che dovevamo andare alla festa di una confraternita – e fece del suo meglio per condurmi sana e salva al traguardo.

Già da lontano notai il cortile dell'edificio pieno di immondizia. C'erano studenti che si aggiravano davanti all'ingresso con bicchieri in mano, e dall'odore che ristagnava nell'aria si capiva che lì non si fumavano solo sigarette.

I nostri nuovi amici ci presentarono il padrone di casa, poi si gettarono nella mischia. La musica era a tutto volume anche lì, e senza perdere tempo trascinai Dawn sulla pista improvvisata all'altro capo della sala. Volevo ballare ancora.

«Non ti ho mai visto da queste parti», disse un tipo quando ci avvicinammo. Il suo amico cominciò a chiacchierare con Dawn.

«Sono arrivata questo semestre al campus», spiegai sorridendo, mentre mi muovevo a ritmo di musica.

«Ti va di bere qualcosa?»

Lo guardai meglio. Begli occhi verdi e capelli biondi,

forse un po' troppo lunghi. Se li scostò dalla fronte come se mi avesse letto nel pensiero.

Sorrisi di nuovo. «Perché no?» dissi, e lo seguii a un tavolo pieno di birre e alcolici vari.

«Come ti chiami?» mi domandò, porgendomi un bicchiere con un liquido rosso. Lo annusai e feci una smorfia. Gli alcolici dolci non mi piacevano, ma avrei fatto un'eccezione.

«Allie. E tu?»

«Brix.» Avvicinò il bicchiere per un brindisi.

Chiacchierammo per un po', prima che mi presentasse qualcun altro della sua confraternita. Vedevo colori sgargianti passarmi davanti e ridevo delle battute degli amici di Brix. Ben presto mi accorsi che dentro di me si era sprigionato un piacevole calore. Non sapevo con precisione cosa contenesse il drink, ma stava facendo effetto. E finché il vuoto non tornava, a me stava bene. Brix e io eravamo vicini. Faticavo sempre di più a tenere le mani lontane della sue spalle larghe e dalle sue braccia muscolose.

Andammo a ballare insieme, così tanti pezzi che alla fine persi il conto. Ero sudata e affannata.

Mentre ballavo con quello sconosciuto, che mi toccava da tutte le parti, pensai che dovesse essere quella la sensazione che si provava in trance. Non lo trovavo strano e non avevo paura. Al contrario, mi piaceva quasi.

Non sapevo come ci fossi arrivata, ma mi ritrovai sopra uno dei tavoli con una ragazza, anche lei amica di Brix. Mi prese la mano e ci muovemmo insieme con la musica.

Vidi Dawn con il cellulare premuto all'orecchio vicino alla porta d'ingresso. Non si accorse del mio cenno, sembrava distratta, ma non mi impensierì. Appena l'effetto dell'alcol si fosse un po' smorzato, sarei tornata a occuparmi di lei, e magari saremmo andate a casa.

Oppure no. Forse sarei rimasta lì. Con Brix e i suoi amici, con i quali tutto era incredibilmente semplice.

Brix esultò quando la ragazza e io ci strusciammo ballando. Chiusi gli occhi e mi concentrai solo sulla musica. Era esattamente quello di cui avevo bisogno. Non la mia camera, dove le parole di mia madre aleggiavano come un fumo tossico.

Quando riaprii gli occhi, scoprii all'improvviso una faccia conosciuta tra la folla sotto di me. Mentre i ragazzi si mantenevano a una distanza rispettosa da lui e lo osservavano con attenzione, decine di ragazze guardavano con occhi vitrei Kaden venire verso di me. Non potevo certo biasimarle. Con la mandibola serrata e gli occhi furenti, spettinato e con la barba di tre giorni, era di una bellezza indescrivibile, ma altrettanto pericoloso.

«Coinquilino!» strillai, e con un balzo scesi dal tavolo, impresa che con i tacchi fu quasi acrobatica. Per fortuna avevo preso bene le misure. Atterrai proprio tra le sue braccia.

«Cosa stai facendo?» mi domandò. Il suo respiro mi solleticò il collo.

Ridacchiai. «Ballo.»

«Questo era evidente.» Kaden staccò le mie braccia dal suo collo. La sua espressione tesa mi riportò bruscamente alla realtà.

Intorno a me ci fu qualche risata. Mi voltai dalla parte da cui provenivano e vidi Brix con un sorriso smagliante.

«Non sapevo che avessi il ragazzo, Allie.»

«Oh no, Kaden non è il mio ragazzo.» Di colpo avevo la lingua impastata e non riuscivo a reggermi in piedi. «È il mio coinquilino. E ha stabilito delle regole. Perché solo così può funzionare la nostra convivenza.»

«Regole?» ripeté Brix divertito sorseggiando una birra.

«Regola numero uno: lasciami in pace con le tue menate da femmina», recitai, imitando la voce profonda di Kaden. Gli altri risero di nuovo. «Regola numero due... Ehi!»

Kaden mi aveva afferrato per il braccio. «Basta cazzate.»

«Basta tu.» Era evidente che ubriaca com'ero non riuscivo ad argomentare in maniera adeguata. Di sicuro in quel modo non l'avrei mai avuta vinta su Kaden.

«Scusa se ti ho chiamato», disse all'improvviso una vocina timida accanto a lui. «Ero preoccupata per lei.»

«Non parlare di me come se non ci fossi, Dawn», la rimproverai liberando il braccio dalla stretta di Kaden. «Sei stata tu a farlo venire qui?»

La mia amica aveva l'aria colpevole e si mordeva il labbro. Magnifico.

«Credo che sia ora di tornare a casa», disse Kaden sottovoce. Avvertivo chiaramente gli sguardi della gente intorno a noi, ma lui non vi prestò loro la minima attenzione. «È stata una lunga giornata.»

Lo guardai furiosa. «È proprio per questo che sono qui.»

«Vecchio mio, credo che dovresti lasciar decidere a lei», si intromise Brix. «Se vuole rimanere qui, lasciala fare.»

«Stanne fuori, Tucker.» Kaden aveva parlato in tono basso e autoritario. Non era più alto di Brix, ma più robusto. Ogni muscolo del suo corpo sembrava teso allo spasimo. Brix alzò le mani in un gesto conciliante e fece un passo indietro. Che miserabile.

«Senti, non ti permetto di darmi ordini.» Voltai le spalle a Kaden e mi diressi verso il bar. Ma prima che riuscissi ad afferrare una bottiglia, qualcuno mi prese per i fianchi e mi fece voltare, mandandomi a sbattere contro un petto muscoloso.

«Tu vieni subito a casa con me», disse Kaden con sguardo furente.

«Altrimenti?» lo provocai. Gli posai le mani sul petto. Era meglio di quello di Brix. Meglio di quello di tutti i ragazzi con cui avevo ballato quella sera. Quando lo toccai, il suo respiro si fece affannoso. Poi mi afferrò le mani. La sua stretta era incredibilmente dolce.

«Non farlo», mormorò.

«Cosa non devo fare?» gli chiesi con candore piegando la testa all'indietro per guardarlo negli occhi.

«Allie.»

Deglutii, e un brivido mi corse lungo la schiena. Quanto mi piaceva quando pronunciava il mio nome. Il modo in cui scandiva le lettere, quasi accarezzandole. Se bastava la sua voce a suscitarmi quella reazione... cosa sarebbe stato in grado di provocare in me?

«Non posso tornare a casa, Kaden.»

«Non è necessario andare a casa, se non vuoi. Ma questa roba qui», con un gesto della mano indicò il tavolo sul quale avevo ballato, «non è giusta.» Era irritante constatare quanto mi conoscesse bene. Com'era successo?

«Come fai a sapere cos'è giusto o sbagliato per me?» chiesi sottovoce. Non era rimasto più niente del mio buonumore. Al suo posto mi si era formato un grosso nodo allo stomaco.

Kaden piegò leggermente la testa. «Perché ti conosco. So chi sei veramente, Bubbles. E la ragazza che stava ballando sul tavolo... non eri tu.»

Il nodo salì verso l'alto e mi chiuse la gola. «Tu non mi conosci affatto.» Mi mancò la voce. Ero sfinita.

«Invece sì, purtroppo», ribatté, passandosi la mano sulla fronte in un gesto di frustrazione. Fece un profondo respiro e poi mi porse il braccio. «E ora ti sarei molto grato se la volessi smettere con queste cazzate. Vieni, oppure ti trascino fuori di peso. Decidi tu.»

«Va bene. Decido io», dissi, voltandomi per afferrare una bottiglia di spumante.

Non mi lasciò nemmeno il tempo di dare un'occhiata alla dozzinale etichetta. Ringhiò e mise in atto la sua minaccia senza dire altro. Mi sollevò senza fatica, come aveva fatto alla cascata. Lanciai un grido stridulo e lo presi a pugni sulla schiena, ma lui non batté ciglio. Con la mano libera, mi sculacciò.

«Kaden, te lo giuro, appena arrivati a casa ti faccio a pezzi!»

Lui scoppiò in una risata cupa e profonda, e io avvertii una vibrazione che da lui si propagava a me. «Tira fuori gli artigli. Non vedo l'ora.»

L'alcol che avevo ingerito manifestò tutti i suoi effetti durante il tragitto di ritorno. Furono necessarie diverse soste per farmi scendere dalla jeep e, quando finalmente arrivammo a casa, caddi dai tacchi e rischiai di finire per terra. Lo trovai così divertente che non riuscivo a smettere di ridere.

«Sei insopportabile quando bevi», mormorò Kaden cingendomi in vita con un braccio.

«Senti chi parla. Se non altro io sono insopportabile solo quando bevo.»

Lui mi guardò torvo, ma vidi un guizzo all'angolo della sua bocca. «Ce la fai a salire le scale?»

Feci una risata superba e mi tolsi le scarpe. «Eccome.»

Più facile a dirsi che a farsi. Non avevo salito nemmeno tre gradini che persi l'equilibrio e stramazzai di lato. Mi aggrappai con tutte le forze alla ringhiera, ma ogni cosa girava intorno a me. Kaden sbuffò spazientito e mi porse il braccio affinché potessi reggermi a lui. Nell'altra mano teneva le mie scarpe. Era decisamente carino mentre mi aiutava a salire le scale con quell'espressione contrita. Mi faceva pensare a un tenero orso brontolone. Avrei voluto dirglielo, ma temevo che mi avrebbe spinto giù dalle scale.

Entrati in casa, mi condusse direttamente in bagno e mi portò addirittura il pigiama, in modo che non mi venisse l'idea di infilarmi a letto con il vestito che puzzava di alcol. Molto premuroso da parte sua.

Per lavarmi la faccia dovetti reggermi con una mano al bordo del lavandino.

L'acqua fredda ridestò la mia mente annebbiata. E all'improvviso vidi di nuovo tutto molto più chiaramente di quanto volessi.

Mia madre mi aveva trovato. Anche se avevo fatto di tutto per evitarlo, era arrivata lì. Voleva che tornassi a casa. E, cosa peggiore di tutte, continuava a non rispettare i miei desideri. A lei non importava quello che mi succedeva, a patto che tornassi a casa e mantenessi le apparenze costruite da lei negli ultimi anni. Era così spudorata da pretendere la mia riconoscenza per i soldi che mi aveva versato sul conto. Sapevo che prima o poi saremmo arrivati a quel punto, perciò non avevo speso nemmeno un centesimo dei soldi che avevo guadagnato, ma il fatto che lo avesse detto apertamente mi aveva lasciato comunque allibita. Dopo tutto quello che era successo.

Tentai di scacciare quei pensieri, ma purtroppo non era possibile. Mi bruciavano gli occhi, ma continuai a spruzzarmi acqua fredda sul viso fino a sciacquare via tutte le lacrime. Poi mi lavai i denti e mi spogliai. Una volta infilato il pigiama, mi sedetti sulla tavoletta del bagno e mi presi il viso tra le mani.

Avevo le vertigini e continuavo a sentire la voce di mia madre nelle orecchie.

Non sarei uscita dal bagno finché non avessi ritrovato il controllo, altrimenti Kaden mi avrebbe visto in quello stato, e non volevo per nessun motivo che capisse quanto fossi complessata.

Come se mi avesse letto nel pensiero, la porta si aprì. Rimasi dov'ero: forse voleva solo lavarsi i denti.

«Fila a letto, ubriacona.» La sua voce era vicinissima, e io non volevo guardarlo.

«Non posso restare qui per stanotte?» domandai speranzosa.

Lui mi scostò le mani dal viso. «No. Adesso alzati, che devo pisciare.»

Esausta, mi alzai. Solo Kaden riusciva a essere prima premuroso e un attimo dopo volgare.

Barcollai fuori dal bagno e mi richiusi la porta alle spalle. Il tragitto fino alla camera da letto mi sembrò interminabile. Quando finalmente arrivai, mi lasciai cadere sul divano letto e affondai il viso in uno dei cuscini. Le spalle mi tremavano perché tentavo di trattenere le lacrime. Ma non avrei pianto. Non a causa della mamma.

Non fare tante storie.

Non è stato niente di grave.

Non puoi gettare tutto al vento per una simile sciocchezza, Crystal.

Pensa a tuo padre.

Avrei voluto prendere a pugni qualcosa per sfogare la rabbia. Quel pomeriggio, mentre mia madre mi guardava e mi parlava, avevo avuto la sensazione che esercitasse ancora un potere assoluto su di me e sulla mia vita. Ma non era così. Non ero più sua prigioniera. Dovevo ripetermelo in continuazione.

La porta della camera si aprì lentamente. Come sempre, Kaden non aveva bussato, era entrato e basta. Non avevo la forza di cacciarlo via. E poi sapevo che non era lui l'obiettivo giusto per la mia collera.

«Tieni.»

Alzai la testa. Mi porse la mano aperta. Con un gemito presi le due compresse e il bicchiere d'acqua che teneva nell'altra.

Dopo aver ingoiato le pasticche, stavo per posare il bicchiere sul davanzale, ma Kaden mi ordinò: «Bevila tutta».

Io imprecai, ma ubbidii.

«Brava», mi lodò con un sorriso compiaciuto.

«Vorresti lasciarmi in pace, adesso?»

Anziché rispondermi, si mise seduto sulla sedia della mia scrivania, incrociò le braccia dietro la testa e mi scrutò diffidente.

«E va bene, come vuoi. Allora puoi guardarmi dormire», dissi con deliberata indifferenza prima di sdraiarmi. Litigai per un po' con la coperta finché fui comoda. Poi mi voltai sul fianco e lo guardai.

«Vuoi parlare?» chiese lui all'improvviso.

«Regola numero uno», replicai automaticamente.

«Sono io a decidere le regole. Quando faccio una domanda, voglio una risposta.»

Sospirai. «Non voglio parlare, Kaden.»

Lui annuì, senza distogliere lo sguardo da me. «Vuoi che me ne vada?»

Ci pensai su un istante, poi risposi: «No».

La sua espressione si ammorbidì. «Cos'era quella storia? Alla festa, intendo.»

La sua espressione era benevola. Non era una sfida la sua, bensì una tacita richiesta. Non sapevo se dipendesse dall'alcol o semplicemente da Kaden, ma a un tratto provai il bisogno impellente di confidargli qualcosa. Non tutto, ma almeno la parte che aveva fatto di me la persona che ero stata quella sera.

«Volevo smettere di pensare», dissi con un sospiro.

«A quanto ho visto, devi averlo fatto altre volte.» Non sembrava curioso, ma colsi la domanda implicita nella sua voce.

«Prima bevevo parecchio per mettere a tacere i pensieri. Direi che oggi è stata una specie di ricaduta.»

«Immagino allora che lassù ci fosse spesso parecchia confusione», commentò indicando la mia testa.

Gli sorrisi. «Nella mia testa regna il caos assoluto.»

Lui ricambiò il sorriso, cauto.

«Raccontami qualcosa», lo implorai. «Qualunque cosa. Per non farmi impazzire.»

«Cosa vorresti sapere?» chiese massaggiandosi la nuca.

«I tuoi tatuaggi.» Indicai le braccia che teneva conserte. «Mi piacerebbe sapere cosa significano. Soprattutto le scritte.

Non mi va di fissarli, perché credo che a te non piaccia particolarmente, ma ho sempre voluto sapere cosa c'è scritto.»

Di nuovo quel sorriso storto. «Ti piacerebbe saperlo, piccola ficcanaso.»

Stavo per girarmi dall'altra parte, quando lui si alzò e in un'unica falcata raggiunse il letto. «Spostati», borbottò.

Lo accontentai e trattenni il fiato mentre si sedeva sul letto accanto a me.

«Da quale vuoi che cominci?» chiese, come se la situazione in cui ci trovavamo fosse del tutto normale.

Impiegai un po' per riprendermi, poi indicai l'esterno del suo avambraccio sinistro. «Da quello.» Volevo sollevarmi e appoggiarmi sui gomiti, ma ricaddi subito distesa. Dovevo restare sdraiata. Le pareti giravano troppo. Lui mi venne un po' più vicino e alzò il braccio sinistro. «Questo me lo sono fatto fare quando ho compiuto sedici anni.»

With great power comes great responsibility c'era scritto in corsivo.

«Spiderman?» chiesi con un sorriso. Mi sarebbe piaciuto osservare meglio le lettere, ma la vista mi si annebbiò e dovetti distogliere gli occhi.

«Mia madre ha dato fuori di matto quando l'ha visto. Sono rimasto chiuso in casa in punizione per almeno un mese.» Sorrise. «Non hai idea di quanto mi piacesse Peter Parker, all'epoca. Intendo il primo. La nuova versione cinematografica fa ridere.»

«Non me ne parlare!» esclamai schifata. «Da quando Peter Parker è un figo che va sullo skateboard?» Scossi la testa, ma me ne pentii all'istante perché fui colta nuovamente dalla vertigine.

Kaden mi guardò sorpreso, poi scoppiò a ridere e si

passò la mano sulle parole tatuate. «È proprio quello che ho pensato anch'io. E adesso?»

«Gli anelli», indicai, toccando con un dito il cerchio superiore che gli fasciava il bicipite. Per la prima volta mi accorsi che si trattava di punti e linee sottilissimi. Quando ci passai sopra il dito, Kaden trattenne il fiato e contrasse il braccio.

«Me li sono fatti verso i diciotto o diciannove anni.» Si passò il pollice sul braccio. «Stavo attraversando... una fase difficile. Ma l'ho superata. Ogni anello simboleggia un mese.»

«Perché hanno spessori diversi?»

Lui distolse gli occhi da me. «I primi sono più spessi perché il dolore era maggiore. Poi è diminuito, e anche i cerchi sono diventati più sottili.»

«Sopra i cerchi sembra esserci una specie di codice», mormorai.

«Merda», imprecò sollevando un angolo della bocca. «Pensavo ti fosse sfuggito.»

«Non dirmi che ti sei fatto tatuare il nome di una tua ex, Kaden», dissi incredula.

«Sarebbe così grave?»

«Poveretto», dissi accarezzandogli il braccio. «Ogni giorno saresti costretto a ricordarti di lei...»

Lui scosse la testa. «Ti sembro il tipo che si fa tatuare il nome di una ragazza? Non sono mica scemo.»

«Ah no?» lo stuzzicai, guadagnandomi una pacca sul ginocchio attraverso la coperta. Lanciai un grido ma Kaden non batté ciglio.

«C'è scritto RACHEL in codice Morse.»

«Spero che tu non abbia spezzato il cuore a Rachel», dissi malinconica, guardando i punti e le linee.

«Invece l'ho fatto. Con ogni singolo tatuaggio. Mia madre non ama certe cose.» Sembrava contrito, ma i suoi occhi brillavano.

«Aspetta un momento, ti sei fatto tatuare il nome di tua madre?»

«Sì, e allora?»

Mi portai le mani sul cuore. «È così tenero, Kaden. Tenerissimo.»

Lui fece una smorfia di disgusto. «E adesso? Cosa vuoi sapere ancora?»

La scritta più lunga sull'altro braccio volevo tenerla per ultima.

«La piuma sulla schiena.»

«Lo ripeto: sei una ficcanaso.»

«Cosa posso farci se mi trascini fino a una cascata e ti spogli davanti a me?»

Non lo avevo mai visto sorridere così tanto. Per me era molto importante che fosse lì solo ed esclusivamente per distrarmi. Era così irreale, sembrava quasi un sogno. Probabilmente nel cocktail rosso di Brix non c'era solo alcol, e avevo le allucinazioni.

«Ti avevo raccontato di mio padre», esordì, e io annuii. Mi ricordavo molto bene di quel bastardo. Kaden distolse lo sguardo e si spostò all'indietro fino ad appoggiare la schiena contro la parete. «La piuma è il mio ultimo tatuaggio. So che può sembrare idiota, e forse è un simbolo abusato, ma... significa libertà. Ho impiegato tantissimo tempo prima di riuscire a liberarmi da mio padre. In passato cercavo sempre la sua approvazione e mi mettevo in competizione con mio fratello Alex, anche se in realtà assomiglio molto di più alla mamma. Ho impiegato un'eternità ad accettare questo fatto, ma, da quando ci sono riuscito, mi sento libero. Ho scelto la piuma per non dimenticarlo mai.»

Credo che per me accadesse in quell'istante. Guardai il profilo scolpito di Kaden, il mento volitivo, le ciglia folte.

«Non immagini nemmeno quanto bene ti capisca. Vorrei anch'io avere una piuma da qualche parte sul corpo», mormorai.

Lui mi guardò con un sorriso. «Dopo aver avuto il privilegio di conoscere tua madre, penso di comprenderti benissimo.»

Mi irrigidii. Non volevo pensare a mia madre. Indicai l'ultimo tatuaggio. «E questa scritta?»

Kaden girò il busto ed estese la parte interna dell'avambraccio davanti a me. Strizzai gli occhi. Le lettere erano decifrabili solo da molto vicino.

It's time to forget about the past
To wash away what happened last
Hide behind an empty face
Don't ask too much, just say
'Cause this is just a game

Trattenni il fiato. Non era possibile, non poteva avere tatuate sul braccio proprio quelle parole.

Gli afferrai il gomito con una mano, il polso con l'altra e mi avvicinai ancora di più al tatuaggio.

«Non è vero, giusto?» chiesi sbigottita.

Le parole erano quelle della seconda strofa di *A Beautiful*

Lie dei Thirty Seconds to Mars. Kaden aveva tatuato sul braccio il testo della mia canzone preferita.

Battei più volte le palpebre, ma le righe nere rimasero.

«Credo che abbiamo più cose in comune di quanto tu pensi, Bubbles.» Abbassò il braccio e si spostò in modo da sdraiarsi accanto a me. Scivolai verso sinistra, per fargli posto. Poi mi girai su un fianco, con il cuore che batteva all'impazzata.

Osservai ancora una volta i suoi tatuaggi, uno dopo l'altro. Non si limitavano a decorare il suo corpo: ciascuno di loro raccontava una storia. Alzai lentamente lo sguardo. A parte le catenelle luminose, la stanza era buia. I suoi occhi color caramello brillavano maliziosi.

«Dovrei andare di là», mormorò.

«Sì, dovresti.»

Nessuno dei due manifestò l'intenzione di alzarsi. Invece restammo sdraiati a guardarci, finché le mie palpebre diventarono pesanti. Avvolta dall'aroma piacevolmente speziato di Kaden, dal calore del suo corpo accanto al mio, e con le sue storie nell'orecchio, mi addormentai.

13

Una luce brillante entrava dalle tende e mi accecava. Battei le palpebre, mi stirai pigramente finché sentii qualcosa di duro sull'addome. Girai la testa e rimasi senza fiato.

Kaden.

Kaden White era nel mio letto.

E mi cingeva con un braccio.

A giudicare dal mal di testa, la notte precedente non era stata un sogno. E neppure un'allucinazione o una visione. Osservai sorridendo il mio coinquilino addormentato. Aveva l'aria serena, non era più duro e inavvicinabile. Teneva le labbra socchiuse e i capelli, di solito pettinati con cura, sparavano in tutte le direzioni. Mi venne da ridere e decisi di godermi quella vista per tutto il tempo che sarebbe durata.

Poi avvertii le sue dita sull'addome nudo. E mi bloccai.

La mia maglietta si era sollevata durante la notte e la coperta si trovava da qualche parte in fondo al letto, attorcigliata tra le mie e le sue gambe.

Non osai muovermi, quando Kaden mi accarezzò di nuovo teneramente la pelle. Un brivido mi percorse tutto il corpo. Le sue dita erano delicate ma ruvide in maniera virile. Sulla mia pelle erano decise, calde, ma non così insistenti da spaventarmi. Al contrario. Provavo il desiderio di premermi contro di lui, di abbracciarlo e di affondare il naso nel suo petto, per inspirare il profumo che mi faceva sempre pensare alle montagne.

Non andava per niente bene.

Sollevai cauta la sua mano dalla mia pancia e la posai accanto a me. Mi spostai piano verso il bordo del letto e appoggiai i piedi per terra.

Andai in cucina in punta di piedi e preparai il caffè. Poi andai in bagno per lavarmi i denti. Mentre mi sciacquavo dalla faccia le ultime tracce della nottata, decisi di preparare uova e pancakes per colazione. Avevo lo stomaco sottosopra, ma sapevo per esperienza che una buona colazione era la medicina migliore.

Mentre tiravo fuori dal frigorifero le uova, sentii la porta della mia camera aprirsi. Mi voltai con la confezione in una mano. Non sapevo cosa aspettarmi, ma...

Lui attraversò il salotto con pochi passi e si richiuse la porta della sua camera alle spalle. Lo schianto fu così forte che le uova rischiarono di cadermi dalle mani. Strinsi le labbra e rimasi a fissare la porta chiusa. Dall'altra parte ci fu un fragore, come se avesse lanciato qualcosa contro il muro.

Probabilmente la giornata precedente era stata un incubo per lui. Prima mia madre era piombata nell'appartamento, poi lui aveva dovuto mandare a monte i progetti per la serata per riportarmi a casa ubriaca. Infine la vicinanza in camera mia... Doveva essere stato troppo per lui.

Ma lo era anche per me! Avevo sperato che il baratro

tra noi si fosse chiuso. Forse non eravamo ancora amici. Ma almeno dovevamo tentare di comportarci come due persone normali.

Un altro tonfo.

Evidentemente mi ero sbagliata.

Con un sospiro finii di preparare la colazione, poi mi rifugiai in camera mia. Purtroppo il letto conservava ancora l'aroma di Kaden. Accesi le candele profumate e spalancai la finestra. Pochi minuti più tardi lo sentii armeggiare in cucina.

Favoloso.

Eravamo tornati al punto di partenza.

Nel pomeriggio andai da Dawn, per scusarmi con lei. Per fortuna la sua coinquilina non c'era, altrimenti avremmo dovuto vederci da me e, data l'atmosfera che c'era nell'appartamento, non sarebbe stato piacevole.

«Ciao», dissi in tono contrito, quando Dawn aprì la porta.

Anche lei mi guardò con aria colpevole, benché non avesse niente da rimproverarsi. Ero stata io ad aver combinato un casino, la sera precedente.

«Mi spiace da morire, tesoro», mi affrettai a dire. «Non volevo piantarti in asso così. Non so cosa mi è preso, di solito non sono così e...»

Non riuscii a dire altro. Dawn aveva fatto un balzo verso di me e mi aveva abbracciata, stringendomi forte a sé. «Kaden mi ha raccontato che hai ricevuto una visita da tua madre.»

Mi irrigidii. Con un gesto meccanico le accarezzai la schiena. «Ah, davvero?»

«Solo dopo che gli avevo telefonato per chiedergli di venire a prenderci. E non è entrato nei dettagli, perciò non fare quella faccia», disse, conducendomi in camera sua. Chiuse la porta e si mise seduta alla scrivania. «Ero preoccupata per te, capisci? Avevi bevuto tanto, e poi c'erano quei tipi poco raccomandabili...»

«È tutto a posto. Ti sei comportata come una vera amica. Io invece sono stata un'idiota.» Sospirai. «Dawn, mi dispiace. Avrei dovuto parlare con te o con qualcun altro, invece di sfogarmi in quel modo.»

Lei annuì. Vedere la sua faccia tonda tanto seria e triste mi depresse ancora di più. «Nessun problema. Tutti abbiamo qualcosa che ci turba e di cui non ci piace parlare. Nel mio caso è il mio ex. Perciò non ti preoccupare. Spero solo che Kaden non sia stato troppo duro con te.»

La mia espressione doveva essere cambiata del tutto, perché lei si raddrizzò e mi guardò esterrefatta.

«Aspetta un attimo. Non avrete per caso?...»

«No!» esclamai indignata. «Lui... mi ha solo messa a letto. Poi stamattina è corso in camera sua come se io avessi cercato di violentarlo.»

Dawn scoppiò a ridere. «Non ci credo. Quell'idiota con le sue cento regole per una convivenza esemplare ti ha... messa a letto?»

Confermai con un cenno e la raccontai a grandi linee quanto accaduto la notte precedente. Le storie che Kaden mi aveva raccontato sui suoi tatuaggi, però, le tenni per me. Appartenevano solo a noi due.

Okay, e forse a tutte le altre ragazze che aveva rimorchiato alle feste.

«Forse pensava che oggi non ti ricordassi più niente», ragionò Dawn, scostandosi i capelli dal viso.

«Può darsi», concordai. Non avrei potuto cambiare in nessun modo il comportamento di Kaden, per quanto mi ferisse.

«Mi vuoi parlare di tua madre?» mi chiese dolcemente dopo un po'.

Deglutii e scossi la testa. «Veramente vorrei solo cancellare quell'incontro.»

«Ne so qualcosa, puoi credermi.» Dawn sospirò. «Il mio ex ha tentato diverse volte di telefonarmi.»

«Quel porco traditore?»

Lei annuì.

«Stai attenta a non ritrovartelo davanti alla porta prima o poi...» Dawn impallidì così repentinamente che mi fece passare la voglia di ridere. «Scherzavo!»

Lei batté le mani. «Io propongo di concederci un programma di bellezza per un'efficace rimozione. Una maschera facciale fatta in casa e poi un cinema. Che ne dici?»

Accettai.

Con il passare delle ore, il mio umore migliorò. Preparammo delle maschere con yogurt e miele, ci mettemmo lo smalto a vicenda, infine uscimmo per raggiungere il cinema più vicino dove davano una commedia romantica. Il film era orribile, ma i pop-corn deliziosi. Scoppiavamo a ridere tutte le volte che i protagonisti pronunciavano battute particolarmente melense, oppure ballavamo sedute in poltrona quando c'era una canzone strappalacrime. Passare il tempo con Dawn era un vero toccasana. Un balsamo per lo spirito che mi dava la sensazione che tutto potesse tornare a posto.

Quando rientrai a casa la sera, Kaden non c'era. Non lo vidi nemmeno il mattino seguente. Non mi aveva scritto neanche un messaggio, né mi aveva lasciato biglietti sul frigorifero. Non sapevo dove fosse, ma alla fine immaginai che avesse rimorchiato una ragazza e passato la notte a casa sua. La fitta di gelosia che mi procurò questo pensiero mi riempì di stizza.

Magnifico. Almeno non dovevo litigare con nessuno per il caffè. Potevo farmi la doccia senza correre il rischio che qualcuno piombasse in bagno. E la cosa migliore era che potevo vedere quello che mi pareva in tv senza lamentele.

Eppure, l'appartamento senza Kaden mi sembrava incredibilmente vuoto.

14

Alla mensa, il piatto del giorno era il cheeseburger. Scott, Dawn e io ci eravamo abbuffati a pranzo, come tutti gli altri al nostro tavolo che avevano scelto l'hamburger.

Kaden era sparito da due giorni. La mattina lo avevo visto da lontano mentre attraversava il campus diretto a un seminario. Dawn aveva notato il mio sguardo e aveva cominciato a fare una battuta dopo l'altra, ma non era servito a molto. Possibile che quella notte fosse stata per lui un incubo tale da dovermi punire con assenza e silenzio? Solo perché avevamo infranto la regola numero uno?

«Avete visto? Sono usciti i risultati dell'esame di Letteratura», disse Grace, con la quale frequentavo il corso di Cinema e Televisione. «Io ce l'ho fatta per un soffio...»

Tutti presero il cellulare e si collegarono al sito dell'università.

Dawn lanciò un'esclamazione di giubilo. «Grazie al cielo, ce l'ho fatta!»

Il mio telefono stava ancora caricando la pagina. Madison, seduta accanto a Grace, curvò le spalle e sospirò. «Anch'io.»

«Non sono passato», gemette Scott.

«Oh no, Scott.» Dawn gli toccò il braccio. «Non prendertela. Hai ancora due tentativi.»

Lui stese le braccia sul tavolo ci posò sopra la testa. «Che schifo.»

Io deglutii a fatica quando vidi che la pagina era stata caricata. La scorsi rapidamente.

Letteratura: non ammessa.

Per un momento rimasi senza fiato. Un'ondata di delusione mi assalì, facendomi venire la nausea.

Poi avvertii gli sguardi degli altri su di me.

«E tu, Allie?» chiese timidamente Dawn.

Mi schiarii la voce e feci un profondo respiro. Non volevo far vedere quanto fossi delusa.

«Mi sa che dovremo studiare insieme, Scott», dissi con un sorriso storto, mostrando il cellulare.

Lui mi porse la mano per un cinque.

«In compenso hai superato tutti gli altri», disse Grace con un sorriso di incoraggiamento. «Giusto?»

Feci un cenno di assenso. Avevo superato tutti gli altri esami. Non con dei gran voti, ma nella media, come molti miei compagni. Si diceva che i professori del primo semestre scartassero senza pietà tutti quelli che non avevano la preparazione adeguata per quel corso di studi.

«Visto?» Dawn mi diede di gomito. «Allora ce la metteremo tutta. Voi due ce la farete.»

Annuii e mi costrinsi a sorridere.

Rimasi per conto mio per il resto della giornata. A lezione non riuscivo a concentrarmi, perché c'erano due parole che mi risuonavano più forti delle altre nella testa: Non ammessa.

Se fallivo già al primo semestre, come sarebbe andata con gli esami davvero tosti? Non potevo fare a meno di pensare a mia madre. Chissà come avrebbe gioito del mio fallimento. Non solo perché avrebbe potuto rinfacciarmi gongolando di avermelo detto fin dal principio, ma soprattutto perché voleva che tornassi a Denver al più tardi per il Ringraziamento.

Aprii la porta di casa e mi tolsi le scarpe. Come immaginavo, Kaden non c'era.

Sconfortata, andai in cucina e presi il gelato dal freezer. Ficcai il cucchiaio nella crema compatta e ne presi una porzione abbondante.

Ti stai lasciando andare, sentii improvvisamente dire dalla voce di mia madre. Deglutii a fatica e buttai il gelato sul bancone.

Mia madre non mi aveva solo trovata... no. Adesso ricominciavo a cadere nelle vecchie abitudini. Il vuoto dentro di me era tornato, e non sapevo come riempirlo. Solo con Kaden mi ero sentita davvero me stessa. Ma da giorni lui non mi guardava neppure.

Un nodo mi serrava gola; provai a schiarirmi la voce per mandarlo via.

Forse la mamma aveva ragione.

Forse il mio trasferimento era stato solo un errore madornale. Nell'azienda di papà avrei ottenuto un buon posto. Aveva contatti in tutto il mondo, forse avrei potuto addirittura vivere all'estero per un po'. Invece abitavo in un appartamento con un tizio che mi odiava, e venivo bocciata agli esami.

Era davvero quella la libertà che mi aveva spinto ad andarmene di casa e a venire a Woodshill?

Smettila una buona volta con questa ridicola ribellione.

Con passo pesante mi diressi verso la mia camera e indugiai sulla soglia.

Le lucine, il copriletto, le candele... di colpo mi sembrava tutto così dozzinale. Ero solo una ragazza testarda, che aveva fatto semplicemente ciò che per tanto tempo le era stato proibito, senza fermarsi neppure un istante a pensare se avesse un senso o meno.

Lanciai un gemito che si trasformò in un latrato rabbioso. Entrai in camera con passo deciso.

Trasferirmi lì era stata un'idea strampalata. Un esperimento fallito. A certe cose non si poteva sfuggire, per quanto lo si desiderasse. Se la mamma voleva che mi accollassi la sua fottuta eredità, non avevo scelta. E con ogni probabilità non sarei mai diventata un'insegnante, dato che non riuscivo a superare gli esami e i miei genitori mi avrebbero tolto il sostegno economico. Mia madre mi avrebbe mollato, me l'aveva fatto capire molto chiaramente. Come mi sarei mantenuta agli studi?

Con le guance in fiamme, tirai fuori la valigia da dietro la cassettiera. Arraffai le mie cose e ce le ficcai dentro. Tolsi i libri e le boccette di profumo dalla libreria, poi aprii i cassetti del comò. Uno alla volta i miei indumenti finirono nel mucchio. Cominciai a imprecare ad alta voce. Avevo sempre più caldo. Di sicuro avevo chiazze rosse sul viso e sul collo.

«Cosa fai?»

Non mi fermai. Non me ne fregava niente che Kaden d'un tratto fosse tornato per parlare con me.

«Secondo te?» ribattei senza guardarlo.

«A me sembri una pazza che distrugge la sua camera.»

Mi voltai di scatto e lo fissai piena di rabbia. Era semplicemente perfetto, appoggiato allo stipite, con i capelli in ordine e la maglietta che metteva in risalto le sue spalle larghe. Lo sguardo divertito con cui osservava il caos intorno a me mi fece montare il sangue alla testa ancora di più.

«Faccio i bagagli», dissi affannata.

«Perché?»

«Vado... torno a casa», riuscii a dire, sebbene non considerassi Denver casa mia. Non dopo aver sperimentato cosa si provasse a essere felici in un posto.

«Come mai?» insistette lui mettendosi a braccia conserte.

Dovetti fare uno sforzo per non alzare la voce. «Vuoi farmi il quarto grado?»

Lui si strinse nelle spalle e curvò l'angolo della bocca in maniera sospetta.

Nella mia testa ci fu un cortocircuito. «Non so perché tu debba farti vivo proprio ora, dopo aver evitato accuratamente di incontrarmi nei giorni scorsi.»

A quel punto sorrise. «Dai, ammettilo. Ti sono mancato.»

Mi voltai sbuffando e continuai a riempire la valigia. Quando trovai la sua felpa nel cassetto, gliela lanciai addosso senza pensarci troppo. Con mia delusione la afferrò al volo con disinvoltura. Ero così arrabbiata che per un istante non potei fare altro che fissare il cassetto vuoto.

«Tua madre ha tutto questo potere su di te?» Kaden si avvicinò, lo percepii anche senza guardarlo. «Non devi fare quello che pretende da te, Allie. Non ho idea di cosa ti abbia fatto, ma sei libera di fare e disfare come meglio credi.»

Mi voltai e rimasi interdetta. Era così vicino che dovetti inclinare la testa all'indietro per guardarlo in faccia. «Tu forse puoi permetterti questo lusso. Io no.»

«Perché no?» domandò con aria seria.

«Non puoi lasciarmi in pace e basta?»

«No.»

«Allora provo in un altro modo: lasciami in pace e cercati una ragazza a cui piacciono le tue cazzate! Non ho né tempo né voglia di affrontare le tue lune.»

Scoppiò a ridere. «Le mie lune? Chi è quella fusa tra noi?»

Sbuffai di frustrazione e strinsi i pugni. Avrei voluto anche battere i piedi per terra.

«Pensa pure quello che vuoi di me, Bubbles. Me ne farò una ragione», disse. Il suo sorriso arrogante e il modo in cui mi osservava mi davano sui nervi.

«Non chiamarmi così», ringhiai.

«Preferisci essere chiamata Crystal?»

Un lampo si accese nella mia testa, e mi bloccai.

Sei bellissima, Crystal.

Il labbro inferiore cominciò a tremarmi e io strinsi forte i denti. Avevo così tanta adrenalina in corpo che dovevo liberarmene in qualche modo. Diedi uno spintone a Kaden, che barcollò solo un istante, poi ritrovò l'equilibrio. «Lasciami. In. Pace.»

Non aveva nessuna intenzione di darmi ascolto. Invece commise l'errore di avvicinarsi. Indietreggiai automaticamente fino a trovarmi con la schiena contro il cassettone.

«So che sei abituata ad allontanare le persone da te. Ma te lo ripeto un'altra volta: quando ti chiedo cosa succede, esigo una risposta», disse in tono pacato.

Mi fissava negli occhi e io faticavo a respirare.

«Me ne frego di ciò che vuoi», sbottai. «Qui non si tratta di te, capito?»

Lui assunse un'espressione perplessa.

«E va bene, forse un pochino sì! Prima arriva mia madre

e tu mostri una disponibilità che mi spinge a domandarmi se sei davvero tu, la sera mi metti a letto e mi racconti tutte quelle cose personali fino a farmi girare la testa.» Feci un profondo respiro. «È stato troppo, Kaden. Non volevo infrangere le tue dannate regole. È successo e basta! A volte le cose succedono da sole, senza che io possa farci niente. Non è un motivo sufficiente per ignorarmi per giorni interi. Accidenti, ero preoccupata per te!»

Lui fece per ribattere, ma io non avevo ancora finito.

«E poi c'è mia madre, la tua assenza, l'esame di Letteratura non superato, all'improvviso ho la sensazione che vada tutto a rotoli. L'unica cosa che desideravo era la libertà. Invece adesso mi sento prigioniera come lo ero pochi mesi fa. Mi manca l'aria, vedo tutto nero e poi sono ingrassata e...»

«Allie...» disse Kaden, prendendomi dolcemente per le spalle.

«No!» esclamai in tono sprezzante. «Non puoi presentarti qui, prenderti gioco di me, ordinarmi di raccontarti i miei problemi quando invece...»

Non riuscii ad aggiungere altro.

Kaden si sporse in avanti e premette le labbra sulle mie.

Mi bloccai. Le parole volevano ancora uscirmi dalla bocca, ma all'improvviso c'era solo Kaden, che mi aveva preso le guance tra le mani calde e ruvide e mi spingeva con il corpo contro il cassettone. I suoi fianchi bloccavano i miei e le sue labbra mi impedivano di parlare.

Cominciò a muovere la bocca sulla mia. Rimasi sorpresa dalla sua dolcezza. Con i pollici mi accarezzava le guance e poi sentii la sua lingua sulle mie labbra. Non invadente, piuttosto cauta. Come una domanda alla quale prima bisognava dare una risposta.

Fui invasa da una violenta ondata di calore che spazzò via i miei pensieri e le mie emozioni confuse. Gli gettai le braccia al collo e gli diedi la risposta che aspettava. Un gemito profondo uscì dalla sua gola. Le sue mani scesero verso i miei fianchi. Senza pensarci, strinsi le gambe intorno a lui mentre mi sollevava e mi metteva seduta sul comò. Con una mano sulla schiena mi spinse fino al bordo.

La sua lingua accarezzava lenta il mio labbro inferiore. Sospirai nella sua bocca quando se lo prese tra i denti e feci scivolare le mani fino al suo fondoschiena. Era esattamente come me lo ero immaginato. Muscoloso, allenato e sodo in tutti i punti dove io ero morbida.

Si staccò da me ansimando, e io rimasi con gli occhi chiusi.

Di colpo compresi che fino a quel momento nella mia vita avevo baciato soltanto gente che non aveva idea di ciò che faceva. Non ero mai stata baciata in quel modo, prima. Con tanto desiderio, in maniera così travolgente e delicata. Quel bacio mi aveva sconvolta, in maniera meravigliosa, e nel contempo mi aveva elettrizzato, caricando tutto il mio corpo.

Battei le palpebre, impacciata.

«D'ora in poi lo farò sempre quando non la smetti di parlare.» Kaden sembrava estremamente compiaciuto di se stesso. Fece un sorriso storto.

Io non avevo nemmeno la forza di tirargli un pugno come avrei voluto. Posai la testa al suo petto.

Lui si irrigidì per un secondo, poi affondò una mano tra i miei capelli. «Cosa ne diresti di disfare la valigia mentre io ordino una pizza?»

Risposi con un mugugno, senza tuttavia muovermi da dov'ero.

Kaden mi cinse in vita con le mani e mi sollevò dal cassettone. Ero di nuovo in piedi, ma avevo le gambe molli come budino. Eppure ero stata baciata spesso in passato! Ma il mio corpo non aveva mai reagito in maniera così violenta.

«Disfa la valigia», mi ordinò serio prima di andare alla porta. Si voltò un'ultima volta verso di me. Il suo sguardo indugiò brevemente sulle mie guance paonazze, per poi scivolare lungo il mio corpo. Scosse la testa e mormorò: «Maledizione».

Aveva proprio ragione.

«Ti concedo il permesso di piangere», dichiarò Kaden solenne quando entrai in salotto. La pizza era già pronta sul tavolo.

Sorrisi mio malgrado. «Che gentile da parte tua. Ma non credo sia necessario.»

«Ah no?» Indicò la pizza. «Ne sei proprio sicura?»

Lo guardai. «Dove sei stato in questi giorni?»

Kaden si appoggiò all'indietro sul divano. «Da Spencer.»

«Come mai?»

«La pizza si raffredda.» Distolse lo sguardo e prese un tovagliolo.

«Come mai?» ripetei, sedendomi nell'angolo opposto del divano.

«Non possiamo lasciar perdere e basta?» domandò sbuffando.

«No.»

«Quanta strafottenza per una che ha appena ricevuto il bacio migliore della sua vita.»

«E quanta superbia per uno che bacia in maniera mediocre», ribattei prontamente.

Kaden sorrise minaccioso e si alzò con preoccupante lentezza. «Cos'hai detto?»

Prima che potessero venirgli strane idee, presi un pezzo di pizza dal tavolo e l'addentai. «Secondo me baci in maniera mediocre.»

Lui si lasciò ricadere sbuffando sul divano. «Non credo a una parola.»

Mi strinsi nelle spalle e gli sorrisi a bocca piena. Se dovevo dirla tutta, avevo sentito il bacio di Kaden in tutti gli angoli del mio corpo. Ma di sicuro non gliel'avrei confessato.

Mangiammo la pizza in silenzio. Sebbene a mezzogiorno avessi divorato un enorme cheeseburger, morivo di fame.

«Allora, perché volevi scappare?» mi chiese dopo un po'.

Fissai le venature del tavolo da pranzo per non doverlo guardare. «È proprio necessario che ne parliamo?»

«Sì. È il prezzo per la pizza.»

«Significa che non dovrò pagarti niente se ti racconto quello che è successo?»

«Esattamente.»

Alzai lo sguardo. La postura di Kaden era molto tesa. Mentre prendeva dalla scatola l'ultima fetta di pizza, non mi staccò gli occhi di dosso.

«Non ho superato l'esame di Letteratura», dissi timidamente.

«Se dovesse venirmi voglia di fuggire tutte le volte che non passo un esame, avrei già fatto il giro del mondo», commentò a bocca piena.

Sbuffai.

«Sono in pochi a superare l'esame della professoressa

Falcony al primo tentativo», proseguì. «Anch'io ho dovuto darlo lo scorso anno e l'ho passato solo al secondo tentativo. Perciò non lo considero un motivo valido per sparire senza una parola.»

Raccolsi dalla pizza un po' di formaggio filante e me lo misi in bocca. Subito dopo fu la volta di un pezzo di pancetta.

«Volevi davvero andartene senza salutare? Senza avvisarmi?» Aveva abbassato la voce.

Alzai le spalle, sopraffatta. «Pensavo che... dopo sabato notte mi hai evitata. Pensavo che non mi volessi più qui.»

«Perché devi sempre pensare al peggio? Non sono così stronzo.» Il suo tono non era di rimprovero, ma di sincera meraviglia.

Lo guardai con aria interrogativa.

«D'accordo, a volte sono uno stronzo. Ma...» Si fermò e scosse il capo. Poi si appoggiò all'indietro e si passò una mano sul viso.

«Ma cosa? Sei scappato dalla mia camera come se avessi tentato di violentarti.»

«Tu non potresti mai violentarmi, Bubbles.» Sorrise malizioso. «Accetterei con molto piacere qualunque cosa tu voglia farmi.»

«Non puoi continuare a dire certe cose e poi attenerti alle tue fottute regole!» esclamai spazientita, gesticolando. Un errore. Un pezzo di pancetta si staccò dalla fetta di pizza, volò sopra la mia testa e si spiaccicò sul pavimento.

«Posso fare quello che voglio. Se mi va di fare allusioni, le faccio. Se voglio andare a camminare con te», posò il suo piatto sul tavolo e scivolò verso di me, «lo faccio. E se mi va di baciarti», appoggiò le mani ai lati del mio corpo, «lo faccio. Sono io a stabilire le regole.»

I nostri nasi erano a pochi millimetri di distanza. Trattenni il respiro ma non indietreggiai.

«E sono io a decidere da chi farmi baciare, Kaden.» Avevo la voce roca, ma decisa. «Non puoi farmi tacere come un troglodita con avances sessuali. Non funziona così.»

Per un attimo, un lampo di sorpresa attraversò i suoi occhi. «Non volevo farti tacere.»

«Ma dai.»

Si accigliò. «Volevo che ti calmassi. La tua isteria mi faceva paura. Eri tutta rossa e temevo che ti scoppiasse la testa.»

Sorrisi mio malgrado.

Kaden osservò soddisfatto la mia bocca, poi tornò a fissarmi negli occhi. «Parla con me.»

«È quello che stiamo facendo», replicai. Le mie guance avvamparono di nuovo da quanto mi stava vicino. Sentivo il profumo del suo bagnoschiuma, oltre al suo tipico aroma. Come se fosse appena tornato da una delle sue escursioni.

«Dimmi cosa ti fa tanta paura.» Avvicinò le mani ancora di più alle mie gambe. Mi sfiorò le cosce con i pollici. «Parlami di ciò che fa piombare nel panico una ragazza forte e solitamente ottimista. Ti piace così tanto parlare...»

Avevo la gola secca. Per non dover rispondere, volevo dare un morso alla fetta pizza che tenevo ancora in mano. Prima che potessi farlo, Kaden me la tolse dalla mano e la posò sul piatto.

«Allie.»

Fui percorsa da un brivido. Non potevo sfuggire al suo sguardo.

«Cosa ci guadagni se ti racconto?» domandai con un filo di voce.

Lui piegò la testa leggermente di lato. «Non ricamarci tanto sopra. Voglio semplicemente sapere cosa ti sta succedendo.»

Rimasi in silenzio. Volevo sollevare le ginocchia e circondarle con le braccia, ma Kaden era seduto troppo vicino a me per poterlo fare. Anche il suo sguardo intenso mi faceva capire chiaramente che non c'era bisogno di isolarmi di nuovo da lui.

«Per farti stare meglio», mormorò. «Siamo quasi amici, giusto?»

Mi strinsi nelle spalle. «Quasi.»

«E allora tra amici si parla di certe cose.»

Aprii la bocca ma, per la prima volta da quando conoscevo Kaden, non trovai nemmeno una parola. Non potevo dirgli il vero motivo della mia paura. Non era possibile. Avevo taciuto così a lungo... Era come se non riuscissi più a dire la verità.

Avevo la gola serrata e un macigno sul petto. Mi morsi l'interno della guancia e scossi la testa. Gli occhi mi bruciavano da morire, ma le parole... non volevano uscire. Non lo avevo mai raccontato a nessuno. Solo la mamma conosceva la verità. E mi aveva proibito di rivelare anche una sola parola. Più a lungo durava il mio silenzio, più alto era il muro che avevo costruito intorno a me. Niente poteva sfondarlo. Men che meno Kaden.

«Non posso», gracchiai. «Non ce la faccio.»

Lui sembrava volersi imprimere nella memoria i miei lineamenti, dal modo concentrato in cui mi fissava. Alla fine fece un lieve sospiro. Mi afferrò dolcemente ma con decisione per le braccia e, quando si appoggiò all'indietro sul divano, non potei fare altro che seguirlo. La mia testa finì contro la sua spalla, il mio corpo contro il suo. Mi bloccai quando avvertii la sua mano sul fianco, ma con l'altra cominciò ad accarezzarmi il braccio, su e giù, e compresi che voleva solo tenermi stretta. Persi la battaglia contro me stessa e cominciai a piangere. Non in maniera disperata, ero troppo sfinita. Ma tutte le parole non dette sgorgarono silenziose dai miei occhi e gocciolarono sulla maglietta di Kaden, una lacrima dopo l'altra, fino a formare un'enorme macchia bagnata.

Lui mi tenne stretta in silenzio. Non disse una parola sul mio stato, non mi prese in giro né mi esortò a raccontare.

Era lì semplicemente per me. Ed era più di quanto mi sarei mai aspettata da lui.

15

Studiai come una pazza fino all'appello di recupero. Scott, Dawn e io ci trovavamo tutte le sere per sgobbare su Letteratura, mentre Dawn studiava per altri esami e ci spiegava le cose che non capivamo.

Quel giorno Kaden ci permise addirittura di studiare in salotto, sebbene fossero venuti a trovarlo Spencer, Monica ed Ethan. Monica aveva preparato un mucchio di pancakes anneriti, che aveva sistemato su un piatto e che spazzolammo fino all'ultima briciola nonostante il marcato sapore di bruciato. Loro erano seduti a gambe incrociate in cucina e chiacchieravano sottovoce, mentre noi ci concentravamo sugli appunti. Sorpresi più di una volta Spencer a fissare intensamente Dawn. Quando le diedi una gomitata per farglielo notare, avvampò.

«Allora, cosa fate per il Ringraziamento?» si informò Spencer.

«Stiamo già litigando per decidere da quale famiglia andare», sospirò Monica.

Io incollai lo sguardo agli appunti che avevo sotto il naso. Le lettere ballavano davanti ai miei occhi. Per tutta la settimana ero riuscita a eludere l'argomento. Ogni volta che dovevo parlare della mia famiglia, mi si chiudeva lo stomaco e arrossivo. Inoltre iniziavo a balbettare e non trovavo le parole. Non ero molto brava a mentire. Ma non avevo nemmeno voglia di illustrare ai miei amici la catastrofica situazione famigliare in cui mi trovavo.

«Io non lo so ancora», sentii dire da Kaden. «Mia madre molto probabilmente andrà dal suo nuovo compagno. Credo a conoscere i suoi figli.»

«Quel tizio può ritenersi davvero fortunato. Tua mamma è uno schianto.» Spencer aveva un tono sognante.

Si udì un tonfo sordo e poi il gemito di dolore di Spencer.

«Un'altra parola su mia madre e ti rompo il naso», ringhiò il mio coinquilino.

Monica scoppiò a ridere. «Spencer non può farci niente se tua madre è tanto sexy, Kaden.»

«Non ha importanza. Certe cose non si dicono», intervenne Ethan. «Anche se devo dare ragione a Spencer.»

«Ethan!»

Ormai non riuscivo più a concentrarmi sui caratteri principali della poesia impressionistica: dovevo seguire la conversazione. Monica si rizzò minacciosa davanti al suo fidanzato.

Lui alzò le mani in un gesto di scuse. «Perdonami, piccola. Ma guarda lui. Non c'è dubbio che abbia ereditato dei geni della bellezza. E dato che non possono essere del padre, deve per forza essere sua madre...»

Kaden prese lo slancio e diede un pugno sulla spalla di Ethan.

«Al diavolo, Kaden!» La voce di Monica aveva assunto

un tono stridulo. «Non sei mica il cane da guardia di tua madre!»

«Invece sì», replicò lui. Sembrava che avesse avvertito il mio sguardo su di sé, perché all'improvviso si girò verso di me. Dal giorno in cui mi ero sfogata con lui, qualcosa era cambiato tra noi. Non sapevo dire con precisione cosa fosse, ma l'espressione dei suoi occhi era più tenera, quasi... invitante. Del tutto diversa da poche settimane prima. A volte mi sorprendevo a fissare le sue rughe d'espressione quando rideva.

«Tu cosa fai per il Ringraziamento?» mi chiese Dawn, facendomi irrigidire. Distolsi lo sguardo da Kaden e lo posai di nuovo sugli appunti.

«Non lo so ancora.» Era la verità. Non avrei partecipato per nessun motivo al galà di beneficenza dei miei genitori.

Scott fece un sospiro malinconico. «Per quanto mi riguarda, mi vedrò con Micah.»

Ci aveva già parlato dettagliatamente della sua ultima fiamma. Ma ancora non lo avevamo visto, pur avendoci provato in tutti i modi.

«Per vostra informazione, passeremo la serata a saltarci addosso», annunciò Scott a voce alta, facendoci scoppiare in una fragorosa risata. «Ho comprato dei bastoncini d'incenso e dell'olio per massaggi e credo che ce la spasseremo alla grande.»

«Sul serio?» chiesi raddrizzandomi. Mi infilai la matita dietro l'orecchio. «Sono questi i tuoi strumenti di seduzione imprescindibili?»

«Oh, credimi», disse Scott, «appena Micah e io tiriamo fuori l'olio, il mondo intorno a noi non esiste più. Dovresti provare anche tu.»

«Ti prego, risparmiaci i particolari, stavolta», lo implorò Dawn.

«Perché mai? Il fatto che tu sia all'asciutto non deve impedirmi di vantarmi delle mie avventure sessuali. Sei un'egoista!» Lo disse in tono così teatrale che io scoppiai a ridere ancora più forte.

«Io non sono all'asciutto», ringhiò Dawn con un'espressione imperscrutabile.

«Nel caso fosse così, ti do una mano volentieri», intervenne Spencer con studiata nonchalance.

Gli lanciai un'occhiata di avvertimento. Per sua fortuna era seduto dall'altra parte della stanza, altrimenti gli avrei assestato un calcio forte come quello di Kaden. Dawn si limitò a scuotere la testa lanciando un gemito.

A tarda sera mi fumava il cervello e anche i miei amici sembravano aver bisogno di una pausa. Kaden e compagni si stavano preparando per fare un salto all'*Hillhouse*. Decidemmo di unirci a loro, nonostante l'esame che ci aspettava il giorno dopo. Non sarei stata in grado di ficcarmi in testa altre nozioni: avevo assoluto bisogno di aria fresca e diversivi.

Arrivati al locale, ci sedemmo a un tavolo, e io finii accanto a Kaden. Sull'altro lato c'erano Monica e Ethan, mentre di fronte a noi c'erano Spencer, Scott e Dawn. La sala era avvolta da una luce azzurrina e l'aria sapeva di alcol e della nebbia artificiale che aleggiava sulla pista.

Ordinammo una birra e brindammo. Tanto per cambiare, non parlammo dell'università. Monica ci raccontò come aveva conosciuto gli altri. Ethan e lei si erano incontrati al corso di Termodinamica Applicata dove Monica, che in realtà studiava Storia dell'Arte, era finita per sbaglio, e tra loro era stato amore a prima vista. L'attrazione era stata così irresistibile che Monica si era sorbita una mezza mattinata di termodinamica pur di farsi dare il numero di telefono di Ethan. Da allora erano passati due anni. Ethan abitava da Kaden fin dal primo semestre, e Spencer era suo amico da più tempo ancora. Si erano conosciuti a Portland diversi anni prima, quando Kaden aveva definito i quadri di Spencer esposti a una mostra «estremamente orribili».

«Io allora l'ho rincorso e gli ho chiesto cosa non gli piacesse dei miei quadri», ridacchiò Spencer, mentre Kaden si metteva a braccia conserte.

«E?» fece Dawn.

«Mi ha risposto che lo stile non era autentico e i colori completamente sbagliati.» Spencer sogghignò. «Io allora gli ho detto che i quadri erano opera mia. E lui, invece di sprofondare sottoterra per la vergogna, mi ha scrutato dall'alto in basso e mi ha detto che avrei fatto meglio a fare qualcosa di più sensato nella vita.»

Nascosi un sorriso dietro la bottiglia di birra. Non facevo fatica a immaginare un simile incontro.

«All'epoca, Kaden era nella sua fase dark. Credo che portasse persino il kajal», aggiunse con un lampo divertito negli occhi.

«Non è assolutamente vero.» Il tono di Kaden non lasciava dubbi sul fatto che non ripensasse volentieri a quel periodo.

«No, avevi gli occhi naturalmente truccati di nero», ribatté Spencer asciutto appoggiandosi alla spalliera.

«Tu allora? Non avevi i capelli», gli ricordò Kaden. «Com'era successo? Avevi perso una scommessa?»

Spencer sbuffò. «La mia testa ha una forma perfetta per essere mostrata senza capelli. Se non altro, io non mi sono fatto tatuare niente che mi ricordi ogni giorno quel periodo da adolescente malato d'amore.»

Avvertii un cambiamento immediato nell'atmosfera. Monica trattenne il fiato, Ethan fissò Spencer attonito. Kaden accanto a me era impietrito.

«Cos'hai detto?» chiese pacato. La sua voce era come la quiete prima della tempesta, bassa ma pericolosa.

Spencer si arrese subito e alzò le mani. «Scusa, vecchio mio.»

Il mio sguardo rimbalzava dall'uno all'altro. Non osavo respirare, tale era la tensione.

«Ti sei fatto tatuare il nome della tua ex? Oppure come mai te la prendi tanto?» chiese Scott sporgendosi in avanti. Sembrava l'unico a non essersi accorto del cambiamento di umore.

Kaden si alzò così di scatto che urtò il tavolo. Le bottiglie ondeggiarono pericolosamente. Mi oltrepassò senza parlare.

«Era proprio necessario, Spencer?» sentii chiedere da Monica, mentre tenevo lo sguardo fisso su Kaden che con passi veloci superava la pista, probabilmente diretto al bar.

«Pensavo che avesse superato la cosa», disse Ethan.

«Forse non ha senso chiedervi di cosa si tratta, vero?» domandò Dawn.

Monica rispose qualcosa, ma io non ero più in grado di concentrarmi sulla conversazione. Tutto ciò che volevo era raggiungere Kaden. Non solo perché nell'ultima settimana mi era stato vicino, ma semplicemente perché avevo la sensazione che avesse bisogno di me.

Mormorai una scusa e mi alzai senza badare all'occhiata interrogativa di Dawn.

Trovai Kaden seduto a uno sgabello del bar. Tamburellava le dita sul bancone e teneva lo sguardo fisso sul bicchiere di whisky che aveva di fronte. Muoveva una gamba a tempo di musica. Lo raggiunsi cauta. Quando gli fui accanto, lui si irrigidì.

«Non ora, Bubbles», ringhiò voltandomi deliberatamente le spalle.

Lo avevo osservato, avevo visto il dolore che tentava di nascondere dietro l'espressione rabbiosa. Lo capivo benissimo. Quando era saltato fuori l'argomento del Ringraziamento, avrei voluto anch'io rifugiarmi in camera mia. Sapevo come si sentiva, pur non avendo la minima idea di cosa o a chi stesse pensando. Non volevo strappargli nessuna informazione, se non voleva parlarne.

Gli posai la mano sul braccio. Lui girò la testa di scatto e mi incenerì con un'occhiata. «Ti ho detto...»

«Balla con me», dissi con voce decisa e controllata.

Lui mi guardò con diffidenza. «Come?»

«Balla con me», ripetei, tirandolo per un braccio.

Kaden era troppo sorpreso per opporsi. Scese dallo sgabello con un movimento automatico ma aggraziato e si lasciò condurre da me al centro della pista. Lo guardavo, tentando di assumere un'espressione comprensiva, e allentai la presa sul suo braccio solo quando ci trovammo dalla parte opposta della sala, lontano dal tavolo in cui erano seduti gli altri.

Chiusi gli occhi e ascoltai la musica. Il volume era alto

e mi vibrava in tutto il corpo. Cominciai a muovermi. Quando ebbi la sensazione di aver trovato il ritmo giusto, aprii gli occhi. Kaden era immobile e mi fissava. Mi alzai in punta di piedi fino ad arrivare con le labbra all'altezza del suo orecchio.

«Non rimuginare», bisbigliai. «Balla.»

Mi passai la mano tra i capelli, poi la posai dolcemente sulla spalla di Kaden. Lui teneva le labbra socchiuse, le palpebre abbassate. Avvertii un contatto all'altezza del fianco, e un attimo dopo Kaden mi aveva stretto a sé. Per un attimo rimasi senza fiato. La sua stretta era salda, il suo sguardo imperscrutabile. Non tentai neppure di allontanarmi da lui.

Cominciammo a ballare. Kaden mi era così vicino che sentivo il suo respiro sulla guancia. Il cuore mi batteva forte e la mia mano era risalita da sola dal suo addome verso il suo petto e più su. Lui trattenne il fiato quando con un dito gli sfiorai l'incavo del collo. Nel frattempo, l'espressione cupa era sparita dal suo viso.

Ballammo così. Spegnemmo il cervello, dimenticammo tutto quello che avevamo intorno e ci lasciammo andare. Non so per quanto tempo restammo sulla pista, ma a un certo punto mi parve di essere incorporea. Solo le carezze di Kaden mi ancoravano alla realtà, il suo torace premuto contro la mia schiena, le sue dita intorno ai miei fianchi. A un certo punto, i suoi movimenti rallentarono finché ci fermammo quasi del tutto.

«Voglio tornare a casa», mi bisbigliò all'orecchio.

Mi voltai. Aveva la faccia sudata e lo sguardo vitreo, ma non sembrava teso come prima.

«D'accordo. Se vuoi stare da solo ancora un po', io

torno dagli altri», dichiarai con forzata disinvoltura, ma il tremito nella mia voce mi tradì. «Saranno preoccupati.»

«Temo di non essermi espresso con sufficiente chiarezza.» Mi attirò di nuovo contro di sé e piegò la testa finché i suoi capelli mi sfiorarono la fronte. «Ora torniamo a casa. Tu e io. Insieme.»

Trattenni il respiro e ricambiai il suo sguardo. Annuii impercettibilmente, quasi senza rendermene conto. Sembrava che Kaden sprigionasse un'irresistibile forza di attrazione nei miei confronti. Ogni distanza tra noi era sparita, e non solo fisicamente.

Senza dire altro mi prese per mano e mi condusse fuori dal locale. Non mi lasciò nemmeno quando fummo usciti, e continuò a trascinarmi fino a casa. Salì le scale con sorprendente velocità e aprì la porta con tale impeto da farla sbattere contro il muro.

«Kaden!» esclamai, guardando la botta.

Non ebbi modo di esaminare meglio il danno. All'improvviso sentii la parete contro la schiena e Kaden che mi racchiudeva il viso tra le mani. Prima che riuscissi a prendere fiato, mi baciò.

Per un attimo rimasi paralizzata, poi ricambiai il bacio con trasporto. Affondai le dita nelle sue spalle e con l'altra mano gli accarezzai la nuca. I suoi capelli, a differenza del resto del corpo, erano meravigliosamente morbidi. Lo sentii gemere.

In quel momento per me esisteva solo Kaden: la sua barba che mi graffiava la pelle, le sue dita che mi accarezzavano le guance e il suo corpo premuto contro il mio, così saldamente da non lasciare spazio neppure per l'aria.

Le sue dita si insinuarono sotto la maglietta lasciando una scia rovente sulla mia pelle.

Poi spinse i fianchi contro i miei. E quello che sentii mi strappò a quel delirante momento.

Alleluia.

Posai le mani sul suo petto e lo spinsi via da me. Lui mi guardò con il fiato corto. Aveva gli occhi torvi e lucenti, la bocca gonfia per il nostro bacio impetuoso.

«Cosa stiamo facendo?» bisbigliai spaventata.

Kaden si appoggiò con un braccio alla parete sopra di me. L'altra mano era ancora posata sulla mia schiena. Sembrava che non volesse lasciarmi andare.

«Credevo che volessi distrarmi», disse con voce roca.

Le sue parole furono come una secchiata d'acqua gelida in faccia.

«No.» Mi liberai dalla sua stretta, mi tolsi le scarpe e lo precedetti in salotto.

«Come no?» domandò alle mie spalle. Voleva trattenermi, ma io mi divincolai.

«No!» esclamai, voltandomi di scatto.

Mi guardò interdetto e batté più volte le palpebre. «Ma sei stata tu a invitarmi a ballare!»

Scossi la testa costernata. «Ma non per venire a letto con te! Volevo distrarti.»

«Ah sì?» domandò strafottente, facendo un passo verso di me.

Involontariamente indietreggiai. Avrei perso del tutto l'autocontrollo se mi avesse toccato di nuovo come prima.

«Kaden», dissi, sforzandomi di mantenere un tono calmo.

Lui alzò un sopracciglio e fece un altro passo verso di me. «Allie.»

Scossi la testa e lo allontanai da me posandogli una mano sul petto.

«Non succederà. Per nessun motivo. Non in queste circostanze.»

Lui sussultò impercettibilmente. Guardò la mia mano, sempre posata sul suo cuore che batteva forte, come se si fosse reso conto solo in quel momento della situazione in cui ci trovavamo e di ciò che eravamo stati sul punto di fare.

Trascorse qualche secondo. Lui rimase immobile, sembrava che non respirasse neppure. Decisi che la cosa migliore sarebbe stata andare in camera mia. Ma prima che potessi ritirarmi, posò la sua mano sopra la mia e la tenne ferma sul suo petto. Chinò la testa e per un attimo temetti che volesse baciarmi di nuovo. Ma non lo fece. Appoggiò delicatamente la fronte contro la mia e chiuse gli occhi. Restammo così, e io sentii il battito del suo cuore calmarsi a poco a poco.

«Adesso vado a dormire», mormorai.

Kaden fece un passo indietro e lasciò la mia mano. Mi guardò con un'espressione che non sapevo come interpretare, triste e struggente nello stesso tempo.

Eppure tutto ciò per lui era stato solo una distrazione. Ne sapevo qualcosa io, tre anni prima avevo fatto la stessa identica cosa, sera dopo sera. Era qualcosa senza alcuna importanza.

«Buonanotte, Allie.» La sua voce era velata.

«Dormi bene, Kaden.»

16

La penna graffiava la carta, mentre scrivevo velocemente l'ultima risposta. Terminai nel momento in cui il contaminuti che la professoressa Falcony aveva messo sulla cattedra trillò.

Non avrei fallito quella volta, ne ero sicura al cento per cento. A parte la quantità di nozioni che mi ero ficcata in testa nelle ultime settimane, avevo anche una sensazione positiva. Le domande sulle varie epoche con le loro caratteristiche specifiche non erano troppo difficili, e avevo risposto a tutte. Mi voltai verso Scott, seduto due file dietro di me. Stava risistemando i fogli. Quando incrociò la mia occhiata interrogativa, alzò i pollici. Feci un sospiro di sollievo. Ce l'avevamo fatta entrambi.

Quando consegnammo gli elaborati, la professoressa Falcony ci scrutò con aria critica da sopra gli occhiali. Per fortuna non fummo gli unici che guardò così.

«Credo di non aver azzeccato nemmeno stavolta l'analisi testuale», borbottò Scott quando uscimmo dall'aula tenendoci a braccetto. «Ma le domande di cultura generale sono andate alla grande.»

«È lo stesso per me», replicai. «Sono così contenta di avercela fatta...»

Andammo insieme in centro, dove avevamo appuntamento con Dawn per pranzare in un ristorante italiano che, a quanto si diceva, preparava la pasta migliore della città. Appena svoltammo nella via, riconobbi la sua chioma rossa, che spiccava tra tutta l'altra gente. Per fortuna trovai un parcheggio a poca distanza dal ristorante. Era minuscolo, ma con l'aiuto delle indicazioni più o meno azzeccate di Scott, riuscii a infilarci la macchina.

Dawn ci scorse quando scendemmo. Si sbracciò impaziente per chiamarci, saltellando da un piede all'altro.

«Com'è andato l'esame?» ci chiese per prima cosa mentre ci abbracciavamo.

«Bene, credo. Abbiamo risposto a tutte le domande», disse Scott, con aria disinvolta, ma sapevo quanto fosse sollevato in realtà, perché io avevo la stessa sensazione.

«Ero sicura che ce l'avreste fatta!» Un sorriso raggiante illuminò il viso di Dawn. Si girò e aprì la porta del piccolo ristorante. L'irresistibile profumo di pizza e pasta mi fece venire l'acquolina. Qualche tavolo era già occupato da clienti che chiacchieravano animatamente. I piatti che avevano davanti sembravano squisiti e mi fecero venir voglia di ordinare direttamente in cucina.

Aspettai invece che un cameriere ci accogliesse e ci conducesse a un tavolo in un angolo in fondo alla sala, oltre un meraviglioso pianoforte. Alle pareti erano appese foto di persone ritratte mentre mangiavano. Una l'avevo vista già parecchie volte: un uomo che prendeva la pastasciutta con entrambe le mani e se la portava alla bocca.

Dopo esserci seduti e aver consultato il menu, parlammo

ancora un po' dell'esame. Dawn voleva sapere tutti i dettagli, ma Scott e io eravamo sfiniti. Quando il cameriere arrivò a prendere le ordinazioni, Scott spostò la conversazione su un altro argomento. «Secondo me d'ora in poi dovremmo festeggiare prima di ogni esame», disse, prendendo un pezzo di pane arrivato insieme alle bevande. «Mi è capitato raramente di dormire bene come la notte scorsa.»

«Per me è stato lo stesso», concordai sorseggiando l'acqua.

«A essere sincera, sono sorpresa che tu sia riuscita a dormire», disse Dawn guardandomi da sopra l'orlo del bicchiere.

«In che senso?» le chiesi.

Lei e Scott si scambiarono un'occhiata.

«Beh, praticamente sei partita all'inseguimento di Kaden, ieri, quando è sparito all'improvviso», disse cauta Dawn.

«E poi vi abbiamo visto ballare in maniera molto sexy», aggiunse Scott sporgendosi in avanti sul tavolo. «Non me la bevo che ieri notte tu abbia dormito anche solo un minuto. Non dopo il genere di occhiate che ti lanciava Kaden White.»

Mi sentii avvampare. «Che idiozie», esclamai. Lo ammetto, non era una delle risposte più originali.

«Tesoro, con noi non puoi fingere. Non hai visto quello che abbiamo visto noi», disse Scott.

Strinsi le labbra mentre valutavo febbrilmente cosa potessi e volessi raccontare ai miei amici.

Dalla sera precedente non avevo più visto Kaden. Quella mattina, quando ero uscita di casa per ripassare un'ultima volta gli appunti con Scott, dormiva ancora. In tutta sincerità, ero stata contenta e per l'intera giornata ero riuscita a togliermelo dalla testa... fino a quel momento. Con gli occhi della mente vidi noi due, i nostri corpi sudati che ballavano.

Pensai alla sensazione delle sue labbra sulle mie, della sua barba ruvida, delle sue dita che mi bruciavano la pelle.

«Non è stato...»

«Se ti azzardi a dire 'niente', giuro che ti schiaffo la faccia dentro la pastasciutta», mi minacciò Dawn con la forchetta alzata, sebbene non ci avessero ancora servito.

Guardai alternativamente lei e Scott. Alla fine sospirai e mi appoggiai all'indietro a braccia conserte. «Abbiamo ballato e basta.»

«Oh sì, eccome se l'avete fatto», disse Scott in tono allusivo.

«Forse dovremmo farti vedere cosa avete fatto ieri», propose Dawn con un sorriso leggiadro, scostando la sedia all'indietro.

Serrai le mani in grembo quando si alzò anche Scott.

Dawn lo attirò a sé.

«Dai, ragazzi», gemetti, sprofondando sulla sedia.

«Oh, Kaden», sospirò Scott.

«Ma io credevo di essere Allie!» esclamò Dawn.

Scott si girò e premette il sedere contro Dawn. «Scusa, sai», disse voltandosi verso di lei, «ma per me c'è solo una combinazione possibile, in cui io ballo con un pasticcino come Kaden e non con una perticona come Allie.»

Qualche avventore si girò verso di noi a guardare Dawn e Scott. Mi nascosi il viso tra le mani ed esclamai: «Smettetela!»

Alla fine si staccarono. Le loro sedie strusciarono sul pavimento quando tornarono al tavolo, e io li sbirciai attraverso le dita.

«Allora?» Dawn appoggiò i gomiti sul tavolo e mi guardò piena di aspettativa.

Abbassai le mani e sospirai.

Kaden non era il primo che avevo baciato. A Denver ce n'erano stati altri, tutte storie che volevo dimenticare il prima possibile. Non ero del tutto digiuna. Ma non avevo mai provato niente di simile a ciò che era scoppiato tra me e Kaden il giorno prima. Il modo in cui mi faceva tremare le gambe con il suo sguardo...

Ma Kaden avrebbe insistito per rispettare le sue maledette regole, lo sapevo. La sera precedente ero stata un diversivo per lui, niente di più e niente di meno. Perciò dovevo relegare il ricordo dei nostri baci in un angolo remoto della memoria. Non gli avrei mai più permesso di arrivare fino a quel punto. Le gambe molli ormai appartenevano al passato.

«Siete tornati a casa insieme, giusto?» mi aiutò Scott, strappandomi ai miei pensieri.

«Abitiamo insieme, non è certo straordinario», risposi automaticamente.

«Lo è, se prima avete eseguito un rituale di accoppiamento sulla pista da ballo», osservò Dawn. «Per fortuna, Monica non si è accorta di niente. Lei fa il tifo per Kallie.»

Scott annuì con decisione.

«Kallie?» domandai accigliata. «Non dirmi che ci ha shippato.»

«Lo fa con tutti», disse Dawn. «Lei e Ethan sono Methan, mentre per Spencer e me», scosse la testa all'idea, «ha pensato a Spawn, che significa discendenza o covata.» Si bloccò un istante. «Mmm. Tutto sommato niente male.»

Erano soprannomi disgustosi.

«Allora, anche voi siete una coppia?» insistette Dawn. «D'ora in poi non possiamo più venire a casa vostra senza correre il rischio di interrompervi in qualcosa?»

Come se non avessi ancora capito a cosa alludesse, Scott

rincarò la dose: «Credo che con quel 'qualcosa' Dawn si riferisse a un'attività che di solito si pratica nudi».

«Statemi a sentire, non è andata così», ribattei con enfasi.

«Allora raccontaci com'è andata», disse Scott, con un tono un po' più mite di prima.

Feci un respiro esasperato. «Volevo solo distrarlo. Mi ero accorta che le parole di Spencer lo avevano sconvolto. E allora ho ballato con lui.» Ci fu una breve pausa, mentre cercavo le parole giuste. «Lui però l'ha interpretato nel modo sbagliato.»

Mi decisi a raccontare loro che Kaden mi aveva baciato, il che era la verità, ma descrissi la cosa un po' meno impetuosa della realtà. Dopo aver concluso la storia, il cameriere ci servì la pasta e io gli sorrisi grata. Quando si allontanò, Scott e Dawn mi fissarono increduli.

«E adesso?» domandò Dawn nervosa.

«Eh?» feci a bocca piena.

«Come andranno avanti le cose tra voi, insomma!» esclamò Scott dondolando sulla sedia e ignorando del tutto il piatto di spaghetti che aveva davanti. «E soprattutto: com'è stato?»

Posai la forchetta e mi appoggiai alla spalliera. «Non ho intenzione di cominciare una storia con Kaden. La situazione ci è sfuggita di mano.»

«Hai ignorato la più importante delle due domande.» Scott sporse labbro inferiore fino a strapparmi una risata.

«È stato... bello.» Questa ridicola minimizzazione mi provocò un'ondata di calore. Mio malgrado le immagini della notte riaffiorarono alla mia mente. Kaden che mi spingeva contro il muro e mi toglieva l'aria dai polmoni.

Ma quello che era successo non aveva nessuna importanza, dovevo ricordarlo. Non sarei stata la bambola di Kaden, il giocattolo con cui poteva divertirsi quando ne aveva bisogno per poi dimenticarlo in un angolo. Non volevo essere niente del genere per nessuno, mai più nella vita, era un proposito che mi ero imposta.

Ma la notte precedente, mentre ero insonne e confusa, capace di pensare solo alle sue mani su di me, avevo capito una cosa. Per quanto mi sforzassi di resistere, provavo per Kaden più di una semplice attrazione fisica. Gli volevo bene. E lo conoscevo. Sapevo che aspetto aveva la mattina appena alzato, e come gli piaceva bere il caffè. Sapevo quale musica lo faceva ballare. Sapevo quanto soffrisse per il pessimo rapporto con il padre, intuivo quanto stesse male ricordando il suo passato. Avevo sperimentato sulla mia pelle la sua empatia e l'affetto che aveva per gli amici. Sapevo come si tendevano i suoi muscoli quando sollevava qualcosa di pesante, e come gli si sollevava la maglietta quando prendeva una chiave dal ripiano più alto della credenza, scoprendo la piuma sulla schiena. Conoscevo nel dettaglio ogni singolo tatuaggio. A volte, mentre eravamo seduti a guardare insieme la tv, mi sorprendevo a fissare lui invece dello schermo.

Avevo la sensazione di conoscerlo benissimo, ma dopo quella notte non sapevo più come affrontarlo. Gli avevo detto cosa pensavo del suo avvicinamento, ma cosa avrebbe significato per noi?

«A giudicare dal tuo sguardo libidinoso, è stato più che bello», commentò Scott strappandomi dai miei pensieri. «Il che d'altra parte è la sorella minore di sai-bene-cosa.» Scott sogghignò.

Mi sembrava di avere il viso in fiamme. Con gli occhi

fissi sul piatto, mi infilai in bocca una forchettata enorme di pasta.

«Credo che per oggi possiamo lasciar perdere, Scott», propose Dawn. Poi si sporse sul tavolo e mi accarezzò il braccio. «So quanto trovi difficile parlare di certe cose. E ti meriti davvero la mia ammirazione perché riesci a sopportarci ogni giorno.»

Emisi un suono che avrebbe dovuto esprimere quanto fossi d'accordo, ma somigliò più a un grugnito.

«Hai ragione. Ma prima o poi voglio sapere tutti i dettagli più roventi, Allie. Non puoi privarmi di questo. Sarebbe contrario al nostro codice d'amicizia.»

Gli spaghetti rischiarono di andarmi per traverso. «Abbiamo un codice che stabilisce che io debba raccontarvi la mia vita amorosa?»

«Ma certo. Io dopotutto vi racconto tutto di me e Micah.»

«Se lo vuoi proprio sapere, scendi troppo nei particolari, mio caro», replicò Dawn dando una pacca sulla spalla di Scott. Io annuii convinta. Avevo già saputo fin troppo sui gusti di Micah a letto. A cominciare dall'olio per massaggi aromatizzato al legno di rosa. Rabbrividii mio malgrado.

Scott si appoggiò all'indietro con il bicchiere in mano e ci guardò come un ladro che ha appena fatto la rapina del secolo e dà un'occhiata al bottino. «Ah, bambine. Ne avete ancora di cose da imparare...»

Guardai il piatto per evitare di incrociare lo sguardo di Dawn: saremmo scoppiate entrambe a ridere.

«Devo ancora fare la valigia», annunciò Dawn dopo essersi pulita la bocca con il tovagliolo.

«Perché?» domandai automaticamente, pentendomene subito.

Ma certo. Quello era stato l'ultimo giorno di lezione prima delle vacanze. Nel fine settimana Dawn sarebbe tornata a casa da suo padre. «Ah, già, è vero.»

«Se fossi rimasta qui, saremmo potute andare a fare shopping venerdì. Ci sono sconti fantastici.» Dawn appoggiò il mento sulla mano e disegnò con il dito sul bicchiere appannato. «In tutta sincerità, non ho nessuna voglia di passare le vacanze con papà. Ci sarà anche la famiglia di Nate, e quando c'è lui non posso garantire niente: potrebbe finire in un bagno di sangue.»

Mi morsi il labbro, assalita dai sensi di colpa. Negli ultimi tempi ero stata così impegnata a preparare gli esami che non mi ero più informata sullo stato delle cose tra Dawn e il suo ex.

«Sono sicura che tuo padre capirà che tu non abbia voglia di vedere Nate», dissi in tono partecipe.

Dawn alzò lo sguardo e fece una smorfia. «Sono anni che festeggiamo il Ringraziamento insieme ai Duffy. Mio padre è un loro caro amico, ed è impossibile tagliare i ponti. Cosa penserebbero se non li invitasse più?»

«Che probabilmente ha un buon motivo. Per esempio il fatto che il loro figlio è un lurido bastardo», buttò lì Scott.

Dawn non aveva mai parlato in maniera approfondita di ciò che le aveva fatto il suo ex, ma sapevamo che l'aveva tradita. Questo ci bastava per disprezzare quel porco senza averlo mai conosciuto.

«In un modo o nell'altro ce la farò», disse Dawn dopo un po'. «Se non altro ho una famiglia da cui tornare.»

Le sue parole mi colpirono come uno schiaffo. Per fortuna avevo finito di mangiare, altrimenti mi sarebbe passato l'appetito.

Quando Dawn si rese conto di ciò che aveva detto, mi lanciò un'occhiata mortificata. «Oddio, Allie, non volevo dire questo.»

«Non preoccuparti.» Sorrisi in maniera meccanica, sorpresa di essere ancora in grado di farlo a comando. Certe cose una volta imparate non si dimenticano.

«Credimi, non volevo dire questo. Mi hai raccontato dell'orribile atteggiamento di tua madre e che ancora non sai se vuoi tornare a casa, e io ho pensato che tu...»

«Davvero, è tutto a posto.» La tranquillizzai con un gesto della mano.

«Non c'è nessun problema se per il Ringraziamento non vuoi tornare a casa. Anch'io preferisco trascorrere le feste con Micah», mormorò Scott.

Deglutii a fatica, ma mantenni quel falso sorriso. Dawn tornava a casa, anche se non ne aveva voglia, però era contenta di vedere il padre e di non dover stare da sola. Scott non sarebbe stato con la famiglia, perché nei giorni di festa preferiva stare con il suo ragazzo. Era questa la sostanziale differenza tra noi. Io sarei rimasta nel mio appartamento, da sola, trascorrendo il tempo a fissare il muro ammaccato contro il quale mi aveva spinto il mio coinquilino in preda alla passione, e a bearmi nei ricordi. Probabilmente avrei mangiato gelato e guardato un film. Oppure avrei pianto, per lo stato derelitto della mia famiglia. Forse avrei fatto tutte quelle cose insieme.

Poco dopo li salutai con un senso di nausea. Assicurai a Dawn che stavo bene, ma entrambe sapevamo che non era così. In tutta sincerità, stavo da cani. L'esaltazione per l'esame superato era svanita. Al suo posto c'era il pensiero fisso di mia madre e di come avrebbe reagito quando si fosse resa conto che non mi sarei presentata al suo galà. Sarebbe spuntata di nuovo costringendomi a tornare a Denver con lei? E io l'avrei seguita?

Sarei riuscita a liberarmi da lei e a fare finalmente ciò che avevo sempre desiderato senza colpevolizzarmi?

Dovevo godermi quel senso di libertà e gioire del fatto che per la prima volta trascorrevo il Ringraziamento a migliaia di chilometri dai miei genitori. Senza obblighi. Senza costrizioni.

Ma per quanto tentassi di convincermi, non funzionava. Il pranzo mi pesava sullo stomaco e mi veniva da vomitare. Il desiderio di libertà si scontrava con i sensi di colpa. E con la paura di restare da sola.

In macchina, Jared Leto mi gridava il suo dolore. Avevo alzato quasi al massimo il volume dello stereo. I finestrini vibravano pericolosamente, ma non mi interessava.

Senza rendermi conto della direzione che avevo preso, raggiunsi i margini della città. Non avevo mai guidato da quelle parti, ma il mio subconscio sembrava avermi portato esattamente dove avrei potuto avvertire la libertà in tutto il corpo.

La macchina sollevò una nuvola di polvere quando entrai nel parcheggio desolato ai piedi del Mount Wilson. Dal sedile accanto a me occhieggiava l'enorme borsa dell'università. Se volevo affrontare uno dei sentieri che conducevano alla vetta, non potevo trascinarmi dietro tutto quel peso. Senza perdere tempo, decisi di prendere solo il cellulare.

Kaden sarebbe stato fiero di me.

Scesi dall'auto e camminai fino alla prima biforcazione, dove imboccai il sentiero che avevo percorso con Kaden. Sebbene non portassi le scarpe giuste, ma un paio di stivali di pelle, riuscii ad affrontare la salita. Piantavo i piedi saldamente nel terreno fangoso, senza curarmi degli schizzi che mi finivano sui pantaloni.

Dovevo sfogare la rabbia. Ma soprattutto il dolore, che si agitava dentro di me appena pensavo alle feste.

Non avevo idea di quanto avessi camminato. A un certo punto, dopo diverse deviazioni, mi accorsi di essere fuori dal sentiero e mi fermai a riprendere fiato. L'aria si era rinfrescata. Sottili strie di nebbia si insinuavano tra gli alberi imponenti e mi accarezzavano la pelle. Il respiro mi usciva in piccole nuvolette.

Ripresi il cammino. I rami si fecero più fitti e io li colpivo con le braccia per dare sfogo alla rabbia. Alla mia destra sarebbe dovuta spuntare presto la cascata, ne ero sicurissima. Ma, anziché lo scroscio dell'acqua, sentivo solo il frinire dei grilli e il cinguettio degli uccelli. E il battito del mio cuore, che mi rimbombava nelle orecchie.

Quando mi fermai di nuovo, tra gli alberi si era fatto decisamente più buio. Avrei giurato che dai rami mi fissassero occhi di animali verdi o rossi, a seconda dei riflessi della luce. Della terrazza panoramica dove Kaden mi aveva portato diverse volte, non c'era traccia. Inoltre, era sempre più difficile vedere a più di pochi metri di distanza: la nebbia era più fitta di prima e avevo lasciato gli occhiali in macchina.

Mi guardai intorno scoraggiata. L'obiettivo di quella camminata avrebbe dovuto essere di arrivare in vetta per provare nuovamente il senso di libertà e gridare al mondo intero la mia rabbia, in un luogo in cui nessuno potesse sentirmi. Invece mi ritrovavo in mezzo al fango, avvolta dalla nebbia e circondata da inquietanti occhi di animali, piccoli ma ostili.

Feci un giro su me stessa, tentando di capire da quale direzione fossi arrivata. Niente da fare. C'erano solo foglie, per la maggior parte già rosse, marroni o dorate, in mezzo alcune ancora verdi. Tronchi. Arbusti. Dovunque guardassi, tutto aveva lo stesso aspetto.

Era un'impresa disperata.

Osservai il terreno alla ricerca delle mie impronte, ma non vidi niente. Mi tornarono in mente le parole di Kaden: Parla meno, cammina di più.

Ma per favore! Non mi trattenni più: lanciai un urlo e, siccome era una sensazione molto bella buttare fuori l'energia accumulata, lo feci una seconda volta.

Era tutta colpa sua! Non avevo il minimo senso dell'orientamento. Se lui non mi avesse mostrato lo stupendo panorama che si poteva godere lasciando i sentieri segnati, non sarei stata così avventata. Avrei scelto il percorso blu. Quello per gli anziani. Invece avevo lasciato la strada maestra come Cappuccetto Rosso, sarei sprofondata nel fango e gli animali selvatici mi avrebbero divorata.

Con un gesto nervoso tirai fuori il cellulare dalla tasca dei pantaloni. Maledicendomi, feci scorrere i contatti cercando il numero di Kaden. Se c'era qualcuno in grado di farmi uscire da lì, era lui. Mi premetti il telefono all'orecchio serrando le labbra.

Dopo diversi squilli, scattò la segreteria telefonica. Provai un'altra volta, ma lui non rispose.

Magnifico.

Dato che Kaden non era in grado di tirarmi fuori da questo pasticcio, aprii la app con le carte geografiche. Purtroppo non c'era campo. Naturale.

Frustrata, rimisi a posto l'inutile aggeggio e ripresi il cammino. Prima o poi sarei uscita da quel labirinto.

Tutte le volte che sentivo uno schiocco o un mugolio, facevo un salto. Avevo una paura tremenda che da un momento all'altro un animale selvatico balzasse fuori dalla vegetazione e mi assalisse. Iniziai a canticchiare sottovoce. Taylor Swift con le sue vibrazioni positive mi sembrava la scelta migliore per la situazione, anche se il suo *Out of the Woods* era piuttosto ironico. I rumori intorno a me si facevano sempre più inquietanti. Alzai la voce.

Dopo un po', la calma che mi ero imposta si era dissolta. Il cuore mi batteva forte. Il respiro era affannoso e irregolare. Avevo freddo. Ero tutta coperta di fango. Ed ero terrorizzata.

Ero sul punto di crollare quando il cellulare cominciò a vibrare nella tasca. Lo tirai fuori con tanto impeto da farmelo quasi cadere di mano.

«Finalmente!» esclamai.

«Cos'è successo?» Kaden non sembrava particolarmente preoccupato. E io che avevo pensato che la mia lunga assenza lo avesse messo in apprensione.

«Mi sono persa», dissi precipitosamente. Sembrava passato un secolo dall'ultima volta che avevo sentito una voce umana. «Non stavo bene, volevo tornare a casa, e poi... sono venuta qui e ho fatto la strada che facciamo sempre ma adesso non so più dove sono, è tutto uguale e non so dove ho lasciato l'auto, e poi si sta facendo sempre più buio e qui è pieno di animali. Kaden, non voglio che mi scambino per la loro cena...»

«Allie», mi interruppe. «Prendi fiato.»

«Scusa», mormorai, facendo un profondo respiro.

«Da che parte sei andata?» domandò Kaden. La sua voce all'improvviso sembrava lontanissima.

«Ho seguito il sentiero principale», risposi, sforzandomi di parlare piano e con chiarezza. «Poi ho svoltato nel punto dove lo fai sempre tu. Quello che porta alla nostra terrazza panoramica.»

Socchiusi gli occhi e trattenni il fiato. Avevo detto «la nostra terrazza panoramica», il nome con cui avevo ribattezzato in segreto quel luogo. Per fortuna lui non fece commenti, ma sbuffò contrariato. «Ho impiegato quasi un anno per orientarmi fuori dai sentieri. Eravamo quasi sempre in tre e segnavamo le svolte a colori. E poi avevamo l'attrezzatura da trekking.» Mi sembrava di vedere la sua espressione torva. «Meriteresti di passare una notte all'addiaccio.»

Mi sentii sbiancare, e le gambe mi cedettero. Contemporaneamente fui invasa dall'irritazione. Non poteva dire una cosa del genere. Era questione di vita o di morte! Che razza di arrogante.

«Ho sbagliato a telefonarti. Adesso provo con Spencer», sibilai, e per un secondo presi davvero in considerazione l'idea.

Al telefono udii il rumore di una portiera che si chiudeva. «Sono già in auto, Bubbles. Non muoverti da lì.»

Con quelle parole, riagganciò. Non sapevo se sentirmi sollevata o arrabbiata per il suo atteggiamento. Scelsi un compromesso tra i due e mi appoggiai con la schiena a un tronco. Dovevo calmarmi. Respirare profondamente.

Quella mattina, uscendo di casa, avevo messo in conto di dare l'esame e poi trovarmi con Scott e Dawn per pranzo, e mi ero vestita di conseguenza. Nell'umidità della sera, il cardigan era troppo leggero. E anche i jeans, coperti ormai di fango da cima a fondo, non erano particolarmente caldi.

Speravo che Kaden facesse in fretta.

A ogni rumore mi aspettavo di veder comparire la sua faccia scontrosa tra gli alberi. Purtroppo il tempo passava e di lui nessuna traccia. Valutai l'idea di andargli incontro, ma la scartai: non sapevo neppure da che parte andare.

Quando il sole era quasi tramontato, udii un fischio lontano. Mi misi in ascolto.

Il fischio si ripeté. Se era un uccello, doveva essere molto dotato. E soprattutto doveva conoscere molto bene la musica rock contemporanea. Fischiettava una melodia che mi risultava estremamente familiare. Una canzone che amavo profondamente e il cui testo era casualmente tatuato sul braccio del mio coinquilino. Feci un balzo.

«Sono qui!» gridai nella direzione da cui proveniva il fischio. «Da questa parte!»

Poco più tardi, Kaden spuntò tra gli alberi e si curvò sotto i grossi rami. Portava il berretto che aveva quasi sempre durante le escursioni, un maglione grigio, un paio di jeans strappati e gli scarponi da trekking. In vita aveva legata un'altra felpa. Battei le palpebre più volte. Quando fui sicura che non si trattava di un'allucinazione, mi assalì l'impulso di gettargli le braccia al collo. Lo imputai alla disperazione che avevo provato fino a pochi istanti prima e mi trattenni.

«Grazie al cielo!» esclamai.

Kaden mi guardò dall'alto in basso. Con un sorriso storto si slacciò la felpa che aveva in vita e me la porse. Era quella con la maschera di Deadpool che avevo usato già durante la nostra prima escursione.

«Grazie», balbettai. Me la infilai subito e affondai le mani nella tasca anteriore. Fino a quel momento l'ansia non mi aveva permesso di rendermi conto di quanto freddo avessi, ma l'adrenalina stava andando via, ed ero più che grata per quell'indumento caldo.

«Piccola peste», disse Kaden scuotendo la testa. Girò all'indietro la visiera del berretto senza mai perdermi di vista.

Con un gemito nascosi il mento nel collo della felpa. «Per favore, portami a casa sana e salva.»

Un lampo di divertimento attraversò i suoi occhi. «Hai camminato in cerchio, Allie. Dammi almeno la possibilità di prenderti un pochino in giro.»

«Cos'ho fatto?» esclamai interdetta.

Kaden fece la sua risata profonda e roca. «Volevi salire alla terrazza panoramica, invece non hai preso la salita e hai continuato a camminare per tutto il tempo alla stessa altezza. Non è colpa mia se sei pigra.»

Era vero, avevo un pessimo senso dell'orientamento, pensai frustrata. Ma nemmeno io potevo essere così scema, no?

«Vieni.» Si voltò e mi guardò da sopra la spalla, poi indicò la direzione verso cui si era incamminato.

«Dimmi che mi porterai alla macchina in modo che io possa sprofondare da qualche parte», piagnucolai mentre lo seguivo.

«Parla meno, cammina di più», replicò lui avviandosi.

Era la frase che mi aveva fatto finire in questo pasticcio.

Kaden voleva prendermi in giro, e invece di riportarmi alla macchina, mi costrinse ad affrontare la salita che avrei voluto imboccare all'inizio. Se non mi avesse chiamato in continuazione «smidollata pigrona», ferendomi nell'orgoglio, mi sarei rifiutata di seguirlo.

A un certo punto riconobbi le rocce sulle quali mi aveva trascinato le ultime volte. Camminavamo senza parlare, e comunque non sarei stata nelle condizioni di spiccicare una parola. La salita era ripida e micidiale come la ricordavo. Le cosce mi bruciavano. Continuavo a scivolare con gli stivali, ma arrancavo coraggiosamente. Uno schizzo di fango in più o in meno non avrebbe fatto differenza. Mi impegnavo con tutte le forze per mascherare il fiatone. Ancora una volta dovetti constatare che il pilates era cosa del tutto diversa dalle arrampicate in montagna.

Mi issai sull'ultimo sperone roccioso. Arrivata in cima, appoggiai le mani alle cosce e mi costrinsi a respirare lentamente e a non crollare a terra.

Kaden si era spinto sul ciglio delle rocce e aveva allargato le braccia, come se volesse spiccare il volo. «Eccoci.» Si voltò e mi rivolse un sorriso malizioso. «La nostra terrazza panoramica.»

Feci una smorfia ma non raccolsi la provocazione. Il panorama era troppo bello, esattamente come lo ricordavo.

Mi avvicinai a Kaden ma, prima che potessi posare i piedi sul ciglio della rupe, lui mi afferrò dolcemente per le spalle e mi fece indietreggiare.

«Non mi fido di te. Non vorrei che ti buttassi di sotto o facessi qualche altra sciocchezza.»

«Perché dovrei?» domandai perplessa.

«L'ultima volta che hai sbroccato volevi fare i bagagli e andartene», mi ricordò con espressione cupa.

«Pensi che per questo mi lancerei nel vuoto?»

«Quella volta hai avuto una crisi isterica per colpa dell'esame. Visto che oggi lo hai ripetuto, sono pronto a tutto. Sei imprevedibile.» Un vago sorriso spuntò sulle sue labbra ma non arrivò agli occhi.

Distolsi lo sguardo e decisi di mettermi a sedere. Da lassù il mondo sembrava infinito. Il cielo sopra di noi era di un blu così intenso che avrei voluto toccarlo. Respirai a fondo l'aria fresca e mi concentrai sulle emozioni del momento.

Eccole di nuovo.

Ero lì a causa di quella sensazione. Esclusivamente per quell'istante, quel momento, nel quale potevo dimenticare il mondo e mi sentivo libera. Mi sembrava di poter afferrare la libertà. Riempiva ogni angolo del mio corpo e mi dava nuove forze. Sorrisi mio malgrado. Più a lungo lasciavo che il momento agisse su di me, più la tensione mi abbandonava. I pensieri negativi sparivano uno dopo l'altro, e il nodo allo stomaco pian piano si scioglieva.

«L'esame è andato benissimo», dissi dopo un po', senza distogliere lo sguardo dal panorama. Sebbene fosse già buio, il lago sotto di me luccicava in maniera meravigliosa. Presto le prime stelle si sarebbero riflesse sulla superficie, per poi essere spazzate via dalle increspature create dal vento sull'acqua.

«Significa che non ti getterai da questa rupe? E che non farai precipitosamente le valigie?» domandò Kaden sedendosi accanto a me. Si appoggiò all'indietro sulle braccia e accavallò le gambe.

Scossi il capo mentre il sorriso lasciava il mio viso. «Tra poco sarà il Ringraziamento. Scott, Dawn e tu... avete dei progetti, mentre io non so cosa fare. Se rimango qui, allora...» Mi interruppi e mi schiarii la voce. «Non voglio fare la derelitta che passa le feste da sola soltanto perché è troppo orgogliosa per tornare a casa. Non che possa considerarla veramente tale. In fondo hai conosciuto mia madre.»

«Credimi, un tipo come tua madre non si scorda facilmente», commentò sbuffando.

Feci una risata senza gioia. Avevo già sentito quella frase in passato, anche se il più delle volte con un altro significato. «E anche se dovessi tornare a Denver, cosa otterrei? Mia madre non si occuperebbe di me. Sarebbe troppo impegnata a recitare la parte della perfetta padrona di casa per il suo stupido galà, mentre io dovrei fare la gentile con persone che non sopporto, passando la serata con un sorriso falso stampato in faccia. Papà dovrebbe occuparsi di questioni importanti e come sempre non avrebbe un minuto per me, a parte presentarmi un suo socio d'affari e...» Mi si chiuse la gola e strizzai gli occhi furiosamente, per scacciare le immagini dalla mente. Non volevo pensare al passato. Ma ero anche consapevole che rimuoverlo non mi avrebbe aiutata a liberarmene una volta per tutte. Era una battaglia persa in partenza.

«Ti fai troppi problemi, Bubbles», osservò Kaden dopo un po'. Aveva gli occhi rivolti verso il cielo, e riuscivo a vedere le sue folte ciglia nere. «Rimugini ininterrottamente su quello che gli altri possono pensare di te, senza mai chiederti cosa voglia tu veramente. Invece a volte è importante fare ciò che è meglio per se stessi.»

Trattenni un sospiro. «Credimi, mi piacerebbe tanto essere come te.»

Lui mi guardò con aria interrogativa.

«Non te ne frega niente di quello che gli altri pensano di te. E sembra che nulla ti sconvolga.»

«Tu mi fai paura», replicò prontamente. Non sembrava pentirsene, e rimase con lo sguardo fisso su di me.

«Come a me fa paura la storia del Ringraziamento?» domandai confusa.

Ci pensò un attimo, poi scosse la testa. «No, non tutta questa paura, Bubbles.»

Un'ondata di calore mi salì dal collo verso la testa, e poi verso il basso, riempiendo all'improvviso tutto il mio corpo.

Eppure la mia mente continuava a pensare al Ringraziamento. «Sbaglio a non tornare a Denver?»

Lui rise piano e tornò a guardare verso la vallata. «Non mi hai sentito? Devi pensare a te stessa. A ciò che vuoi tu. Non a tua madre, non agli amici. La domanda è: cosa vorresti fare per le feste? C'è qualcosa che avresti sempre desiderato? Oppure vuoi goderti un po' di tranquillità e appestare tutto l'appartamento con le tue bombe da bagno puzzolenti? Puoi fare tutto ciò che vuoi. È la tua vita, Allie.»

Mi ripetei mentalmente le sue parole per interiorizzarle.

Dopo un po' mi schiarii la voce. «Prometti che non ti metterai a ridere?»

«Non garantisco niente», ribatté, e gli angoli della sua bocca ebbero un guizzo.

Se non altro era sincero. Mi misi seduta a gambe incrociate e mi appoggiai più comodamente alle rocce.

«Ho sempre desiderato una classica cena del Ringraziamento. Tacchino ripieno cucinato in casa e paté, contorni e una grande tavola da apparecchiare e decorare tutti insieme. E poi quel rito di dirsi cose mostruosamente kitsch che scaldano il cuore.»

Kaden si accigliò. «Perché, a casa tua cosa si mangia?»

«C'è un servizio di catering. Stuzzichini per ingannare

il tempo in attesa del galà», spiegai. «Vino in abbondanza, naturalmente. Con il vino mio padre convince molti clienti a concludere qualche affare. E viene servita una cena di tre portate, di solito una zuppa, poi agnello o qualche altro tipo di carne e...» L'espressione di Kaden era sempre più stupefatta. Mi fermai. «Cosa c'è?»

«Vorresti farmi credere che non hai mai partecipato a una vera cena del Ringraziamento?»

Scossi la testa. «Non fraintendermi. Il cibo era sempre squisito...»

Kaden fece una smorfia. «È la cosa più triste che abbia mai sentito.»

Prima che potessi replicare, si alzò. Infilò la mano in tasca e cominciò ad armeggiare con il cellulare prima ancora di averlo tirato fuori. Se lo portò all'orecchio e pochi istanti dopo il suo viso si illuminò.

«Ciao, mamma. No, tutto a posto. Sì, è andato bene», disse sorridendo. Si tolse il berretto, poi se lo rimise. «Senti, in realtà ti chiamavo perché... lo so che per il Ringraziamento siamo già al completo con i figli di Chad...» Alzò la mano in un gesto conciliante, sebbene la madre non potesse vederlo. «Ma no! Certo che non ti abbandono. Anzi, volevo chiederti se per te va bene se porto qualcuno.»

Mi alzai di scatto e tentai di strappargli di mano il cellulare. Lui mi schivò abilmente e mi voltò le spalle. Con il braccio libero mi tenne a distanza.

«Sapevo che avresti detto così. Grazie, mamma. A martedì.»

«Ha detto che più gente c'è, meglio è», mi disse dopo aver chiuso la comunicazione. Fece un sorriso storto.

«Ma sei impazzito?» lo apostrofai. «Come si fa?»

Lui tornò serio. «In che senso come si fa?»

«Mi vuoi portare da tua madre non solo in un giorno di festa, ma proprio quando conoscerà i figli del suo nuovo compagno?» Avevo parlato in tono così stridulo che mi facevano male le orecchie.

«Sì. E allora?»

«Ma è... ma è...» Non trovavo le parole, non sapevo neppure cosa pensare o provare.

«Bubbles», mormorò lui con lo sguardo torvo, mentre mi afferrava per le spalle e mi costringeva a guardarlo. «Noi siamo più o meno amici, giusto?»

Trattenni il respiro e sostenni il suo sguardo. Il fremito che mi causava il contatto con lui era quasi irresistibile. Avvertivo la pressione di ogni suo dito sulle mie spalle.

«Più o meno», concordai, ben sapendo che era una bugia. Era qualcosa di più. Ed era del tutto fuori luogo. Di solito il «di più» mi metteva addosso una paura matta.

«Bene», disse. Aveva la voce roca e grave, e deglutì più volte di seguito. Poi tornò a sorridere come se niente fosse. «Tu avrai il tuo Ringraziamento kitsch con tutti gli accessori, e la mamma e io non saremo in minoranza a tavola. Saremo tutti soddisfatti.»

Non sapevo cosa fosse: forse lo sguardo penetrante di Kaden, oppure i brividi che mi provocava accarezzandomi le spalle dolcemente con i pollici. Forse era solo la prospettiva di partecipare a una normalissima festa in famiglia, divertirmi e non dover trascorrere le vacanze da sola.

«Va bene», dissi alla fine.

17

«NON se ne parla proprio.» Kaden scosse il capo, e il berretto gli si spostò leggermente. «Quella roba non entra nella mia macchina.»

«Dai.» Battei le palpebre nel modo più civettuolo possibile, ma lui fu impassibile.

«No.»

«Avevamo fatto un patto.»

Lui si allacciò la cintura e mi guardò socchiudendo gli occhi. Mi sporsi verso di lui e tentai di corromperlo con un sorriso affettuoso. Evidentemente avevo bisogno di tutte le mie armi per ottenere ciò che volevo.

«Ho sempre apprezzato i tuoi gusti musicali», brontolò, poi mi porse la mano.

Feci un urletto di gioia e gli passai la pila di CD di Taylor Swift che avevo preparato. Alzando gli occhi al cielo me li prese di mano, in modo che potessi salire sulla jeep.

Entro un paio d'ore avrei conosciuto la mamma di Kaden. Mi serviva della musica per mettermi di buonumore. Niente rock alternativo deprimente, soltanto canzoni da cantare e ballare per allontanare l'ansia. Taylor Swift era notoriamente il mezzo migliore per farlo, in particolare gli album più vecchi che avevano ancora sonorità country.

Appena partirono le prime note di *Fearless*, iniziai a cantare. Kaden fece una smorfia. Si comportava come se quella musica fosse una tortura per lui. Era insopportabile.

«Non posso credere che mi sto facendo questo», mormorò, gettando un'occhiata allo specchietto prima di imboccare la statale.

«Io so perché», replicai tamburellando con le dita sulla portiera.

Era stato il nostro patto per convincermi a salire in auto.

Quando, cinque giorni prima, mi aveva riportato a casa dalla nostra escursione, ero fuori di me per l'agitazione. Lui aveva provato a convincermi che non era chissà cosa e che sua madre sarebbe stata contenta di conoscermi, ma non era riuscito a tranquillizzarmi. Il mio cervello era passato da uno stato di esaurimento a uno prossimo al cortocircuito, e mi ero messa a rovistare nell'armadio alla ricerca di possibili combinazioni adatte per una tradizionale cena del Ringraziamento. A un certo punto, la mia camera si era trasformata in un campo di battaglia, e Kaden, anziché aiutarmi, si era messo a ridere quando mi aveva trovato sconfortata in mezzo a tutti i miei vestiti. Allora io ero scoppiata a piangere e gli avevo detto che non sarei andata per nessun motivo a casa di sua madre.

Kaden brontolò per i miei piagnistei, ma alla fine mi propose un patto: potevo scegliere la colonna sonora per il viaggio di due ore e mezza.

Inoltre mi aiutò a fare i bagagli.

Ed era stato davvero divertente. Kaden aveva adottato un

approccio molto più strutturato del mio. Nel giro di un'ora avevamo preparato non solo il mio bagaglio, ma anche il suo.

Eravamo in viaggio sull'autostrada verso Portland, e con la coda dell'occhio vidi che anche Kaden batteva il tempo con le dita. Non seppi trattenere un risolino. Lui mi scoccò un'occhiata, poi tornò a guardare la strada.

«Perché ridi come un'idiota?»

Evidentemente la musica non gli trasmetteva allegria come a me. «Secondo me ti piace quanto piace a me.»

Lui sbuffò sprezzante. «I testi sono idioti, la musica ripugnante e, se mi toccherà ascoltare un'altra canzone in cui si lamenta della scuola o di uno dei suoi ex, mi metterò a vomitare.»

Scoppiai in una risata ancora più forte.

«Su di te, Allison», aggiunse imperturbabile.

Tornai seria all'istante. Non dipendeva solo dalla sua disgustosa minaccia, ma soprattutto dal modo in cui pronunciava il mio nome. Mi piaceva, era innegabile. Forse non volevo più nemmeno negarlo.

«D'accordo», sospirai dopo un po', aprendo il cassetto del cruscotto. Rovistai tra i CD e ne scovai uno di Bon Iver, che mi piaceva ascoltare quando avevo voglia di rilassarmi.

Kaden rimase molto soddisfatto e nel giro di pochi minuti sembrò meno teso di quando ci eravamo messi in macchina. Sorrise, addirittura.

«Sei contento di andare da tua mamma, vero?» gli chiesi cauta, contagiata dal buonumore che sprigionava.

Replicò con un'alzata di spalle, ma il suo sorriso era abbastanza eloquente.

* * *

Avvertii uno scossone alla spalla. Non ci badai. Il sogno in cui mi trovavo era semplicemente perfetto. La mano scomparve. Poi tornò, mi accarezzò la coscia, si fermò all'altezza dei fianchi...

Feci un salto sul sedile, rischiando di sbattere la testa contro il tettuccio. Il mio respiro affannoso riempì l'abitacolo. Mi resi vagamente conto che avevo la cintura slacciata. Voltai di scatto la testa e mi ritrovai a guardare la faccia attonita di Kaden.

Era solo Kaden. Soltanto lui.

Feci un sospiro di sollievo. Un po' troppo impetuoso, somigliò più che altro a un guaito. Impiegai qualche istante a riprendermi dallo spavento. Solo allora riuscii a guardarlo di nuovo negli occhi.

«Siamo arrivati», disse piano.

Mi scrutò con sospetto, ma non mi chiese spiegazioni. Gliene fui incredibilmente grata.

Poi mi decisi a guardare fuori dal finestrino.

Ci trovavamo nel vialetto d'accesso di una casa bianca con un'ampia veranda che la circondava su tre lati. La casa era piccola e avrebbe avuto bisogno di una ritinteggiata, ma con la panca sotto la cucina della finestra, le aiuole fiorite intorno alla veranda di legno scuro e il tetto a punta, era molto graziosa, e l'atmosfera era accogliente.

«Sei cresciuto qui?» domandai ammirata aprendo la portiera e lasciandomi scivolare dal sedile. Kaden fece lo stesso e mi venne accanto mentre mi mettevo in spalla la borsa.

«In parte. I miei genitori hanno divorziato quando avevo undici anni.» Incrociò le braccia dietro la testa e guardò la facciata della casa con un sorriso storto, non troppo felice.

«Da allora nei fine settimana ho fatto avanti e indietro tra questa casa e quella di mio padre, dall'altra parte della città.»

Strinsi le labbra e osservai il suo profilo. La mandibola era tesa, e mi resi conto che si sforzava di non mostrare emozioni. Ancora una volta constatai quanto gli riuscisse male. Doveva dipendere dalla sua indole impulsiva, comunque si capiva quasi sempre quello che provava. Udii uno scricchiolio e la sua faccia si rasserenò all'istante. Il suo sorriso era diventato sincero.

«Una tragica vicenda, legata a molte lacrime e pertanto non adatta per questa giornata, non trovi, Kaden?» esclamò una voce femminile, e io mi voltai.

La madre di Kaden uscì in veranda dalla porta d'ingresso dipinta di blu. Notai subito la grande somiglianza tra loro. Stesso colore di capelli, stessi occhi, e anche le rughe d'espressione che gli guardavo spesso erano quelle di sua madre. Spencer non aveva esagerato affatto: la madre di Kaden era bellissima. Minuta, ma con le curve nei punti giusti e lunghi capelli mossi lunghi quasi fino al petto.

Kaden salì di cosa i gradini della veranda per abbracciarla. Era molto più alto di lei e la sollevò in aria per un secondo, facendola ridere sorpresa. Quando si staccarono, lei gli prese il viso tra le mani.

«Hai bisogno di raderti. Con questa barba sembri un vero uomo, ma non sono ancora pronta», disse con un sorriso così simile a quello del figlio da lasciarmi senza fiato.

«Dall'ultima volta non sono cambiato molto, mamma», replicò lui asciutto, e la madre gli assestò un pugno sulla spalla. Poi guardò verso di me.

«Vieni pure avanti, Allie. Non mordo mica», mi disse.

Rimasi immobile per qualche secondo, stupita, poi mi

avvicinai lentamente a loro. La mamma di Kaden mi esaminò dall'alto in basso, poi abbracciò anche me, togliendomi il respiro da quanto mi strinse. Un attimo dopo mi posò le mani sulle spalle e mi allontanò da sé per sottopormi a un nuovo esame.

Fui assalita dall'agitazione e il cuore cominciò a battermi all'impazzata. Mi sforzai di stare calma, e sostenni il suo sguardo.

«Sono Rachel. Piacere di conoscerti», disse con voce decisa, e con sorpresa constatai che, pronunciate da lei, non erano parole vuote.

«Allie», replicai imponendomi di sorridere. «Il piacere è tutto mio. Grazie di avermi... accolto.»

Okay, suonava molto triste. Come se fossi un cucciolo randagio che aveva raccolto sul ciglio della strada.

«Ma figurati!» esclamò Rachel con un cenno della mano, quindi si girò verso la porta e mi fece cenno di seguirla. «Grazie a te domani sera non saremo in minoranza, e questo mi rende molto felice della tua compagnia. Vieni, ti mostro la casa.» Gettò un'occhiata a Kaden alle proprie spalle e gli disse: «E tu, dato che la conosci già, puoi scaricare i bagagli».

Kaden si portò la mano alla tempia in un saluto militare. Lo vidi alzare gli occhi al cielo, ma colsi anche il suo sorriso trattenuto.

Entrai in casa dietro Rachel e mi guardai intorno. L'interno era incantevole come l'esterno.

Il salotto era arredato in stile rustico con mobili bianchi ravvivati qua e là da elementi blu scuro. Era evidente l'amore per i dettagli, e tutto il pianterreno riluceva di toni arancio e marroni, perfetti per la stagione.

«Questo è il salotto, di là c'è la cucina. Niente di eccezionale», disse Rachel mentre passavamo, dirigendosi verso le scale. Il legno chiaro scricchiolò quando salimmo i gradini. Alle pareti erano appese alcune foto che ritraevano lei e i figli. Per la prima volta ebbi modo di dare un'occhiata al fratello di Kaden. Indubbiamente c'era una certa somiglianza, ma aveva la carnagione più chiara e i capelli biondo scuro. Mi avvicinai di più. Da bambino Kaden era davvero grazioso, con il viso rotondo e le guance paffute. La sua risata era allegra come quella di oggi. Sorrisi.

Quando Rachel si accorse che mi ero fermata a metà della scala, si voltò e mi raggiunse per osservare la foto insieme a me.

«Mi fa sempre molto effetto», sospirò, e mi resi conto che per un attimo era tornata al passato.

«Direi che è cresciuto molto», dissi ironica, dato che non mi veniva in mente nient'altro.

Lei mi guardò e tornò a sorridere raggiante. «Già. È diventato proprio un uomo.»

«Sapete che vi sento, vero?» La voce di Kaden risuonò dal pianterreno. Subito dopo udii un tonfo: aveva lasciato cadere a terra i nostri bagagli.

Rachel non badò a lui e scosse la testa. «Però a volte non lo capisco proprio. Ma perché quella barba? Deve togliersela.»

«Credo di non averlo mai visto senza», osservai a voce alta.

«Grazie, Allie», fu la secca replica da sotto.

Risi piano e seguii Rachel di sopra. Oltrepassò una porta, che doveva essere quella della sua camera, e ne aprì un'altra in fondo allo stretto corridoio.

«Ecco, dormirai qui», disse una volta che fummo entrate.

Doveva trattarsi della camera di Kaden. C'erano ancora tracce della sua adolescenza: pareti azzurre, una vecchia consolle insieme a numerose cassette di videogiochi sotto un pesante televisore a tubo catodico, e le tracce degli adesivi di poster alle pareti. Si capiva tuttavia che Rachel si era data da fare per rendere accogliente la camera per me. Sul comodino c'era un vaso di fiori freschi, e il letto era fatto. Aveva persino messo qualche dolcetto sul cuscino, come in un albergo.

Mi salirono le lacrime agli occhi.

Per fortuna stavolta riuscii a trattenermi.

«Grazie», dissi. Avrei voluto dire qualcosa di più caloroso di un semplice grazie a quella donna affettuosa e aperta, ma ci conoscevamo da pochi minuti e non sapevo cosa fosse appropriato. Perciò sorrisi, sperando che potesse bastare.

«Gli amici di Kaden sono sempre benvenuti a casa mia», replicò sistemandosi una ciocca di capelli dietro l'orecchio. Sebbene fosse più bassa di me, emanava una grande dignità e una certa superiorità. «Voi siete amici, giusto?»

Colsi al volo la domanda implicita e mi affrettai a precisare: «Siamo solo amici».

Peccato che proprio in quel momento mi affiorasse alla memoria l'immagine del nostro primo bacio, seguita dal film della nostra avventura della settimana precedente. Avvampai e deglutii impacciata. Non sarebbe più successo niente del genere. Me lo ero imposto. Meglio spegnere la fiamma sul nascere, prima che scatenasse un incendio. L'appartamento, e soprattutto l'amicizia che ormai ci legava, erano troppo importanti per me, non potevo metterli a repentaglio.

«Era da molto che non portava più una ragazza a casa. Mi sorprenderebbe se tu non rappresentassi qualcosa di molto speciale per lui.» Il tono di Rachel era allegro e disinvolto, ma il suo sguardo mi fece capire che mi stava studiando. «Non fargli del male.»

Aprii la bocca per protestare, poi mi ricordai dell'osservazione di Spencer sulle pene d'amore adolescenziali di Kaden e della sua reazione quando gli avevo mostrato il CD con i cuoricini che avevo trovato nella sua macchina. Mi limitai ad annuire. «Non credo che sarebbe possibile, ma le assicuro che non ho nessuna intenzione di farlo.»

Mi guardò ancora a lungo con aria assorta, poi posò una mano sul mio braccio. «Credo che andremo perfettamente d'accordo, Allie.»

Uscì, lasciandomi in mezzo alla stanza, sola e perplessa.

Kaden e sua madre erano simili in tutto e per tutto.

18

APPENA Rachel fu uscita, Kaden mi portò la borsa e la posò accanto al letto.

«Grazie», dissi, senza riuscire a evitare di guardargli le braccia. Si era tolto il pullover, e i tatuaggi spuntavano da una semplice maglietta, proprio come piaceva a me. Da quando me ne aveva spiegato il significato, li trovavo ancora più affascinanti.

Maledetto Kaden con le sue maledette braccia.

«Non c'è di che.»

Distolsi lo sguardo e gli sorrisi. «Tua mamma è davvero simpatica. Come direbbe Spencer, uno schianto.»

«Non farmici pensare.»

Scoppiai a ridere. «È così grave?»

Lui alzò gli occhi al cielo, poi si sedette sul letto. «Non te lo immagini nemmeno. Tutte le volte che viene qui, la sommerge di complimenti fino a farmi venire il vomito.»

«Sono tante le cose che ti fanno venire il vomito», ridacchiai, guardando le pareti spoglie della camera. Mi domandavo quali poster ci tenesse appesi. Auto? Band musicali? Donne nude?

«Ci sono tante cose orripilanti a questo mondo, tra le quali le canzoni di Taylor Swift e l'atteggiamento di Spencer con mia madre.»

Mi voltai verso di lui e vidi che sorrideva. Stava succedendo troppo spesso. Appena Kaden era a casa di sua madre, diventava assolutamente... docile.

«A cosa pensi?» domandò, cogliendo il mio cambiamento.

«A quanto ti renda felice stare qui», risposi sincera.

Il sorriso scomparve dal suo viso.

«È bello condividerlo», proseguii, voltandomi di nuovo. Feci un giro per la stanza e mi fermai davanti al Nintendo 64 che, nonostante fosse immacolato, doveva avere una venerabile età. Mi misi in ginocchio e tirai fuori la scatola con i giochi infilata accanto alla consolle.

«Me li ero dimenticati», disse Kaden alle mie spalle. Si mise seduto accanto a me e mi prese di mano la scatola rovesciandola sul tappeto. «Pazzesco!»

Con occhi raggianti prese dal mucchio di cassette quella di Mario Kart. Poi si chinò, infilò la mano nel ripiano sotto il piccolo mobile tv e tirò fuori un joystick. «Ti va di fare una partita?»

«Volentieri, basta che mi spieghi cosa devo fare», risposi, tendendo la mano per prendere il joystick. Kaden non me lo lasciò e io lo guardai accigliata.

«Non mi dire che non hai mai giocato a Mario. Non è possibile.» Il suo tono mi fece ridere. Sembrava che fosse questione di vita o di morte.

«No, non l'ho mai fatto. Ma mi faccio volentieri sverginare da te», dissi senza batter ciglio. Poi gli presi di mano il joystick e svolsi il cavo arrotolato.

Lui sogghignò. «Con grandissimo piacere, Bubbles. Con

grandissimo piacere.» Accese il televisore e attaccò dei cavi per collegare la consolle.

Nell'ora successiva compresi quanto avesse ragione.

Era davvero questione di vita o di morte. Dopo avermi mostrato quali impostazioni scegliere, e avermi assegnato una graziosa figurina a funghetto, ci facemmo la guerra. In maniera spietata.

Ero quasi sempre per terra, perché a differenza di Kaden, dovevo accompagnare con tutto il corpo ogni movimento del joystick. I miei contorcimenti lo facevano ridere, e così sbagliava mossa, e io potevo recuperare e lanciargli quelle buffe trappole che si raccoglievano e poi si tiravano come granate.

Non mi ero mai divertita così tanto.

Non ci rendemmo quasi conto dell'arrivo di Rachel che posò un piatto di tramezzini sul letto. A un certo punto avvertii il suo sguardo su di me, e persi un po' la concentrazione. Kaden ne approfittò e spinse il mio povero funghetto fuori strada, facendolo precipitare nel nulla.

«Non è giusto!» esclamai, trattenendo l'impulso di colpirlo con il joystick.

«Chi non sta attento è colpa sua», ribatté asciutto Kaden senza distogliere lo sguardo dallo schermo. Aveva le spalle tese, l'espressione concentrata. Ma sorrideva.

«Dev'essere colpa del profumo dei tramezzini», dissi annusando l'aria. «Rachel, vuoi che ti aiutiamo per i preparativi di dopodomani?»

Arrischiai a lanciarle una breve occhiata, ma lei declinò con un gesto della mano. «Per oggi non c'è bisogno. Ho già fatto quasi tutto. Ma domani una mano mi sarebbe utile.»

«Lo dici sempre, poi non ti fai mai aiutare», mormorò

Kaden, quindi rivolto verso di me aggiunse: «Basta che sbagli a tagliare una cipolla e lei ti inchioda a un bersaglio e ti lancia addosso dei coltelli».

«Attento a quello che dici, altrimenti ti straccerò a Mario Kart sotto gli occhi della tua coinquilina. Potrebbe essere imbarazzante per te. Non ho perso l'allenamento», lo minacciò Rachel, ma lui rimase indifferente.

«Figurati», sbuffò.

Rachel si alzò prontamente e venne a sedersi con noi. Finimmo la partita e le passai il joystick. Assistetti divertita alla loro disputa indiavolata. Rachel non aveva esagerato: era proprio brava. Probabilmente lei e Kaden avevano giocato spesso quando lui abitava lì. Sembrava proprio quel genere di mamma.

Dopo un po' mi alzai e presi il telefono per scrivere a Dawn. Mi aveva chiesto un rapporto immediato dopo il mio arrivo, e volevo approfittare di quel momento libero per mantenere la promessa.

Quando alzai gli occhi dal telefono, incrociai lo sguardo di Kaden. Aveva girato la testa verso di me e sulle sue labbra c'era l'ombra di un sorriso. Un attimo dopo, Rachel lanciò un grido di gioia e lui si voltò di scatto. Poi imprecò.

«Te l'avevo detto che non avrei avuto nessuna pietà e ti avrei battuto davanti alla tua coinquilina», disse la madre. «Un errore da pivello.»

Kaden sbuffò sprezzante. «Esigo una rivincita.»

«Se vuoi sentirti meglio, dovresti giocare contro Allie.» Si voltò verso di me. «Senza offesa, eh.»

«Nessun problema», replicai automaticamente, tornando a sedermi a gambe incrociate.

La risata di Kaden riempì la stanza e tutto il mio corpo.

Sentii un gran calore e, anziché guardare il piccolo ascensore sullo schermo, da quel momento ebbi occhi solo per lui.

Fino a pochi giorni prima avevo dubitato che sarebbe stata una buona idea accompagnarlo a Portland. In quel momento non avrei potuto immaginare di trovarmi in un posto più bello.

Trascorremmo una magnifica giornata. Kaden mi fece terminare il giro turistico mentre Rachel cucinava. A un certo punto ci unimmo a lei, e constatai che Kaden non aveva esagerato: sua madre era restia a cedere il bastone del comando in cucina. E siccome le mie capacità e competenze culinarie si limitavano alle nozioni basilari, feci ben presto conoscenza delle smorfie di Rachel. Quando si accigliava era così simile a Kaden che mi venne da sorridere. Kaden e io ci limitammo a tirare fuori gli utensili quando lei li chiedeva, e per il resto rimanemmo il più possibile fuori dai piedi.

Dopo aver spazzolato un'enorme porzione di maccheroni al formaggio, riordinammo la cucina. Sembrava di essere nell'appartamento di Woodshill. Mi sembrava di percepire le occhiate di Rachel su di noi, ma feci finta di niente.

«Ti va di fare una passeggiata?» mi chiese sottovoce, mentre asciugavamo le stoviglie.

«Anche da queste parti ci sono montagne su cui vorresti trascinarmi? Gli scarponi non erano sulla lista», lo stuzzicai.

Si appoggiò contro il lavello. «Volevo mostrarti dei posti dove passavo molto tempo. Potremmo andare a bere un caffè, o qualcosa del genere.»

Sorrisi tra me. Il Kaden di Portland era meraviglioso.

«Molto volentieri.»

Mi lanciò un'occhiata di sottecchi. «Perché sogghigni di nuovo?»

Strinsi le labbra, senza tuttavia riuscire a trattenere il sorriso.

«Smettila. È orribile. Sembra che tu stia progettando il modo per far cadere in trappola la tua prossima vittima», proseguì.

«Cosa?» Mi piantai le mani sui fianchi e lo fissai. «Non sono così quando sorrido.»

Lui si staccò dal lavello. «Invece sì. Sembri il clown di un film dell'orrore.»

«Kaden», lo avvisai.

«Oppure Joker. Come se gli angoli della bocca...»

Lo colpii con il canovaccio. Lui si scansò e scoppiò a ridere. Mi lanciai contro di lui ringhiando e gli assestai una pacca sul sedere.

«Ah!» esclamai trionfante.

Lui smise di ridere e un attimo dopo mi afferrò e mi caricò di traverso sopra la sua spalla.

Un'altra volta no.

«Lasciami subito!»

Il canovaccio finì sul mio sedere e io lanciai un grido.

«Non siamo soli, Kaden. Smettila subito con queste scemenze», sibilai, ruotando le braccia per divincolarmi.

«Kaden, lasciala subito», ordinò la voce di Rachel. Non sembrava scandalizzata da quel comportamento, anzi dava l'impressione di esserci abituata.

Lui non diede retta né a me né a sua madre e si diresse verso la porta tenendomi sempre in spalla.

«Dove andate?» ci gridò dietro lei.

«Volevo mostrare ad Allie i dintorni», rispose lui, tentando di infilarsi le scarpe con me in spalla. «Smettila di agitarti, Bubbles.»

Non ci pensavo nemmeno lontanamente, e tentai di sollevare il busto per liberarmi una volta per tutte dalla sua presa. Kaden perse l'equilibrio e fece un passo in avanti. Io battei la testa contro il muro e gemetti di dolore.

«Ben ti sta», mormorò, poi si chinò e mi depose sul pavimento. Con una mano mi tenne per l'avambraccio, mentre con l'altra tastava premuroso la mia testa. «Tutto okay?»

Io borbottai. Vedevo dei puntini neri davanti agli occhi e dovetti fare qualche respiro profondo e battere le palpebre prima di mettere di nuovo a fuoco la faccia di Kaden.

«Bubbles?» La sua voce si era ammorbidita.

Mi era vicinissimo. Guardai la sua espressione corrucciata, gli occhi caramello, e mi soffermai troppo a lungo sulla sua bocca.

Aveva una bocca bellissima. Una bocca in grado di fare ben altro che baciare divinamente. La forma delle labbra, leggermente arcuate, aderiva perfettamente alle mie. Pensai al nostro ultimo bacio e trattenni il fiato.

Spostai lo sguardo verso l'alto. Gli occhi di Kaden erano così scuri che nella penombra del corridoio sembravano neri.

Mi liberai dalla sua stretta e mi allontanai fino a trovarmi con le spalle contro il muro. Per sfuggire al suo sguardo interrogativo, raccolsi gli stivali e me li infilai. Poi presi il giubbotto dal guardaroba, lo indossai e misi la sciarpa intorno al collo. Solo quando il mio cuore ricominciò a battere in maniera regolare, mi azzardai a guardarlo.

«Andiamo?» chiesi indicando la porta con il pollice.

Per un po' rimase a guardarmi, poi sospirò piano. Prese il giubbotto e mi tenne aperta la porta.

«A dopo, mamma!» gridò da sopra la spalla, e uscimmo nella frizzante aria autunnale.

Portland in autunno era meravigliosa e completamente diversa dalle città che avevo visto fino a quel momento. Le strade erano fiancheggiate da grandi alberi, e un tappeto di foglie copriva il selciato fino a renderlo irriconoscibile. Mi piaceva sentirle frusciare sotto i piedi, calciarle in aria e guardarle posarsi di nuovo a terra, fluttuando silenziose.

Kaden era cresciuto in un bel quartiere residenziale. Tutto lì aveva un'aria sicura e, mentre camminavamo, incrociammo diverse famiglie. I bambini sfrecciavano per le strade in bicicletta. Li seguivo con lo sguardo finché scomparivano dietro un angolo, grata di avere una ragione per non dover guardare Kaden.

Mi vergognavo. Non solo perché in quel momento sarei stata seduta da sola a Woodshill se lui non mi avesse portato lì. Ma soprattutto perché ero impotente contro il fremito che si sprigionava dentro di me quando gli ero vicina. Sapevo che non avremmo mai potuto essere altro che amici ma, più lo conoscevo, più la mia decisione vacillava.

«Avete sempre abitato qui?» gli chiesi, mentre ci allontanavamo sempre di più dalla zona abitata.

«La mamma ha comprato la casa dopo il divorzio. La prima volta che l'abbiamo vista era mezza distrutta, e non riuscivo a immaginare di viverci», rispose.

«Davvero? A vederla ora non sembra.»

«Abbiamo provato a ristrutturarla da soli, per risparmiare. All'epoca non ero in grado di aiutarla molto, in tutta sincerità.»

Camminavamo così vicini che le nostre braccia si sfioravano, allora d'istinto feci un passo di lato.

Kaden si fermò. «Adesso basta, però», disse brusco. Mi afferrò per un braccio e mi diede uno strattone mandandomi a sbattere contro di lui. «Cosa ti succede?»

«Niente...»

Sulla sua fronte si formarono profonde rughe. Piegò la testa di lato e il suo sguardo si fece penetrante. «Sei tesa. Vorrei sapere perché, così magari ti posso aiutare.»

Mi schiarii la voce e mi concentrai per non guardargli di nuovo la bocca. «Potresti provare a mantenere un po' le distanze, Kaden.»

Lui rimase interdetto. Dopo qualche secondo comprese il significato delle mie parole. Mi lasciò di colpo, come se si fosse scottato. «Non devi sentirti a disagio in mia presenza.»

Non mi sentivo a disagio in sua presenza. Al contrario. Mi sentivo fin troppo bene. Ma non potevo certo dirglielo.

«Non è questo, Kaden. È solo che mi sento un po'... in imbarazzo nei confronti di tua madre.»

Lui mi guardò stupito. «È per questo che sei così tesa? Perché ti preoccupi di quello che potrebbe pensare?»

Annuii. Era la scusa perfetta e l'accolsi prontamente.

«E io che pensavo di puzzare di sudore, o qualcosa del genere», osservò assorto.

Mi sporsi in avanti e lo annusai. «Per niente. Anche se ai tuoi amici direi il contrario, nel caso dovessero chiedermelo.» Gli assestai un pugno amichevole. «Monica una volta mi ha riferito che andavi dicendo in giro che io puzzavo.»

Kaden sbuffò. «Ma è vero.»

Alzai un sopracciglio.

«Dico sul serio. Abbiamo già parlato dei tuoi gusti assurdi. Dovresti essere contenta che sono sincero con te.

Tutte le volte che stiamo nella stessa stanza, sembra che sia esplosa una fabbrica di dolci.»

Avrei voluto dargli un altro pugno, ma lui si scansò e ricominciò a camminare. Poiché io rimanevo immobile, si voltò verso di me e tornò indietro. «Voglio mostrati il negozio in cui lavoravo. Quindi tieni meno il broncio e cammina di più!»

Tutto era tornato alla normalità, e ne ero decisamente felice.

«Tu hai lavorato qui?» Osservai l'insegna ammaccata su cui spiccava in verde scuro la scritta BOLD RECORDS. La vernice si stava staccando ai bordi, e anche la facciata dell'edificio aveva avuto giorni migliori. Tuttavia ero ansiosa di vedere l'interno. Non ero mai entrata in un vero negozio di dischi.

Lui mi aprì la porta, che annunciò il nostro ingresso con un tintinnio. C'era della musica rock a basso volume, e mi guardai intorno ammirata. Ripiani su ripiani di dischi in vinile riempivano ogni centimetro della stanza, sul soffitto c'erano strisce di tessuto bianco e lampadine che illuminavano i porta-CD al centro del negozio.

«È pazzesco», mormorai, avvicinandomi senza esitazioni al primo scaffale. Non avevo un giradischi, ma i vinili avevano sempre esercitato un fascino particolare su di me. Mentre percorrevo la corsia, accarezzai con la punta delle dita il dorso dei dischi. Ogni tanto ne tiravo fuori uno, lo osservavo con attenzione, poi lo rimettevo a posto e passavo a quello successivo. Alcuni li conoscevo, di altri invece non avevo mai sentito nemmeno il nome. Tentai di memorizzarli.

Arrivata in fondo al primo corridoio, mi girai verso Kaden, che mi aveva seguito a qualche passo di distanza, e gli sorrisi raggiante. Lui ricambiò e mi fece cenno di proseguire.

Sul retro del negozio alcuni scalini scendevano in un ambiente allestito in modo accogliente. Anche lì le pareti erano tappezzate di copertine di dischi. Sul pavimento di assi scuro c'era un tappeto, e tra le casse di CD e dischi erano sistemate delle poltrone in pelle e qualche divanetto di velluto. Dei lettori di CD e delle cuffie erano appoggiati su grandi tavoli. Il lato destro della stanza era attrezzato a cucina, con un bollitore e una macchina per il caffè. Un uomo stava prendendo una coca dal frigorifero, mentre dei ragazzini erano stravaccati sui divani e muovevano la testa a tempo di musica. Si respirava un'atmosfera davvero particolare. Come se fossimo stati trasportati in un altro mondo, dove l'unica cosa che contava era la musica.

Kaden mi precedette alla macchina del caffè. Non era automatica, il caffè veniva filtrato all'antica, e restava in caldo in una caffettiera. Prese due tazze dal ripiano, le riempì e me ne porse una.

«Purtroppo non c'è la panna, e la qualità del caffè non è eccezionale, però...» Lasciò la frase a metà.

«È un posto fantastico, Kaden», mi affrettai a rassicurarlo. «Mi verrebbe voglia di comprare tutte le mie canzoni preferite su vinile. E pensare che non ho nemmeno un giradischi.»

«Quando lavoravo qui, era lo stesso per me. Peccato che all'epoca dovevo mettere via i soldi per comprare la macchina. E poi i CD occupano meno spazio. Ma se dovessi trasferirmi in un appartamento più grande, o magari in una casa, allestirò un'enorme sala da musica.» Soffiò sulla tazza e bevve un sorso di caffè. «La mamma purtroppo non ha voluto mettermi a disposizione una stanza. L'ho trovato molto egoista da parte sua.»

«Una vera ingiustizia», gli feci eco con espressione grave.

«Lo pensi anche tu?»

Per un attimo ci guardammo sorridendo, poi Kaden indicò con la tazza l'ultima poltrona di pelle libera in mezzo alla stanza. Sul divano di fronte era seduto un gruppo di adolescenti che scherzavano. Uno fingeva di suonare la chitarra con grande impeto, provocando una risata nella ragazza che gli stava accanto. Alla fine lei si spostò più vicina a lui.

Kaden mi offrì la seduta della poltrona, ma io declinai e mi misi comoda sull'ampio bracciolo. Lui si sedette nell'angolo opposto, in modo che potessimo chiacchierare l'uno di fronte all'altra. Mi raccontò che quando aveva quattordici anni passava quasi tutti i pomeriggi lì e a un certo punto aveva iniziato a fornire i suoi consigli personali ai clienti. La proprietaria, Trudy, lo aveva sgridato tutte le volte, ma poi si era resa conto che aveva non solo buon gusto, bensì una spiccata sensibilità musicale. Quando gli aveva offerto un posto come commesso, lui conosceva il negozio bene quanto lei, e aveva subito accettato. All'inizio poteva solo prendere le consegne e sistemare i nuovi arrivi, ma gli occhi gli brillavano ancora mentre lo raccontava.

«Ti è dispiaciuto smettere?» gli domandai.

Finì il caffè e si sporse in avanti per appoggiare la tazza vuota sul tavolo.

«È stato un peccato, sì. Era un lavoro molto bello e potevo condividere le mie esperienze. Trudy era più triste di me; l'ultimo giorno si è messa a piangere.»

Mi misi a ridere. «E tutti sappiamo bene quanto ti diano fastidio le conversazioni lacrimose.»

Non replicò.

Un gridolino stridulo mi fece voltare spaventata. Il ragazzo di prima si era lanciato sulla ragazza e le stava facendo il solletico. Lei si dimenava e si divincolava boccheggiando. Sorrisi sopra l'orlo della tazza.

«Che teneri», mormorai.

Kaden sbuffò. «Qualunque sedicenne che porta qui una ragazza usa questa finta da almeno un secolo. È incredibile che funzioni sempre.»

«È un posto molto carino per un primo appuntamento. Smettila di rovinare le mie fantasie romantiche», replicai.

Quando ebbi finito il caffè, tornammo a guardare i dischi. Ne trovammo alcuni che piacevano a entrambi, ma anche altri che Kaden commentò solo con una smorfia. Mi feci condurre verso una postazione di ascolto, dove mi mise delle enormi cuffie nere che mi isolarono da tutti i rumori circostanti. Da un cestino lì accanto pescò un CD dopo l'altro, apparentemente a caso, e me li fece ascoltare. Quando c'era un pezzo che mi piaceva, alzavo il pollice, mentre con quelli che non mi dicevano niente abbassavo gli angoli della bocca. Un album in particolare mi fece venire il batticuore, perché le canzoni, sebbene vecchie e dimenticate, mi erano familiari. Guardai raggiante verso Kaden. Un sorriso soddisfatto gli illuminò il viso.

Dopo un po' chiusi gli occhi e pensai all'ultima volta che avevo ascoltato *Ocean Avenue* degli Yellowcard. La musica mi era stata d'aiuto per superare molte brutte giornate. Certe canzoni mi lasciavano una sensazione particolare e bastavano poche note per ritrovarla, in qualunque situazione fossi. Questo pezzo in particolare possedeva la magica capacità di guarirmi di nuovo ogni volta.

«Amo questa canzone», dissi, e Kaden sussultò. Mi mise una mano sulla bocca. Dovevo aver parlato a voce troppo alta, diverse persone si erano girate contemporaneamente dalla nostra parte. Alla fine del pezzo, mi tolsi cauta le cuffie e mi ravviai i capelli.

«Dopo il viaggio di stamattina volevo assicurarmi che i tuoi gusti musicali fossero ancora intatti.»

«Hai dovuto sopportare solo due canzoni di Taylor, quindi non farla tanto lunga.»

Rimisi a posto le cuffie e mi diressi verso una corsia in cui non ero ancora stata.

Kaden percorse il lato sinistro scrutando gli scaffali, mentre io passavo in rassegna quello destro. Tutte le volte che trovavamo un disco che ci piaceva, ce lo mostravano a vicenda. Sulla nuova cover dei Fall Out Boy era raffigurata una faccia, e Kaden me lo mostrò tenendolo involontariamente davanti a sé come se il viso fosse il suo. Ridacchiai e tirai fuori il cellulare per fargli una foto. Quando gliela mostrai, volle farne una anche a me. Lo osservai mentre cercava e, sebbene non lavorasse più lì da almeno due anni, i suoi gesti erano ancora sicuri ed esperti. Dopo una breve ricerca mi porse con espressione trionfante il CD di *Ocean Avenue*, su cui era raffigurata una ragazza con un tramonto sul mare alle spalle. Kaden voleva scattare le foto, ma io insistetti perché ci facessimo un selfie. Non era facilissimo, dal momento che non vedevo bene ciò che facevo, e mi veniva così tanto da ridere che feci cadere prima il CD e poi il cellulare. Dopo diversi tentativi, la foto riuscì e alla fine del nostro servizio fotografico improvvisato ci avevo guadagnato non solo una foto unica, ma anche il mal di pancia a forza di ridere.

Tornammo a casa che era già buio e io tremavo di freddo. Ma non mi importava. Kaden mi aveva regalato una delle giornate più belle che avessi mai trascorso con qualcuno. Malgrado le aspettative, mi resi conto che ero felice di trascorrere lì le feste.

Anzi, ero molto felice.

19

Tanto era stata fantastica la giornata, quanto tremenda fu la notte. Ero tormentata dal desiderio di alzarmi da quel letto sconosciuto e andare a cercare Kaden. Non riuscivo a spegnere il cervello. Tutte le volte che chiudevo gli occhi, me lo vedevo davanti, la sua risata, oppure il suo modo di passarsi la mano tra i capelli quando rifletteva. E tutte le volte si insinuava dentro di me il ricordo dei nostri baci. Dovevo assolutamente smettere di pensare a lui in quel modo. Quel giorno era stato bellissimo e aveva dimostrato ancora una volta che eravamo molto affiatati come amici.

Chissà perché, allora, mi fremeva tutto il corpo, anche nei punti che non avevano niente a che fare con l'amicizia. Mi misi sul fianco sbuffando irritata e mi tirai la coperta sopra la testa, come se bastasse per mettere a tacere i miei pensieri traditori o addirittura il mio corpo.

Niente da fare. Non riuscivo a dormire; continuai a rigirarmi nel letto di Kaden. A un certo punto mi sorpresi addirittura ad annusare il cuscino per sentire se conservava tracce del suo odore.

Eravamo arrivati a quel punto. Davvero patetico.

Quando finalmente mi addormentai, era passata la mezzanotte, e il mattino seguente gli effetti della nottata insonne si manifestarono con profonde occhiaie. Presi l'asciugamano che mi aveva dato Rachel e andai in bagno nella speranza che una doccia mi rimettesse in sesto. Regolai l'acqua alla temperatura più bassa che ebbi il coraggio di affrontare e mi misi sotto il getto. Avevo sempre nelle orecchie la canzone degli Yellowcard e la canticchiavo sottovoce, mentre mi facevo lo shampoo. Stavo per versare il bagnoschiuma sulla mano, quando la porta del bagno si aprì.

«Buongiorno.»

Feci un balzo e scivolai. All'ultimo secondo riuscii ad aggrapparmi al sostegno della doccia.

«Fuori di qui, Kaden!» sibilai. Per fortuna la tenda della doccia era spessa.

Sentii la risata di Kaden. «Non hai chiuso a chiave. Era quasi un invito.»

Maledizione, aveva ragione lui. Mi ero dimenticata di chiudere a chiave. Ma solo perché ormai mi ero abituata a vivere con un bagno senza chiave.

«Sei fuori di testa, Kaden. Sparisci!» Provai un tremendo bruciore all'occhio destro e imprecai. Lo shampoo non era particolarmente adatto per la mia retina.

«Non badare a me.»

Lo sentii aprire il rubinetto e cominciare a lavarsi i denti.

Gli aveva dato di volta il cervello: era l'unica spiegazione plausibile.

La tranquilla doccia mattutina che avrebbe dovuto ritemprarmi diventò un'impresa frenetica. Per prima cosa cercai di sciacquarmi lo shampoo dagli occhi, poi mi insaponai in fretta e furia il corpo. Continuavo a gettare occhiate oltre la tenda, sperando che fosse davvero opaca come credevo.

«Ieri sono stato molto bene», disse Kaden all'improvviso. Non fu facile capirlo, perché aveva parlato con lo spazzolino in bocca e aveva ancora la voce impastata dal sonno.

«Anch'io. Tuttavia preferirei fare la doccia in tranquillità. Pensavo che avessimo definito la cosa», dissi stizzita.

Lui sbuffò, producendo un suono rivoltante con il dentifricio in bocca. Ero sicura che avesse schizzato tutto lo specchio sopra il lavandino. Che schifo.

«Non fare tante storie, Bubbles. Come se non ti avessi mai vista nuda prima.»

Mi irrigidii. «Cosa?!»

Lui rise. «Quella volta non avevi tirato la tenda della doccia abbastanza in fretta come credevi.»

Un'ondata di calore mi salì dal collo diffondendosi sulle guance. Che razza di lurido, arrogante...

«Kaden? Sei lì?» chiese all'improvviso Rachel dall'altra parte della porta.

«Oddio», bisbigliai coprendomi il viso con le mani. Pregai in silenzio che Rachel non entrasse in bagno a sua volta. In quel caso, sarei morta sul colpo.

«Sì, sono qui.» Al contrario di me, Kaden sembrava del tutto rilassato.

«Allie beve tè o caffè? O magari preferisce succo d'arancia?»

Mi morsi il labbro.

«Credo che apprezzerebbe molto un caffè.» Udii di nuovo il gorgoglio dell'acqua, poi Kaden si sciacquò la bocca. «Ma puoi chiederglielo tu stessa, mamma. Si sta facendo la doccia.»

«Kaden!» sibilai.

Lui rise di nuovo. «Me ne vado.»

Un attimo dopo era sparito. Rischiai di crollare su me stessa e boccheggiai. Lo avrei ucciso.

Dopo la doccia mi infilai un paio di jeans e una maglietta e strofinai i capelli con un asciugamano. Riportai in camera il pigiama e lo misi nella piccola borsa da viaggio. Dopo aver rifatto il letto, presi il cellulare dal comodino e mi avviai di sotto.

«Buongiorno, Rachel», dissi con forzato buonumore entrando in cucina. «Hai bisogno di aiuto?» Tentai di non lasciar trapelare l'imbarazzo che mi aveva causato la storia della doccia, anche se ero sicura che la mia faccia paonazza mi tradisse.

Per fortuna lei non fece commenti. «No, no. Siediti pure!»

Kaden era già al tavolo e, passandogli accanto, gli assestai un vigoroso pugno all'avambraccio per togliergli dalla faccia il suo ghigno compiaciuto.

«Sai benissimo perché», ringhiai, mettendomi seduta di fronte a lui. Il suo sorriso non cambiò di un millimetro.

Guardai la tavola che Rachel aveva apparecchiato per noi. Uova strapazzate, macedonia, panini, toast e salsine varie che mi fecero venire l'acquolina in bocca. Era stato preparato tutto con la massima cura. Se Rachel si dava così da fare per la colazione, non osavo immaginare come sarebbe stata la cena del Ringraziamento, il giorno successivo.

«Scusa, ma te la sei cercata», ribatté Kaden. Si era appoggiato sullo schienale con le braccia incrociate dietro la testa, e i suoi occhi furono attraversati da un lampo di divertimento.

«Già. Come no. Sto ancora ridendo.» La mia voce trasudava ironia, ma ero sul punto di cedere e di mettermi a sogghignare anch'io. Siccome non volevo dargli soddisfazione, tirai fuori il cellulare dalla tasca dei jeans con grande concentrazione per vedere se Dawn mi avesse risposto. Sbloccai lo schermo... e rimasi paralizzata.

C'erano sette chiamate senza risposta. Nessuna era di Dawn.

Erano di mia madre.

Dopo un attimo di esitazione, cancellai l'elenco. Non mi avrebbe convinto con i suoi drammi e le sue minacce; avrei passato il Ringraziamento a Portland, non a Denver.

Come se la mamma avesse percepito che tenevo in mano il cellulare, chiamò di nuovo. Lanciai un'occhiata di scuse a Kaden e mi alzai per uscire dalla cucina. Quando fui in corridoio, mi decisi a rispondere.

«Cosa vuoi?» sbottai.

Dall'altra parte della linea udii un singhiozzo. Mi pentii subito del mio tono. Potevo contare sulle dita di una mano le occasioni in cui avevo sentito piangere mia madre. Strinsi convulsamente il cellulare mentre le gambe mi diventavano molli.

«Mamma?» dissi in tono cauto.

Come unica risposta ci fu un altro gemito soffocato.

«Mamma, cosa succede?» chiesi allarmata. Il cuore mi si era fermato e dovetti appoggiarmi al muro. «Mamma?»

Kaden uscì in corridoio. Risposi alla sua occhiata interrogativa con un'espressione attonita.

«Si tratta di tuo padre», balbettò lei con voce stridula. «Ha... ha avuto un incidente.»

Sentivo che le ginocchia stavano per cedermi. All'improvviso era come se mi guardassi da fuori. Mi vedevo scivolare lungo la parete, bianca come un lenzuolo, il telefono premuto all'orecchio con entrambe le mani.

«Cos'è successo?» sussurrai. Mi mancava anche la voce. «È ferito?»

«Siamo tornati ora dall'ospedale. Devi venire subito a casa, Crystal. La situazione è grave.»

Il cellulare mi sfuggì di mano. Sudavo freddo e non riuscivo a stare in piedi. Senza rendermene conto, mi lasciai scivolare sul pavimento.

Papà aveva avuto un incidente.

Le parole della mamma mi echeggiavano nell'orecchio. *Un incidente. La situazione è grave. Devi venire subito a casa.*

All'improvviso compresi quello che dovevo fare. Afferrai il cellulare e mi rialzai a fatica. Kaden disse qualcosa, ma le sue parole mi scivolarono accanto come la cascata dove eravamo stati insieme.

«Devo partire», dissi automaticamente, cominciando a cercare i voli da Portland a Denver. Mentre consultavo il cellulare, salii di sopra e, quando entrai in camera di Kaden, andai a sbattere con la spalla contro lo stipite. Quasi non mi resi conto del dolore. Raccolsi la borsa da terra continuando a guardare lo schermo. Le mani mi tremavano così tanto che non riuscivo a leggere con precisione le date dei voli. Sbottai in un'esclamazione rabbiosa.

Una mano calda si chiuse intorno alle mie dita tremanti. Alzai lo sguardo e fissai Kaden con gli occhi sbarrati. Di solito piangevo per ogni minimo disguido. Ma, in quella situazione, non avevo lacrime.

«Cosa succede, Bubbles?» mi chiese concitato.

Con il pollice mi accarezzava in cerchio il dorso della mano, per calmarmi, ma avevo così tanta adrenalina in corpo da non riuscire a stare ferma. Saltellavo da una gamba all'altra.

«Devi dirmi cosa succede, Allie. Altrimenti non ti posso aiutare.» La voce profonda di Kaden era tenera. Come se parlasse con un animale spaventato. Dovevo fargli quella impressione.

«Mio padre», dissi. Oh no, mi veniva da vomitare. Ma dovevo trovare il primo volo disponibile per arrivare a Denver in tempo per dargli almeno...

«Allie.» Kaden interruppe il flusso dei miei pensieri. Mi prese il viso tra le mani e con dolcezza mi fece piegare la testa all'indietro in modo che lo guardassi. «Cos'è successo a tuo padre?»

«Un incidente.» Non ero in grado di formulare frasi complete. «Mio padre ha avuto un incidente. Devo... devo tornare a Denver. Subito.»

Lui mi lasciò. Mi tolse dalla spalla la pesante borsa, mi prese per mano e mi trascinò con sé in cucina. Scambiò qualche parola con sua madre, ma non capii cosa si dicessero, perché ero frastornata dai pensieri e dal battito del mio cuore. Un attimo dopo era tornato accanto a me e mi aveva preso il cellulare di mano. Rachel mi posò un braccio intorno alle spalle e mi accompagnò fuori.

Un piede davanti all'altro. Un passo dopo l'altro.

Avevo la testa completamente vuota. Rachel mi assicurò che sarebbe andato tutto bene e io annuii in maniera meccanica. All'improvviso ci ritrovammo accanto alla jeep. Mi accorsi sorpresa che avevo addosso gli stivali. Kaden mi aprì la portiera, ma prima di salire mi voltai un'ultima volta verso Rachel e provai a sorriderle per esprimerle la mia riconoscenza, ma di sicuro fallii miseramente. Dovevo sembrare il Joker di Batman: spaventoso e folle.

«Grazie per l'invito, Rachel», riuscii a dire.

Lei replicò che ero sempre la benvenuta a casa sua e mi diede un ultimo abbraccio prima che salissi in macchina.

Kaden mi allacciò la cintura come se fossi una bambina piccola, ero inerte. Attraversò il quartiere residenziale alla massima velocità consentita e mi lasciò qualche minuto per riprendermi, prima di informarmi di aver prenotato un posto su un volo che partiva tre quarti d'ora più tardi. Sarebbe stato sufficiente aprire l'app sul cellulare e presentarmi direttamente al terminal.

Tutto mi passava accanto in un vortice. Sapevo solo che, al contrario di me, Kaden aveva preso in mano le redini della situazione. Ma in quel momento non avevo la capacità di provare vergogna né altri sentimenti. Ero completamente assorbita dall'ansia per mio padre. Tentai di ricordarmi il nostro ultimo dialogo, ma non voleva tornarmi in mente.

«Non rimuginare», mi esortò Kaden.

Non aveva neppure bisogno di guardarmi per sapere ciò che stavo facendo. Teneva lo sguardo concentrato sul traffico. Guidava veloce, attirandosi l'ira degli altri automobilisti quando li superava, senza tuttavia reagire ai colpi di clacson e ai gesti offensivi.

Arrivati all'aeroporto, parcheggiò nel primo posto libero. Scese e tirò fuori dal portabagagli la mia borsa. Poi mi prese per un braccio e mi accompagnò fino al terminal. Ci fermammo davanti al check-in, trafelati.

«Su le braccia», mi ordinò brusco.

«Come, scusa?» gli chiesi.

Stavo valutando se avessi nel bagaglio qualche liquido che avrebbe potuto causarmi problemi ai controlli di sicurezza.

«Alza le braccia», ripeté.

Solo in quel momento mi accorsi di ciò che teneva in mano.

Il suo pullover grigio chiaro.

Le mie braccia si alzarono da sole. Kaden me lo fece passare delicatamente dalla testa e io fui subito circondata dal suo profumo, ormai tanto familiare, che mi dava un senso di sicurezza.

«Grazie», mormorai, mentre lui mi metteva a tracolla la borsa. «Grazie.» Siccome non mi sembrava abbastanza, ripetei quella parola ancora un paio di volte.

«Andrà tutto bene», mi disse passandomi le dita tra i capelli, che dovevano essere tutti spettinati. La sua mano si fermò sulla mia nuca, poi lui si chinò e mi premette le labbra sulla fronte. Chiusi gli occhi e mi impressi nella memoria quella sensazione. Fui invasa da una calma improvvisa e trattenni il respiro. Il momento passò troppo in fretta.

«E adesso vai», mormorò, indicando il check-in.

Gettai un ultimo sguardo negli occhi di Kaden, poi mi allontanai di corsa.

20

Il volo fino a Denver durò quanto il viaggio da Woodshill a Portland. Ma, mentre le due ore e mezza del giorno prima erano passate in un baleno, quelle sembravano interminabili. Era impensabile dormire, come pure stare seduta immobile. Avrei voluto sfogare in qualche modo la tensione che avevo accumulato, magari piangendo, perché sapevo per esperienza che poi mi sarei sentita più calma e con la mente più lucida. Ma nelle ultime ore il mio corpo sembrava essermi diventato estraneo. Non mi ubbidiva. Non riuscii a deglutire neppure l'acqua che la hostess mi offrì. Mi bruciava la gola, avevo la nausea, e l'unica cosa che rendeva più o meno sopportabile il mio stato era il profumo di Kaden che mi avvolgeva come un guscio protettivo. Affondai il viso nella morbida lana e mi tirai le maniche fino alle punte delle dita, per non far vedere a nessuno quanto tremavo.

Quando finalmente sbarcai, avrei voluto correre, ma non era possibile a causa della folla che sciamava verso l'uscita insieme a me. Appena fui fuori, cercai un taxi. Non volevo chiamare la mamma. Avevo paura che nel frattempo le condizioni di papà fossero peggiorate. In quel caso non avrei voluto saperlo al telefono.

Per fortuna il tassista comprese la mia fretta. Le strade intorno all'aeroporto erano intasate, ma nel giro di pochi minuti l'ingorgo defluì e lui accelerò diretto verso la zona residenziale ai margini della città, dove si trovava la casa dei miei genitori.

Durante il tragitto pensai alle cose più strambe: al fatto che nel giro di poche ore si poteva passare da uno Stato confederato all'altro, all'odore del taxi, un insieme di fumo e pelle, e a Mario Kart. Con il pensiero lanciai addirittura una buccia di banana a un'auto che non voleva farsi superare da noi e questo scatenò in me una risata isterica.

Era bello sapere che ero ancora in grado di ridere.

Quando il tassista imboccò la strada con le lussuose dimore e si fermò davanti a quella dei miei genitori, fui assalita da una violenta nausea. Mollai lì i soldi e scesi di corsa. Tirai fuori da sola la borsa dal bagagliaio, quindi mi incamminai lungo il nostro vialetto.

Non mi soffermai a guardare l'imponente facciata, la fontana in giardino, le telecamere di sicurezza. Suonai il campanello e battei i pugni sulla massiccia porta d'ingresso.

Udii subito dei passi che si avvicinavano dall'interno e una voce collerica che borbottava qualcosa di incomprensibile. La porta si aprì.

«Crystal?» chiese sorpreso mio padre.

Non credevo ai miei occhi. Lo guardai ansimando.

Aveva i capelli ormai completamente grigi ed era ancora più stempiato di prima. Indossava un abito grigio, di taglio perfetto, che gli conferiva un'aria austera. A completare l'insieme, una camicia bianca e una cravatta scura. Di rado lo avevo visto indossare qualcosa di diverso.

Prima che riuscissi a trattenermi, gli gettai le braccia intorno alla vita e affondai il viso nel suo petto. E alla fine avvertii le lacrime che avevo trattenuto per tutto quel tempo.

«Allora stai bene», singhiozzai contro la sua camicia, probabilmente rovinandogliela con il mascara.

Lui mi accarezzò impacciato la schiena. «Perché non dovrei stare bene?»

Era da tanto tempo che non sentivo la sua voce. Mi sembrava quasi sconosciuta.

«Ma l'incidente?» replicai staccandomi da lui per scrutarlo bene dalla testa ai piedi in cerca di ferite. Me lo ero immaginato privo di sensi in un letto d'ospedale, con graffi in faccia e bende sulle braccia. Invece sembrava del tutto illeso.

«Ah, quello», rispose. «Mi sono stirato un tendine giocando a squash.»

Lo fissavo senza parole.

«Sai che Edmond e io a volte esageriamo», continuò lui.

«La mamma...» deglutii a fatica. «La mamma mi ha telefonato e mi ha detto che avevi avuto un incidente», sbottai interdetta. «Sembrava... che fosse una cosa molto grave.»

Scoppiò in una risata fragorosa e poi scosse la testa. Fece un sospiro sonoro quindi mi prese la borsa dalla spalla. «Devi avere frainteso.»

Ero allibita. Stavo per dargli una risposta acida, ma lui si fece da parte e disse serio: «Prima entra».

Mentre lo seguivo, mi accorsi che zoppicava leggermente. Posò la mia borsa sul pavimento di marmo dell'ingresso, poi si diresse verso il salone, senza controllare se lo stessi seguendo. Dovetti fare uno sforzo su me stessa per non mettermi a gridare.

Da una parte ero immensamente sollevata che papà stesse bene.

Dall'altra avrei voluto uccidere mia madre.

La cercai in giro, ma non era da nessuna parte.

Papà si sedette sul divano di pelle bianca e mi guardò con trepidazione. Mi lasciai cadere esausta sulla poltrona accanto a lui. Avevo bisogno di un attimo di pausa per riprendermi.

Mi guardai intorno senza parlare. Non era cambiato niente. Il sontuoso arredamento, dopo i mesi trascorsi a Woodshill, mi appariva decadente. Incredibile che nella mia vita non avessi conosciuto altro che tappeti di broccato, mobili ultramoderni scomodissimi e lampadari appesi ovunque. Solo il colore degli accessori cambiava in armonia con le stagioni. Al contrario della mamma di Kaden, tuttavia, non avevano scelto le calde tinte autunnali, bensì brillanti toni champagne e un raffinato bianco crema.

Papà prese la caraffa con l'acqua che era su un supporto davanti a noi, che avrebbe dovuto essere un tavolo ma gli somigliava solo da lontano, era formato da una serie di specchi uniti a esagono.

«Ne vuoi un bicchiere anche tu?» mi chiese.

Annuii.

Una volta passata l'agitazione, mi resi conto di avere la bocca asciutta. Raccolsi le gambe e le incrociai, poi presi il bicchiere, che aveva la stessa forma del tavolo, e me lo portai alle labbra. Inghiottii assetata l'acqua fresca.

«Dov'è la mamma?» chiesi, pulendomi la bocca con il dorso della mano.

Papà non si mostrò sorpreso né colpito dal mio nuovo taglio di capelli e dalla mia mancanza di buone maniere.

«Sai com'è fatta. Si starà occupando dei preparativi per domani sera», rispose.

E ciò significava che era dal parrucchiere, oppure a bere un caffè con le amiche. Buon per lei. Se in quel momento fosse entrata dalla porta del salone, non avrei garantito niente sulla mia reazione.

«Quindi sei venuta perché pensavi che fossi moribondo», commentò mio padre bevendo un sorso d'acqua prima di appoggiare il bicchiere sul tavolo.

«La mamma piangeva al telefono», dissi eludendo la domanda.

«Evidentemente voleva a tutti i costi che tu partecipassi al galà», replicò lui.

Sbuffai e rimasi in silenzio per un momento. In tutta sincerità non sapevo cosa rispondere. «La tua gamba sta bene, papà?» domandai alla fine.

«È bello sapere che mia figlia si preoccupa per me e torna a casa quando crede che mi sia successo qualcosa», osservò trattenendo un sorriso.

«Non fare così, papà. Certo che mi preoccupo, lo sai bene», dichiarai con impeto.

«Davvero?» ribatté appoggiandosi all'indietro.

Sospirai. Era ovvio che dovesse rinfacciarmi il mio trasferimento. «Il fatto che voglia andare per la mia strada non significa che non provi più niente per voi.»

A volte però avrei voluto che fosse così. Almeno mi sarei risparmiata delle sofferenze.

L'espressione di papà rimase implacabile. «Sarebbe bello se ogni tanto ti facessi sentire. Liberamente», aggiunse, vedendo che stavo per ribattere.

«E tu? Ti sei dimenticato come si usa un telefono?» Feci una pausa e dentro di me contai fino a cinque, poi, in tono più conciliante, continuai: «Perché dovrei telefonare, se devo sentirmi soltanto rinfacciare che ho scelto la strada sbagliata per la mia carriera? Tu e la mamma non siete mai stati d'accordo sul mio trasferimento. Sentirmelo ripetere rende tutto più difficile».

«Naturalmente avrei desiderato che tu facessi qualcosa di più sensato con la tua vita, Crystal.»

Sussultai.

Ormai mi ero abituata a farmi chiamare Allie. Mi risultava insolito sentire quel nome, che non mi si addiceva più. Proprio come quella casa. In più le sue parole mi provocarono una fitta di dolore. Succedeva sempre così, quando mi parlava con quel tono di superiorità. Come se il suo modo di vedere le cose fosse l'unico giusto e adatto per combinare qualcosa nella vita.

Mentre riflettevo sulla risposta da dargli e mi sforzavo di non alzare la voce, udii la porta d'ingresso che si apriva. I tacchi della mamma risuonarono sul marmo. Poi lei comparve sulla porta.

Come sempre, era perfetta dalla testa ai piedi. Soltanto il suo sorriso artefatto vacillò per una frazione di secondo quando mi vide seduta in poltrona accanto a papà. Per un attimo sembrò assalita dalla paura, ma si riprese in fretta.

«Crystal!» esclamò con finta sorpresa. «Ti aspettavo per domani.»

Persi anche l'ultimo brandello di autocontrollo e balzai in piedi. «Ma eri sicura che sarei venuta.»

Lei sospirò. «Certo che lo desideravo. Non permetto che il tuo orgoglio infantile mi rovini la serata, perché non vuoi passare il Ringraziamento con noi.»

Guardai papà, che però stava prendendo il cellulare dal tavolo. Si alzò con un cenno di scuse e si diresse verso il suo studio. Scoppiai in una risata senza gioia. Era sempre stato così: la mamma e io litigavamo, papà si defilava. Evitava ogni discussione che non lo riguardasse personalmente, e da buon uomo d'affari trovava tutte le volte una scusa adeguata. L'indifferenza con cui mi trattava era stupefacente.

«Non posso credere che tu mi abbia mentito in questo modo», sibilai girandomi di nuovo verso mia madre. Non volevo che si accorgesse di quanto mi avesse fatto arrabbiare. L'avrebbe soltanto spronata ulteriormente. «Perché l'hai fatto?»

Il suo sorriso rigido si allargò. «Il mio più grande desiderio era di trascorrere il Ringraziamento con mia figlia. Pretendo forse troppo?»

La fissai attonita. «Non crederai davvero che partecipi al tuo fottuto galà, vero?»

«Non rivolgerti a me come se fossi cresciuta nei bassifondi, Crystal. È un oltraggio al tuo amor proprio. Non ti ho allevata così.»

Sbuffai sprezzante. «Un oltraggio al mio amor proprio...» mormorai. «Sei pazza se credi che il tuo piano abbia funzionato, mamma.» Con aria minacciosa feci un passo verso di lei e notai con soddisfazione che indietreggiava leggermente. «Sono qui solo perché mi hai attirata con una finta meschina. Non perché voglia partecipare con te alla farsa della famiglia felice e ballare come una bambola davanti alle tue amiche. L'unica cosa di cui sono riconoscente per questo Ringraziamento, è che non abito più qui», sibilai.

Con quelle parole la piantai in asso e corsi nell'ingresso per recuperare la borsa e andarmene.

Sperai che lo strattone con cui chiusi la porta avesse fatto tremare i muri.

21

Il *Bellverton* era l'hotel più costoso che conoscessi. Presi la camera più lussuosa disponibile. La mamma probabilmente non si sarebbe accorta dell'ammanco sul conto, ma strisciare la carta di credito mi dette almeno una piccola soddisfazione. Un portiere sorridente mi accompagnò al mio piano; lo ringraziai con un cenno del capo e una mancia esagerata. Buttare dalla finestra i soldi della mamma era l'unica possibilità che avevo di vendicarmi di quello che mi aveva fatto. E volevo gustarmela.

Mi trascinai fino al letto e mi ci lasciai cadere. Accarezzai il soffice piumino e annusai il profumo di biancheria fresca di bucato. Sul cuscino c'erano dei cioccolatini. Come a casa di Rachel. Strinsi più forte il cellulare. Sapevo di dover chiamare Kaden. Glielo dovevo. Mi sentivo così stupida. Avrei dovuto conoscere i trucchi di mia madre. Avrei dovuto almeno valutare l'ipotesi che fosse tutta una finta. In fondo sapevo quanto desiderava che fossi presente al galà. Trovavo terribile che Kaden avesse dovuto partecipare tanto da vicino a quel dramma. Mi vergognavo profondamente. Di essermi fatta vedere in uno stato che non avrei sopportato neppure io stessa, di aver rovinato la giornata a lui e a sua madre, senza alcun motivo.

Feci un profondo respiro, poi mi decisi a selezionare il suo numero. Avevo la gola serrata e la bocca secca.

Rispose al primo squillo.

«Allie.» Pronunciò il mio nome come una liberazione.

Strinsi gli occhi perché mi sentivo ancora più ridicola. «Ciao.»

«Come stai?» domandò schiarendosi la voce. Sentii il rumore di qualcosa che veniva trascinato sul pavimento. Doveva aver spostato una sedia. «Come sta tuo padre?»

«Non è successo niente», dissi con grande fatica. «La mamma mi ha mentito.»

Dall'altra parte della linea ci fu un momento di silenzio. Poi Kaden disse: «Cosa?»

«Ha avuto solo un infortunio da niente giocando a squash», proseguii con voce distaccata, passandomi la mano sugli occhi. Perché dovevano bruciarmi proprio in quel momento? «Si è stirato un tendine, ma per il resto sta benissimo. È rimasto sorpreso di vedermi.»

«Che subdola serpe», esclamò Kaden. «Che maledetta perfida bastarda!»

Sorrisi, pur non avendone la minima voglia. Kaden era fatto così: se gli andava di offendere mia madre, lo faceva. Non avrei potuto immaginare un interlocutore migliore.

«È tutto a posto», dissi per tentare comunque di calmarlo.

«No», ringhiò. «Non è a posto niente, ma proprio niente.»

Aveva alzato la voce, e in sottofondo sentii quella di Rachel. Aveva chiesto qualcosa e lui rispose: «No, sua madre le ha mentito per costringerla a partecipare a non so che cavolo di festa. Posso raccontarlo alla mamma, vero?»

Mi strinsi nelle spalle, pur sapendo che non poteva vedermi. Rachel si era occupata amorevolmente di me e mi aveva accolto a casa sua: era evidente che meritasse una spiegazione, anche se, fosse stato per me, avrei preferito che Kaden non scendesse nei particolari.

Rachel disse ancora qualcosa che non compresi, poi tornò il silenzio. Kaden doveva aver cambiato stanza. «E tu come stai?» mi chiese.

Non lo sapevo nemmeno io. Da una parte ero contenta che papà stesse bene, dall'altra avevo voglia di piangere. Avevo passato metà giornata a preoccuparmi per lui. E poi la rabbia verso mia madre mi ribolliva dentro. Non mi era mai capitato di provare l'impulso di farle del male, ma quel giorno ero stata a un soffio dal metterle le mani addosso.

«Non lo so», bisbigliai, sdraiandomi sulla schiena. Mi premetti due dita alla radice del naso, per trattenere le lacrime. Avevo pianto troppo spesso di fronte a Kaden, e non volevo essergli di peso. Non dopo tutto quello che aveva fatto per me.

«Posso fare qualcosa per te?» domandò sottovoce.

«Vorrei non aver abboccato alla sua esca ed essere rimasta con voi», dissi ricacciando indietro le lacrime. «Così avrei potuto batterti alla grande a Mario Kart.»

Lui sbuffò. «Puoi scordartelo.»

Sorrisi, poi tornai seria. «Spero di non avervi rovinato la giornata.»

Kaden lanciò un gemito. «Questo puoi pensarlo soltanto tu.»

«In che senso?»

«Ricevi una tremenda telefonata da tua madre, sei sul punto di crollare, prendi il primo volo perché credi che sia accaduto qualcosa a tuo padre, ti rendi conto che lui sta bene e che tua madre ti ha preso in giro, e ti scusi con me perché pensi di averci rovinato la giornata. Sei fuori di testa, Bubbles.»

«Grazie», brontolai. Ma mi sentivo più leggera. Kaden era dalla mia parte. Senza conoscere nei particolari il mio passato né la mia famiglia, mi appoggiava.

«Dove sei adesso?»

«Ho preso una camera nell'hotel più caro che ho trovato», risposi orgogliosa accarezzando con la mano libera le raffinate lenzuola. «Per farla pagare alla mamma. È stata l'unica cosa che mi è venuta in mente.»

«Ben fatto.»

«Sono un genio.»

«Proprio così.»

Sorrisi di nuovo. «Mi hai dato ragione.»

«Oggi è un'eccezione.»

Mi sembrava di capire che anche Kaden sorrideva.

Per un po' restammo in silenzio. Ascoltavo i suoi respiri regolari ed energici.

«Vorrei che fossi qui», mormorai, prima di riuscire a trattenere le parole.

Il rumore del suo respiro si bloccò bruscamente e chiusi gli occhi. Negli ultimi giorni avevo infranto così tante delle regole di Kaden che avevo perso il conto.

«Devo andare.» Di colpo sembrava distratto, ma non potevo biasimarlo. Senza volerlo avevo superato un limite, e lui si tirava indietro.

«Salutami tua madre», dissi con falsa allegria, prima di riattaccare e spegnere il cellulare per non farmi venire altre strane idee.

Nelle ore successive mi abbandonai all'autocommiserazione e mi concessi un lungo pianto.

Dopo essermi sfogata e tranquillizzata almeno in parte, mi sentivo decisamente meglio. Le lacrime purificano l'anima, non si dice forse così? Per me di sicuro era vero.

Studiai per la prima volta con attenzione la gigantesca camera.

L'arredamento era moderno ma semplice, i colori neutri: i toni del marrone e del talpa si alternavano al bianco. I mobili avevano linee spigolose e nitide, gli unici elementi d'arredo erano i fiori viola sul tavolo accanto alla finestra e il quadro astratto nella piccola anticamera. Ma, benché mancasse una nota personale, mi sentivo a mio agio. Il pezzo forte era l'ampia stanza da bagno con tanto di Jacuzzi rettangolare, che sottoposi a un esame più accurato. Se ero bloccata a Denver, volevo almeno godermi il soggiorno.

Aprii il rubinetto e controllai la temperatura dell'acqua prima di tornare in camera da letto e disfare il bagaglio. Mi sfilai il maglione di Kaden e lo misi nella borsa da viaggio. Dovevo evitare di annusarlo ancora, dato che sentivo già la mancanza del suo profumo.

Avevo urgente bisogno di un bagno. Durante il volo, per la preoccupazione avevo sudato tantissimo. Mi spogliai e ripiegai gli indumenti sulla sedia accanto al letto. Tornata in bagno, constatai soddisfatta che il bagnoschiuma formava montagne di schiuma. Purtroppo non c'erano candele profumate, ma in compenso si poteva regolare l'intensità dell'illuminazione fino a renderla simile alla luce delle candele.

Mi lasciai scivolare nell'acqua. Il calore era un vero

toccasana e mi immersi completamente, strofinandomi le mani sul viso per sciacquare via le tracce salate delle lacrime. Desideravo con tutta me stessa spegnere il cervello, ma non mi era possibile.

Non avevo neanche ventun anni, ma sapevo che era giunta l'ora di staccarmi dai miei genitori. Per loro, mantenere le apparenze era sempre stato più importante di qualsiasi altra cosa, anche della loro stessa figlia. Valeva anche per la festa del giorno successivo. Dovevo trovare un modo di affrontare certe situazioni senza che mi turbassero in maniera esagerata. Per anni avevo tentato di adattarmi ai miei genitori, ma sentivo che non aveva più senso. Non tutti erano destinati ad avere una bella famiglia affiatata. Per molto tempo non lo avevo accettato, ma a poco a poco dovevo riconoscere che non mi sentivo a casa con i miei genitori. Non condividevo i loro valori e, a quanto pareva, per loro era lo stesso rispetto a me.

A papà non interessava niente di quello che facevo, perché non corrispondeva alle sue aspettative. E la mamma... era un caso a parte. Non poteva esserci un futuro per lei e me. Non dopo quello che mi aveva fatto. Quel giorno, ma soprattutto allora.

Rimasi nella vasca finché l'acqua si raffreddò. Quando uscii, avevo le membra appesantite. L'acqua calda aveva sciolto la tensione e mi aveva aiutato a calmarmi. Mi infilai il morbido accappatoio bianco dell'hotel, e mi tamponai i capelli con un asciugamano. Mentre stavo per tornare in camera da letto, bussarono alla porta.

Confusa, guardai la carta per il servizio in camera. Avrei voluto ordinare qualcosa, ma non avevo ancora telefonato.

Bussarono di nuovo, più forte.

Purtroppo la porta non aveva lo spioncino, ma sapevo benissimo chi era. Strinsi le labbra e raddrizzai le spalle. Non sarei tornata a casa dei miei genitori per nessuna ragione al mondo, non avrei partecipato a quel maledetto galà! La mamma poteva fare quello che voleva. Poteva localizzare il mio cellulare, bloccarmi la carta di credito, entro la sera successiva sarei tornata nella mia vera casa a Woodshill.

Raggiunsi la porta a grandi passi e la spalancai. «Senti...»

Le parole mi morirono in gola.

Fuori dalla mia camera c'era Kaden. Teneva un braccio appoggiato allo stipite, l'altra mano infilata nella tasca dei pantaloni. Era vestito ancora come quella mattina, e la cosa mi colpì. Sembravano passate settimane, da allora. Sulla spalla teneva la borsa da viaggio che avevamo riempito insieme.

Un sorriso sornione gli illuminò il viso alla vista della mia espressione interdetta.

Tutte le mie terminazioni nervose reagirono contemporaneamente dentro la mia testa causando un cortocircuito. Prima di rendermi conto di quello che facevo, balzai in avanti. Gli gettai le braccia al collo e nascosi il viso contro il suo petto. Lui ricambiò l'abbraccio e mi strinse forte. Mi premetti contro di lui il più possibile, fino ad avere tutto il corpo attaccato al suo. Tutto ciò che era successo durante quella giornata di colpo aveva perso qualunque importanza. Contava solo Kaden.

«Stai bene?» mi domandò scostandosi un pochino.

Il suo movimento fu cauto e premuroso, e io non sapevo spiegarmi cosa mi stesse accadendo. All'improvviso fui invasa da un bruciante desiderio, e le mie emozioni straripurono senza freni. Rabbrividii.

Kaden mi rivolse un'occhiata penetrante. Sembrava preoccupato. «Posso fare qualcosa per te?»

Annuii e lasciai vagare il mio sguardo sul suo viso, fino a fermarsi sulle sue labbra.

«Di cos'hai bisogno, Allie?»

Esitai per una frazione di secondo, poi alzai le mani e gliele posai sulle guance.

«Di te.»

Fu l'unica cosa che dissi prima che lui chinasse la testa e premesse le labbra con forza sulle mie.

22

KADEN emise un gemito soffocato di sorpresa che interpretai come una risposta affermativa. Spostai una mano dietro la sua testa, l'altra poco sotto sulla nuca. Poi gli sfiorai la lingua dolcemente con la mia.

Il suo gemito si riverberò in tutto il mio corpo.

Mio Dio, come lo desideravo. Come non avevo mai desiderato ancora niente in vita mia.

Barcollando entrammo nella camera e Kaden chiuse rumorosamente la porta dietro di noi. Per un momento staccò le labbra dalle mie e mi guardò. I suoi occhi erano più scuri che mai, esprimevano soltanto passione e desiderio. Il cuore mi batteva così forte da sconquassarmi tutto il corpo. Un attimo dopo mi prese il viso tra le mani e mi baciò fino a stordirmi. Il berretto gli cadde all'indietro ma non ci fece caso.

Volevo toccarlo, esplorare la sua pelle e baciare ognuno dei suoi tatuaggi. Ma era decisamente troppo vestito. Feci scivolare le mani lungo la sua schiena e presi l'orlo della sua camicia tra le dita. Nel giro di pochi secondi gliela sfilai dalla testa e la gettai da una parte. Gli diedi qualche tenero bacio sul petto che lo fece sospirare piano, poi mi spostai all'indietro per contemplare meglio il suo fisico.

Era perfetto come lo ricordavo. E finalmente potevo guardarlo per tutto il tempo che volevo senza dovermene vergognare. E potevo toccarlo. I suoi muscoli si contrassero quando gli sfiorai il torace, prima timidamente, poi con più decisione. Mi soffermai più a lungo sull'addome, mentre mi domandavo se potessi spingere le mie mani più in basso. Perché no?

«Oddio, Allie», esclamò affondando la mano nei miei capelli. Mi fece piegare la testa all'indietro e ricominciò a baciarmi. La sua lingua, delicata e insieme tempestosa, mi provocava un fremito così violento da farmi cedere le ginocchia. Anche lui sembrava incerto sulle gambe, perché mi posò le mani intorno alla vita e mi guidò barcollando verso il letto. Il nostro bacio finì solo quando si lasciò cadere all'indietro sul materasso trascinandomi con sé. Gli stavo sopra, e non mi importava niente di essere nuda sotto l'accappatoio.

Kaden mi scrutò con gli occhi socchiusi, poi le sue mani si fecero largo sotto la morbida spugna fino a posarsi sulla mia pelle. Mi accarezzò le cosce, su e giù, scatenandomi un brivido di piacere. Puntellandomi con un braccio accanto alla sua testa, mi chinai su di lui. Gli baciai le guance ispide, seguii la linea della mandibola fino al collo, dove mi fermai, finché lui fece un verso gutturale.

«Così mi uccidi», ansimò risalendo con le mani lungo il mio corpo, oltre la cintura annodata e arrivando fino al seno. Si fermò lì e mi accarezzò con dolcezza.

Lo morsi sul collo e cominciai a muovere le anche. Avvertivo la sua eccitazione. I jeans erano ruvidi contro la mia pelle e avrei voluto toglierglieli all'istante. Spostai la mano verso il basso ma prima che potessi prendergli la cintura, lui mi ribaltò sotto di sé.

Il suo viso era vicinissimo al mio, avvertivo il suo respiro sulle labbra. Sapeva di menta e di Kaden, e accese ancora di più il mio desiderio.

«Allie... Non sono venuto per questo.»

Lo feci tacere con la mia bocca. Lo baciai fino a restare senza fiato, affondai le dita nelle sue spalle e lo attirai per quanto possibile verso di me.

Non lo desideravo soltanto, avevo bisogno di lui, con ogni fibra del mio corpo.

Kaden si staccò ancora una volta da me e ansimando disse: «Non voglio fare l'amore con te. Non così».

Non mi restò altro da fare che gemere di frustrazione.

Kaden fece un sorriso storto. «È bello sapere che mi desideri, ma non credo che... sia il momento migliore. Non sei responsabile delle sue azioni.»

Sebbene il mio corpo lo odiasse per ciò che mi stava facendo, sapevo che aveva ragione. Allentai la presa sulle sue spalle e gli accarezzai piano la schiena.

Lui chiuse gli occhi, con il respiro ancora affannato. «Se continui così, potrei anche cambiare idea», mormorò nascondendo il viso nell'incavo del mio collo. La sua barba mi grattò la pelle, facendomi provare una sensazione irresistibile. Mi baciò in quel punto, poi sentii i suoi denti. Sospirai piano. Sapeva esattamente cosa fare.

Smisi di accarezzargli la schiena e lui alzò la testa e mi guardò. Aveva lo sguardo velato, ma attento, mentre mi studiava. Ero tra le sue braccia e mi sentivo circondata da lui. Qualunque cosa succedesse intorno a noi, sapevo di essere al sicuro. Per la prima volta da quando mi aveva telefonato mia madre, non avevo più freddo. Sentivo un gran caldo. Girai la testa e osservai il mio tatuaggio preferito. Accarezzai lentamente le parole della canzone, tracciai ogni lettera con il dito, finché i suoi muscoli si contrassero.

«Mi piacciono i tuoi tatuaggi», mormorai, passando a osservare i cerchi sull'altro braccio. «Non perché abbia una passione per i tipi tatuati, ma perché hanno un significato così potente.» Quando vidi il codice Morse, mi venne da sorridere. Dopo che avevo conosciuto Rachel, capivo ancora meglio il significato di questa tatuaggio.

«Mi piace che tu li guardi sempre e arrossisca tutte le volte che ti scopro.»

Avvicinai cauta le dita alle sue labbra e ne tracciai il contorno. Il suo sguardo si incupì, ma poi si staccò da me e si sdraiò su un fianco con la testa appoggiata a una mano. Mi fissò pensieroso. Ogni tanto il suo sguardo scendeva sulla scollatura dell'accappatoio.

«Ti spiacerebbe rivestirti? Faccio molta fatica a concentrarmi.»

Anch'io mi voltai sul fianco, per stargli di fronte. «Sei sicuro di volermi scaricare?»

Lui contrasse la mandibola. «Allie.»

«Kaden.»

Per un attimo non disse niente. Poi fece un verso a metà tra una risata e un gemito. «Non ti ho scaricata, Bubbles. Ho solo detto che non voglio fare l'amore con te.»

Un attimo dopo era tornato sopra di me. Con una mano mi aprì l'accappatoio e io trattenni il respiro mentre mi esaminava con occhi colmi di desiderio.

«Ciò non esclude altre cose, però.»

Mi baciò la bocca, il collo, poi scese più in basso. Le sue labbra si soffermarono sul mio seno, scostò l'accappatoio fino a scoprirlo del tutto. Mi guardò, nei suoi occhi c'era una tacita domanda, ma io potei solo mordermi le labbra. Per lui fu una risposta sufficiente e chinò la testa a baciarmi dolcemente il petto. Inarcai la schiena, e avrei giurato di sentirlo sorridere sulla mia pelle, prima di richiudere il mio capezzolo tra le labbra. Mugulai di piacere. Con una mano scese lungo il mio corpo, fino a schiacciarmi il fianco saldamente contro il materasso. Le sue carezze erano una miscela perfetta di forza e struggente dolcezza. Lo desideravo, pur sapendo che era il momento peggiore per violare le nostre regole. Ma non avrei rovinato quel momento straordinario mettendomi a pensare a cosa significasse.

«Se vai avanti così, ti salto addosso, che tu lo voglia o no», ansimai.

Kaden mi accarezzò il seno con la lingua, prima di guardarmi da sotto le folte ciglia nere. «Non è questione di volere o non volere.»

«Ovvero?» chiesi affannata.

Lo sentii curvare le labbra contro la mia pelle. Un fremito violento si propagò dentro di me. «Il mio autocontrollo ha dei limiti.»

Non sapevo cosa volesse dirmi con precisione, speravo ardentemente che avrebbe portato a termine ciò che aveva iniziato. Come se mi avesse letto nel pensiero, la sua mano si spostò dal fianco verso l'interno. Ma, anziché toccarmi dove avrei voluto, fece scivolare le dita lungo la mia coscia fino al ginocchio, soffermandosi lì. Poi risalì lungo l'interno della coscia e la spostò con una lieve pressione verso l'esterno. Il suo respiro mi sfiorò il seno. Quando mi toccò nel punto sensibile dell'inguine, lanciai un gemito così forte che riecheggiò dalle pareti.

«Devo implorarti?» gli chiesi con voce rotta prendendogli il viso tra le mani affinché mi guardasse.

Nei suoi occhi scorsi solo desiderio. Era evidente che si stesse controllando per non prendere subito tutto ciò che in realtà desiderava.

«Per una volta sarebbe una bella alternativa, non credi?» mormorò, e sentii di nuovo la sua barba, stavolta direttamente contro il seno.

«Parla meno e...» scordai quello che volevo dire quando finalmente la sua mano trovò il punto giusto. Trattenni il respiro e gli afferrai un braccio.

«E cosa?» bisbigliò.

«E più... di questo», ansimai mentre con il pollice mi toccava nel punto più sensibile.

Mi sembrava di scoppiare. Kaden prese di nuovo il mio capezzolo in bocca e lo succhiò. Mi sollevò verso di lui e, quando gemette di piacere, lo sentii propagarsi in tutto il corpo. Il suo pollice si muoveva più in fretta e io gettai la testa all'indietro. Nell'attimo in cui le mie sensazioni esplosero, Kaden mi baciò con impeto, catturando il grido gutturale che mi era risalito in gola.

Mi lasciai cadere sui cuscini boccheggiando. Ero sfinita. Lui tolse la mano, mi rimise a posto l'accappatoio e annodò la cintura. Poi si sdraiò accanto a me.

«Regola infranta solo a metà», bisbigliai girandomi verso di lui. «È un buon compromesso, no?» Di colpo fui assalita da una tremenda stanchezza. Non riuscivo a tenere gli occhi aperti. Era come se tutta l'adrenalina fosse sparita di colpo dal mio corpo.

«Il secondo migliore accordo che abbia mai stipulato», concordò sottovoce.

Non ebbi la forza di chiedergli cosa intendesse. Il mio respiro era tornato regolare. Sentivo solo la sua mano tra i miei capelli quando mi addormentai.

Fui svegliata da dei colpi alla porta. Mi misi seduta sul letto e mi strofinai gli occhi. Uno sguardo fuori dalla finestra mi fece capire che era sera.

La porta della camera era aperta, e osservai Kaden prendere un carrello da tè pieno di cibo e dare la mancia all'inserviente. Si era rimesso la camicia, ma era così spettinato che doveva essersi alzato da poco.

Spinse il carrello in camera e richiuse la porta. Un profumo di arrosto mi salì nel naso e io mi stirai con un sospiro. Avevo ancora il corpo pesante e mi muovevo al rallentatore, ma stavo benissimo. Doveva dipendere dalla presenza di Kaden. Non mi sentivo più così triste, e anche la rabbia per la bugia di mia madre si era dissolta. Al suo posto c'era quel fremito di eccitazione che mi riempiva dalla testa ai piedi.

Kaden tolse i coperchi ai vari piatti e vassoi e annusò le pietanze. Il mio stomaco brontolò rumorosamente, e lui si voltò con un lampo divertito negli occhi. Quando i nostri sguardi si incontrarono, ripensai a tutto ciò che mi avevano fatto la sua bocca e le sue dita poche ore prima. Avvampai mentre un palpito cresceva tra le mie gambe. Distolsi gli occhi. Il rischio di perdere il controllo e saltargli addosso era troppo grande.

«No.» Lui girò intorno al letto e si mise in ginocchio sul

materasso. Poi mi mise due dita sotto il mento e lo sollevò. «Non farlo.»

«Cosa?» chiesi con voce roca.

«Lo sai benissimo.» Si sporse in avanti e appoggiò la fronte alla mia. «Non nasconderti da me.»

Chiusi gli occhi. Lui rimase dov'era, e dopo un momento deglutii a fatica e annuii. Smisi di ricostruire il mio muro interiore e mi gustai il momento di intimità. Mi avvicinai piano e posai le labbra sulle sue. Kaden sospirò e mi accarezzò la guancia con il pollice.

«Potresti rivestirti? Tutto quello a cui riesco a pensare è il tuo corpo nudo sotto all'accappatoio», bisbigliò tirando leggermente la cintura.

Con un sorriso gli scivolai accanto per scendere dal letto. Sentivo il suo sguardo bollente sulla schiena e dovetti fare appello a tutta la mia forza di volontà per non voltarmi di nuovo verso di lui. Presi dalla borsa un paio di leggings, un maglione verde extralarge e la biancheria, mi chiusi in bagno e mi tolsi l'accappatoio. Avevo la pelle sensibilissima, mi sembrava di sentire ancora le labbra di Kaden addosso.

Non ero pentita di quello che era successo. Al contrario. Mi faceva solo paura il fatto che lo avessi desiderato con tale intensità. Se non si fosse trattenuto lui, sarei andata fino in fondo.

Non andava bene.

Kaden possedeva l'inquietante capacità di abbattere tutti i miei muri, per quanto fossero alti e solidi. Era come una maledetta palla da demolizioni. Il fatto che proprio in quel momento mi passasse per la testa la canzone *Wrecking Ball* di Miley Cyrus non era certo d'aiuto.

Mi vestii, ma ero così distratta che infilai il maglione al

contrario. Lo rigirai sbuffando, poi mi passai le mani tra i capelli spettinati e finalmente mi sentii pronta per uscire dal bagno.

Kaden aveva spostato i piatti dal carrello al tavolo rotondo accanto alla finestra, e stava versando del vino. Quando mi vide, alzò apposta la bottiglia. «Ho pensato di fare le cose in grande, dato che il conto lo paga tua madre.»

Gli sorrisi. «Stupendo.»

«Sono contento che il mio piano ti piaccia. Vieni.» Indicò la sedia libera e andai a sedermi di fronte a lui.

Osservai divertita le numerose pietanze. C'era carne arrosto, riso, verdure saltate e persino una cheesecake alla fragola.

«Ho sentito il tuo stomaco brontolare mentre dormivi, così mi sono preso la libertà di chiamare il servizio in camera», mi spiegò sollevando il bicchiere.

Lo imitai, esitante. Non riuscivo a decifrare la sua espressione. Malgrado il sorriso smagliante, aveva un che di malinconico, di riflessivo.

«Perché sei qui, Kaden?» Di nuovo la mia brutta abitudine di parlare senza pensare. E dire che non volevo rovinare il momento.

Kaden non batté ciglio, ma continuò a guardarmi con quell'espressione singolare. «Tu avevi bisogno di me, perciò sono venuto. È quello che si fa tra amici, giusto?»

Naturale. Abbassai gli occhi e guardai il cibo. Non potei evitare di pensare a tutte le cose che avevamo condiviso nel breve tempo trascorso da quando ci eravamo incontrati. Sapevo che eravamo qualcosa di più di semplici amici, ed ero abbastanza sicura che Kaden la pensasse allo stesso modo, ma...

«Allie», disse, interrompendo il flusso dei miei pensieri. Si sporse sul tavolo. «Abbiamo un sacco di altri problemi da risolvere. Bisogna darsi delle priorità, sei d'accordo?»

Aveva ragione. Naturalmente. Annuii e mi sforzai di sorridere. Kaden ricambiò e alzò di nuovo il bicchiere. «Direi di fare un brindisi alla... libertà.»

Avvicinai il bicchiere al suo. «Per la libertà sono sempre disponibile.»

Bevemmo e iniziammo a mangiare. Mi rimpinzai fino a non avere più spazio e a non riuscire a pensare ad altro che a quanto mi sentivo piena. Al contrario di Kaden, che come al solito aveva avuto un approccio molto strategico, io avevo mangiato tutto insieme, compreso la cheesecake. Una volta finito anche il vino, chiamammo di nuovo il servizio in camera perché portasse via tutto.

«Credo che non riuscirò più a mangiare niente», mormorai tenendomi la pancia con le mani. Se Kaden avesse avuto voglia di fare l'amore con me, non sarei stata in grado di accontentarlo. Almeno fisicamente, diciamo.

Lui girò intorno al tavolo e si avvicinò alla portafinestra. L'aprì e sparì sul balcone; tornò un attimo dopo, prese una delle enormi trapunte dal letto, mi lanciò un'occhiata da sopra la spalla e mi fece cenno di seguirlo.

Era scesa la sera e faceva freddo. Mi strinsi le braccia al corpo e mi guardai intorno. La vista non era eccezionale, soltanto case, strade e la zona industriale in lontananza, ma eravamo comunque a uno dei piani più alti, e da lassù il mondo sembrava minuscolo quasi come dalla nostra terrazza panoramica a Woodshill.

«Capisco perché non ti piaccia stare qui», mi disse dopo qualche minuto.

Allargò un lembo della coperta sulla panchina accanto alla ringhiera e si sedette.

«Da piccola mi piaceva Denver, o almeno il quartiere in cui abitavo. Ma crescendo... mi sono sentita sempre più a disagio qui. E più infelice.» Mi sedetti accanto a lui e mi portai le ginocchia al petto. Kaden mi gettò sulle spalle il resto della coperta e io gli sorrisi riconoscente. «Forse questo posto mi piacerebbe, se la mia adolescenza fosse stata diversa. O se i miei genitori mi avessero capito di più. Non lo so.»

«Non riesco a immaginare come dev'essere stato per te, Bubbles», mormorò. «Non sei fatta per questo ambiente.» Fece una pausa e deglutì ripetutamente. Il silenzio tra noi era teso, e mi resi conto che anche lui stava per confidarmi qualcosa. «Ma so cosa si prova a non essere compresi. So cosa succede quando non ci si sente uniti in nessun modo alla propria famiglia.»

«Ti riferisci a tuo padre?» chiesi cauta. Nel frattempo mi ero un po' rilassata. Ascoltare Kaden mi sarebbe risultato più facile che continuare a parlare dei miei problemi.

Lui annuì. Teneva lo sguardo fisso su un punto lontano. «Dopo il divorzio, Alex è andato a stare da lui, mentre io sono rimasto con la mamma. Ci hai visto, non saprei immaginare un posto più bello in cui vivere. Papà invece è il tipico uomo d'affari: sempre concentrato sui propri interessi e insensibile. Lui e i tuoi genitori andrebbero d'accordissimo. Pensa solo all'azienda. Il suo unico scopo è sempre stato quello di trasformare Alex e me in perfetti imprenditori. Sembrava ossessionato dall'idea che dovessimo seguire le sue orme. Dopo il divorzio le cose sono persino peggiorate, e io mi sono allontanato da lui sempre più. A un certo punto la nostra famiglia si è divisa del tutto, senza che me ne rendessi conto.» Fece un respiro sonoro. «Non avevo più niente da dirgli. E quando ho scoperto il vero motivo della separazione...»

Si interruppe. Le nostre braccia si toccavano e sentii i suoi muscoli contrarsi, mentre stringeva i pugni. Rimase in silenzio per qualche minuto, e io gli lasciai il tempo che gli occorreva.

«Aveva una relazione», disse infine. «Ha lasciato la mamma per la sua segretaria. Avrei voluto prenderlo a pugni, quando ce l'ha detto.»

«Però non l'hai fatto», intervenni calma. Kaden era impetuoso e impulsivo, ma non era tanto stupido.

Si passò la mano tra i capelli. «Se Alex non mi avesse trattenuto, l'avrei fatto eccome.»

A quel punto non resistetti più e gli posai la mano sul ginocchio. Lui mi guardò, e nei suoi occhi c'era così tanto dolore e tristezza che avrei voluto solo cambiare argomento. Ma non sarebbe stato giusto. Non dopo tutto quello che aveva fatto per me quel giorno.

«Soltanto la mamma... e in seguito la mia ex mi hanno impedito di abbandonarmi al risentimento», mi raccontò.

Dopo la sua reazione di fronte al CD che avevo trovato nella sua macchina e le allusioni fatte da Spencer all'*Hillhouse* avevo capito che nella vita di Kaden doveva esserci stata una persona importante. Ma era la prima volta che nominava spontaneamente la sua ex.

«Cosa che non è riuscita affatto», commentai per allentare la tensione. Lui si sforzò di sorridere ma fallì miseramente.

«Prima che Kendra mi lasciasse ero molto... simpatico», disse con una smorfia.

«È stata molto importante per te?» chiesi, ignorando il palpito sordo nel mio petto.

Kaden si accigliò. «Avevo sedici anni quando ci mettemmo insieme, quindi non parlerei del grande amore. Ma fu la mia prima ragazza. Dopo esserci lasciati, mi sembrò di precipitare in un abisso senza fine. Anche perché non ci eravamo lasciati da amici e... alla fine le cose erano pessime.»

Senza rendermene conto, spostai le dita dalla sua gamba ai cerchi tatuati sul braccio e li toccai uno dopo l'altro.

«I primi sono più spessi perché il dolore era più forte. A un certo punto è diminuito e con esso anche i cerchi», mormorai, ripetendo sottovoce le sue parole e pensando alla notte in cui mi aveva spiegato il significato dei tatuaggi.

Kaden posò la mano sulla mia. Avrei voluto alzare lo sguardo, ma non mi fu possibile. Non ero preparata a tutto ciò. Al fatto di aprirci a vicenda e raccontarci cose del nostro passato. Mi faceva paura. Sfilai lentamente la mano da sotto la sua e mi appoggiai all'indietro. «Grazie di avermene parlato», dissi, guardando il cielo che nel frattempo si era tinto di viola e di blu scuro.

«Sei la prima persona con cui ne parlo.»

«Ma Spencer ha fatto spesso delle allusioni in proposito», dissi perplessa.

«Perché mi conosceva già quando stavo ancora con Kendra», mormorò. «Ma a parte lui, non ne ho parlato con nessuno.»

A quel punto mi sentii costretta a guardarlo. «Grazie.»

«Smettila di ringraziarmi in continuazione, Bubbles.»

«D'accordo. Comunque grazie.»

«Siamo due tipi incasinati, vero?»

«Su questo non posso che darle ragione, Mr. White.»

Tra noi calò un silenzio per niente spiacevole. Ciascuno assorto nei propri pensieri, assimilò quanto avevamo detto.

«Secondo me domani dovresti andare a quella festa», disse Kaden dopo un po' sistemando la coperta sulle nostre spalle.

Per un attimo credetti di aver sentito male. «Cosa? Non se ne parla nemmeno.»

«Di sicuro tua madre non pensa di vederti. Men che meno in compagnia.»

«Ma io non... Oh.» Colsi il messaggio, e guardai Kaden in preda al panico. «Ma tu devi tornare a casa! Dobbiamo tornare a casa. Cosa diranno Rachel e i figli di Chad? E poi, non ho niente da mettere. La mamma darà fuori di matto se mi presentassi con dei vestiti qualunque.»

Kaden si chinò verso di me e con il suo sguardo cupo mi fece tacere. Mi guardò negli occhi, a lungo e con intensità, cercando il permesso, che gli diedi subito. Poi superò gli ultimi centimetri tra noi e posò le labbra sulle mie. Il bacio fu lento e profondo, e lo avvertii in ogni mia cellula. Lui emise un gemito soffocato che risuonò in tutta me stessa.

Si staccò, mi baciò gli angoli della bocca, le guance, per poi tornare sulle mie labbra. Le prese tra i denti per morderle con dolcezza.

Quando posò un'ultima volta le labbra sulla mia fronte e poi si staccò definitivamente da me, il panico era scomparso.

«Secondo me dovresti presentarti con me a quel galà, per dimostrare a tua madre che non ci facciamo sottomettere da lei. Tu non ti fai più dare ordini da lei, Bubbles. Sei una persona adulta e prendi da sola le tue decisioni, è questo che le dimostreremo insieme.»

Sentendolo parlare al plurale, ebbi un tuffo al cuore. Subito dopo, un fremito mi riempì l'addome ma non aveva niente a che fare con il desiderio. Aprii gli occhi e lo guardai confusa.

«Credo che tu abbia ragione», mormorai.

«Io ho sempre ragione.»

«Sei una persona alquanto superba, Kaden.»

«Perché dovrei fingere modestia quando sappiamo entrambi quanto io sia fantastico?» replicò alzandosi. Sollevò le braccia sopra la testa e si stirò.

Io lo imitai. Eravamo rimasti fuori per parecchio tempo. Il cielo ormai era scuro, e l'aria umida e fredda. Era ora di andare a dormire. Ammesso di riuscirci, in presenza di Kaden.

23

Mi guardai allo specchio e gemetti. Ero esattamente come mi sentivo.

Un totale fallimento.

Tirai l'orlo della gonna nera, che all'improvviso non mi sembrava più così carina come quando l'avevo messa in valigia a Woodshill. Anche le calze trasparenti a pois neri mi facevano un effetto infantile. Insieme al maglione azzurro a maglie lente con una spalla nuda era una mise del tutto inadatta per un ricevimento serale a casa Harper. A me piaceva, in circostanze normali mi ci sarei sentita completamente a mio agio. Ma sapevo che la mamma avrebbe avuto da ridire se mi avesse vista così.

«Sei pronta?» domandò Kaden dall'altra parte della porta. Era la terza volta che me lo chiedeva: era proprio arrivato il momento di uscire dal bagno.

Avevamo trascorso la notte nello stesso letto, ma eravamo così sfiniti che ci eravamo addormentati subito. Svegliarsi insieme al mattino e fare colazione era sembrato del tutto normale, visto che tra l'altro mi aveva di nuovo presa in giro per il mio debole per il caffè.

Le cose tra noi però erano cambiate, si capiva benissimo. Non riuscivo a fissarlo per più di qualche secondo senza pensare a ciò che mi aveva fatto il giorno prima. Avevo sempre voglia di toccarlo. E lo desideravo ancora di più.

Ecco perché la sua proposta di mostrargli qualche angolo di Denver mi era sembrata perfetta. Le strade erano piuttosto vuote. La maggior parte della gente doveva essere impegnata nei preparativi per il Ringraziamento, così potei portarlo in giro senza fretta. Entrambi notammo quasi subito che preferivamo Woodshill. Ci mancava l'aria fresca, il bel paesaggio. Qui tutto aveva un aspetto freddo e desolato.

Nel tardo pomeriggio eravamo tornati in hotel e avevamo guardato l'ultima puntata di *Game of Thrones* sul maxischermo in camera. Poi avevo cominciato lentamente a prepararmi. Era stato difficile ottenere un trucco decente e soprattutto una pettinatura accettabile con i pochi strumenti che avevo con me. Non osavo pensare a cos'avrebbe detto mia madre del mio abbigliamento. Di solito andava alla ricerca per settimane dei vestiti giusti per simili occasioni, si faceva anche spedire capi firmati che costavano più dell'affitto annuale che pagavo da Kaden. Le cose che portavo in quel momento erano graziose, ma acquistate negli outlet e on-line.

Feci un profondo respiro. Sebbene avessi paura della sua reazione, il mio abbigliamento era un ulteriore simbolo della mia indipendenza, e la mamma avrebbe dovuto prenderne atto.

«Allie, so benissimo cosa ti sei messa, abbiamo fatto i bagagli insieme. Non devi farne un dramma e rimandare il momento», mi esortò Kaden da fuori, facendomi alzare gli occhi al cielo.

Sistemai ancora un paio di ciocche dei capelli che avevo raccolto per avere un aspetto meno severo e aprii la porta.

«Ti rende nervoso il fatto che il bagno sia chiuso a chiave, vero?» osservai sorridendo prima di andargli vicino.

Lui mi fissò e fece scorrere lo sguardo su di me senza parlare. Deglutì un paio di volte e fece per dire qualcosa, ma cambiò idea. Che insolito comportamento.

Anche lui stava benissimo. Portava una camicia color petrolio abbinata a dei pantaloni marroni consumati ad arte in alcuni punti, e i suoi stivali Engineer. Con lui vestito così sarei andata dovunque. C'era solo una cosa che mi disturbava.

Feci un passo in avanti e lo presi per un polso.

«Cosa fai?» mi chiese con uno scintillio negli occhi, quando gli sbottonai il polsino.

«Voglio che si vedano», dissi arrotolandogli prima la manica sinistra e poi la destra appena sotto il gomito.

«Sei proprio decisa a provocare un infarto a tua madre», commentò asciutto.

Sfiorai i versi della canzone sull'avambraccio prima di indietreggiare e dare un'occhiata al risultato.

«Adesso sei perfetto.»

Quando ricambiò il mio sorriso, provai un altro fremito all'addome. «Benissimo.»

Eravamo fermi da cinque minuti all'inizio della strada dove avevo chiesto al tassista di accostare. Scrollai le mani che avevano cominciato a tremare, ma non servì a niente.

Era stata un'idea bizzarra. Avrei fatto una figuraccia. Eppure, non era forse quello il senso ultimo della cosa? Volevo far capire una volta per tutte che non ero più la marionetta della mamma e che non mi importava niente di quello che lei o le sue presunte amiche pensavano di me.

«Sei pronta o dobbiamo fare un altro giro?» chiese Kaden. Scossi il capo.

Ero pronta ad affrontare quelle persone. E non ero sola. Prima che avessi tempo di cambiare idea, scesi dal taxi. Faceva fresco, ma non troppo. Per fortuna non avevo rinunciato al mio giubbotto di pelle. Mi misi a braccia conserte e aspettai Kaden, che scambiò qualche parola con il tassista.

Quando mi raggiunse gli rivolsi un'occhiata interrogativa.

«Gli ho detto di restare a disposizione, in modo che possiamo andarcene quando vogliamo», disse, raggiungendomi sul marciapiede. «Bene, qual è la casa... okay, è una domanda superflua.»

Il luogo in cui si svolgeva il galà era riconoscibile anche da lontano. C'erano automobili di lusso parcheggiate lungo la via, e gli invitati, passando davanti alla grande fontana e alle sfarzose sculture, si dirigevano verso l'ingresso illuminato.

Ebbi bisogno di un altro momento per farmi forza. Quando finalmente misi piede sulla nostra proprietà insieme a Kaden, tentai di ignorare tutte le facce conosciute che mi circondavano e proseguii decisa verso la porta. A un certo punto, Kaden mi afferrò per un braccio e mi costrinse a rallentare. Si chinò verso di me e mi mormorò l'orecchio: «Andrà tutto bene».

Speravo di cuore che avesse ragione.

Una volta all'interno fummo salutati educatamente da personale in abito nero che ci prese i giubbotti per portarli nello scantinato dove, come sapevo bene, c'era un grande guardaroba riservato a eventi come quello.

Un cameriere ci offrì dello champagne, e io ne presi automaticamente un bicchiere. Kaden fece altrettanto. Come sempre, lo annusò, e quando gli spruzzi del vino frizzante gli arrivarono in faccia, strinse gli occhi.

«Sembri un gatto.»

Kaden piegò gli angoli della bocca. «Un gatto? Non ti viene in mente niente di meglio?»

«Non esiste niente di meglio», replicai distrattamente mentre osservavo sempre più persone entrare nel foyer. Si salutavano con trasporto, parlavano tutte insieme e pronunciavano frasi fatte che mi provocavano una serie di brividi lungo la schiena.

Tutti si erano agghindati a festa, solo Kaden e io ci distinguevamo. Ma anche se avevano un aspetto meraviglioso, non invidiavo nessuna delle donne presenti. Sapevo benissimo cosa si provasse a passare tutta la serata con indosso un abito troppo stretto, e a non poter mangiare altro che un paio di tartine. Quel giorno non avrei avuto quel problema.

«Crystal?» esclamò una voce acuta alle mie spalle. Mi voltai come un automa.

Davanti a me c'era Brianna Mellery, una mia compagna delle superiori. Sembrava pronta a partecipare alla premiere di un film a Hollywood, più che a un galà di beneficenza. Le sue scarpe e il vestito dorato dovevano essere costati una fortuna.

«Brianna», la salutai educatamente sforzandomi di fare in modo che il mio sorriso non sembrasse troppo falso. In passato eravamo state buone amiche ed eravamo andate a diverse feste insieme. Ci somigliavamo addirittura, con i capelli biondi e i vestiti aderenti. Ma ormai non trovavo nessuna analogia tra noi.

«Che sorpresa vederti qui», commentò con voce flautata chinandosi a baciarmi sulle guance. «Sei così... diversa. Così casual. Mi piace.»

Come no.

«E hai portato qualcuno!» aggiunse con voce stridula scrutando Kaden dalla testa ai piedi. Praticamente se lo mangiò con gli occhi.

Lui annuì educato. «Sono Kaden.» Mentre Brianna si preparava a salutare anche lui con i baci sulle guance, aggiunse: «Il ragazzo di Crystal».

Per un attimo anch'io dovevo aver assunto l'espressione perplessa di Brianna.

«Che bello.» Brianna si portò una mano alla bocca e fece un risolino affettato. «Te ne vai in un paesino all'altro capo del mondo e torni con un ragazzo del genere. Devo assolutamente raccontarlo a Lindsay. Stavo giusto andando da lei. Ma poi devi raccontarci assolutamente tutto dell'università!»

Detto ciò, si allontanò con passo elegante.

La seguii con lo sguardo, e quando finalmente fu fuori dalla vista e dall'udito, mi girai verso Kaden. «Il ragazzo di Crystal?»

Lui alzò le mani in un gesto di resa. «Puro istinto di autodifesa. Non volevo che mi considerasse una possibile preda e mi intrappolasse in un angolo per farmi chissà cosa. Aveva già tirato fuori gli artigli.»

Purtroppo non riuscii a ridere. «Sai che adesso andrà a dirlo in giro?»

Lui sorrise compiaciuto. «Per me non è un problema.»

«Se lo dici tu.»

«Per te sì?» chiese sottovoce.

Non gli risposi subito, ma mi guardai in giro. Sebbene

fosse ancora presto, erano arrivati quasi tutti gli invitati. Qualcuno lanciava occhiate indignate verso Kaden e me, altri tentavano di non farlo vedere, ma parlottavano di noi. Sapevo che sarebbe andata così. Ed ero perfettamente consapevole delle conclusioni che la gente avrebbe tratto vedendomi insieme a Kaden a quella festa.

Bevvi un lungo sorso di champagne. «No, per niente», risposi infine, anche se la mia voce non fu decisa quanto avrei voluto.

Percepii il calore della mano di Kaden sulla schiena. La spostò su e giù per un paio di volte, nel tentativo di tranquillizzarmi, tuttavia ebbe l'effetto contrario: mi tornò in mente la sensazione delle sue mani sulla mia pelle, e fui assalita da un'ondata di calore.

Per fortuna proprio in quel momento scorsi mio padre, e ciò bastò a raffreddarmi all'istante. Anche con un semplice abito nero, aveva un'aura di grande autorità e superiorità. Era accanto a un tavolo alto e chiacchierava con un uomo che poco dopo si unì a un altro gruppo. Impulsivamente presi per un braccio Kaden e lo spinsi verso di lui. Papà si stava portando il calice alle labbra per bere quando ci vide. Rimase attonito, ma mascherò subito la sorpresa con un sorriso tirato.

«Che bello che tu sia riuscita ad arrivare.» Non mi guardò nemmeno, ma posò gli occhi su Kaden e lo scrutò dall'alto in basso.

«Lui è il mio coinquilino Kaden», dissi, tentando di non lasciarmi intimidire. «Kaden, lui è mio padre.»

«Nicholas Harper», si presentò papà porgendo la mano a Kaden. Se la strinsero con quella tipica espressione maschile di sfida.

«È un piacere conoscerla, signore», disse Kaden.

«Lei abita insieme a mia figlia?»

«Papà!» Una vampata di calore mi salì dal collo.

«Esatto, signore. Lei occupa in subaffitto una camera nel mio appartamento.» La voce di Kaden era decisa, il suo atteggiamento sicuro, ma disinvolto. Se era intimidito, non lo dava a vedere.

Non avrei mai immaginato di trovarmi in una situazione del genere. In passato papà non si era mai interessato a ciò che facevo o a chi frequentavo. Durante la settimana lavorava come un matto, il sabato e la domenica io ero sempre via. Solo in quel momento mi resi conto che per anni ci eravamo sfiorati senza mai incontrarci veramente.

«Nicholas! L'ho cercata dappertutto.» Un uomo anziano si era avvicinato a papà e gli aveva posato una mano sulla spalla.

«Francis!» esclamò allegramente papà. «Che piacere vederla. Le posso offrire un bicchiere di vino? Anzi, se ricordo bene, lei ha sempre preferito lo scotch, giusto?»

Mio padre ci rivolse un ultimo cenno di saluto, prima di avviarsi con il suo ospite verso il bar.

«Non è andata così male», commentò Kaden, appoggiandosi con il braccio al tavolo alto davanti a noi.

«Mmm», feci, non sapendo bene cosa pensare di quell'incontro. Sì, papà aveva conosciuto Kaden; mi domandavo però se si fosse reso conto che non ero andata lì per fare un piacere a lui o alla mamma, bensì per l'esatto contrario. Ero convinta che il mio abbigliamento e i tatuaggi di Kaden trasmettessero il messaggio con sufficiente chiarezza, ma evidentemente mi ero sbagliata. Posai il calice sul tavolo e passai il dito sul bordo facendolo fischiare.

Nell'ora successiva, i responsabili delle organizzazioni di beneficenza di quell'anno tennero i loro discorsi di benvenuto, ma li ascoltai distrattamente. Da una parte continuavano ad arrivare conoscenti del passato, che mi salutavano con trasporto e lanciavano occhiate incuriosite a Kaden. Dall'altra parte, Kaden tentava in tutti i modi di rendere la nostra presenza il più sopportabile possibile. La cosa più divertente era sentirlo inventare ogni genere di scandalo in cui alcuni ospiti potevano essere coinvolti.

«Quello laggiù è Alexander McTalman», disse con un cenno verso un signore anziano che non conoscevo. Era altissimo, portava un abito a scacchi e si stava grattando discretamente il cavallo dei pantaloni. «È un nobile scozzese, molto contrariato perché oggi non ha potuto mettere il kilt. Come si vede è estremamente a disagio.»

«Hai una fantasia sorprendente», biascicai a bocca piena. Ci eravamo portati al tavolo una montagna di stuzzichini, perché non ce la facevamo più ad aspettare la cena.

«Invece quell'altra è Sabrina Miller-Fishbury. È presidente del golf club per criminali minorenni e ha una relazione con Lord McTalman.» La donna che stava indicando aveva i capelli pettinati all'indietro con tale severità che tutto il viso risultava tirato. Una specie di lifting naturale, che avrei dovuto proporre a mia madre come alternativa alle grandi quantità di botox che si faceva iniettare regolarmente. «Ma Mrs. Miller-Fishbury è legata in matrimonio a Mr. Fishbury, che non la fa più felice da quando la lozione per capelli che usava ha smesso di fare effetto.»

Seguii lo sguardo di Kaden verso un ometto basso sulla cui testa era facile distinguere un toupet di capelli naturali. Scoppiai in una risata fragorosa e subito mi tappai la bocca con una mano, perché avevo attirato l'attenzione di diverse persone.

«Tocca a te», disse Kaden con un sorriso soddisfatto.

Stava facendo del suo meglio per rendere più piacevole la nostra permanenza e non si lamentava, sebbene fossi sicura che avrebbe preferito essere da qualche altra parte. Gli ero così grata da essere disposta a partecipare a quel suo assurdo gioco. Mi guardai intorno alla ricerca della vittima successiva, con una storia già pronta sulle labbra...

Quando lo vidi.

Il cuore mi si fermò.

Il suo portamento altero, il suo profilo volitivo. Capelli castani mossi con qualche striatura grigia. Avrei riconosciuto Russell Anderson dovunque.

Mi mancava l'aria. Vedevo dei puntini neri davanti agli occhi e dovetti aggrapparmi al tavolo per non perdere l'equilibrio.

I nostri sguardi si incontrarono. Per un istante parve sorpreso, poi il suo viso si illuminò in un sorriso soddisfatto.

Fui assalita dalla nausea.

Scambiò una parola con il suo interlocutore, gli strinse la mano, poi si girò e ci venne incontro.

Stavo per vomitare.

«Allie?» domandò Kaden, ma non lo sentii veramente.

Russell Anderson si stava avvicinando. E si fermò davanti a me. Il profumo aspro del suo dopobarba mi salì nel naso e dovetti reprimere un conato.

«Crystal.»

Sussultai. Avrei voluto sputargli in faccia, prenderlo a pugni e a calci, ma in sua presenza mi sentivo come sempre paralizzata. Non potei impedirgli di salutarmi con un bacio sulla guancia. Indugiò con la bocca vicina al mio orecchio. Fece un profondo respiro. «Che bello rivederti.»

Strinsi le labbra. Senza rispondere, fissai dritto davanti a me, i pugni stretti lungo i fianchi. Non volevo vedere il suo sorriso superbo. Né i suoi occhi che mi spogliavano avidamente, come sempre.

«L'università ti fa bene», constatò soddisfatto.

Rimasi zitta. Kaden mi venne più vicino e mi posò una mano sulla schiena.

«E chi abbiamo qui?» chiese Anderson con un tono che grondava sdegno.

La domanda mi strappò dalla paralisi e finalmente voltai lo sguardo. «Lui è il mio ragazzo, Kaden White.» Non so come fossi riuscita a pronunciare quelle parole con voce calma e sicura. Qualcosa dentro di me doveva aver fatto scattare il pilota automatico. «Kaden, lui è...»

«Russell Anderson. Un vecchio amico di famiglia», mi precedette lui, che poi rivolse un brusco cenno di saluto a Kaden senza porgergli la mano.

Kaden si irrigidì. Mi strinse a sé e mi diede sostegno, senza sapere chi fosse quell'uomo e cosa scatenasse in me la sua presenza. E neppure che in quel momento si stava realizzando il mio incubo peggiore.

Un attimo dopo gli altoparlanti schioccarono e la voce di mia madre risuonò per la sala. Raccontò qualcosa dell'organizzazione a cui quell'anno sarebbero andate le donazioni, e di quanto le stesse personalmente a cuore. Tuttavia, io continuavo a tenere lo sguardo fisso su Anderson. Non potevo credere che fosse stato così spudorato da presentarsi lì. Da parlare con me. Da toccarmi. A casa dei miei genitori.

Come avevano potuto permettergli di entrare, dopo tutto quello che mi aveva fatto?

«Inoltre, sono particolarmente felice», proseguì la mamma con la sua voce squillante da occasioni ufficiali, «di avere l'onore di potervi presentare una persona molto speciale. Non è soltanto un grande sostenitore della fondazione, bensì da molto tempo anche un caro amico di famiglia.» Fece una pausa teatrale. «Signore e signori, vi prego di concedere un bell'applauso al nostro principale benefattore di quest'anno... Ma cosa sto dicendo? Naturalmente lo conoscete tutti! Russell, dove sei finito?»

Rimasi esterrefatta.

Anderson si girò verso di me. Lasciò scivolare la mano lentamente sui miei fianchi e mormorò: «È stato bello rivederti, Crystal. Magari la prossima volta troveremo il tempo di stare insieme un po' di più».

Si voltò, si aggiustò la cravatta e con un sorriso raggiante si fece largo tra gli ospiti fino a raggiungere mia madre sul palco.

Sentii le gambe cedermi e mi aggrappai al braccio di Kaden.

«Portami via di qui», ansimai. «Ti prego, portami via.»

Lui agì prontamente, mi cinse con un braccio e mi condusse dolcemente ma con decisione verso la porta d'ingresso. La voce viscida di Anderson ci seguì per tutto il tragitto. Era un onore per lui accettare il riconoscimento, ma lo faceva a nome di tutti i bisognosi...

Ebbi uno spasmo allo stomaco e dovetti fare uno sforzo per non vomitare in mezzo al foyer.

Arrivata alla porta, feci un lungo respiro. Inspirai l'aria fresca come se fossi stata sul punto di annegare. Kaden mi guidò verso l'uscita e poi lungo il vialetto d'accesso, ignorando le occhiate interrogative e in parte sbigottite degli ospiti. Arrivati sulla strada, allentò leggermente la presa e io mi lasciai scivolare sul marciapiede. Lui disse qualcosa, ma nella mia testa c'era solo la voce di Anderson, che pronunciava il mio nome in un sussurro.

Il cuore mi batteva forte. Ero stremata.

Il viso di Kaden mi si materializzò davanti. Accovacciato di fronte a me, mi sfiorò dolcemente le ginocchia. Allontanai le sue mani. Non potevo farmi toccare da nessuno, in quel momento.

Lui mi lasciò il tempo che mi occorreva, senza tuttavia perdermi di vista.

«Cosa ti ha fatto quel pezzo di merda?» bisbigliò infine.

Non gli risposi. Lui mi prese il viso tra le mani ma, anziché sentirmi come sempre al sicuro, provai un senso di paura e mi divincolai.

«Allie, devi parlare con me», mi esortò. «Ti ha... fatto del male?» Faticò a pronunciare quelle parole, come se gli procurassero una sofferenza fisica.

Sapevo qual era la sua vera domanda. Scossi la testa.

«Non ti credo.»

Mi costrinsi a guardarlo. Il suo sguardo era implorante, quasi spaventato, le sue mani tremavano sulle mie guance.

«Non è venuto a letto con me», fu tutto quello che dissi, prima di rialzarmi e cercare il nostro taxi. I muri che avevo eretto intorno a me erano di nuovo lì. E mi impedivano di raccontare ciò che era accaduto veramente.

Il taxi non tardò ad arrivare. Kaden mi aiutò a salire e disse all'autista di aspettare. Si allontanò e dopo cinque minuti tornò con le nostre giacche. Mi posò la mia sulle spalle e la sua sulle ginocchia. Più ci allontanavamo da casa dei miei genitori, meglio riuscivo a respirare. Tuttavia non sopportavo ancora il contatto fisico con Kaden. Non ce la facevo, non ce la facevo proprio.

Arrivati in albergo, mi chiusi in bagno e mi infilai sotto la doccia. Usai tutta la boccetta di bagnoschiuma, mi insaponai ripetutamente, ma non bastò per scacciare i tremendi ricordi. Quando chiusi l'acqua, il bagno era pieno di vapore. Andai davanti al grande specchio sopra il lavandino e ci passai una mano per ripulirlo e specchiarmi.

La ragazza pallida e con gli occhi colmi di panico che mi guardava la conoscevo bene. L'avevo vista per mesi ogni giorno allo specchio.

Tentai di non andare in iperventilazione.

Non era successo niente, avevo solo incontrato Anderson. Non ero pronta. Il nostro ultimo incontro risaliva a quasi tre anni addietro, la mamma aveva sempre fatto in modo che le nostre strade non si incrociassero più. Evidentemente era convinta che non mi sarei fatta vedere, quella sera, altrimenti non lo avrebbe invitato, ne ero certa. Non c'era altra spiegazione. Oppure c'era?

Mi avvolsi nell'accappatoio, mi lavai i denti con cura, quindi indossai i leggings e un'ampia maglia nera. Mentre mi asciugavo i capelli cominciai a calmarmi.

«Allie?» mi chiamò Kaden a bassa voce da oltre la porta.

Feci un profondo respiro. Ero chiusa in bagno da un'eternità, non avrei potuto nascondermi da lui ancora a lungo. Provai a sorridere nello specchio. Era un sorriso forzato. Ci provai di nuovo, e fui più soddisfatta del risultato. Avrei affrontato Kaden così. Speravo che mi avrebbe creduto.

Altrimenti non avrei saputo come reggere la situazione. Non avrebbe mai dovuto vedermi in quello stato.

Andai in camera. Lui era seduto sul letto, la testa tra le mani. Quando mi udì, alzò lo sguardo. Era più che preoccupato.

Io gli sorrisi.

«Smettila», mi ordinò contrariato.

Il mio sorriso vacillò solo un istante. «Non so di cosa parli.» Mi avvicinai alla borsa e impiegai un'eternità a sistemarci dentro le mie cose.

«Allie, smettila con questa pagliacciata.»

Continuai a rovistare nella borsa. «È tutto a posto, Kaden. È stato solo un po' di stress.»

Lui emise una specie di ringhio e venne vicino a me. Mi afferrò per le spalle e mi fece voltare di scatto. Stavo per protestare, ma poi mi accorsi della sua espressione furibonda.

«Maledizione, adesso mi dici cos'è successo!» sbottò.

«Lasciami.»

«No.»

«Kaden, lasciami subito», gli ordinai, tentando di allontanarlo da me.

«No.» Stavolta la sua voce era bassa e minacciosa. «Non te la caverai così. Non dopo gli ultimi mesi, non dopo che ti ho presentato mia madre, non dopo ieri notte e soprattutto non dopo oggi.» Con uno strattone mi avvicinò a sé, finché i nostri nasi furono a pochi millimetri l'uno dall'altro. «Mi hai capito?»

Certo che lo avevo capito. Ma Kaden non aveva idea di cosa pretendesse da me. Non era possibile, e prima lo accettava meglio era. Provai di nuovo a liberarmi dalla sua stretta scuotendo la testa.

Lui allora strinse la presa.

«Santo cielo, cosa vuoi da me?» strillai. Lo presi a pugni sul petto.

«La verità», replicò lui, senza spostarsi nemmeno di un millimetro. «Voglio sapere cosa ti ha fatto quello stronzo. Sembrava che tu avessi visto il diavolo in persona. Voglio sapere cos'è successo tra voi, che non ti fa sopportare di stare nella stessa stanza con lui senza dare fuori di matto, voglio sapere...»

«Smettila.» Mi sentivo mancare da quanto mi batteva forte il cuore.

«Non ci penso nemmeno. Ero con te quando ti ha salutato. Ho dovuto fare uno sforzo per non spaccargli la faccia. Il suo modo di guardarti era...»

«Stai zitto», lo implorai tappandomi le orecchie.

«Cosa ti ha fatto?» domandò, la voce di Kaden era ridotta a un sussurro. Continuava a tenermi stretta, ma nel frattempo mi accarezzava le braccia con i pollici. «Raccontami tutto, Allie.»

Sentii i muri crollarmi intorno. Per quanto ci provassi, non era più possibile tenere a bada i ricordi. Mi investirono come un fiume in piena, l'uno dopo l'altro, e scoppiai a piangere. Le ginocchia mi cedettero, ma c'era Kaden a sostenermi. Scivolò insieme a me lungo la parete fino al pavimento. Avevo le guance rigate di lacrime roventi e mi aggrappai a lui, mentre le immagini di allora, che avevo rimosso per tanto tempo, riaffioravano, e con esse il panico, il terrore, l'impotenza. La solitudine.

Continuai a piangere.

Kaden mi accarezzò i capelli, mi mormorò all'orecchio parole di conforto e mi tenne stretta a sé con tanta forza che sembrava non volermi più lasciare andare.

Poi le lacrime si esaurirono. Ero tra le gambe di Kaden, le ginocchia ripiegate e la testa appoggiata al suo petto. Il suo respiro regolare e le sue braccia salde intorno al mio corpo tremante mi trasmettevano una sensazione che non avevo mai conosciuto prima, di incrollabile stabilità.

Allora cominciai a raccontare.

«È iniziato tutto quando ho compiuto sedici anni», mormorai contro la sua camicia, intrisa delle mie lacrime. «Anderson era un nuovo socio di papà e trascorreva parecchio tempo a casa nostra, dato che i miei genitori andavano molto d'accordo con lui. Ha investito enormi capitali nella nostra azienda.» Ricordavo il giorno in cui papà aveva firmato il contratto, era tornato a casa euforico e ci aveva portato a cena in un ristorante carissimo. «Era simpatico, aveva aiutato mio padre a espandersi. E quando papà era felice, lo era anche la mamma e alla fine ci guadagnavo pure io.»

Kaden mi accarezzò la schiena. Presi fiato e andai avanti.

«All'inizio non mi rendevo conto di quello che faceva. Spesso mi toccava passandomi accanto, mi veniva più vicino di quanto fosse appropriato. Poi mi dissi che mi stavo solo immaginando le sue avances, che si trattava di coincidenze. All'inizio era tutto molto innocuo. Ma poi diventò sempre più... insistente, e le sue avances sempre più audaci. Quando facevo i compiti, si chinava su di me e mi annusava i capelli, oppure...» Per un momento mi mancò la voce e dovetti schiarirmi la voce. «Mi strisciava le labbra sull'orecchio quando mi salutava dandomi baci sulle guance, come faceva sempre anche con la mamma. Spesso mi mormorava cose sconce che mi facevano arrossire, e poi rideva, divertito per come fosse facile turbarmi.»

Deglutii a fatica.

«Era una forma strisciante di... abuso. Quando gli dissi che doveva smettere, minacciò di annullare i contratti con mio padre, e questo avrebbe avuto effetti tremendi su tutta la società. Temevo... temevo di distruggere i miei genitori.»

Le mani di Kaden si fermarono, e si irrigidì. Voleva dire qualcosa, ma ricominciai a parlare velocemente.

«Allora non mi sono più opposta. E, per quanto possa suonare atroce, a un certo punto mi sono abituata. Alla sua costante vicinanza, ai suoi viscidi complimenti. Alle sue mani che nel frattempo a volte si infilavano sotto la mia gonna, al suo sguardo soddisfatto tutte le volte che la mamma mi comprava un vestito nuovo.» Ricacciai in gola un'ondata di nausea. «Una sera venne a bere qualcosa da noi insieme ad altri amici dei miei genitori. Si infilò di nascosto in camera mia.»

Kaden strinse i pugni.

«E cominciò a baciarmi, ma io lo cacciai via», proseguii a fatica. «Lui se ne andò. Non contento, i suoi approcci si fecero ancora più insistenti. Sapeva che i miei non sospettavano nulla, e non mi lasciava più in pace. Alla fine la sua voce mi riempiva la testa, mi sembrava di percepire la sua presenza ovunque. Non osavo più tornare a casa.» Gli occhi mi bruciavano di nuovo, ma trattenni le lacrime. «Non dormivo più, non mangiavo più. Restavo a scuola il più a lungo possibile, poi mi rifugiavo al centro commerciale o da qualche amica. A volte entravo in un cinema e ci restavo fino al termine dell'ultima proiezione. Un giorno crollai, e mia madre mi costrinse a raccontarle cos'era successo.»

Mi fermai e feci diversi profondi respiri. Non mi ero mai confidata con nessuno in questo modo, prima.

«Le raccontai quello che mi diceva e mi faceva Anderson, e lei sembrò turbata. Mi chiese se mi avesse...» mi schiarii la voce un'altra volta, «se mi avesse violentata, e le risposi di no. Poi mi chiese se mi avesse costretta a fare altre cose. Dissi di no. In realtà non mi aveva mai fatto veramente del male... mi tormentava in maniera subdola, disgustosa.»

Kaden trattenne il respiro e io alzai la testa dal suo petto per guardarlo. Aveva le labbra serrate e gli occhi furenti.

«Hai conosciuto mia madre. Non avrebbe mai permesso che qualcosa interferisse con gli affari di papà o rovinasse il prestigio della famiglia. Ha detto che non mi dovevo preoccupare e che mi avrebbe subito comprato dei vestiti.»

Kaden soffiò fuori l'aria in un sibilo e le sue dita affondarono nella mia schiena senza che se ne rendesse conto. «Poi però non lo ha fatto.»

Sospirai. «Sì, invece. Le ho raccontato che mi sentivo a disagio e che avevo paura di Anderson. Avevo paura che entrasse di nuovo in camera mia, e di non potermi difendere. Volevo andare alla polizia a denunciarlo, ma la mamma non me lo permise. Disse che nessuno mi avrebbe creduto, non avevo né lividi né altro. Disse che alla fine sarei stata considerata una bugiarda. Una bugiarda che avrebbe trascinato nel fango tutta la famiglia. Disse che avrebbe trovato una soluzione e che avrebbe fatto in modo che non dovessi mai più vedere Anderson. E così è stato... fino a stasera.»

«Hai accettato che quel pervertito restasse a piede libero in modo che i tuoi genitori non avessero danni», commentò Kaden con espressione truce.

«Non ho avuto scelta», replicai sfinita.

«Eri una bambina, maledizione, Allie», sibilò con la voce che fremeva di rabbia.

Per un attimo rimasi in ascolto del battito accelerato del suo cuore. Mi costò molta fatica riprendere il racconto.

«Da allora ho tentato in tutti i modi di trascorrere meno tempo possibile a casa, specialmente nei fine settimana. Persino papà se n'è accorto, ma siccome non doveva essere messo al corrente della vicenda, mi sono allontanata da lui.» Feci una risata piena di amarezza. «E la mamma... non riuscivo più a guardarla in faccia. Ha minacciato Russell di denunciarlo per costringerlo a investire altri soldi nell'azienda. Si è fatta pagare per il nostro silenzio.»

Kaden sussultò. Per una frazione di secondo nei suoi occhi si accese una luce feroce ma, prima che potessi interpretarla, era sparita. Mi strinse a sé ancora più forte di prima.

«Mi dispiace che tu abbia dovuto vivere un'esperienza simile», mi mormorò tra i capelli.

«In realtà credevo di averla superata... Insomma, ho avuto dei ragazzi e ho fatto delle cose. Ma vederlo oggi e sentire mia madre parlare di lui in quei termini ha riaperto la vecchia ferita.» Rividi la faccia di Anderson davanti a me, il suo sorriso insinuante, e rabbrividii. «La mamma voleva che partecipassi a tutti i costi al galà. E sapeva che ci sarebbe stato anche lui. Il vincitore del riconoscimento viene scelto con settimane di anticipo. Mi ha attirato in trappola di proposito.»

«Non riesco a immaginare che possa esserci tanta cattiveria concentrata in una persona sola.»

«Io voglio solo dimenticare tutto e ricominciare da capo», dichiarai con un sospiro.

Ero tanto stanca. E anche se mi ero tolta un terribile peso dal cuore confidandomi con Kaden, mi sentivo più vulnerabile che mai.

«Voglio tornare a casa», mormorai dopo un po'. «A Woodshill, intendo.»

Quella era la mia casa, non c'era più niente che mi trattenesse lì.

Kaden mi scostò i capelli dal viso. Il suo sguardo era sempre cupo e duro. «Se è ciò che vuoi, prenderemo il prossimo volo.»

24

RACHEL ci accolse raggiante quando, di prima mattina, imboccammo il vialetto della casa di Kaden. Mi aveva chiesto se avevo niente in contrario a fare una breve sosta da sua madre. In fondo non aveva potuto trascorrere con lei il giorno di festa.

Rachel aprì la mia portiera prima ancora che avessimo parcheggiato, e mi abbracciò in silenzio. Fu così delicata da non fare commenti sulla mia faccia gonfia e sulle occhiaie; si limitò a lanciare a Kaden una lunga occhiata eloquente.

Il tavolo del soggiorno era già apparecchiato e io mi lasciai cadere con sollievo su una sedia. Gli ultimi giorni erano stati tremendamente stressanti. Avevo bisogno di tranquillità. I pochi minuti in cui mi ero appisolata sulla spalla di Kaden durante il volo non erano stati sufficienti per riposarmi.

«I figli di Chad sono rimasti soddisfatti di me», disse Rachel mentre ci versava un caffè.

«Molto bene», commentò Kaden.

«Quanti anni hanno?» chiesi, versandomi un po' di latte.

«Tredici e diciassette.» Rachel era seduta di fronte a me. «Ero agitatissima, ve l'assicuro.»

Essere seduta a fare colazione con Kaden e sua madre sembrava la cosa più naturale del mondo. Mi facevano sentire la benvenuta, e di far parte del loro mondo. A maggior ragione mi rincresceva aver rovinato loro la festa del Ringraziamento.

«Mi spiace molto avervi causato tante seccature.» Dovevo dirlo, altrimenti sarei scoppiata. «Non volevo.»

Kaden sbuffò.

«Non ti preoccupare», disse Rachel in tono sincero, stringendomi brevemente la mano sul tavolo. «Era un'emergenza e Chad ha reagito in maniera molto comprensiva. Sono contenta che tuo padre stia bene. E poi, il cibo è bastato giusto per noi quattro. Avevo dimenticato quanto mangiano gli adolescenti.» La sua risata riempì la stanza. «La prossima volta dovrò organizzarmi meglio.»

Ero sicura che lo dicesse per pura cortesia, ma ero comunque grata delle sue parole. Guardai Kaden, che fissava cupo la sua tazza. Dalla sera precedente era teso, il suo viso non si era più rischiarato dopo la nostra conversazione. Per tutto il viaggio di ritorno era stato taciturno. Mi rendevo conto che doveva assimilare la mia storia; per me sarebbe stato lo stesso. Ma vederlo isolarsi in quel modo mi faceva male. Soprattutto dal momento che avevo sperato... No: mi costrinsi a non finire il pensiero.

Lo sguardo di Rachel passava con curiosità da Kaden a me e viceversa, ma lei non fece commenti sulla strana atmosfera tra noi. Cominciò a raccontarmi del suo primo incontro con Chad, nella sala d'aspetto del loro dentista. Avevano allungato la mano per prendere la stessa rivista, poi non avevano più smesso di sorridersi a vicenda. Quando Chad era stato chiamato dall'infermiera, aveva passato a

Rachel la rivista, con il suo numero di telefono scritto sulla copertina. Era una storia straordinariamente romantica.

Dopo colazione Kaden andò di sopra a radunare le sue cose, mentre io aiutai sua madre a sparecchiare e a rimettere a posto in cucina.

«Era tanto preoccupato per te, Allie», disse Rachel mentre prendeva il vassoio dei formaggi che le porgevo. «Non lo avevo mai visto così. Non riusciva a stare fermo.»

Cosa avrei dovuto rispondere? Dopotutto, due giorni prima le avevo assicurato che Kaden e io eravamo soltanto amici. Nel frattempo, però, non potevo più negare i miei sentimenti. Provavo anche altro per lui. Molto altro. Ma non era il momento giusto per pensare a cosa potesse significare.

«Sono molto felice di vederlo così», proseguì Rachel sorridendomi. Stavo per chiederle cosa volesse dire, quando un colpo di tosse mi fece voltare di scatto. Kaden era sulla soglia della cucina con la sua sacca da viaggio.

«Vado a darmi una rinfrescata», annunciai con le guance in fiamme, lasciandoli soli.

Nel bagno degli ospiti, mi spruzzai dell'acqua fredda in faccia. Poi appoggiai i palmi freschi sulle guance, tentando di tornare padrona delle mie emozioni. Non poteva andare avanti così. Non potevo sentirmi mancare tutte le volte che Kaden mi era vicino. Dopotutto vivevamo insieme. E qualunque cosa fosse successa tra noi, non volevo perdere la sua amicizia.

Feci un ultimo profondo respiro e tornai in cucina, per salutare Rachel. Un fitto mormorio mi fece fermare in corridoio.

«Hai frainteso.» La voce di Kaden era fredda.

Rachel rise. «Credi che sia cieca? Ho visto come vi trattate.»

«Può darsi che ci sia qualcosa, ma non è altro che amicizia, mamma.»

Il mio cuore precipitò a terra.

«E perché, se posso chiederlo?»

«Non puoi.»

Rachel imprecò. In quel momento capii da chi aveva imparato quel linguaggio Kaden. «Sono tua madre. Posso chiedere ciò che...»

«Si porta dietro troppi problemi, okay?» bisbigliò lui in tono penetrante. «Non riesco a capirla. E non ho intenzione di farlo. Non posso occuparmi continuamente di qualcuno che è sul punto di crollare per ogni cretinata.»

«Oh, tesoro. Lei non è Kendra.»

«Lascia perdere, mamma.»

Le sue parole furono come un pugno allo stomaco. Inspirai rumorosamente e le voci tacquero. Mi chinai a infilarmi gli stivali mentre loro uscivano dalla cucina e mi raggiungevano in corridoio. Li guardai abbozzando un sorriso.

Kaden salutò la madre e io feci lo stesso, ringraziandola di nuovo per tutto. Poi, confusa, salii sulla jeep e salutai Rachel con la mano, mentre Kaden faceva manovra.

Per tutto il viaggio finsi di essere profondamente addormentata.

Mentre Kaden parcheggiava, feci finta di svegliarmi. Salimmo le scale in silenzio e, quando aprì la porta del nostro appartamento, provai un senso di felicità, malgrado la tristezza che mi opprimeva il cuore. Ero contenta di essere tornata a casa. Lì era tutto... giusto. Era il mio posto. Esattamente in quella casa.

«Vuoi farti una doccia? Altrimenti la farei volentieri io», disse Kaden posando la borsa in corridoio. Si tolse le scarpe e tese il braccio affinché gli dessi il mio giubbotto. Finsi di non aver visto la sua tacita richiesta.

«Vai pure per primo», gli dissi, oltrepassandolo ed entrando in camera mia. Mi chiusi la porta alle spalle e posai il borsone sul pavimento. Un attimo dopo sentii l'acqua della doccia che scorreva.

Con gesti automatici cominciai a disfare il bagaglio. Gettai i panni sporchi nella cesta del bucato e misi a posto la mia camera fino all'ultimo angolo. Dovevo tenermi occupata, in un modo o nell'altro.

Gli ultimi giorni erano stati tremendi, ed era solo merito di Kaden se non avevo avuto un crollo emotivo. Era venuto da me quando avevo più bisogno di lui, mi aveva ascoltato e mi aveva sorretto. Pensavo che desiderasse che mi aprissi con lui e gli raccontassi la mia storia. Pensavo che non sarebbe scappato, una volta scoperto tutto quello che mi trascinavo dietro. Pensavo che provasse qualcosa per me, come io per lui.

Invece in quel momento sapevo che non era così.

Mi chiedevo cosa spaventasse Kaden più di ogni altra cosa. Era quello che mi aveva fatto Anderson? Il fatto che avessi ascoltato la mamma e avessi taciuto? Oppure la mia crisi della sera precedente?

Ma non aveva senso tormentarsi.

Kaden non mi voleva. Ormai lo sapevo. Quello che era successo tra noi in albergo non aveva significato niente per lui.

Era stata colpa mia. Dopotutto Kaden non aveva mai nascosto che per lui i sentimenti fossero un tabù e che non cercasse una storia seria. Fino a pochi giorni prima, io stessa ero stata convinta che la cosa tra noi dovesse finire prima che ci sfuggisse di mano. Ma non dovevo preoccuparmi: Kaden non aveva mai pensato che tra noi ci fosse qualcosa di più. E non potevo biasimarlo: nessuno desiderava qualcuno che si portava dietro problemi come i miei.

Tuttavia, avevo la sensazione che degli artigli gelidi avessero avvinghiato il mio cuore.

25

Mi trascinai stancamente per il resto delle vacanze. Dawn si fece viva per raccontarmi com'era andato il suo Ringraziamento. Era arrivato il suo ex insieme alla nuova ragazza, e per Dawn era stato un brutto colpo; non ero quindi l'unica ad aver passato delle vacanze orribili. Sarebbe tornata a Woodshill quel giorno, ed ero impaziente di rivederla. Non ne potevo più del mio letto, e le serie tv con cui tentavo di distrarmi cominciavano a scarseggiare.

Negli ultimi giorni, Kaden e io ci eravamo ignorati. Non condividevamo più nemmeno il caffè del mattino. Ciascuno lo preparava per sé, e per noi rappresentava una battuta d'arresto. In tutto quel tempo lo avevo visto in faccia solo due volte, entrambe mentre stava per uscire di casa.

La nostra distanza mi faceva male. La prima notte avevo dovuto fare uno sforzo per non alzarmi e andare da lui, che mi volesse o meno. Sentivo la sua mancanza e desideravo averlo vicino. Ma nel contempo sapevo che il freddo distacco era la strada giusta. Avevamo assoluto bisogno di separarci.

Inoltre, dovevo andarmene quanto prima da quell'appartamento, fosse anche per poche ore. Quando Dawn mi scrisse di essere tornata al college e che potevo passare da lei, non badai al mio aspetto e mi misi le cose più comode che avevo. Ci saremmo raccontate le nostre vacanze rimpinzandoci di dolci: al momento, non potevo immaginare niente di più bello.

Kaden e Spencer erano in salotto a giocare alla play. Non mi ero resa conto che Spencer fosse arrivato.

«Ciao, Allie», mi salutò allegro, agitando il joystick verso di me.

«Ciao Spencer, come va?» ricambiai, prendendo le chiavi di casa dal bancone della cucina.

«Non mi posso lamentare... oh, cazzo!»

«Chi fa scemenze con il joystick, perde», disse Kaden asciutto, appoggiandosi all'indietro sul divano.

Mi faceva piacere che fosse di buonumore. Stronzo. Tentai di non mostrare quanto mi ferisse il suo comportamento. Avrebbe potuto almeno salutarmi. O fare commenti sul mio abbigliamento. Se mi mancavano persino le sue battute pungenti, forse dovevo andare dal neurologo... Era evidente che qualcosa nel mio cervello non funzionasse a dovere.

«Vai da Dawn?» mi chiese Spencer posando il joystick per guardarmi. Se non fossi stata così risentita con Kaden, la luce trepidante nello sguardo di Spencer forse mi avrebbe strappato una risata. «È tornata?»

«Sì. Dobbiamo raccontarci un sacco di cose.»

«Salutala da parte mia.»

«Lo farò.» Mi voltai per uscire.

«Divertiti, Allie.»

Mi bloccai e guardai Kaden da sopra la spalla. Aveva

lo sguardo inchiodato allo schermo e lo girò solo fugacemente verso di me.

Sospirai piano. «Anche voi.»

Il dormitorio non era più deserto, ma ancora piuttosto tranquillo. Potevo persino percorrere gli intricati corridoi senza scontrarmi continuamente con qualcuno. Una vera novità.

Bussai un paio di volte alla porta di Dawn, e dopo pochi istanti si spalancò.

Mi bloccai interdetta.

Davanti a me non c'era Dawn: c'era Sawyer. La non-ragazza di Kaden che avevo incrociato la prima settimana che ero arrivata a Woodshill e che da allora non avevo più visto intorno al nostro appartamento.

«Cosa ci fai tu qui?» sbottai meravigliata.

Sawyer non sembrava sorpresa di vedermi. «Io abito qui», disse, spostandosi per farmi entrare. «Purtroppo. Se riesci a farla smettere di piangere, ti pago.» Si accucciò e si infilò i suoi Dr. Martens. Poi mi oltrepassò agilmente e si richiuse la porta alle spalle.

Rimasi per un attimo immobile, perplessa. Era dunque Sawyer la bizzarra coinquilina che Dawn tentava in tutti i modi di evitare. Pazzesco.

Avrei avuto tempo di rifletterci in seguito. In quel momento, dovevo pensare a Dawn.

Era raggomitolata sul letto con la coperta stretta attorno al corpo come un guscio protettivo.

«Dawn?» la chiamai dolcemente.

«Quella è pazza», fu il borbottio che uscì da sotto la

coperta. Poi un lembo si sollevò scoprendo una parte del viso di Dawn. Il suo aspetto corrispondeva a come mi sentivo io dopo il Ringraziamento. Per niente sfavillante. «Non è vero che piango.»

Mi misi in ginocchio davanti al letto e le scostai una ciocca di capelli dalla fronte. «La tua è solo stanchezza?»

Lei scosse la testa facendo oscillare anche le coperte. Mi venne quasi da ridere.

«No. Mi nascondo soltanto.»

«Da chi?» le chiesi.

«Dal mondo.»

Mi tolsi le scarpe. «C'è ancora posto nel tuo nascondiglio?»

Lei si fece subito da parte e alzò la coperta per consentirmi di infilarmici sotto. Dopo che mi fui sdraiata accanto a lei, la tirò fin sopra le nostre teste.

«Hai trovato un bel posticino», scherzai.

Dawn brontolò. Aveva le guance arrossate, ma non sembrava che avesse pianto. Piuttosto pareva molto incavolata.

«Che succede, Dawn?»

«È stato un disastro», sospirò. «Quell'idiota ha portato la sua nuova ragazza a cena da mio padre. Avrei voluto ucciderlo.»

«È e rimane un grandissimo pezzo di merda», concordai.

Mi raccontò della serata. Di come le fosse caduto di mano un bicchiere quando lui si era presentato all'improvviso in cucina... sottobraccio a quella. E di come i suoi genitori l'avessero guardata con aria impietosita per tutta la sera, cosa che aveva accresciuto ulteriormente la sua rabbia.

«Noi rosse abbiamo la tendenza a manifestare apertamente le nostre emozioni, in particolare attraverso il colore del viso», borbottò. «Non ho mai passato un Ringraziamento orribile come questo. Spero che il tuo sia andato meglio.»

Avrei voluto raccontarle tutto, anche di Anderson e della mia crisi. Ma sebbene in vita mia non avessi mai avuto un'amica di cui mi fidassi tanto come di lei, non potevo farlo. Non ancora. Mi limitai pertanto alla telefonata di mia madre. E naturalmente a Kaden, che mi aveva raggiunto e mi aveva accompagnato al galà.

Una volta terminato il racconto, Dawn sospirò. «Certo che è proprio cotto di te», commentò attorcigliandosi una ciocca di capelli intorno al dito.

«Purtroppo no», replicai mio malgrado con lo stesso tono malinconico.

Dawn si accese subito. «Significa forse che tu provi qualcosa per lui?»

Deglutii. «Purtroppo sì.»

«Ma è fantastico, Allie!»

«L'ho sentito mentre diceva a sua madre che mi porto dietro troppi problemi», mi affrettai a dire prima che si rallegrasse troppo.

Lei mi fissò attonita. «Come, scusa?»

«Ha detto che non ha voglia di stare con qualcuno che rischia di crollare per ogni scemenza.» Soffrivo a ripetere le sue parole a voce alta.

Dawn si lasciò andare lentamente all'indietro e scostò la coperta in modo che potessimo respirare.

«Che figlio di puttana.»

«Puoi dirlo forte.»

«Che...»

«Dawn!» la interruppi ridendo, poi mi girai su un fianco e ci guardammo sogghignando.

Passammo il resto del pomeriggio a mangiare cioccolato e a confidarci segreti del nostro passato. Venni a sapere altre cose sullo stretto rapporto di Dawn con suo padre, e per la prima volta sentii parlare di sua madre, che li aveva lasciati molti anni prima. Mi raccontò anche del suo ex ragazzo, che le era sempre stato vicino e le aveva dato un enorme sostegno, prima di tradirla. Da parte mia le raccontai dei miei genitori, e che alla fine avevo trovato il coraggio di staccarmi da loro.

Sebbene non confidassi ogni cosa a Dawn, e sicuramente non lo facesse nemmeno lei, mi sentivo bene. Le ore trascorse insieme ci avevano avvicinato ancora di più. Eravamo decisamente sulla strada giusta. Dawn e io contro il mondo intero.

«Secondo me dovremmo smettere di nasconderci e cominciare a conquistare il mondo», dichiarò a un certo punto.

Si era sdraiata sulla schiena con le gambe appoggiate al muro, mentre io mi ero messa comoda a pancia in giù.

«Conquistare il mondo? Secondo te siamo già arrivate a questo punto?»

«Vabbè, non intendevo dall'oggi al domani. Ma potremmo provare a fare qualcosa. Ricostruire il nostro *mojo*.» Agitò le dita dei piedi, e mi resi conto che portava calzini spaiati.

«*Mojo?* Intendi un sacchetto-amuleto di erbe?» Mi misi seduta. «Hai una cosa del genere?»

«Probabilmente intendevo dire karma. Quella roba del destino che ti promette cose fantastiche se sei positivo.»

«Vuoi dimostrare al mondo quanto siamo fantastiche in maniera che lui sia fantastico con noi?»

«Temo di aver mangiato troppo cioccolato. Non riesco

più a pensare con lucidità. Però, sì, qualcosa del genere.» Mi guardò sorridendo. «Ci stai?»

Eccome se ci stavo.

Per la prima volta da quando la conoscevo, eravamo alte uguali, ma solo perché portava i tacchi più vertiginosi che avessi mai visto in vita mia, e aveva costretto a mettere gli stivali più bassi che avevo. Aveva i piedi molto più piccoli dei miei, perciò non avevo trovato niente di adatto nella sua collezione di scarpe. In compenso, mi aveva prestato uno dei suoi top dalla scollatura vertiginosa. Che però addosso a me era abbastanza striminzito, ma non mi interessava.

Eravamo fantastiche, e il mondo, con tanto di madri subdole, ex fidanzati fedifraghi e Kaden con difficoltà relazionali, poteva andare a quel paese.

Noi saremmo uscite e ce ne saremmo fregate di tutto. Il nostro scopo non era di stordirci, come avevo sempre fatto io prima. Al contrario, volevamo divertirci e festeggiare. E ne avevamo un gran bisogno, dopo esserci crogiolate per tutto il giorno nella tristezza.

Arrivammo all'*Hillhouse* al momento giusto. C'era poca fila e non dovemmo aspettare a lungo. Dentro c'erano diversi gruppi di persone, e altre sulla pista, ma il locale non era fastidiosamente affollato. Ordinammo dei cocktail e trovammo persino posto a uno dei tavoli più appartati, dove brindammo al karma positivo.

«L'anno prossimo trascorremmo il Ringraziamento insieme», propose Dawn.

Assentii energicamente. «È l'idea migliore che ti sia mai venuta.»

«Siamo proprio... merda.»

«Non ti seguo...» replicai confusa.

«Non ti girare», sibilò Dawn guardandomi con i suoi occhi da cerbiatta.

Se mi avesse chiesto di guardare come era ben presentato il suo cocktail, ci sarei sicuramente cascata.

Così mi girai senza indugio.

Monica, Ethan, Spencer e Kaden erano appena entrati. Avrei voluto far finta di non averli visti, ma Monica ci aveva riconosciuto e si stava dirigendo verso di noi.

«Vuoi che ce ne andiamo?» chiese Dawn, e io feci cenno di no.

«Abitiamo insieme. Una serata in compagnia non farà una gran differenza», mormorai, mordicchiando la cannuccia.

«Guarda chi si vede! Come va?» chiese Monica una volta raggiunto il nostro comodo angolino, seguita dagli altri.

«Alla grande», disse Dawn, trafiggendo Kaden con un'occhiata. Lui non sembrò farci caso. Per una frazione di secondo mi fissò la scollatura, poi distolse lo sguardo.

«Magnificamente», aggiunsi io, e scoppiammo a ridere entrambe.

Ethan vide i bicchieri sul tavolo. «Avete già bevuto qualcosa?»

«No, ma ci siamo rimpinzate di cioccolato», rispose fiera Dawn.

«Allie ti ha portato i miei saluti?» chiese Spencer, sedendosi accanto a lei senza aspettare di essere invitato. Dawn arrossì all'istante.

«Mi sono dimenticata... Sorry, Spencer», replicai. Monica si accomodò sull'altro lato di Dawn, Ethan si sistemò di fronte a lei. Per Kaden era rimasto solo il posto accanto a me. Favoloso. Ebbe un momento di esitazione, come se non fosse sicuro di potersi sedere. Gli facilitai la decisione e mi alzai senza degnarlo di uno sguardo.

«Vado a ballare», annunciai, avviandomi verso la pista.

Lasciai il cocktail sul tavolo: non mi andava di bere, non ce la facevo. Non potevo stare vicina a Kaden e fingere che non fosse successo niente. Soprattutto da quando ero consapevole di ciò che provavo per lui. Dovevo assolutamente stargli lontana, se volevo far svanire quei sentimenti. Purtroppo non era facile, dato che abitavamo insieme. E avevamo gli stessi amici. Tra tutti noi era nata una bella amicizia, e non volevo rovinarla.

Anziché andare a ballare, però, mi misi a sedere dalla parte opposta del bar, dove gli altri non potevano vedermi. Ordinai un bicchiere d'acqua e ci girai distrattamente la cannuccia, facendo tintinnare i cubetti di ghiaccio contro il vetro. Lasciai passare una pessima canzone dopo l'altra, e scaricai due tipi che volevano abbordarmi.

Dopo un po' Spencer si materializzò vicino a me. «Allie?» disse incerto. Aveva l'espressione guardinga mentre si appoggiava al bancone accanto al mio sgabello. Portava una delle sue camicie a scacchi, sbottonata e con sotto una maglietta nera. I suoi capelli scuri erano pettinati verso l'alto. Non per la prima volta, notai che era un bel ragazzo.

«Ehi», lo salutai con forzata allegria, sorseggiando l'acqua come se fosse grappa. In realtà, non mi andava giù niente.

«Cosa succede?» domandò scrutandomi attentamente. Poiché non rispondevo, proseguì: «Avanti, Allie. Non sono cieco. Kaden stava da schifo, e tu anche. Dev'essere successo qualcosa».

«Allora chiedilo a lui», sbottai, pentendomene subito. «Scusami, tu non c'entri.»

Lui fece un sorriso storto. «Non fa niente. Ne vuoi parlare?»

Feci cenno di no.

«D'accordo», continuò Spencer appoggiandosi con i gomiti al bancone. «Allora lo farò io. Da quando sei arrivata, Kaden è cambiato. Non lo avevo mai visto così rilassato, e lo conosco da parecchio tempo. È molto più disinvolto, per i suoi standard, e non è più tanto aggressivo.»

«Di sicuro non dipende da me», mormorai.

«Invece sì, e lo sai anche tu», mi contraddì. «Era solo questione di tempo, tra voi. Dovreste pian piano provare a risolvere i vostri problemi, in modo che le persone intorno a voi smettano di soffrirci.»

«Io...»

«No», mi interruppe, guardandomi intensamente. «Ascoltami, Allie. Kaden ne ha passate tante, e impiega più tempo del normale a permettere a qualcuno di avvicinarsi a lui. Tu hai fatto già un sacco di strada. Stavolta non ho intenzione di rimanere a guardare mentre rovina l'unica cosa che lo rende felice.»

Mi porse la mano, e io lo guardai perplessa.

«Vieni subito con me, oppure racconto a tutti che ti sei messa a piangere vedendo una pizza.» Sapevo che Spencer faceva sul serio. Non solo riguardo alla storia della pizza, ma anche quando diceva che non aveva intenzione di farla passare liscia a Kaden.

Sinceramente, anch'io volevo che tra Kaden e me tutto tornasse a posto. Solo che non avevo la minima idea di come sarebbe stato possibile.

Spostai di lato l'acqua e posai la mano in quella di Spencer, che mi condusse sulla pista con uno sguardo eloquente. Si fermò improvvisamente lì in mezzo, mise un braccio intorno alla mia vita e mi attirò verso di sé.

«Ma che diavolo...» D'istinto, gli posai le mani sul petto per allontanarlo da me.

«Fidati di me», si limitò a dire, cominciando a ballare. Nel punto in cui ci trovavamo, gli altri potevano sicuramente vederci.

«Non posso crederci... Hai intenzione di... farlo ingelosire?» domandai ridendo.

Spencer non mi toccava in maniera provocante, ma come un amico, e cominciai a rilassarmi.

«Dieci», mormorò, stringendomi di più.

Non osavo guardarmi intorno. «Spencer, è ridicolo.»

«Nove», proseguì imperterrito facendomi fare una piroetta.

Kaden non si sarebbe mai fatto provocare da un gioco di predominio tanto idiota. Dopotutto, non aveva battuto ciglio quando Scott e io avevamo ballato insieme. Ed era stato decisamente più provocante di quello che stavo facendo in quel momento con Spencer.

«Otto.»

Certo, all'epoca non era ancora successo niente.

«Sette.»

Dovevo smettere di illudermi. Kaden non mi voleva, non mi avrebbe mai voluto. Avevo sentito quello che aveva detto a sua madre, con la quale era sempre assolutamente sincero. Non avrei potuto avere una risposta più chiara.

«Sei.» Spencer mi scostò i capelli dal viso e chinò la testa in avanti. Scoppiò a ridere come se avessi detto qualcosa di incredibilmente spiritoso, poi mi strinse di nuovo a sé. Accidenti, era bravo. Doveva provare a farlo con Dawn: l'avrebbe avuta in pugno.

«Ci...»

Come dal nulla, Kaden spuntò accanto a noi.

Tutto accadde in fretta. Allontanò bruscamente Spencer da me, lo spintonò all'indietro e si lanciò su di lui.

«Cos'è questa storia, amico?» ringhiò, prendendolo per il colletto della camicia con entrambe le mani.

Senza mostrare il minimo segno di ansia, Spencer continuò a sorridere sornione. «Il fatto che tu la tratti come se fosse spazzatura, Kaden, non significa che sia tabù per il resto di noi.»

Kaden gli tirò un pugno in faccia, e Spencer cadde a terra.

«Kaden!» esclamai sgomenta, bloccandolo da dietro con le braccia prima che si avventurasse di nuovo su Spencer.

Kaden fremeva di rabbia, scrollò la mano e imprecò. La gente intorno a noi ci guardava impaurita e nervosa. Vidi due buttafuori che si avvicinavano.

«Andate», sibilò Spencer rialzandosi. L'occhio destro gli si stava già gonfiando. Ci posò sopra la mano e trasalì di dolore. «Filatevela.»

«Spencer...» mormorò Kaden, ma lui alzò la mano per farlo tacere.

«È tutto a posto, amico. Non avrei dovuto esagerare in questo modo.» Tentò di sorridere, ma riuscì a fare solo una smorfia di dolore. Poi ci ordinò un'ultima volta: «Andate, adesso».

Kaden si riscosse dalla paralisi. Mi prese per mano e mi trascinò verso l'uscita di emergenza. Speravo che i buttafuori non ci seguissero, ma non osavo girarmi per controllare.

Un vento gelido mi sferzò il viso quando oltrepassai la pesante porta di metallo e uscii all'aperto, seguendo Kaden.

Lui si incamminò rapido verso il parcheggio, passandosi le mani tra i capelli. «'Fanculo!»

La sua voce riecheggiò nella notte.

«Kaden», dissi debolmente, ma lui si voltò con impeto e alzò la mano. Non lo avevo mai visto tanto sconvolto.

«No», ringhiò.

«Kaden, per favore...»

«Lasciami in pace, Allie. Lascia stare, per la miseria.» Si girò e quasi di corsa percorse gli ultimi metri fino alla sua macchina. Senza badare a me, salì e accese il motore.

Prima che mi rendessi conto di ciò che faceva, si allontanò con uno stridio di gomme.

26

PER un momento valutai l'ipotesi di tornare al bar, ma ero troppo arrabbiata. Preferii incamminarmi verso casa. Per la prima volta da quando avevo ascoltato Kaden e Rachel parlare, non ero triste. La rabbia che mi ribolliva dentro non lasciava spazio per nessun'altra emozione, e ancor meno quando vidi la jeep parcheggiata di fronte al nostro condominio.

Quello stronzo mi aveva piantato in asso in mezzo al parcheggio solo per tornare subito a casa. Dopo il casino che aveva combinato nel locale...

Salii facendo due scalini alla volta. Ero furibonda al punto che la mano mi tremava e riuscii a infilare la chiave nella toppa solo al quarto tentativo.

Dalla camera di Kaden usciva musica a tutto volume. Avrei voluto urlare, pur sapendo che non poteva sentirmi. Ero furiosa.

Lanciai le scarpe nel guardaroba, scompigliando il severo ordine instaurato da Kaden. Il giaccone finì sul pavimento, e la borsa sul divano.

A pugni chiusi mi diressi verso la sua camera. Senza esitare neppure un istante, spalancai la porta con impeto rabbioso. Senza degnarlo di uno sguardo, andai diretta allo stereo e premetti qualche tasto a caso. Non successe niente. Lanciai un grido di frustrazione, mi chinai e con uno strattone staccai la spina. Immediatamente calò il silenzio.

Mi voltai di scatto verso Kaden. «Ma mi stai prendendo in giro?»

Era seduto sul letto, chino in avanti, le braccia sulle cosce. Sopra la mano destra aveva posato qualcosa che sembrava un pacchetto di verdura surgelata.

Non disse niente e continuò a guardare ostinato per terra.

«Ti ho fatto una domanda», proseguii a voce ancora più alta.

«Ti ho sentito.» La sua voce non tradiva alcuna emozione.

«Si può sapere cosa c'è che non va in te?»

Continuò a tacere senza guardarmi.

Non sapevo come sfogare la rabbia. Avrei voluto scuoterlo. Quello che stava facendo in quel momento mi feriva più delle parole che aveva rivolto a sua madre. Non meritavo di essere trattata in quel modo.

«Perché fai così?» gli chiesi. «So che tra noi le cose erano un po' troppo complicate, okay? E mi dispiace di averti coinvolto nel mio dramma. Ma hai voluto tu che ti raccontassi tutto. Se non riesci ad affrontare la cosa, è un problema tuo. Non è un motivo valido per essere così meschino. In questo modo rovini tutto, Kaden. Tutto.»

«E se fosse proprio quello che voglio?» mormorò.

«Ma perché?!» esclamai.

Lui si guardò la mano con il pacchetto appoggiato sopra. «È l'unica via che conosco.»

«È l'idiozia più grande che abbia mai sentito.» Senza

che me ne rendessi conto, il mio tono era diventato del tutto calmo.

Kaden si alzò all'improvviso. Lasciò cadere in terra il pacchetto di surgelati e mi raggiunse con una sola falcata.

«Sono un pezzo di merda, Allie», disse in tono minacciosamente tranquillo. Il suo sguardo era cupo e imperscrutabile. «Un grandissimo pezzo di merda, che prende a pugni persino il suo migliore amico. Rassegnati, una buona volta. Le cose non cambieranno.»

Sbuffai. «Non hai dato un pugno a Spencer perché sei un pezzo di merda. Lo hai fatto perché non sopporti di vedermi con un altro.»

«Sì.»

«Non lo accetti perché hai avuto un'esperienza di cui non parli mai e...» Mi bloccai e lo guardai. «Cos'hai detto?»

Lui fece un altro passo verso di me. «Sì.»

Indietreggiai. Non me l'aspettavo. «E adesso cosa significa?»

Kaden sospirò, e si passò le mani un paio di volte sul viso, scuotendo la testa. Poi si bloccò e rimase immobile per un istante. Quando lasciò cadere le mani, la sua espressione non era più chiusa e inavvicinabile, bensì... intenerita.

«Sì, Allie. Sì, vedere te e Spencer in quel modo mi ha reso pazzo di gelosia. Sì, mi sento insicuro, e questo mi mette una paura micidiale. Sì, dopo Kendra non mi sono più aperto con nessuno e sì, detesto il fatto che tu susciti in me il bisogno di mostrarti e darti tutto di me.»

Trattenni il fiato. Sentivo il sangue scorrere nelle orecchie e fissavo Kaden sbigottita, incapace di reagire.

«Tu mi sconvolgi. Non volevo più far avvicinare nessuno, ma tu ci sei riuscita lo stesso, non so come. Mi fai impazzire con le tue chiacchiere e a volte vorrei tapparti la bocca.» Si passò la mano sulla nuca con un gesto brusco. «Non sono un bravo ragazzo e non voglio coinvolgerti nei miei problemi, perché so che ne hai già abbastanza di tuoi... Ma, per la miseria, Allie», sbottò, «sono pazzo di te.»

Posò delicatamente la mano sulla mia guancia. Le sue dita tremavano, e mi resi conto dello sforzo che faceva per trattenersi. Mi sfiorò la pelle con i pollici, e la sua carezza si irradiò in tutto il mio corpo. Fece un profondo respiro. «Sono assolutamente pazzo di te.»

«Ma... a tua madre hai detto...» Mi mancò la voce di fronte all'intensità del suo sguardo. Provai a deglutire. Kaden era come un tornado che mi avrebbe spazzato via da un momento all'altro.

«Cosa avrei dovuto dirle? Non sapevo neppure io cosa ci fosse tra noi», mormorò. «Non conosci mia madre. Avrebbe continuato a tormentarmi. Pensare che io non ti voglia perché hai un passato difficile... Allie, è un'assurdità. Per me adesso tu sei ancora più forte. Ti ammiro per il tuo coraggio, per la tua forza e per la tua fiducia in me.»

«Ma se poi non riuscivi nemmeno a guardarmi negli occhi...» commentai confusa. Non mi ero mossa neppure di un millimetro.

«L'ho fatto perché temevo di perdere l'autocontrollo. Non hai idea di quanto sia stato difficile per me non venire da te in queste ultime notti. Ti desideravo tanto...» Mi guardò con urgenza, senza staccare gli occhi nemmeno un istante dal mio viso. «E mi sono reso conto che mi piace l'idea di essere quello che ti sostiene quando crolli.»

«Stai scherzando», balbettai.

«Sono uno stronzo, e non credo che ci sia speranza per

me. Ma voglio essere lo stronzo al tuo servizio. Quello che va in montagna con te quando non ce la fai più a rimanere in casa. O che vola fino a Denver dai tuoi genitori pazzi.»

La conversazione aveva preso una piega del tutto diversa da quella che avevo immaginato. Mi aspettavo un Kaden chiuso e inavvicinabile, invece mi diceva tutte quelle cose che mi facevano battere il cuore sempre più forte.

«Come faccio a sapere che domattina non avrai cambiato idea? E le tue regole?» domandai con voce roca. Per un breve istante pensai seriamente di scappare via, da quanto erano forti e irresistibili le sensazioni che le parole di Kaden scatenavano dentro di me. Ma lui soffocò sul nascere il mio attacco di panico, chinando la testa e sfiorandomi la guancia con le labbra.

«Al diavolo le regole, Allie», bisbigliò. «Erano destinate a fallire fin dalla prima volta che ti ho vista.»

27

Non mi baciò.

Tenne le labbra sulla mia guancia come se fosse in attesa di una risposta. Purtroppo non ero più in grado di pensare lucidamente, soprattutto con lui così vicino.

Il cuore mi batteva all'impazzata e non riuscivo a respirare, dal desiderio di sentire le sue carezze. Era quasi doloroso.

«Sei pazzo di me?» bisbigliai incredula.

«Decisamente. Anche se a volte dubito delle mie capacità di valutazione. Per esempio se penso allo schifo di caffè che ti piace o alle candele puzzolenti o ai CD di Taylor Swift... A pensarci bene...»

Non lo lasciai proseguire: gli gettai le braccia al collo e lo baciai.

Kaden fece un'esclamazione sorpresa e si bloccò per un istante, come se non si aspettasse la mia reazione. Poi mi posò le mani sulla schiena, delicatamente, senza stringermi troppo forte, e ricambiò il bacio.

Fu un bacio lento e intenso, e il fremito che suscitò in me mi riempì dalla radice dei capelli alla punta dei piedi.

Kaden mi era mancato da morire.

Con cautela, mi baciò con la lingua, e io sospirai. Avevo bisogno di altro. Molto altro. Premetti il corpo contro il suo. Un gemito profondo scaturì dal petto di Kaden, che tuttavia si trattenne. Il nostro bacio fu quasi innocente, e la cosa non mi piacque affatto. Lo desideravo da tanto, ed ero determinata ad andare fino in fondo.

Infilai le mani decisa sotto la camicia di Kaden. Lui si irrigidì e staccò le labbra dalle mie. Con il respiro affannoso mi disse: «Non so se questo...»

«Se finisci la frase, ti farò del male», mormorai contro le sue labbra, accarezzandogli la schiena.

Lui inspirò con un sibilo e chiuse gli occhi.

«Mi ripeti sempre che non devo pensare troppo. Ma ti assicuro che pensare è l'ultima cosa che ho intenzione di fare ora.»

Lo baciai sul collo e gli mordicchiai la pelle fino a sentirlo ansimare.

«Anch'io sono pazza di te, Kaden», bisbigliai. «Qualunque sia stato il mio passato, e qualunque sia stato il tuo. Niente potrà cambiare questa cosa.»

Lo guardai direttamente negli occhi affamati, e all'improvviso il suo autocontrollo si dissolse. Non sapevo chi si fosse mosso per primo, ma all'improvviso ci schiacciammo l'uno contro l'altra, lui con una mano nei capelli, l'altra sulla mia schiena. Mi strinse a sé fino quasi a stritolarmi, e io affondai le dita nelle sue spalle. Poi mi sollevò, come se non pesassi niente; intrecciai le gambe intorno ai suoi fianchi aggrappandomi saldamente a lui.

Fece un gemito, e la sua voce mi riempì fino all'ultima cellula del mio corpo. La sua bocca trovò la mia, e il nostro bacio si fece più profondo. Più appassionato. Lui non si trattenne nemmeno un po'. Se fossi stata in piedi, mi si sarebbero piegate le ginocchia, da quanto mi sentivo travolta.

Attraversò la stanza tenendomi in braccio. Qualcosa cadde a terra, di sicuro rovesciammo almeno una lampada, ma non me ne fregava niente. Contava solo Kaden, che finalmente mi teneva tra le braccia.

Si fermò davanti al letto. Staccai le gambe dai suoi fianchi, e lui mi fece scivolare lentamente lungo il suo corpo finché gli fui davanti. I nostri corpi aderivano perfettamente e i suoi occhi erano accesi di desiderio. Provai un brivido lungo la schiena. Fece scivolare le mani sotto il mio top. Quando finalmente le sue dita toccarono la mia pelle, gemetti di piacere. Lui arrotolò la mia maglietta verso l'alto e io sollevai le braccia in modo che potesse sfilarmela. La gettò dietro di sé, poi, con un unico gesto, mi slacciò il reggiseno. Tentai di non pensare a quante volte lo avesse già fatto. Avevo i capezzoli turgidi, ma Kaden continuava a guardarmi negli occhi senza badare al mio corpo.

C'era così tanto nella sua espressione... Tutte le parole non dette degli ultimi giorni, tutti i sentimenti che aveva provato a rimuovere. Vedevo quanto mi desiderava, e io desideravo lui come non avevo mai desiderato nessuno.

Inspirai incerta quando finalmente spostò lo sguardo verso il basso. In albergo mi aveva già toccato e visto, ma ero avvolta nell'accappatoio.

Avevo le guance in fiamme.

Kaden si chinò su di me. Il suo respiro mi sfiorò la clavicola, e una scossa si sprigionò dalla pelle quando le sue labbra finalmente la toccarono. Mi baciò, più e più volte, poi cominciò a leccarmi.

«Sei bellissima», bisbigliò con voce roca. «Sei stupenda.»

Scese ancora, e mi baciò e mi mordicchiò il seno. Trattenni il fiato, ma non aveva senso. Kaden sapeva esattamente l'effetto che mi faceva. Quando le sue labbra si posarono sui capezzoli, ci rinunciai: gettai la testa all'indietro e chiusi gli occhi. Lui mi succhiò, e dalla mia gola sgorgò un suono che non avevo mai emesso prima.

La mano di Kaden scese lungo la mia schiena fino ai glutei. Li strinse, mentre con la lingua accarezzava il mio capezzolo.

Affondai le mani nei suoi capelli quando si accovacciò spostando le labbra sempre più in basso. Si fermò all'altezza dei jeans, li sbottonò e me li abbassò fino alle caviglie. Me li sfilai del tutto, e lui mi guardò da sotto le folte ciglia scure. Aveva il respiro affrettato come il mio. Non mi ero mai sentita così desiderata in vita mia.

«Sei troppo vestito», ansimai, afferrando la sua maglia all'altezza del collo e tirandola. Con un sorriso sornione, lui si alzò lentamente, senza smettere di guardarmi, e la sfilò con un unico movimento.

Al contrario di lui, non possedevo neppure un briciolo di forza di volontà e lo guardai subito. Sebbene lo avessi visto spesso a torso nudo, il mio sguardo scivolò avido sulla sua muscolatura perfetta, e sulla scia di peli che dall'ombelico scendevano verso il basso. Quando scorsi il rigonfiamento nei pantaloni, mi mancò il fiato.

«Sai quante volte ti ho pensata, di notte?» sussurrò. Con esasperante lentezza, abbassò le mani, sbottonò i jeans e li sfilò. «Ti ho desiderato dal momento in cui ti sei presentata nel mio appartamento con i tuoi dannati shorts.»

Deglutii a fatica, senza sapere cosa ribattere. Le mie labbra trovarono le sue come per magia, e mi augurai di dimostrargli con un bacio ciò che non ero in grado di dire a parole. Lui posò le mani sui miei fianchi e mi sollevò. Un attimo dopo ero sul letto, e lui mi venne sopra, le braccia ai lati della mia testa, le gambe tra le mie. La nostra biancheria era l'unica cosa che ancora ci separava. Misi le gambe intorno ai suoi fianchi e mi sollevai contro di lui. Toccando il suo sesso, tremai.

Kaden procedeva con tutta calma, mi baciava, mi accarezzava, mi succhiava e mi leccava ogni centimetro di pelle.

«Oddio», sospirai.

Lo sentii sorridere contro il mio ventre. Poi infilò le dita sotto l'elastico delle mie mutandine. Sollevai la testa, e lui mi guardò con i suoi occhi color caramello.

«Sei sicura, Allie?» La sua voce era profonda e roca.

«Non è la prima volta», mormorai.

«Non ti ho chiesto questo.» Mi tirò l'elastico degli slip. Poi si spostò all'indietro, mi mise le mani sotto i fianchi e mi sollevò per farmi sedere su di sé. Ansimai quando lo avvertii nel punto in cui lo desideravo di più, e gli gettai le braccia al collo. «Voglio sapere se sei sicura di noi. Il fatto che non sia la prima volta per te non ne diminuisce l'importanza.»

E poi sosteneva di essere un pezzo di merda.

Sentii la mia gola serrarsi. Se avessi avuto ancora qualche dubbio che ciò che facevamo fosse giusto, sarebbe svanito in quel momento. Per Kaden quel momento era importante quanto lo era per me. Si fidava di me. E io mi fidavo di lui. Perciò era possibile dare una sola risposta alla sua domanda.

Gli accarezzai i capelli. «Sì», bisbigliai. «Ne sono sicura. Lo voglio. E mi fido di te.»

Gli bastò. Con un fluido movimento mi fece tornare sdraiata e mi sfilò le mutandine. Le sue dita mi accarezzarono l'interno delle cosce, poi le allargò, e un attimo dopo sentii la sua bocca su di me.

Mi leccò il punto più sensibile, e io boccheggiai. Affondai una mano nella coperta, l'altra nei suoi capelli, mentre lui con la lingua mi inebriava al punto che non capivo più niente.

«Kaden.» Sospirai il suo nome più e più volte.

La sua lingua scivolava su di me con movimenti brevi e circolari. Mi afferrò le gambe e mi tenne ferma. Non mi ero mai sentita così. Era come se la sua bocca rivoltasse all'esterno il mio io più intimo. Inarcai la schiena, quasi disperata, quando i suoi baci si fecero ancora più roventi e profondi.

All'improvviso si fermò. Gemetti di frustrazione, e stavo per protestare quando lui risalì lasciando una scia di baci sul mio corpo, dall'interno delle cosce, al ventre, al seno, fino alla fronte.

«Mi fai impazzire», bisbigliai contro le sue labbra. Toccai i suoi addominali e li sentii guizzare. Esplorai il suo corpo con le mani e intrecciai le gambe intorno ai suoi fianchi: avevo un disperato desiderio di sentirlo.

Kaden fece un verso gutturale quando mi premetti contro di lui e iniziai a ondeggiare i fianchi.

«Sei troppo vestito.»

In un batter d'occhio, lui si staccò da me e si tolse i boxer. Feci scivolare lo sguardo sul suo fisico, sui muscoli, i tatuaggi, più in basso... era stupefacente. Semplicemente perfetto. Non provavo paura, mentre lui prendeva un profilattico dal comodino. Lo guardai mentre se lo infilava e mi sentii orgogliosa e desiderata.

Poi tornò sopra di me e mi accarezzò teneramente la guancia. «Possiamo smettere in qualsiasi momento», mormorò. «Qualsiasi momento. Okay?»

Annuii, e gli posai le mani sulle spalle, per attirarlo verso di me.

«Devo sentirtelo dire, Allie.» Insistette, fremendo sopra di me.

«Okay, Kaden», sussurrai guardandolo. «Ti voglio così tanto da star male. Per favore, prendimi.»

Spostò il peso su un braccio e si abbassò su di me. Mi baciò con trasporto, mentre lo sentivo premere tra le mie gambe. Le allargai ancora di più e ansimai forte quando cominciò a scivolare dentro di me.

Lui si bloccò all'istante. «Tutto bene?»

Annuii, ma temendo che non gli bastasse come risposta, gli appoggiai una gamba sui fianchi, per spingerlo più in fondo.

«Oh», gemette lui al mio orecchio. «Oh, Allie.»

Poi affondò del tutto dentro di me.

Lanciai un gemito e affondai le dita nelle sue spalle. Kaden afferrò la gamba che avevo piegato intorno a lui. Uscì lentamente da me, e un attimo dopo affondò di nuovo.

Il desiderio si propagò così rapido e rovente che mi sembrava di andare a fuoco. Avrei voluto che fosse la mia prima volta, e mi consolai dicendomi che in un certo senso lo era: non mi ero mai aperta così con nessuno, non avevo mai dato a nessuno tanta parte di me.

Gli posai le mani sui fianchi e mi inarcai verso di lui, muovendomi al suo stesso implacabile ritmo. Kaden emise un gemito roco. I suoi movimenti continuavano a essere lenti e controllati. Ma non doveva trattenersi, volevo che si lasciasse andare e perdesse il controllo. Allora mormorai sulle sue labbra: «Non mi rompo mica, Kaden: prendimi davvero».

Come se avesse aspettato solo che lo dicessi, fece una

sorta di ruggito e finalmente cominciò a spingere più forte, più veloce. Gemetti, gli graffiai la schiena e mi sollevai verso di lui. Abbassò la testa e io avvertii il suo respiro umido sulla clavicola.

I nostri movimenti si fecero più rapidi, la pressione dentro di me cresceva sempre di più, come non mi era mai capitato prima.

«Sei... indescrivibile», ansimò, premendo la bocca sul mio collo. Mi prese una mano e la tenne ferma contro il materasso sopra la mia testa. Le nostre dita si intrecciarono mentre lui affondava dentro di me ancora di più.

«Kaden!» esclamai un'ultima volta, prima che un'ondata di emozioni violente si abbattesse su di me.

Mi aggrappai a lui disperatamente, senza sapere cos'altro fare, mentre l'orgasmo mi sconquassava. I fianchi di Kaden sbattevano contro i miei, senza ritmo né grazia. Ognuna delle sue spinte mi provocava altre ondate di piacere. Non smetteva più.

Kaden mormorò il mio nome, staccò la mano dalla mia e la mise sulla mia nuca. Nascose il viso nell'incavo del mio collo e diede un'ultima spinta, prima che un brivido lo scuotesse e i suoi fianchi cominciassero a pulsare.

Il mio cuore impiegò diverso tempo a calmarsi. Sentivo il suo battere proprio sopra il mio, e chiusi gli occhi. Avevo perso la cognizione del tempo. A un certo punto Kaden rotolò giù da me e mi si sdraiò accanto. Si appoggiò su un gomito e mi guardò con i suoi occhi caldi. Poi si chinò a baciarmi con tenerezza.

«È stato... semplicemente meraviglioso», mormorai con voce roca, quando ci staccammo. Gli accarezzai il petto, le spalle, le braccia: non riuscivo a smettere di toccarlo.

«Eccome.» Mi baciò di nuovo, a lungo e intensamente, promettendomi molto di più che un rapporto puramente fisico. All'improvviso fui sopraffatta dalle emozioni, e scoppiai a piangere.

Kaden non mi prese in giro. Mi accarezzò il viso, mi baciò le lacrime e, solo con la sua presenza, scacciò tutti i brutti ricordi, per far spazio a quelli nuovi.

28

Quando mi svegliai, la prima cosa che notai fu l'odore di Kaden. La seconda fu che, dalla sera precedente, non doveva avermi più lasciata. Era sdraiato dietro di me, il braccio sopra il mio corpo, il viso contro la mia spalla. Le nostre gambe erano intrecciate e attorcigliate alla coperta, e non potevo muovermi. Chiusi gli occhi e mi godetti il suo respiro lento e regolare contro la nuca.

Chi l'avrebbe detto che a Kaden White piacevano le coccole.

Un brivido di esaltazione mi riempì il petto, e sorrisi nel cuscino. Era tutto stupendo. E giusto. Tutto tra noi era perfettamente in armonia. Mi sentivo legata a lui ancora di più. Non dipendeva solo dal sesso – che era stato fantastico – ma dal fatto che avevamo abbassato i nostri scudi. Kaden sapeva tutto di me, e mi voleva ugualmente. Una voce in un angolo della mia testa mi esortava a essere prudente, ma la ignorai di proposito.

«I tuoi pensieri sono così rumorosi che non riesco più a dormire», brontolò lui alle mie spalle. «Smettila», ribattei ridacchiando.

Per tutta risposta, si spinse ancora di più contro di me e fece risalire la mano sul mio corpo, fin sotto il seno. Le sue dita mi sfiorarono le costole e le sue labbra premettero dietro l'orecchio, provocandomi un brivido lungo la schiena.

«Ho un debole per la tua risata», mormorò assonnato, affondando il naso tra i miei capelli. «A essere sincero, ho un debole per tutto di te.»

Scoppiai a ridere un'altra volta. «È una fortuna. Infatti anche tu non mi dispiaci.»

In un secondo mi aveva girato sulla schiena e mi era montato sopra. Aveva i capelli arruffati e il viso meravigliosamente stropicciato. Di solito si svegliava prima di me e non lo avevo mai visto così.

«Non ti dispiaccio?» I suoi occhi cupi non promettevano niente di buono.

«Su una scala da uno a dieci, ti meriti decisamente un sette», risposi con aria assorta.

«Sette?» ripeté incredulo.

La sua espressione interdetta mi strappò un'altra risata.

«Oh, Bubbles, hai commesso un grave errore», ringhiò. Mi prese le mani e me le bloccò sopra la testa. Poi avvicinò il viso al mio. Smisi di ridere e lo guardai piena di aspettativa. Premette il naso contro il mio e appoggiò le labbra prima sul mio viso e dopo sul mio collo. La sua barba mi graffiò, facendomi letteralmente impazzire di desiderio. Il mio corpo reagì all'istante. Ero come cera tra le sue mani. E fu il suo turno di ridacchiare.

«Dobbiamo impegnarci a trasformare questo sette in un dieci», disse con voce roca.

E fu ciò che facemmo nelle ore successive.

* * *

Nel tardo pomeriggio già sapevo che quella giornata sarebbe stata annoverata tre le migliori della mia vita. Si contendeva il primo posto con quella trascorsa a Portland prima del Ringraziamento.

Era riuscito in quel modo a scalzare dal podio il mio quinto compleanno, che avevo passato a Disney World con mamma e papà. Era un risultato davvero notevole.

Per tutta la giornata fummo inseparabili. Dalla mattinata a letto, alla doccia insieme, con la quale inondammo l'intero bagno, al piacevole pomeriggio sul divano, guardando le ultime puntate delle nostre serie preferite.

Ero appoggiata al petto di Kaden e indossavo solo una maglietta e la biancheria. Lui teneva il mento sulla mia testa, e ogni tanto io la piegavo all'indietro contro la sua spalla, solo per poter guardare i suoi occhi. Mi bastava osservarlo mentre guardava la televisione per provare calore in tutto il corpo.

Oddio. Ero proprio cotta.

Il campanello interruppe i miei sogni a occhi aperti. Doveva essere il cibo che avevamo ordinato. Stavo per alzarmi ma Kaden mi bloccò mettendomi le mani sui fianchi e mi fece tornare a sedere sul divano.

«Per quanto gradisca il tuo aspetto così, non ho intenzione di lasciarti andare ad aprire la porta mezza nuda.» Sorrise e mi diede un bacio fugace sulla bocca, poi balzò in piedi, prese il portafoglio dal tavolo e andò alla porta. Il mio stomaco brontolò trepidante. Dopo le nostre attività fisiche, stavo morendo di fame. Per fortuna Kaden aveva ordinato talmente tanto cibo asiatico che avremmo potuto sfamarci per un'intera settimana.

Lo udii aprire la porta. Ma, anziché il consueto scambio di battute («Salve», «In totale sono...», «Prego», «Buon appetito») ci fu un silenzio. Mi allungai sul bracciolo del divano, ma vidi solo Kaden che stava appoggiato allo stipite della porta.

«Ciao», disse. «Vuoi entrare?»

«Se voglio entrare?» Mi tirai su a sedere, allarmata. Era Dawn, e sembrava molto arrabbiata. «Brutto stronzo! Questo è per Allie. E per l'occhio nero di Spencer.»

Kaden emise un'esclamazione sorpresa e, quasi contemporaneamente, Dawn lanciò un grido di dolore. Mi alzai di scatto e corsi verso la porta.

Quello che vidi mi lasciò esterrefatta.

Kaden si massaggiava il mento e guardava Dawn che saltellava sul posto e si teneva una mano stretta con l'altra. Aveva gli occhi pieni di lacrime.

«Dawn?» chiesi sgomenta, e lei spostò lo sguardo da Kaden a me.

Aprì la bocca e la richiuse. «Mi state prendendo in giro», disse, fissando le mie gambe nude e la maglietta di Kaden. Batté più volte le palpebre, poi mi guardò negli occhi. «Tu mi vuoi prendere in giro.»

«È... complicato», sospirai, dando un'occhiata al mento arrossato di Kaden. Lui continuava a guardare Dawn con aria interdetta.

«Mi hai dato un pugno», disse, come se se ne rendesse conto solo in quel momento.

«E probabilmente mi sono rotta la mano», sibilò la mia

amica guardandosi il polso. Era già gonfio e le prime due falangi delle dita erano arrossate. Doveva farle un male cane.

«Mi ha dato un pugno», ripeté Kaden, rivolto a me. Se non fossi stata tanto preoccupata per Dawn, mi sarei messa a ridere della sua espressione scioccata. «Credo che si sia fatta più male lei di te», replicai pacata. Mi avvicinai a Dawn, le posai un braccio sulle spalle e la tirai in casa con dolcezza. «Ti serve del ghiaccio.»

«Ero furiosa perché ti ha trattato di merda. E poi non ti sei fatta sentire e allora ho pensato... Non fa niente. In ogni caso se lo meritava», esclamò, poi fece una smorfia di dolore, e una lacrima le spuntò all'angolo di un occhio. Lei la asciugò con un gesto brusco.

Aprii il freezer e tirai fuori un pacchetto di tortellini. Lo avvolsi in un canovaccio e tornai da Dawn, che se ne stava in mezzo al salotto, senza trovare il coraggio di sedersi.

Mi guardò da capo a piedi. «Tu stai bene?» chiese piano. Tipico di Dawn. Probabilmente si era rotta qualche dito e domandava a me se stessi bene.

«Alla grande», risposi, accorgendomi che sul mio viso era spuntato di nuovo quel sorriso ebete che in una situazione del genere era del tutto inopportuno. Ma non riuscivo a cancellarlo. Stupidi ormoni.

«Quindi è stato carino con te dopo che siete andati via ieri?» insistette.

«Sì, molto. Continua a ripetere di essere uno stronzo, ma in realtà...»

«Vi sento, sono qui», annunciò Kaden asciutto.

Feci finta di niente e con delicatezza posai il canovaccio freddo sulla mano di Dawn. Lei sussultò, e gli occhi le si riempirono di lacrime.

«Dobbiamo andare in ospedale», mormorai.

«Fa' vedere», disse Kaden avvicinandosi. Prese con cautela la mano di Dawn e mi accorsi che la sua non era conciata troppo male. Era bluastra, ma non gonfia. Probabilmente le sue ossa erano già abituate a certi trattamenti. Al contrario di Dawn, che non sembrava aver mai dato un pugno in vita sua.

«Non ha un bell'aspetto», disse guardandomi. «Hai ragione, deve fare una lastra.»

Corsi in camera mia a vestirmi con le prime cose che trovai. Afferrai la borsa e mi infilai gli stivali. Per Dawn tirai fuori dall'armadio un pesante e soffice cardigan, e quando tornai in salotto glielo gettai sulle spalle. Nel frattempo, anche Kaden si era infilato un pullover e dei pantaloni della tuta, e si era messo il berretto sui capelli spettinati.

Dawn sussultava a ogni passo, mentre andavamo verso l'auto. Speravo tanto che non si fosse rotta niente. Non me lo sarei mai perdonato.

«Spencer non riesce nemmeno ad aprire l'occhio.» Dal sedile posteriore, vidi Dawn lanciare uno sguardo critico a Kaden.

Lui sospirò. «Lo so.»

«Hai parlato con lui?» gli chiesi sorpresa.

Lui mi gettò un'occhiata divertita dallo specchietto. «Gli ho telefonato.»

«E quando?»

«Stanotte. Dopo che ti sei addormentata.»

Mi appoggiai all'indietro sul sedile. Non avrei dovuto sorprendermi. Contrariamente a quello che Kaden affermava di sé, aveva a cuore i suoi amici.

«Non voglio avere altri dettagli», dichiarò Dawn

tappandosi le orecchie, ma subito gemette di dolore e riabbassò le mani. «Come mai tu non ti sei rotto la mano?»

«So qual è il modo giusto per colpire», rispose Kaden.

«Devi insegnarmelo a tutti i costi. Così la prossima volta potrò picchiarti per bene.»

Per fortuna l'atmosfera si era un po' rilassata. Lungo il tragitto verso l'ospedale, Kaden fece in modo di schivare le buche e di non frenare di scatto, ma per le strade di Woodshill era difficile.

Tutte le volte sussultavo, immedesimandomi in Dawn quando la vedevo sofferente.

Al pronto soccorso compilammo in fretta i moduli necessari affinché la mia amica fosse visitata. La sala d'attesa era strapiena, e facevo fatica a rimanere seduta tranquilla. Avrei voluto camminare su e giù per il corridoio, ma sapevo che in quel modo non avrei dato grande sostegno a Dawn. Aspettammo e aspettammo, mentre le sue dita si gonfiavano sempre di più, al punto che non riusciva più a muovere l'indice e il medio.

«Andrà tutto bene», ripetei, forse per la centesima volta.

Dawn e Kaden si scambiarono un'occhiata sopra la mia testa.

«Dice così solo per tranquillizzarsi», bisbigliò Kaden a voce eccessivamente alta.

«Sì, e perché si sente in colpa», concordò Dawn. «Ti ho colpito a causa del vostro litigio. Sì, beh, è vero almeno al sessanta per cento.»

«L'altro quaranta è per Spencer?»

«Già. Qualcuno doveva vendicarlo per l'occhio nero.»

«È molto nobile da parte tua», dissi, stringendole la mano sana. Intrecciammo le dita. Dawn era l'amica migliore che avessi mai avuto. E, anche se avrei voluto prenderla a schiaffi per essersi fatta male per causa mia, sapevamo benissimo entrambe che io avrei fatto la stessa cosa per lei.

«Se il tuo ex dovesse capitarmi tra le mani, lo prenderò anch'io a pugni», le promisi.

Lei fece una smorfia. «Sarebbe fantastico, ma prima fatti insegnare da Kaden come si fa. Altrimenti finisci come me.»

«Miss Edwards?» chiamò un'infermiera. «Può accomodarsi nell'ambulatorio numero tre.»

Dawn e io ci alzammo insieme.

«Non c'è bisogno che venga anche tu», mi disse lei.

«Non dire fesserie. Certo che vengo anch'io», replicai. Mi voltai verso Kaden e valutai se fosse il caso di dargli un bacio di saluto. In fondo non avevamo ancora stabilito cosa ci fosse tra noi. Ma lui mi anticipò. Mi prese la mano e mi attirò a sé con tale impeto che fui costretta a reggermi alla spalliera della sua sedia per non finire seduta sulle sue gambe.

Girò la testa verso di me e mi mormorò contro le labbra: «Vi aspetto qui». Poi mi baciò, rapidamente ma intensamente. Quando mi sollevai per seguire Dawn, avevo il viso in fiamme.

In corridoio mi avvinghiò il braccio con le dita della mano sana. «Ti ha baciata.»

«E non è l'unica cosa che ha fatto», le bisbigliai all'orecchio.

Fu il suo turno di diventare paonazza. «Da una parte vorrei farti delle domande, dall'altra Scott mi ha fornito così tanti particolari della sua vita sessuale, che il mio fabbisogno è esaurito.»

«È stato grandioso. Anche senza olio per massaggi», mormorai estasiata, imitando il tono di voce di Scott. L'infermiera che ci precedeva verso l'ambulatorio mi gettò un'occhiata divertita da sopra la spalla. Strinsi le labbra mentre Dawn scoppiò a ridere.

Nell'ora successiva, la mano di Dawn fu sottoposta ai raggi e fu stabilito che non c'erano ossa rotte. L'indice era semplicemente contuso, e sarebbe guarito in fretta. Il medio era messo peggio: c'era una piccola lesione nell'osso che causava i dolori e il gonfiore. L'infermiera le applicò un bendaggio rigido, che Dawn avrebbe dovuto portare per due settimane, e un medico le prescrisse un antidolorifico. Disse che Dawn non avrebbe riportato danni permanenti, e che tutto sarebbe andato a posto. Dopo tre settimane, sarebbe dovuta tornare per la visita di controllo, e nel frattempo doveva evitare di sforzare le dita.

«Per fortuna non si è rotto niente. Altrimenti, come l'avrei spiegato?» sospirò Dawn mentre lasciavamo l'ambulatorio. Appoggiò la testa alla mia spalla. «Ti prego, non dire niente a Spencer. Sarebbe troppo imbarazzante.»

«Le mie labbra sono sigillate», dichiarai, sottolineando la frase con il gesto consueto, ma Dawn non mi stava guardando. Fissava invece la sala d'attesa. Seguii il suo sguardo e rimasi sorpresa di vedere Spencer seduto accanto a Kaden. Lui stava chino in avanti con le mani penzoloni tra le gambe, e stava dicendo qualcosa, senza guardare Spencer, che reagì con una risata. Poi diede una pacca sulle spalle all'amico e si appoggiò all'indietro a braccia conserte. L'occhio destro era conciato davvero male, blu e violetto e quasi completamente chiuso. Mi faceva quasi male solo a guardarlo.

Come mai era lì? Lo aveva avvisato Kaden?

Come se mi avesse sentito, Kaden alzò la testa. Sul suo

viso apparve un sorriso, che sparì nell'istante in cui vide la mano fasciata di Dawn.

Li raggiungemmo. Accanto a me, Dawn saltellava nervosa da un piede all'altro. Non l'avevo mai vista tanto impacciata.

«Guarda che roba», mormorò alzando la mano fasciata. «Sembriamo una banda di picchiatori.»

Spencer sorrise, ma con l'occhio gonfio il risultato fu abbastanza spaventoso. «Una banda di picchiatori piuttosto maldestra. E Allie è il nostro trofeo. Dopotutto, è l'unica illesa.»

«Spencer», ringhiò Kaden.

«Naturalmente potrei darti una mano e farti qualche livido, in modo che tu possa far parte della gang. Che ne dici?»

Kaden gli assestò un pugno sul braccio.

«Per la miseria, vecchio mio! Era proprio necessario?» gemette Spencer massaggiandosi il punto dolorante.

«Sì», rispondemmo in coro.

Poi scoppiammo a ridere tutti insieme.

29

Mi annoiavo a morte. Il nostro professore non doveva aver mangiato motivazione quella mattina a colazione, e si limitava a leggere una presentazione già pronta con una serie di fatti storici privi di qualsiasi interesse. In genere, Film e Televisione era uno dei miei seminari preferiti, ma quel giorno era di una monotonia insopportabile.

Kaden, seduto un paio di file davanti a me, sembrava condividere la mia opinione. Tutte le volte che sbirciavo dalla sua parte, lo vedevo giocare con il cellulare o fissare il soffitto dell'aula soffocante. Tentavo di non guardarlo troppo apertamente, ma come al solito le sue braccia mi rendevano l'impresa piuttosto difficile. La maglietta metteva meravigliosamente in risalto tutti i muscoli, soprattutto quando si metteva a braccia conserte o le incrociava sopra la testa. Se pensavo all'effetto che facevano quando si avvolgevano intorno al mio corpo nudo, mi venivano i brividi.

All'improvviso il mio cellulare si illuminò.

Smettila di guardarmi così.

Sorrisi e alzai lo sguardo, ma Kaden pareva seguire con attenzione la presentazione.

Perché dovrei?

La sua risposta fu immediata.

Perché sono sicuro che non vuoi che ti salti addosso davanti a tutti.

Mi sentii avvampare. Lo guardai, e stavolta lo sorpresi a osservarmi.

Chi ti dice che non lo vorrei?

Si agitò inquieto sulla sedia mentre leggeva il mio messaggio.

Guarda cos'hai combinato.

Sorrisi.

Se vuoi, posso rimediare più tardi.

Lui scoppiò a ridere, ma si tappò la bocca per non attirare l'attenzione del professore.

Perché non vieni qui e non te ne occupi immediatamente?

Non credo che gli altri apprezzerebbero molto lo spettacolo.

Bubbles, chi non apprezzerebbe il tuo sedere nudo?

La vampata di calore passò dal mio viso a tutto il corpo. Dovetti fare appello a tutta la mia forza di volontà per non guardarlo.

Il mio sedere nudo appartiene solo a te.

Osservai il messaggio e feci una smorfia. No, era troppo sdolcinato. Lo cancellai, bloccai il telefono e lo rimisi nella borsa. Subito dopo si illuminò di nuovo.

Scommetto che hai appena scritto qualcosa di molto volgare, Bubbles.

Non è vero.

Invece sì. Te l'ho visto in faccia. Fai una smorfia quando ti vergogni.

Sul serio? Mi conosci davvero bene.

Sì. Tra l'altro, so che ti piace conficcarmi le unghie nella schiena quando vieni.

La saliva mi andò di traverso, il telefono mi cadde di mano e andò a sbattere sul banco. Mormorai una scusa al professore che mi lanciò un'occhiata inviperita. Lo schermo si accese di nuovo.

Sul serio, sono pieno di graffi.

Spensi il telefono con le guance in fiamme e lo infilai nella borsa, nell'angolo più in fondo, per non cadere nella tentazione di guardarlo di nuovo.

Quando uscii dall'aula, un'ora dopo, Kaden mi fu subito dietro. Mi prese la mano e intrecciò le dita alle mie. Negli ultimi giorni lo aveva fatto spesso. Mi toccava tutte le volte che si presentava l'occasione, senza preoccuparsi degli altri.

A me piaceva. Molto.

«Ti voglio. Adesso», bisbigliò, mentre uscivamo insieme, e mi sfiorò la tempia con le labbra.

«Sarà difficile. Ho altri impegni.»

«Sei arrabbiata perché ti ho fatto arrossire.»

«Questo... non è assolutamente vero», ribattei, sottraendo la mano. Eravamo usciti nel parcheggio. Delle persone, a gruppetti, ci passavano davanti dirette alla mensa. Per noi era l'ultima lezione della giornata, ma avevo una montagna di compiti, che volevo fare prima del fine settimana.

«Vieni qui», mormorò Kaden spingendomi contro la sua jeep e schiacciandomi contro la portiera. Mi cinse in vita con le mani e si strinse a me. Poi mi baciò con passione. La sua lingua accarezzò la mia, i suoi denti mi mordicchiarono il labbro, fino a strapparmi un sospiro di piacere. La sua mano si infilò sotto la felpa e mi toccò la pelle. Un brivido di eccitazione mi pervase.

«Kaden», mormorai a fatica. «Siamo in pubblico.»

«Puoi ritenerti fortunata di essere uscita incolume da quell'aula», brontolò contro la mia bocca.

Sorrisi e lo allontanai dolcemente da me. Aveva gli occhi velati e il respiro affannoso. Negli ultimi giorni avevo scoperto molte cose su di lui, in particolare che era pronto sempre e dappertutto a fare qualunque cosa.

«Magari possiamo andare a fare un'escursione...» proposi sottovoce.

Lui brontolò di nuovo.

«Poi devo assolutamente cominciare a scrivere una tesina, ma mi piacerebbe un sacco andare in montagna. E... magari anche fare altre cose», continuai.

Kaden non se lo fece ripetere due volte, e in un baleno mi fece salire in macchina. In ogni caso, non arrivammo a mettere in pratica il nostro piano. Ovvero non arrivammo a camminare, e neppure a scendere dalla macchina. Ci fermammo ai piedi del monte, l'unica auto a perdita d'occhio. Avrei voluto solo baciarlo, ma lui non era tipo da accontentarsi di un bacio fugace. Aveva affondato la mano nei miei capelli e aveva premuto la sua bocca sulla mia così forte da farmi gemere. E poi mi ero ritrovata a cavalcioni sopra di lui.

Mi ero aggrappata alle sue spalle, mentre infilava l'altra mano sotto la mia felpa e la maglietta.

«Credevo che volessimo camminare», sospirai contro la sua bocca.

«Tu volevi camminare», mi corresse, spostandosi finché la sua erezione finì contro i miei pantaloni. Mi spinsi automaticamente contro di lui. «Io volevo soltanto te.»

Mi piegai all'indietro e lo guardai negli occhi, che ormai mi erano diventati familiari, come tutto di lui.

«Mi hai», mormorai accarezzandogli le guance. «Sono tutta tua.»

Lui rimase un attimo sorpreso, poi nascose il viso nell'incavo del mio collo. Mormorò qualcosa e, sebbene non lo capissi, sapevo cosa voleva dirmi.

Gli accarezzai la nuca, poi la testa e ritorno. Con un dito gli feci alzare il mento in modo che mi guardasse.

«Vieni», bisbigliò con voce roca.

«Sono già qui.»

«Non intendo così.» Kaden mi accarezzò la vita poi scese fino alla cintura. I miei pantaloni erano di un tessuto elasticizzato, molto comodo per camminare e anche per essere sfilati da Kaden con un abile gesto. Ero impressionata: riuscire in una simile impresa dentro l'abitacolo di una macchina era notevole.

Armeggiai con la cintura di Kaden ed esultai quando finalmente la slacciai. Con movimenti frenetici tentai poi di abbassargli pantaloni e boxer quel tanto che bastava. Con il respiro affannato, lui rise e mi aiutò. Poi mi baciò di nuovo. Avidamente e con passione, come se non desiderasse nient'altro al mondo e temesse che qualcuno da un momento all'altro potesse portarmi via.

Mi faceva sentire in estasi.

«Vieni», mormorò di nuovo. Quando fosse riuscito a infilarsi il preservativo non lo sapevo, ma non aveva importanza. Lanciai un gemito quando mi fece montare sopra e scendere lentamente su di lui.

Per un attimo ci guardammo trattenendo il respiro. Poi Kaden mi strinse i fianchi. Sollevai il bacino e lo riabbassai su di lui. Ripetei quel movimento più e più volte, mentre Kaden mi aiutava a trovare un ritmo condiviso, anche se mi rendevo conto perfettamente di quanta fatica gli costasse trattenersi e lasciare a me il controllo.

Lo fissavo negli occhi mentre ci muovevamo insieme, accendendo il corpo l'uno dell'altra. Nessuno dei due distolse lo sguardo neppure per un secondo. Ci bramavamo.

I nostri movimenti si fecero più rapidi e convulsi, e i nostri ansiti riempirono l'abitacolo.

A un certo punto, Kaden pronunciò il mio nome con un gemito. Mi strinse con un braccio, affondò l'altra mano tra i miei capelli e cominciò a premere i fianchi contro di me, trovando all'istante il punto che mi faceva impazzire. Venni poco dopo, mormorando il suo nome, e lui mi seguì. Sfinita, crollai sopra di lui. Avevo le membra spossate e la testa indicibilmente pesante. Soltanto i baci di Kaden sulla clavicola e le sue carezze sulla schiena mi tenevano ancorata alla realtà. Sorrisi contro il suo collo.

«Così mi piace molto di più», mormorò.

Io mi staccai a fatica e lo guardai con aria interrogativa.

«Farti sorridere anziché farti piangere», disse piano, poi si accigliò, sorpreso di aver detto una cosa del genere.

Appoggiai la fronte alla sua e sorrisi ancora di più.

30

ALLA fine decidemmo di rinunciare alla camminata e di tornare a casa. Si era fatto tardi, il cielo si era coperto e una pioggerellina leggera bagnava il parabrezza della jeep.

Durante il tragitto rimasi con la testa appoggiata alla spalla di Kaden e gli tenni la mano che aveva appoggiato sulla mia coscia.

Mi piacevano le sue mani. Erano grandi, le dita affusolate con le articolazioni un po' sporgenti. Ormai era rimasto solo un livido giallo a ricordare l'incidente all'*Hillhouse*. Lo accarezzai con il pollice.

Quando arrivammo a casa diluviava. Attraversai di corsa il parcheggio con la giacca sopra la testa, ma non servì a molto, e quando giunsi al portone ero fradicia. Kaden scoppiò a ridere mentre imprecavo più volte a voce alta. A lui la pioggia non dava fastidio.

Non avevo ancora finito di aprire il portone che Kaden mi precedette. Mi prese per mano e mi trascinò su per le scale. Risi piano, ricordando che era già successo una volta che mi portasse con tanta fretta su per le scale.

«Hai intenzione di fare un altro buco nel muro?»

Lui si voltò verso di me e sorrise. Mi prese per la vita e mi sollevò, sebbene non fossimo ancora arrivati al nostro piano. Mi baciò con trasporto, accendendo un brivido dentro di me.

«Ho bisogno di una bella doccia», mormorò, portandomi in braccio per il resto dei gradini, e io ne fui contenta, perché il suo bacio mi aveva reso le ginocchia molli.

«Anch'io.» Sorrisi contro le sue labbra.

«Speravo che lo dicessi.»

Arrivati sul pianerottolo, mi depose a terra e mi prese per mano. Procedeva con passi così lunghi e veloci che dovevo quasi correre per stargli dietro. Girammo l'angolo ridendo.

Si fermò così di scatto che gli andai a sbattere contro.

Lasciò la mia mano, che ricadde inerte al mio fianco. In un attimo sembrava essersi trasformato in una statua di pietra.

«Kaden, ma cosa...»

«Sparisci.»

Non lo avevo mai sentito parlare con nessuno in questo modo, prima. Feci un passo in avanti, incerta.

Un tizio era appoggiato al muro accanto alla porta del nostro appartamento. Aveva pantaloni con la piega, una camicia bianca e la giacca gettata sulla spalla. I capelli biondo scuro erano spettinati ad arte; ci guardava con una smorfia arrogante e divertita che lo rendeva immediatamente antipatico.

Sebbene nelle foto a casa di Rachel fosse solo un bambino, lo riconobbi all'istante.

Somigliava molto a Kaden. E nel contempo non gli somigliava affatto. Aveva gli stessi lineamenti morbidi e gli stessi occhi caramello, che tuttavia non avevano niente del calore e della sincerità che emanavano quelli di Kaden e di sua madre.

«Dico sul serio», ripeté Kaden in tono minaccioso. «Sparisci.»

Tutti i muscoli del suo corpo erano tesi, e sembrava addirittura che trattenesse il fiato. Era impietrito, e cominciai a spaventarmi.

«Anche a me fa piacere vederti, fratellino», disse Alex, apparentemente senza avere intenzione di staccarsi dal muro. Al contrario di Kaden, era perfettamente rilassato. Il suo sguardo si spostò verso di me. Mi sorrise, scoprendo i denti fin troppo bianchi. Chiaramente il sorriso di uno spietato rubacuori. «Cos'abbiamo qui?»

Quelle parole riscossero Kaden alla sua paralisi. Trasalì, mi prese per l'avambraccio e mi portò verso la porta di casa. La sua stretta era salda e dolorosa, ma non mi lamentai. Mi fidavo di lui, e se reagiva così doveva avere le sue ragioni.

Mi lasciò solo dopo aver aperto la porta e avermi spinto in corridoio.

«Si tratta di papà, Kaden. Vuole vendere una parte delle azioni della società.» Alex non aveva cambiato posizione. Non alzò nemmeno la voce. Evidentemente era abituato a farsi ascoltare.

«Io cosa c'entro?» chiese Kaden brusco, lanciando il giaccone verso il guardaroba. Mi chinai e lo raccolsi per appenderlo.

«Sono le azioni destinate a te quando compirai ventun anni. Sai che da tempo prova a coinvolgerti nella società. Ma se non ti interessano, le venderà.»

Kaden tentò di chiudere la porta senza dire altro, ma Alex

fu più veloce. Il suo piede scattò in avanti bloccandola. La riaprì con il palmo della mano.

«Sottoscrivi i documenti, e ti libererai di me», disse con incredibile dolcezza. «Ti prego.»

Kaden sembrò valutare la cosa, l'espressione sempre imperscrutabile. Si girò a guardarmi e deglutì. Mi venne vicino e si chinò fino ad avvicinare la bocca al mio orecchio. «Vai in camera tua, per favore.»

Volevo protestare, ma lui mi afferrò nuovamente per un braccio e lo strinse. «Per favore, Allie.»

Serrai le labbra e annuii. Poi mi tolsi le scarpe e andai in camera mia. Gettai un'ultima occhiata alle mie spalle e vidi Kaden farsi da parte e far cenno al fratello di entrare. Alex andò subito in salotto, come se fosse già stato spesso nell'appartamento. Passando mi fece l'occhiolino; anziché farmi venire le farfalle allo stomaco, come succedeva sempre con Kaden, mi provocò un brivido di paura. Chiusi la porta della camera con un brutto presentimento.

Se Kaden non voleva che fossi presente quando discuteva questioni d'affari con il fratello, lo avrei rispettato. Anche se mi costava fatica lasciarlo da solo in una situazione del genere.

Cos'era successo tra loro? Kaden mi aveva confidato qualcosa, ma da quando li avevo visti l'uno di fronte all'altro intuivo che tra loro doveva esserci stato molto più che la separazione dei genitori. Sul viso di Kaden era affiorata un'espressione di odio sconfinato. Di paura.

Ma di cosa?

Trascorsero dieci minuti, poi venti. Camminavo nervosa su e giù per la camera, senza riuscire a studiare. Trascorsa mezz'ora, non resistetti più.

Socchiusi cauta la porta e, sebbene non li vedessi, sentii ogni loro parola.

«Tieni la bocca chiusa, Alex, altrimenti ti faccio saltare tutti i denti», sibilò Kaden. Il nome del fratello lo aveva pronunciato con estremo disprezzo.

«È ora che tu superi la cosa. Quanti anni sono passati? Due? Tre?» ribatté impassibile Alex. «La storia tra voi non era niente di serio.»

Sentii un tonfo.

«Dio, quanto mi fai schifo.» La voce di Kaden era quasi incomprensibile da quanto era distorta dalla rabbia.

«Cosa vuoi da me? Ho commesso degli errori, va bene. Ma ho pagato per ciò che ho fatto e non li ripeterò. Perché non ti basta?»

«Hai pagato per i tuoi errori? E quando, per la miseria? Deve essermi sfuggito qualcosa», sibilò Kaden.

«All'epoca abbiamo preso una decisione che ha protetto la nostra famiglia. Lo sai benissimo anche tu.»

Kaden sbuffò sprezzante.

«E se tu non fossi così orgoglioso, non dovresti vivere in questo... buco, costretto a cercarti dei coinquilini per pagare l'affitto», proseguì Alex.

«Non ho intenzione di accettare nemmeno un centesimo da quel porco.»

Trattenni il fiato. Kaden mi aveva detto che il padre si rifiutava di mantenerlo, ma non che lui non accettasse i suoi soldi.

Fu il turno di Alex di sbuffare. «Prima o poi il tuo orgoglio ti farà fare una brutta fine, Kaden. Non distruggere il tuo futuro solo perché le cose non hanno funzionato con una ragazza...»

Ci fu un tonfo sordo. Ero sicura che Kaden avesse sbattuto un pugno sul tavolo. «Kendra non c'entra in questa storia. Lasciala stare.»

«E allora chi c'entra? Quella nuova?» Alex fece una risata glaciale.

«Te lo giuro, Alex, se provi solo ad avvicinarti a lei, io...»

«È per questo che ti sei trasferito? Perché qui nessuno conosce la verità?»

Kaden ringhiò piano.

«La piccola non sa niente, vero?» insistette Alex. «Forse dovrei approfittare di questa occasione per informarla...»

Qualcosa cadde rumorosamente sul pavimento, allora abbandonai ogni remora e spalancai la porta. Corsi in salotto. Kaden era in piedi davanti al fratello, le spalle tremanti, mentre Alex era seduto con aria indifferente sul divano.

«Credo sarebbe meglio che tu te ne andassi», dissi gelida.

«Ma che carini.» Lo sguardo di Alex passava da Kaden a me e viceversa. Un lento sorriso gli curvò le labbra quando il suo sguardo mi accarezzò da capo a piedi. All'improvviso mi sentii sporca. Conoscevo bene la sensazione che mi provocavano i suoi occhi. La conoscevo fin troppo bene.

«Vattene dal nostro appartamento, altrimenti chiamo la polizia», lo minacciai, ma la voce mi tremò.

Alex raccolse con tutta calma i documenti dal tavolino e si alzò. Io andai alla porta e la spalancai. Non avrei potuto dargli un segnale più univoco. Lui mi seguì. Poco prima di uscire, si girò ancora una volta.

«Arrivederci», disse sottovoce.

Distolsi lo sguardo. Avevo la nausea.

Quando fu uscito, sbattei la porta e la chiusi a chiave. Mi lasciai scivolare sfinita lungo il legno fresco. Impiegai qualche istante a vincere il malessere. Poi tornai in salotto. Kaden non si era mosso.

«Se n'è andato», dissi dolcemente posandogli una mano sulla spalla.

Lui sussultò bruscamente e si voltò di scatto. Aveva l'aria così furibonda che indietreggiai involontariamente. Feci per parlare, ma non trovai le parole.

Non lo avevo mai visto così.

Prima che potessi comprendere cosa fosse successo, Kaden aveva fatto dietro front ed era sparito in camera sua. Strinsi gli occhi quando chiuse rumorosamente la porta dietro di sé.

L'istinto mi diceva che aveva bisogno di stare un momento da solo. Anche se mi risultava difficilissimo non seguirlo e abbracciarlo, come lui aveva fatto con me a Denver, tornai in camera mia. Misi a posto, spolverai le mensole e riordinai i raccoglitori. Quando non trovai più niente da sistemare, andai in salotto e mi sedetti ad aspettare. Avrei voluto cucinare qualcosa per noi, ma ero sicura che Kaden non avesse voglia di compagnia, e non volevo dargli l'impressione di non rispettare il suo desiderio di restare da solo. Perciò aspettai.

Guardai un reality dopo l'altro, senza però riuscire a concentrarmi. Nel frattempo giocavo con il cellulare e valutai se fosse il caso di chiedere a Spencer di venire da noi. Ma scartai l'idea.

Quando Kaden uscì dalla sua camera, non guardò neppure dalla mia parte e si diresse deciso verso la porta.

«Dove vai?» gli chiesi cauta, seguendolo in corridoio.

Si infilò gli stivali senza rispondermi. Poi prese le chiavi e se le mise nella tasca posteriore dei pantaloni. Provò ad aprire la porta, ma l'avevo chiusa a chiave. Imprecò e riprese il mazzo dalla tasca.

«Kaden, dove vai?» ripetei con voce rotta.

Lui si voltò di scatto. Aveva ancora l'aria infuriata. «Non devo darti nessuna spiegazione, Allie.»

Poi si precipitò fuori.

Kaden non tornò a casa. Il tempo passava più lento del solito. Ogni ora sembrava durare giorni.

Era una tortura.

Fui sul punto di chiamare Spencer o Monica per chiedere loro se avessero idea di dove si fosse cacciato. Ma rinunciai: non volevo sembrare una di quelle isteriche che non lasciano spazio al proprio ragazzo. Sconvolto com'era, Kaden ne aveva bisogno più che mai. Ne ero certa.

Avevo il diritto di chiedere dove fosse sparito? Non avevamo mai chiarito se fossimo una coppia oppure no. Non mi era mai capitato di fare un discorso simile in vita mia, non sapevo nemmeno se se ne parlasse. Per com'erano andate le cose negli ultimi giorni, mi sembrava evidente. Per me c'era soltanto lui, e credevo che fosse lo stesso per lui.

Ma, indipendentemente da ciò che eravamo l'uno per l'altra, meritavo di sapere dove fosse. Meritavo che si facesse sentire e mi informasse se voleva passare la notte altrove.

Ero terribilmente in ansia, e stavo per mettermi a piangere.

Dopo mezzanotte non resistetti più e gli scrissi un messaggio. Non ottenni risposta. Passai il resto della notte sul divano, appisolandomi e svegliandomi di soprassalto tutte le volte che mi sembrava di sentire un rumore.

Ma Kaden non rincasò.

31

Il mattino dopo mi trascinai all'università, senza trucco e con profonde occhiaie. Kaden non si era ancora fatto vedere né aveva risposto al mio messaggio. Ero in preda a un'angoscia tremenda. Non sapere cosa gli fosse successo mi faceva impazzire. E mi amareggiava che, dopo tutto ciò che gli avevo raccontato di me, non provasse la stessa fiducia nei miei confronti. D'altra parte lo capivo. Sapevo meglio di chiunque altro quanto fosse difficile aprirsi fino in fondo.

Nonostante il dolore e il vuoto che sentivo dentro, mi sforzai di non far trapelare niente. Ai miei amici dissi di essere raffreddata e di aver passato una nottataccia, cosa che con il clima mutevole degli ultimi giorni era del tutto credibile. Non volevo che si lanciassero in ipotesi azzardate. Quello che era successo tra me e Kaden non riguardava nessun altro.

Quando ci incontrammo a pranzo, non riuscii a mandare giù nemmeno un boccone, e alla fine passai il mio vassoio a Scott.

«Grazie tesoro», sospirò tirandolo verso di sé. «Tu sì che sai come rendere felice un uomo.» Addentò di gusto il burrito e lo strinse così forte che gran parte del ripieno fuoriuscì dall'altro lato. Dawn fece una smorfia disgustata e mi passò il suo piatto, affinché le tagliassi la carne. Nel corso dell'ultima settimana era diventata una consuetudine tra noi, come del resto la mia domanda d'obbligo: «Come vanno le dita?»

«Di giorno sto bene, ma di notte devo ancora prendere l'antidolorifico. E anche quando sto troppo al computer», disse riprendendosi il piatto. «Grazie.»

«Cosa devi fare al computer?» chiese Scott a bocca piena. «Mancano ancora diverse settimane alle prossime scadenze.»

Dawn tentò invano di raccogliere una forchettata di pasta con la mano sinistra, ma gemette frustrata. «Non è un lavoro per l'università.»

Scott e io la guardammo incuriositi. Lei fissava la pasta con aria bellicosa.

«Di cosa si tratta?» indagò Scott.

«Di altro», rispose vaga Dawn. Sbatté la forchetta sul piatto e prese gli spaghetti con le dita.

Scott sbuffò. «Non essere così misteriosa...»

«Allie», lo interruppe Dawn girandosi verso di me. «Come sta il tuo lover boy?»

Sussultai, anche perché mi sentivo in colpa per non averle ancora raccontato quanto accaduto il giorno prima. Ero stata sul punto di chiamarla, quando mi era sembrato di non resistere più nell'appartamento vuoto. Ma Dawn era già stata coinvolta nel nostro dramma con conseguenze non proprio positive. Non volevo che si rompesse qualche altro osso a causa mia.

Perciò risposi laconica: «Tutto a meraviglia».

Lei parve crederci.

* * *

Quel pomeriggio non osavo andare a casa: la paura che Kaden non fosse tornato era troppo grande. Rimandai il momento, camminai senza meta per il campus poi andai in biblioteca, dove presi in prestito i libri che mi servivano per la tesina e cominciai a scrivere una presentazione che avrei dovuto consegnare qualche settimana più tardi. L'entità della mia disperazione era preoccupante. Quando la biblioteca chiuse, non mi rimase altro da fare che ritornare nell'appartamento.

Provai un tuffo al cuore vedendo la jeep parcheggiata fuori. Salii le scale due gradini alla volta e varcai di slancio la porta.

Mi bloccai. Il sangue abbandonò così bruscamente il mio viso che mi sentii svenire e dovetti appoggiarmi al muro.

In mezzo al corridoio c'era una valigia con accanto due scatoloni. Scatoloni da trasloco, dai quali spuntavano cose che mi risultavano estremamente familiari. Per esempio la mia mantella all'uncinetto. Oppure la cornice con la foto che Dawn aveva scattato il giorno del mio arrivo.

Il mio cuore perse qualche battito. Poi accelerò impetuoso, quindi si fermò di nuovo. Cominciai a sudare freddo.

Oltrepassai gli scatoloni ed entrai nell'appartamento. Dalla mia stanza provenivano dei tonfi indistinti. La porta era aperta, e poco dopo Kaden comparve sulla soglia reggendo in mano un altro scatolone. Non mi degnò nemmeno di uno sguardo quando mi oltrepassò e lo sistemò accanto agli altri in corridoio.

«Ma... che stai facendo?» gracchiai. Un groppo mi chiudeva la gola.

Kaden mi ignorò e tornò in camera mia. Quando uscì con la mia abat-jour, mi piazzai davanti a lui. Rischiavo di iperventilare.

«Kaden, cosa stai facendo?» domandai, questa volta più nitidamente.

Lui mi guardò. I suoi occhi erano freddi e spietati, il suo atteggiamento scostante.

«Devi lasciare la stanza», disse con distacco. «Immediatamente.»

Per un momento le sue parole mi risultarono incomprensibili. Elaborai ciò che aveva detto solo quando tentò di oltrepassarmi con la lampada in mano. Lo presi per un braccio e lo costrinsi a voltarsi verso di me.

«Che storia è questa?» Mi tremava la voce. All'improvviso mi mancò il terreno sotto i piedi, e mi sentivo sul punto di precipitare.

«Non abbiamo stipulato nessun contratto d'affitto. Se dico che te ne devi andare, te ne vai. Quindi prendi le tue cose e sparisci.» L'indifferenza con cui pronunciò quelle parole mi fece rabbrividire. Quello non era il mio Kaden. Quello era un robot, gelido e senza emozioni.

«Perché fai così?» bisbigliai, afferrandogli anche l'altro braccio. Lui si scrollò bruscamente e posò l'abat-jour. Quando si voltò per tornare in camera mia, gli bloccai la strada.

«Allie», ringhiò. Cominciava ad assomigliare già di più al Kaden che conoscevo.

«Voglio sapere cosa ti ha detto tuo fratello, per farti pensare di dovermi cancellare dalla tua vita», dichiarai e, anche se stavo per svenire, la mia voce era salda. «Di cosa avete discusso?»

«Non ne voglio parlare.»

«Con me puoi parlare di qualunque cosa, Kaden. Esattamente come mi hai chiesto di fare con te», gli dissi più dolcemente. «Ti prego, non escludermi.»

Mi guardò. Aveva la mandibola serrata, e una vena gli pulsava sulla tempia. «No.»

«Pensavo che avessimo superato questa fase. Pensavo che tra noi ci fosse fiducia.»

«Ti sbagliavi.»

Lo afferrai per le spalle. «Vuoi prendermi in giro, Kaden? Ieri mi hai detto quanto fosse bello farmi felice e oggi mi butti fuori di casa senza un motivo?»

«È stato un errore. Un errore madornale.» Lo disse sottovoce, quasi dovesse convincere anche se stesso che stava facendo la cosa giusta.

«Quello che è successo tra noi non è stato un errore», lo smentii. Dovevo assolutamente fare breccia dentro di lui. «Quello che c'è tra noi è la miglior cosa che mi sia successa... anche per te è così, giusto? Perché hai permesso a qualcuno di convincerti del contrario?»

Lui chiuse gli occhi e deglutì.

Gli accarezzai le spalle, poi risalii sul collo e gli presi il viso tra le mani. «Non sono come Kendra», gli assicurai. «Non sparirò così, Kaden.»

Dovevo aver detto la cosa sbagliata. Lui si irrigidì e mi afferrò in malo modo per i polsi. Staccò le mie mani dal suo viso e fece un passo indietro.

«La nostra storia», disse lentamente, «è stato l'errore più grande della mia vita.»

Qualcosa si spezzò dentro di me. Mi sentii soffocare. Ma Kaden non aveva ancora finito.

«Stai lontana da me, Allie. Dico sul serio. In questo momento non ho bisogno di queste cazzate.»

Le mani mi fremevano dalla voglia di dargli uno schiaffo. Ma non mi sarei esposta in quel modo.

Al contrario, sentii che cominciavo a chiudermi.

Stava succedendo esattamente come allora: il dolore e la paura erano così grandi, così insopportabili e intensi, che mi rimanevano solo due alternative. Potevo crollare, oppure ricacciare ogni singola emozione nell'angolo più remoto del mio cuore e lasciare che restasse solo il gelo. Anestetizzarmi prima che lo facesse il dolore.

«Vuoi che me ne vada?» La mia voce era calma, non c'era traccia del dolore o della rabbia che mi sconquassavano.

Kaden fece un cenno d'assenso.

«Vuoi davvero che tra noi le cose finiscano in questa maniera? Cacciandomi dall'appartamento?» insistetti. Dovevo avere la certezza assoluta.

«Le regole erano chiare fin dall'inizio, Allie.»

Digrignai i denti. «Ed erano destinate a fallire fin dal principio... parole tue.»

«Dico molte cose quando voglio ottenere ciò che voglio.»

«Stronzate», esclamai. «Non fingere di averlo detto solo per farmi cedere. Ci sarebbero stati metodi molto più efficaci.»

«Perché rendi le cose così difficili?» domandò sbuffando.

«Perché non sono una delle tante ragazze che prendi e poi butti via come se fossero spazzatura. Sono quella che è stata tra le tue braccia e ti ha confidato il suo passato. Sono quella...»

Mi posò la mano sulla bocca. «No.»

Gliela tolsi. «Non puoi cacciarmi solo perché hai paura

di raccontarmi il tuo passato. So quanto è difficile, Kaden. Credimi. Ma io l'ho fatto ugualmente.»

«È proprio questo il mio problema!» esclamò passandosi le mani sul viso.

Mi bloccai. All'improvviso avevo le dita insensibili. «Cos'hai detto?»

«Allie, ti prego, non ce la faccio. Ci ho provato... non funziona.» Deglutì. «Non posso stare con te. Non dipende da te, bensì da...»

«È per colpa di Anderson? Per quella storia con mia madre?» bisbigliai.

Lui scosse la testa soffiando fuori l'aria. «Ci sono cose che... sono successe. Cose che ti distruggerebbero, se le sapessi. Non funziona. Non potrò mai stare con una come te.»

Le sue parole mi annientarono. Indietreggiai.

Un'ombra gli velò lo sguardo. «Tanto prima o poi sarebbe finita, credimi. È meglio così.»

Trattenni le lacrime, mentre tutte le mie barriere difensive si alzavano contemporaneamente. Poi lo guardai negli occhi, facendo in modo di trasmettergli tutto il disprezzo possibile.

«Non sono una che corre dietro a qualcuno, Kaden. Ormai dovresti conoscermi bene.» Raddrizzai le spalle. «Se vuoi che me ne vada, lo farò. Ma non credere che tornerò.»

Trascorsero alcuni interminabili secondi prima che lui annuisse. «Con questo posso convivere.»

Allora lo feci. Mi voltai e uscii, sebbene il cuore mi facesse così male da rendermi quasi impossibile mettere un piede davanti all'altro.

32

Dawn mi aprì la porta e mi guardò sorpresa. Fece per dire qualcosa, poi il suo sguardo scese sul cuscino che tenevo in mano e sulla valigia ai miei piedi. Strinse le labbra e si spostò di lato per farmi entrare. Come al solito Sawyer non c'era, ma la cosa non mi interessava.

Non mi interessava più niente.

Dawn non fece domande. Portò dentro la valigia e la depose accanto al comò, poi mi prese per mano e mi condusse al suo letto. Disse qualcosa, ma lo scroscio dentro le mie orecchie mi impedì di capire le sue parole. La vidi uscire dalla stanza.

Seduta sul letto, dondolavo le gambe fissandomi i calzini. Avevano disegnate delle civette colorate. Li avevo comprati solo perché sapevo quanto li avrebbe detestati mia madre.

Poco dopo Dawn tornò con due tazze di tè fumante, che posò sul comodino. Scostò la coperta e mi aiutò a sdraiarmi e mettermi comoda. Poi si sedette accanto a me, e io posai la testa sul suo grembo.

Cominciò a parlare di cose banali. Di Kanye West, che

aveva fatto un'altra delle sue figuracce su Twitter. Del libro della sua autrice preferita. Di Sawyer, che la preoccupava, perché da parecchio non portava più nessun ragazzo in camera. Dei suoi propositi di preparare finalmente per Natale la marmellata della nonna.

Alla fine smisi di lottare. Premetti il viso sulla gamba di Dawn, affondai le dita nel suo maglione e lasciai scorrere le lacrime.

Andai avanti a piangere per ore. Dawn non si mosse. Mi rimboccò la coperta e mi accarezzò dolcemente i capelli, mormorò parole di conforto mentre il mio corpo era scosso dai singhiozzi, così forti da provocarmi il vomito.

A un certo punto ero talmente spossata che rimasi a fissare il muro in silenzio. Era come se qualcuno mi avesse tirato fuori dal corpo tutti gli organi e poi li avesse rimessi dentro alla rinfusa.

Mi doleva dappertutto.

Poi gli occhi mi si chiusero, e piombai in un sonno profondo.

Nel corso della settimana il sonno diventò l'attività principale della mia giornata. Erano le uniche ore in cui mi liberavo dal dolore lancinante. Non riuscivo a mangiare, faticavo persino a bere. Mi alzavo dal letto di Dawn solo per andare al gabinetto. Non frequentavo i corsi. Vedere Kaden mi avrebbe ucciso.

Dawn era un angelo. Mi portava gli appunti delle lezioni e copiava quelli di Scott per i corsi che non frequentavamo insieme. Sawyer per fortuna si faceva vedere solo sporadicamente. Un pomeriggio piombò dentro piuttosto sconvolta, ma quando mi vide la sua faccia perse ogni espressione. Subito dopo se ne andò con uno zaino pieno di roba.

Il sabato Dawn arrivò insieme a Scott. Erano andati a prendere una pizza. Ero affamata, ma appena Scott aprì la scatola, fui assalita dalla nausea. Tutto mi ricordava Kaden. Era ridicolo e spaventoso, ma non potevo farci niente. Sebbene negli ultimi giorni avessi dormito come non avevo mai fatto prima, mi sentivo vuota e spossata.

Per la prima volta in vita mia mi ero innamorata. E per la prima volta in vita mia mi avevano spezzato il cuore. Non avevo la più pallida idea di come ne sarei uscita. Tra l'altro ero una senzatetto. Non sapevo cosa avrei fatto senza Dawn.

Dipendevo sempre da qualcuno: prima dai miei genitori, poi da Kaden e infine da lei. Benché negli ultimi giorni avessi tentato di rimuovere ogni cosa, c'era un elemento chiaro e inoppugnabile: dovevo finalmente assumermi la responsabilità della mia vita. Era tempo di darmi una mossa.

«Ho bisogno di un alloggio.»

Furono le prime parole che pronunciai da quando avevo bussato alla porta di Dawn. Rimasi a fissare per un po' il tappeto scolorito, poi alzai lo sguardo verso i miei amici. «Ho bisogno di un alloggio.»

Scott aprì la bocca e la richiuse. Probabilmente non aveva considerato il fatto che proprio quel giorno avrei rotto il mio silenzio. Anche Dawn sembrava sorpresa. Posò la fetta di pizza sul piatto che teneva sulle gambe.

«Puoi rimanere qui tutto il tempo che vuoi. Non vengono quasi mai a controllare e, in quel caso, faremo finta che tu sia la mia coinquilina. Voglio dire, Sawyer praticamente non c'è mai», si mise a blaterare. Mi rendevo conto di quanto fosse felice che avessi parlato. «Soprattutto da quando una volta ha dovuto nascondere un tizio sotto il letto all'ultimo secondo.»

Scott diede un'occhiata alla metà della camera che apparteneva a Sawyer, e che era l'esatto contrario di quella di Dawn. Al posto delle mensole piene di libri e delle pareti tappezzate di foto colorate, tutto era rigorosamente in bianco e nero, molto minimalista. «Ma lì sotto c'è un cassetto», osservò Scott.

Dawn annuì. «Esatto», disse di slancio. «Adesso prova a immaginare un marcantonio di un metro e novanta infilato lì dentro. Ripiegato come una T-shirt.»

Sentii un guizzo agli angoli della bocca. Lievissimo, ma anche Dawn e Scott lo avevano notato.

«Tesoro?» chiese Scott cauto, ma non al punto da farmi sentire ridicola.

«Mmm?»

«Ne vuoi parlare?» domandò.

Ci pensai su un po'. Il dolore era sempre lo stesso, ma mi sentivo fredda e intorpidita dentro.

«Non lo so», risposi con sincerità massaggiandomi il petto. Il cuore mi batteva in maniera irregolare.

«Noi siamo sempre qui per te. Tienilo presente.»

Dawn annuì con tanto impeto che i suoi capelli sobbalzarono intorno alla testa.

Feci qualche respiro profondo e tornai a guardare il tappeto. In vita mia ne avevo passate tante. Per anni mi ero sentita sola, incapace di fidarmi di qualcuno. Le mie amicizie erano state sempre molto superficiali, forse a causa del fatto che non avevo mai avuto esperienze positive con le persone, e in generale preferivo tenerle a distanza.

Da quando abitavo a Woodshill era cambiato tutto. Anch'io ero cambiata, ero diventata un'altra persona. Tuttavia non mi ero mai sentita me stessa come in quel momento. Nonostante ciò che mi aveva fatto Kaden. Avevo imparato dai miei errori e sapevo che era meglio parlare dei problemi anziché tenerseli dentro. Perché prima o poi scavano dentro di te un vuoto così grande da rischiare di farti crollare.

E io non volevo crollare di nuovo.

Scesi dal letto, mi sedetti per terra accanto a Dawn e Scott e iniziai a raccontare. Aprirmi con loro mi costò una fatica tremenda, da quanto ero abituata al silenzio. Tuttavia lo feci.

Raccontai loro dei miei genitori e della mia vita a Denver. Di Anderson, ma solo la versione semplificata. Dell'agghiacciante incontro per il Ringraziamento. Raccontai anche del fratello di Kaden. Infine di come Kaden, da un momento all'altro, fosse cambiato radicalmente, proprio quando eravamo diventati così affiatati. Mentre parlavo – a spizzichi e bocconi – mi accorsi di quanto fosse giusto raccontare tutto a Dawn e Scott. Mi fidavo di loro.

Quando ebbi finito, Dawn mi venne vicino e mi abbracciò. Scott mi prese la mano e la strinse con forza.

«Bene», disse Dawn con voce ferma, afferrandomi per le spalle nonostante la mano fasciata. «Per prima cosa, credo che tutto avvenga per una ragione, Allie. Se non fosse successo, non saresti seduta qui con noi. Non ci saremmo mai conosciute. Forse non avresti mai trovato il coraggio di inseguire i tuoi sogni, non ti sarebbe venuto in mente di dire a tua madre quello che pensavi, o di diventare insegnante. Non ti saresti innamorata.»

Ricambiai lo sguardo di Dawn e annuii.

«Secondo», proseguì, «a me sembra che tu non sia l'unica che ha delle esperienze negative del proprio passato da elaborare. Anche Kaden si porta dietro una bella zavorra.»

Mi morsi il labbro pensierosa.

«Comunque sia, non è un motivo valido per sbattere Allie fuori di casa. Sinceramente la cosa mi fa piuttosto arrabbiare», disse Scott accigliandosi, come se per lui fosse un'emozione del tutto nuova.

«Mi ha detto che non potrà mai stare con una come me.» Dovetti schiarirmi la voce, perché di colpo mi mancava. «L'ho implorato di spiegarmi perché. Di dirmi cos'era successo tra lui e il fratello. Ma non ha voluto farlo.»

«Cosa vuol dire, con una come te?» esclamò Dawn drizzandosi a sedere. «Dovrei picchiarlo di nuovo. Ho ancora una mano sana. E due piedi.»

Non riuscii nemmeno a sorridere. Le parole di Kaden mi risuonavano incessanti nella testa.

«Le regole erano chiare fin dal principio.» Scoppiai in una risata ironica.

Scott scosse il capo. «Certo che ha fatto un bel casino. Si è più fatto sentire?»

Trasalii. Non avevo preso in mano il telefono per tutta la settimana. Le mie giornate erano state scandite solo dal sonno e dai tentativi di Dawn di distrarmi.

«Non ne ho idea.»

Dawn prese prontamente la mia borsa e me la passò. Non sapevo perché il mio cuore stesse battendo così in fretta. Che Kaden si fosse fatto sentire oppure no, non aveva alcuna importanza. Non avrebbe cambiato il fatto che mi aveva profondamente ferito.

Ma non avrei dovuto preoccuparmi. Dopo che Dawn mi ebbe prestato il suo caricabatterie per accendere il telefono, trovai un solo nome sullo schermo: Spencer.

«Ma certo», mormorai. Di sicuro Spencer era stato mandato da Kaden per sbarazzarsi delle mie ultime cose. Bloccai il cellulare e lo misi da una parte.

«Non so proprio cosa fare, adesso. Voglio dire, non posso rimanere per sempre a vivere qui, per quanto apprezzi la tua offerta, Dawn. Non voglio farti rischiare il posto.»

Lei fece un sorriso storto. «Potremmo andare a dormire insieme sotto i ponti. Sarebbe divertente.»

Mio malgrado, mi venne da sorridere.

«Per cominciare, diamo un'occhiata alle offerte. Di sicuro non vuoi più stare con altre persone, giusto Allie?» Scott mi guardò trepidante, mentre digitava alla cieca sullo smartphone.

Il fatto che nessuno dei due mi sommergesse di compassione, ma entrambi affrontassero la situazione in maniera pragmatica e concreta, mi fu di enorme aiuto.

«No», risposi decisa. «Niente condivisioni. A meno che possa scegliermi i coinquilini. Ho ancora da parte un bel po' di risparmi, e ho anche un conto dei miei genitori al quale posso attingere in caso di necessità.» In realtà ogni fibra del mio corpo si opponeva all'idea di toccare un solo centesimo da lì, ma a metà semestre non avrei certo trovato una stanza al dormitorio. I posti erano tutti occupati, le liste d'attesa interminabili.

«Benissimo. Direi di fare un elenco degli alloggi che

potremmo andare a visitare nei prossimi giorni. Voi due controllerete gli annunci in rete; io farò il giro delle bacheche di tutte le facoltà.» Scott si alzò e si passò una mano tra i capelli biondi. Fino a un attimo prima li aveva perfettamente pettinati, mentre in quel momento gli sparavano da tutte le parti, contrastando con la sua espressione seria.

«Se non sbaglio, Grace, la mia compagna di Scrittura Creativa, si è appena trasferita dal suo ragazzo. Magari il suo appartamento è ancora libero», disse Dawn pensierosa, mettendosi il portatile sulle gambe. «Provo a scriverle subito.»

«Ottimo!» Scott alzò i pollici e si infilò il giubbotto. «Vi manderò delle foto, nel caso trovassi qualcosa, così potrete chiamare subito.»

«Posso venire con te!» protestai, tentando di alzarmi, ma Dawn mi afferrò per le spalle.

«Sarò sincero con te, tesoro», disse Scott. Fece un profondo respiro e concluse: «Hai un aspetto devastato».

«Non avresti potuto trovare un aggettivo migliore», concordò Dawn, poi mi guardò. Alla vista dei pantaloni della tuta che indossavo da una settimana con la maglietta slabbrata abbinata, fece una smorfia. «In effetti hai visto giorni migliori.»

E io ero stata riconoscente a quei due poco prima?

«Non te lo diciamo per farti stare male, ma per farti alzare il culo. Ti avremmo lasciato ancora qualche giorno di tempo, ma ti sei alzata da sola. Quindi forza!» Scott batté le mani. «All'assalto, Allie.» Andò alla porta e mi sorrise un'ultima volta prima di uscire.

Sospirai e mi stirai. Mi annusai cauta la maglietta. Che schifo.

«Sono disgustosa, vero?» chiesi a Dawn.

«Un pochino...» Mi rivolse un sorriso disarmante e si tappò il naso con due dita.

Feci un profondo respiro.

Poi mi alzai.

All'assalto.

33

Feci qualcosa che rimandavo da troppo tempo. Telefonai a mia madre.

O almeno ci provai. Ma per più di un'ora non potei evitare di chiudere la comunicazione appena componevo il numero.

Dawn era uscita apposta a fare una passeggiata, per lasciarmi telefonare in pace, ma era impossibile. Non sapevo nemmeno cosa le avrei detto. Tra noi c'erano così tante cose in sospeso che non sarebbe bastato dire: Ehi, grazie di avermi reso la vita un inferno negli ultimi anni.

E poi erano giorni che ripensavo alle parole di Dawn. Senza la storia di Anderson e il deplorevole comportamento di mia madre non mi sarei mai trasferita a Woodshill. E senza quel nuovo inizio non avrei mai incontrato quei meravigliosi amici. Non mi sarei mai innamorata: prima del trasloco lo avrei ritenuto impossibile. E non avrei imparato così tante cose su di me e non sarei cresciuta così tanto. Senza tutto ciò non sarei stata la persona che ero. E dovevo ammettere che quella persona mi piaceva molto. Ero convinta di essere sulla strada giusta.

Strinsi i denti e schiacciai il tasto di richiamata con gli

occhi chiusi. Avvicinai lentamente il telefono all'orecchio, con il cuore che mi batteva all'impazzata.

La mamma rispose, e io trattenni il fiato.

«Crystal.» Il suo modo di pronunciare il mio nome mi provocò un brivido lungo la schiena. «Sapevo che prima o poi ti saresti fatta viva.»

Anche se avrei avuto voglia di raggiungerla attraverso il telefono e strozzarla, ignorai le sue parole.

«Ciao mamma», dissi con forzata cortesia, stropicciando la coperta di Dawn con la mano. Il cuore mi batteva velocissimo. «Come va?»

Piccoli passi, mi ricordai. Non dovevo rinfacciarle in una volta sola tutto ciò che avevo ingoiato negli ultimi anni.

«Come vuoi che vada? Mi hai umiliato al mio stesso galà! Ti sei presentata insieme a questo... questo teppista e...»

Le parole successive non le udii nemmeno. Fui invasa da un'insolita calma. All'improvviso ebbi la certezza che ce l'avrei fatta. Ero abbastanza forte.

«Mamma», la interruppi sottovoce.

«Non interrompermi, Crystal. Mi hai fatto una domanda e adesso puoi anche ascoltare la risposta.»

«Non ti ho telefonato per farmi rimproverare da te.» Mi sdraiai di schiena e fissai il soffitto. Dawn ci aveva attaccato una cartina del mondo in cui i vari continenti al buio si accendevano di colori diversi.

«A cosa devo l'onore?» domandò piccata.

«Eri convinta che sarei venuta al galà, vero?» Aspettai paziente la sua risposta.

Non la ottenni.

«Se contavi sulla mia presenza, come tu stessa hai detto

a Denver... Come hai potuto permettere che ci fosse anche Russell?»

La sentii trattenere il fiato.

«All'inizio non ci ho pensato, sai», proseguii, attorcigliandomi una ciocca di capelli intorno al dito. «Volevo gettarmi alle spalle la cosa una volta per tutte. Ma più ci riflettevo... Come hai potuto farlo, mamma?»

Sentivo i suoi respiri affannosi all'altro capo della linea e rimasi ad aspettare per vedere se mi avrebbe risposto. Ma continuò a restare in silenzio.

Mi schiarii la voce. «Russell non mi ha violentata. Ma mi ha maltrattata. Ha lasciato un'ombra indelebile su di me. Ti ho raccontato tutto, mi sono fidata di te. E tu cosa fai? Inviti quell'uomo a casa nostra e gli dai un riconoscimento sotto i miei occhi.» Mi misi un braccio sugli occhi. Non avrei pianto. Volevo farle capire quali conseguenze avesse avuto su di me il suo comportamento, in modo che comprendesse il motivo della mia fuga e del mio nuovo inizio. «Come hai potuto farmi tutto questo, mamma? Sono tua figlia. Avresti dovuto proteggermi, invece mi hai gettato allo sbaraglio.»

Lei sbuffò.

«Credi che sia stato facile per me?» domandò con voce tremante.

«Così sembrava», replicai.

«Non hai idea di quanto mi sia costato accettare la presenza di quell'uomo a casa mia!» sibilò.

«Allora perché non hai fatto niente per impedirlo?»

Un'altra lunga pausa.

«Aveva donato somme davvero ingenti, Crystal», disse infine sottovoce. «Anche quest'anno l'ha fatto per le organizzazioni di beneficenza. Non avevo scelta. Sai come vanno le cose nel nostro ambiente.»

Risi senza gioia. In quel momento la porta si socchiuse e Dawn sbirciò dentro. Quando mi vide con il telefono all'orecchio, fece per andarsene, ma io le feci cenno di entrare. Non volevo cacciarla dalla sua stessa camera. E poi avevo la sensazione di non sentirmi tanto piccola con lei accanto.

Mi misi seduta e indicai il posto accanto a me. Dawn accolse la mia tacita supplica e si arrampicò sul letto, con espressione preoccupata.

«So bene come vanno le cose. Certo, mamma. Ma ciò non significa che non mi sarei aspettata aiuto da te.»

«L'ho tenuto lontano da te, Crystal. Ho fatto tutto quello che era in mio potere per...»

«Se avessi fatto tutto quello che era in tuo potere, quel porco non sarebbe mai più entrato in casa nostra», la interruppi con voce salda. «Avresti fatto quello che avrebbe fatto qualunque madre normale, e avresti denunciato quell'essere ripugnante. Invece mi hai costretta a vestirmi per bene e hai accettato i soldi sporchi che ti ha dato per il tuo silenzio. Mi hai lasciato completamente sola con la mia paura e il mio terrore.»

Di nuovo la sentii trattenere il fiato, ma non avevo ancora finito.

«Non voglio più restare attaccata al passato, mamma. Davvero. Mi sono trasferita a Woodshill per ricominciare da capo. Non perché volessi rendere difficile la vita a te e a papà. Volevo solo tornare a respirare liberamente. Ma mi sono resa conto di non poterlo fare finché questa cosa rimane irrisolta tra noi.»

All'improvviso la linea rimase muta.

«Sto tentando di perdonarti. Sto tentando di superare la storia con Russell e di costruirmi una vita qui. Ma non ci riesco se tu continui a immischiarti nelle mie decisioni.»

Mi serviva un momento per trattenere le lacrime. Dawn mi prese la mano e la strinse forte.

«Non ho mai voluto farti del male di proposito, Crystal, volevo solo ciò che era meglio per la nostra famiglia», disse mia madre, e io compresi che sarebbe stata l'unica giustificazione che avrei ottenuto da lei. Non c'era altro, la conoscevo bene. Ma almeno mi ero liberata di ciò che avrei dovuto dire da anni.

«Mi hai ferito, mamma. E molto. E per il Ringraziamento hai dimostrato ancora una volta di non avere nessun riguardo verso i miei sentimenti. Hai permesso che venissi a quella festa pur sapendo che ci sarebbe stato anche lui. Salvare la faccia di fronte ai tuoi amici è più importante dell'equilibrio psicologico di tua figlia.»

La sentii prendere fiato, per controbattere, ma poi non disse niente. Dawn mi rivolse un'occhiata interrogativa e io alzai le spalle, dato che mia madre non parlava.

«Ti ho cacciata definitivamente da casa, non è vero?» chiese a un certo punto. Mi sembrava di vederla davanti a me, con le gambe accavallate, seduta impettita da qualche parte in quella casa che da tempo non era più la mia.

«Non ho intenzione di tornare a Denver prossimamente, mamma. Mi trovo davvero molto bene qui a Woodshill.»

«Tu sei fatta per vivere in una grande città, Crystal», disse sprezzante, «non in un paese dove tutti vanno in giro con furgoni arrugginiti.»

Le sue parole mi fecero quasi venire da ridere.

«Non sono più Crystal, mamma. Da parecchi mesi. I

miei amici mi chiamano Allie. Forse potresti accettare anche tu il fatto che qui mi sto creando una vita che mi rende felice», dissi piano. Erano le parole che mi ero preparata mentalmente prima della nostra telefonata. «Non voglio cancellarvi dalla mia vita, mamma. Non farebbe bene né a voi né a me, ma se non comincerete ad accettarmi per quella che sono, non mi rimarrà altra scelta.»

Dawn mi stringeva le dita così forte da farmi quasi male.

«Non posso accettare la strada che hai imboccato. Qualunque cosa pensi di me, mi auguro solo il meglio per te. E a mio parere non lo troverai a Woodshill, né con un fannullone tatuato che ti trascinerà sulla strada sbagliata.»

Le sue parole mi provocarono una fitta di dolore.

«Se ti tratta male, riaggancia, Allie», bisbigliò Dawn accompagnando le parole con il gesto.

«Io non dipendo più da te e da papà. Se volete entrare nella mia vita, allora dovete accettarla, in un modo o nell'altro. Potete anche venire a trovarmi, oppure no. Lascio decidere a voi. In ogni caso non tornerò indietro. Qui a Woodshill mi sento più a casa che in qualsiasi altro luogo.» A parte il fatto che mi avevano spezzato il cuore. «E adesso devo riagganciare. Ho delle cose da fare.»

La sentii inspirare bruscamente.

«A presto, mamma. Se vuoi, saluta papà da parte mia», dissi in tono vagamente conciliante.

«A presto, Cr...» Si bloccò. «A presto, Allie.»

Poi sentii il segnale di linea libera, e abbassai lentamente il cellulare.

«Sono molto fiera di te», dichiarò Dawn con un sorriso smagliante.

«È stupido dire che lo sono anch'io?»

La mia amica scosse la testa senza smettere di sorridere. «Niente affatto.»

Sebbene fossi sconvolta e sudata e il cuore battesse a mille, ricambiai il sorriso. Ce l'avevo fatta, finalmente. Avevo detto a mia madre quello che pensavo davvero, e mi ero liberata da lei. Ormai dipendeva da lei decidere se per noi ci fosse un futuro.

34

CERCARE un alloggio accettabile a metà semestre si rivelò decisamente più semplice che al principio. La maggior parte delle visite andarono bene. Guardammo gli appartamenti in due o addirittura in tre, e le situazioni imbarazzanti si limitarono al minimo. Una volta, Dawn e io fummo squadrate da capo a piedi e ci venne chiesto se non volessimo baciarci, ma noi declinammo educatamente.

Era faticoso seguire tutti i corsi e passare da un appartamento all'altro parlando con i locatori, ma tutta quell'attività mi faceva bene.

A volte sussultavo ed ero assalita dalla tachicardia quando al campus vedevo qualcuno con il berretto o con un maglione simile a Kaden. Non era mai lui.

Lo incontravo solo al seminario che frequentavamo entrambi. Avevo valutato l'idea di interrompere il corso e di ripeterlo il semestre successivo, ma ci avevo ripensato. Cinema e Televisione era una delle mie materie preferite, non ci avrei rinunciato a causa di Kaden. Non mi sarei nascosta da lui, solo perché si era messo in testa che non potessimo stare insieme.

Tentavo di stargli lontana. Arrivavo nell'aula all'ultimo minuto e me ne andavo per prima, e mi concentravo con ferrea determinazione sulla lezione per non cadere nella tentazione di guardarlo. Facevo come se non esistesse.

L'attività di quel giorno prevedeva di assegnare film e personaggi a diverse categorie ed epoche. Dovevamo andare alla cattedra e attaccare il nostro foglietto alla colonna corrispondente sulla lavagna. Un compito abbastanza facile dopo aver letto accuratamente il copione. Presi la calamita per attaccare il mio primo foglietto sulla lavagna, quando sentii una presenza le mie spalle. Mi resi subito conto che era Kaden. Riconobbi il suo profumo, che negli ultimi mesi mi era diventato tanto familiare, avvertii il calore che si sprigionava da lui e mi venne la pelle d'oca. Allungò il braccio sopra la mia spalla per attaccare il suo foglietto.

Mi bloccai.

«Possiamo parlare?» Il suo respiro mi sfiorò l'orecchio da quanto mi era vicino.

Stavo per girarmi e tornare al mio posto ma lui mi prese per un gomito. Dovetti far forza su me stessa per non guardarlo in faccia. Rimasi a fissare la sua mano sul mio braccio. Mi sentivo mancare da quanto mi batteva forte il cuore. Nonostante il pullover che indossavo, era come se Kaden mi toccasse la pelle. Era troppo, troppo intenso. Il contatto con lui scatenava dentro di me emozioni contrastanti. Avrei voluto gettargli le braccia al collo e scoppiare a piangere, ma anche spaccargli il naso con un pugno. Volevo staccarmi da lui ma contemporaneamente non lasciarlo più andare. Come succedeva ogni volta che mi toccava, provavo una sensazione di completamento, come se l'ultima tessera di un puzzle finalmente andasse al proprio posto.

Non funziona. Non potrò mai stare con una come te, sentii la sua voce nella mia testa.

Senza guardarlo negli occhi mi sottrassi con calma alla stretta. Tornai al mio posto e cominciai a copiare accuratamente la tabella alla lavagna, con il cuore in gola. Kaden uscì dall'aula poco dopo.

Dopo l'ultima lezione della giornata, Scott e io ci sedemmo al bar del campus ad aspettare che Dawn ci raggiungesse. Quella sera avevo un altro appuntamento per un alloggio, e volevamo andarci insieme. Non sapevo cosa avrei fatto senza di lei. Da sola non sarei riuscita a organizzare tutte quelle visite, invece avevo già visto sei sistemazioni, di cui due mi piacevano davvero molto. Avevo compilato i moduli di richiesta piena di speranza, ma avevo scoperto che era più difficile del previsto convincere un locatore che ero un'affittuaria adatta. Per uno dei due appartamenti avevo già ricevuto una risposta negativa, per l'altro aspettavo da giorni un riscontro.

Tentai di non farmi troppe illusioni per l'appuntamento di quel giorno, ma le foto che avevo visto su Internet erano fantastiche.

Scott e io salimmo le scale scricchiolanti del bar con le tazze di latte macchiato in mano. I posti accanto alle finestre di sopra erano già tutti occupati come al solito, ma trovammo un tavolino libero nel centro.

Prima che ci fossimo sistemati del tutto, Scott diede un morso alla sua ciambella e mugugnò di piacere.

«Buona?» gli chiesi ridendo.

Lui si leccò il cioccolato dalle labbra. «Divina. Ne vuoi un morso?»

Scossi la testa.

«Devi mangiare di più, Allie.» Agitò la ciambella sotto al mio naso, finché non mi restò altra scelta che addentarla. «Divina», era decisamente un'esagerazione.

«Brava», mi lodò Scott a bocca piena. «Non voglio che tu dimagrisca ancora.»

«Non lo faccio di proposito», brontolai. Era vero. Continuavo a essere inappetente, non mi andava niente. L'unica cosa che consumavo con regolarità era il caffè, ma solo perché altrimenti mi sarei addormentata dovunque. Il mio «stato da zombie», come lo chiamava affettuosamente Dawn, era migliorato da quando Kaden mi aveva buttato fuori di casa, ma aveva lasciato tracce evidenti.

«Com'è andato il seminario?»

Sospirai. Avrei voluto cancellare dalla mente l'incontro con Kaden, ma Scott aveva una specie di sesto senso per quel genere di cose. «Mi ha rivolto la parola. Mi ha chiesto se potevamo parlare.»

«E tu cosa gli hai risposto?» Scott leccò il ripieno della ciambella guardando affascinato la propria lingua sparire quasi completamente dentro il soffice impasto.

«Credo che non riuscirò mai più a parlare con lui.»

«Forse deve dirti qualcosa di importante.»

«Cosa? Che ho lasciato i Tampax nel suo bagno?» ribattei a voce un po' troppo alta. Le ragazze al tavolo vicino si voltarono verso di noi con espressione sgomenta. Mormorai delle scuse e mi nascosi dietro la mia tazza.

«Allie?»

Mi voltai e vidi Monica venire verso di noi, seguita da

Spencer e Ethan. L'occhio di Spencer era tornato quasi normale.

«Ciao», la salutai mio malgrado.

«È libero?» domandò Monica incerta, indicando con il pollice alle proprie spalle. «Tutti gli altri tavoli sono occupati.»

Non potevo certo dirle di no. Annuii e mi sforzai di sorridere. Monica, Ethan e Spencer non avevano nessuna colpa per il comportamento di Kaden. Erano sempre stati gentili con me. E anche se in futuro non avremmo più passato molto tempo insieme, sarebbe stato inevitabile incontrarci di tanto in tanto.

«Come stai?» chiese Monica.

«Bene.» Tutti mi guardarono scettici. «Abbastanza bene, direi», aggiunsi sottovoce, perché non sembrava una bugia così spudorata.

«Kaden invece sta da schifo», sbottò Monica.

Ethan sbuffò. «Piccola, non credo che...» esordì, ma Scott lo interruppe.

«È quello che si merita.» Lo disse con la massima tranquillità e un sorriso educato.

Monica lo fulminò con un'occhiata, poi si sporse sul tavolo verso di me, rischiando di far finire i capelli dentro la mia tazza. All'ultimo istante, Ethan le raccolse la coda colorata e gliela posò sulla schiena.

«Kaden non riesce ad aprirsi con nessuno, lo sai anche tu, Allie. E quando lo fa, viene preso dal panico e si allontana. Lo ha fatto anche con tutti noi. Vero, ragazzi?» Rivolse un'occhiata a Spencer e Ethan, seduti vicino a lei.

Ethan sospirò e stava per ribattere, ma Monica gli gettò uno sguardo così minaccioso che all'ultimo istante cambiò idea e annuì energicamente. Spencer si mise a braccia conserte. Non aveva l'aria particolarmente felice.

«Allora dovrebbe cercarsi un bravo terapeuta.» Scott era furibondo. Gli posai una mano sul braccio, per farlo calmare.

«Non importa. È finita.» Quelle parole avevano un sapore di plastica nella mia bocca. Erano false e bugiarde.

«Allie, sappiamo entrambi che è una stronzata.» Spencer alzò la testa, si accigliò e si appoggiò al tavolo con i gomiti. «Da quando è stato qui Alex, Kaden è a pezzi.»

Monica trattenne il fiato. «Alex è stato qui? Come mai non ne sapevo niente?»

«Perché Kaden non vuole che si sappia in giro.»

«Questo spiega molte cose, accidenti.» Ethan si passò la mano tra i capelli e posò il braccio sulla sedia di Monica.

Scott sbuffò. «Cosa spiegherebbe, se posso? Il fratello cattivo passa a trovarlo e la logica conseguenza è che Kaden sbatte fuori di casa Allie? Scusate, ragazzi, ma non mi basta. Non mi basta proprio.» Non avevo mai visto Scott in quello stato.

«Dobbiamo... dobbiamo dirglielo», mormorò Monica, rivolgendo un'occhiata interrogativa a Spencer.

Lui scosse immediatamente la testa.

«Allie si merita delle risposte, Spencer», aggiunse Ethan.

«Vorreste per favore dirmi di cosa state parlando?» Guardavo perplessa prima l'uno poi l'altro. Infine posai lo sguardo su Spencer.

Lui gemette, con l'aria di chi avrebbe voluto essere da un'altra parte. «Kaden e suo fratello non hanno un rapporto... per così dire idilliaco.»

«Me ne ha parlato. Del divorzio e di suo padre e della società. Anche di Alex.» Ricordavo ogni singola storia che

Kaden mi aveva raccontato della sua famiglia. Che non era mai andato d'accordo con il padre e che quest'ultimo non aveva mai capito che gli interessi di Kaden riguardassero altre cose e non l'azienda, come invece era per Alex. E che per questo si era allontanato sempre di più da Alex, finché non era rimasto più niente che li legasse.

«Quando Kaden aveva diciotto anni, la sua ragazza lo ha lasciato», disse Spencer.

«Kendra», mormorai.

«Cosa c'entra con... Oh.» Scott parve sbigottito. «Forse il fratello gli ha soffiato la ragazza?»

Spencer sbuffò. «No. L'ha violentata.»

Il caffè mi andò di traverso e mi venne da tossire. Scott mi batté sulla schiena.

«Cosa?»

«Alex ha violentato Kendra dopo una festa.»

«Oddio.»

Spencer strinse la mandibola e si capiva che gli costava fatica parlare. «Kendra ha lasciato Kaden perché lui non le ha creduto. Ha preso le parti del fratello, che naturalmente ha negato tutto. All'epoca Kaden non aveva più molti contatti con Alex, lo sai già, a causa della separazione dei genitori che li aveva allontanati. Ma Alex rimaneva sempre il fratello maggiore, che Kaden da piccolo idolatrava e ammirava. E Kaden nutriva l'assoluta convinzione che Alex non avrebbe mai violentato una ragazza, men che meno la sua. Le cose tra Kendra e Kaden sono finite piuttosto male.» Spencer abbassò lo sguardo sul tavolo e schiacciò delle briciole di ciambella con l'indice. «Solo molto tempo dopo è venuto fuori che Kendra aveva detto la verità. Per Kaden è stato come se il mondo gli crollasse addosso.»

Rimasi senza fiato e mi aggrappai al braccio di Scott. Lui posò la mano sulla mia e la strinse.

«La cosa fu insabbiata con un sacco di soldi. Altrimenti la società del padre di Kaden sarebbe stata rovinata per sempre», proseguì Spencer. «Non si può rimediare a un danno d'immagine di quel tipo.»

Trasalii mentre ripetevo tra me il dialogo che avevo origliato tra Alex e Kaden. All'improvviso, tutto aveva molto più senso. Capivo perché Kaden disprezzasse tanto il fratello.

«Kaden si rimprovera ancora di non aver creduto subito a Kendra. E, per quanto non lo ammetterebbe mai, ha una paura tremenda di far soffrire di nuovo qualcuno allo stesso modo. Credo che sia per questo che si sia... imposto il divieto di aprirsi troppo con le persone. Preferisce tenersi a distanza di sicurezza. Ma vedi a cosa lo ha portato.»

«Con me però avrebbe potuto parlarne», mormorai.

Monica sospirò. «Secondo me non sapeva come farlo. E di sicuro temeva di perderti.»

Riflettei su quelle parole. Era vero. Riguardo alle sue emozioni, Kaden era più chiuso di chiunque altro. A ciò si aggiungeva il fatto che la storia di Kendra e Alex non si poteva certo raccontare davanti a una tazza di caffè, soprattutto essendo a conoscenza del mio stesso passato. Probabilmente, allontanarmi da lui era stata l'unica alternativa che aveva visto, data la situazione.

«È terribile. Dico sul serio. Ma non giustifica quello che ti ha fatto, Allie», dichiarò Scott riportandomi alla realtà.

«Tutti commettono degli errori», disse Monica, senza guardare Scott. «Sono convinta che ne sia pentito. Sta davvero malissimo, Allie. Non esce dal suo appartamento e non parla con nessuno all'infuori di Spencer.»

«Non parla nemmeno con me.»

«Come passa il tempo?» domandò Ethan, perplesso.

«Gioca on-line», rispose Spencer.

«Nient'altro?»

Lui scosse la testa. «Se non vuole parlarne, lo rispetto. Credo che gli serva solo un po' di tempo per digerire la cosa.»

«Dobbiamo andare», disse Scott sottovoce. «Dawn sta per finire.»

«Dove andate?» chiese Monica incuriosita. Il suo tono di voce allegro era forzato, ma apprezzavo il suo tentativo di alleggerire un po' l'atmosfera.

«Visita all'appartamento numero sette.»

Monica fece per dire qualcosa, ma Ethan la precedette. «Davvero stai cercando un appartamento?»

«Ovvio che cerca un appartamento. Allie non se ne sta qui ad aspettare solo perché un tizio un po' instabile ha deciso che non la vuole più tra i piedi», rispose Scott indignato.

In realtà era ciò che avevo fatto per tutta la settimana precedente, ma non era il caso di dirlo a loro tre.

«Forse dovresti aspettare di vedere...» esordì Monica.

«No», la interruppi dolcemente sforzandomi di sorridere, ma sentii una fitta al petto. «Kaden significa molto per me, ma non posso far dipendere la mia situazione abitativa da una persona così poco affidabile... Per me la cosa è chiusa, Monica.»

Mi alzai e tentai di respirare a fondo e lentamente. Ogni parte di me si struggeva per Kaden. Volevo vederlo, volevo stringerlo tra le braccia e sentire dalla sua bocca ciò che gli amici mi avevano appena raccontato. Ma non era possibile. Non era assolutamente possibile.

«Grazie di avermi raccontato la verità.» Prima di allontanarmi strinsi la spalla di Spencer e sorrisi a Ethan e Monica.

Spencer posò la mano sulla mia e la strinse. Poi mi guardò. «Chiamami quando hai bisogno di aiuto per il trasloco. È il minimo.»

«Grazie, Spencer.»

35

L'APPARTAMENTO numero sette era ancora più bello che nelle foto. Era a un quarto d'ora dal campus, in una bella zona abitata da persone anziane e famiglie, ma anche da studenti. Tutto aveva un'aria curata, dagli spazi verdi davanti ai condomini, al parco poco distante, perfino alla scala interna. E l'appartamento era un sogno. I pavimenti erano in parquet scuro, che con le pareti bianche creava un contrasto rustico ma anche molto moderno. Nell'ampio salotto una parete era di mattoni, con un effetto molto piacevole abbinato agli stipiti e agli infissi di legno chiaro. Mancava soltanto il camino per farlo sembrare un'accogliente casetta. La cucina era piccola ma arredata, e il bagno era stato appena ristrutturato dalla proprietaria. C'era sia la vasca sia la doccia. Di fronte al salotto si aprivano due camere da letto dalle dimensioni simili. Una aveva finestre più grandi, e dentro di me la consideravo già mia.

Mi guardai intorno estasiata, ma la mia euforia fu smorzata dal pensiero che un appartamento mi era già stato negato. Probabilmente non sarei riuscita a prendere nemmeno questo: la gente faceva a pugni per un posto del genere.

Per fortuna, all'appuntamento non c'era un agente immobiliare bensì la proprietaria, che ci mostrò personalmente le stanze. Era una vecchietta simpatica, che ci raccontò che suo nipote, falegname, aveva dato una mano a sistemare tutto. Scott le chiese informazioni sul nipote, mentre Dawn e io facevamo un altro giro.

«Lo voglio», le dissi prendendola sottobraccio. «È il posto giusto per me.»

Provavo la stessa sensazione di quando ero stata per la prima volta nell'appartamento di Kaden... ma senza commenti caustici e sguardi torvi.

«Vorrei non aver pagato il posto al dormitorio fino a fine anno», sospirò Dawn, indicando il divano che stava in salotto. Davanti c'era un morbido tappeto, e il tavolino era dello stesso legno del pavimento. «Ha l'aria molto più comoda del tuo divano letto.»

Sentir nominare il mio divano letto mi provocò una fitta dolorosa. Era rimasto nella mia vecchia stanza. Scott si era offerto di prendere le mie cose da Kaden, e gli ero infinitamente riconoscente. Una parte di me non desiderava altro che parlare con Kaden, di sentire la storia di Kendra e suo fratello dalla sua voce. Ma sapevo perfettamente che mi avrebbe turbato troppo, e in quel momento non potevo permettermelo. Avevo bisogno di un appartamento. E avevo un progetto. Volevo tornare sui binari giusti, avere sicurezza e stabilità, tutte cose che Kaden non poteva offrirmi. Per quanto rimpiangessi il modo in cui erano andate le cose, dovevo pensare prima di tutto a me stessa. Volevo camminare sulle mie gambe. Del resto, la libertà era stato il motivo che mi aveva spinto a trasferirmi a Woodshill.

Udimmo la risata fragorosa di Mrs. Collins e tornammo

incuriosite nell'ingresso. «Ma sa che lei è proprio un bel tipo, Scott!»

Dawn e io ci scambiammo un'occhiata divertita.

«Ma non è lei che vuole trasferirsi qui, vero?» domandò Mrs. Collins rivolgendo un'occhiata raggiante a Scott. Era evidente che il nostro amico aveva sfoderato tutto il suo fascino per ammaliare l'anziana signora.

«No, però verrò di sicuro a trovare la mia amica Allie molto spesso», ribatté lui sincero con un sorriso irresistibile.

«Ebbene, chi ha amici tanto meravigliosi è di sicuro una persona per bene», dichiarò rivolta a me. «Se vuole, l'appartamento è suo.»

Rimasi a fissarla a bocca aperta.

Scott prese subito in mano la situazione.

«Quello che vuole dire è che lo prende sicuramente. Non capita spesso di imbattersi in un appartamento così bello, Mrs. Collins. È stata lei a scegliere l'arredamento? Deve essere una interior designer, dato il modo in cui tutto è perfettamente abbinato.»

In qualsiasi altra situazione, molto probabilmente avrei vomitato da quanto Scott era sdolcinato. Ma in quel momento non potevo far altro che saltellare di gioia.

«È un maestro della seduzione», mi bisbigliò Dawn all'orecchio, con un misto di ammirazione e disgusto. «Anche con le vecchine.»

Feci un gran sorriso.

Poco dopo ci sedemmo con Mrs. Collins al tavolo della cucina per sbrigare le formalità. Le diedi i miei dati personali e definimmo la cauzione da versare entro la fine della settimana. Era una cifra alta, a causa dei mobili nuovi in salotto e in cucina, ma potevo contare su quella che doveva restituirmi Kaden. In futuro, avrei dovuto cercare altre ripetizioni da dare, per ammortizzare i costi, ma non mi preoccupavo, dato che nelle bacheche dell'università c'erano sempre nuove richieste.

Ce l'avrei fatta.

Mrs. Collins disse di essere d'accordo che cercassi un inquilino per la seconda camera. Dovevo però ricordare che mi sarei assunta in toto la responsabilità di eventuali danni all'appartamento.

Quando ci salutammo, l'abbracciai. Sapevo che non era un gesto particolarmente professionale, ma lei mi aveva salvato. E non solo. Quando mi consegnò le chiavi dell'appartamento, mi restituì la mia libertà.

E quella non aveva prezzo.

Poiché non volevo occupare il suo letto più a lungo dello stretto necessario, il giorno successivo Dawn e io trasferimmo le mie cose nel nuovo appartamento. Ero sollevata che fosse già quasi del tutto arredato: almeno quello non era un problema di cui farmi carico.

Scott e Spencer mi portarono le cose che erano rimaste a casa di Kaden. Evitai di fare domande, e loro ebbero il tatto di non dire niente. La situazione era già abbastanza spiacevole. Nel corso del pomeriggio sistemammo la camera. Grazie a Spencer e Scott, c'erano persino le tende. L'unico pezzo da rimettere insieme era il mio divano letto. Non sapevo come, ma erano riusciti a infilare nella macchina di Spencer il comò tutto intero. Anche Monica fece un salto a dare un'occhiata, e mi aiutò a decorare le singole stanze. Inoltre, aveva portato una montagna dei suoi pancakes: mi bastò guardarli perché mi ritornasse l'appetito per la prima volta dopo la rottura con Kaden.

Scott propose di fare un brindisi al mio nuovo appartamento. In cucina non c'erano bicchieri adatti, ma in compenso c'erano tazze con scritte divertenti del tipo LA NONNA MIGLIORE DEL MONDO. Evidentemente, il nipote di Mrs. Collins aveva lasciato un ricordo dopo aver finito i lavori.

Brindammo al montaggio dei mobili, ci mettemmo a svuotare le valigie e gli scatoloni. Provai una stretta al cuore alla vista del modo in cui Kaden aveva gettato alla rinfusa le mie cose. La cornice con la foto di Dawn e me aveva addirittura una crepa. Dawn me la tolse di mano e mi passò la tazza LA NONNA MIGLIORE DEL MONDO perché bevessi una bella sorsata di spumante.

Arrivata sera, le mie lucine luminose erano appese alla parete di mattoni dietro il divano, e in salotto e in cucina c'erano candele profumate accese. Mi sedetti sul morbido tappeto davanti al divano, proprio tra le gambe di Dawn che si era messa comoda. Spencer era seduto accanto a lei, e dall'altra parte c'era Scott che comunicava freneticamente con Micah via sms. Monica era già andata via, perché doveva preparare un esame e poi vedersi con Ethan, ma avevamo deciso di aprire una seconda bottiglia di spumante per festeggiare la giornata.

«Sono stanca», annunciò Dawn con uno sbadiglio.

«Ci credo. Mi spiace di aver invaso così i tuoi spazi.» Piegai la testa all'indietro e guardai la mia amica. Lei mi scostò i capelli dalla fronte e sorrise.

«In effetti hai invaso i miei spazi. Ma almeno non russavi. È un punto a tuo favore.»

«Sul serio? Grazie.»

«Non russo nemmeno io», intervenne Spencer, e io scoppiai a ridere.

Dawn alzò gli occhi al cielo. «A te non va nessun punto a favore.»

«Perché? Io sono fantastico quando dormo. Non prendo molto posto, non russo e non sono nemmeno vestito...»

«Perché dovrebbe impressionarmi il fatto che tu dorma nudo?» chiese Dawn annoiata.

«Oh Dawn», sospirò Spencer con un sorriso malizioso, «se non ci arrivi da sola, non so proprio cosa fare con te.»

Senza alzare gli occhi dal cellulare, Scott sollevò la tazza per brindare con Spencer.

«Mmm. Decisamente nemmeno un punto a favore!» Dawn arrossì e nascose il naso nella tazza.

«Beh, da me tu ne prendi una caterva, Spencer», dissi dopo un po'. «Sul serio. Grazie di tutto», dissi di cuore. Non capitava spesso di incontrare persone come Spencer, pronte a fare di tutto per gli amici, persino a farsi prendere a pugni. Era leale, disponibile, e anche se spesso faceva battute e flirtava da matti – soprattutto con la mia migliore amica – era un ragazzo serio e sensibile quando serviva.

«Figurati. Spero soltanto che risolviate presto i vostri problemi.»

Non sapendo come rispondergli, evitai il suo sguardo e rimasi in silenzio.

Dawn e io trascorremmo il resto della serata a preparare annunci per la stanza libera da affiggere in bacheca l'indomani. Scott inserì l'appartamento on-line dopo che gli ebbi dato i requisiti per un potenziale coinquilino. Spencer dava utili suggerimenti come: «Per favore, contattami solo se sei un unicorno rosa», oppure, «Sherlock Holmes, sarei volentieri il tuo John Watson per ribattezzare l'appartamento 221 B Baker Street.» Risi così tanto che lo spumante mi risalì su per il naso.

Quando se ne furono andati, rimasta da sola per la prima volta nel mio nuovo appartamento, non sapevo se mettermi a ballare oppure a piangere. Ero felicissima, perché avevo trovato una casa meravigliosa. Ma nel contempo provavo un dolore sordo dentro di me. Alla fine optai per un miscuglio di entrambe le cose.

Ero così agitata da non riuscire a pensare lucidamente. Rafforzata dallo spumante, presi il cellulare. Armeggiai furiosamente, lo buttai sul divano, lo ripresi di nuovo e poi lasciai il più lontano possibile da me, per evitare di fare qualcosa di cui mi sarei pentita.

Ma il mio autocontrollo vacillava.

Balzai in piedi, raccolsi il cellulare e, prima che qualcosa mi facesse cambiare idea, composi il numero di Kaden.

Quando sei da sola e hai molto tempo libero, la testa ti spinge a fare delle assurdità. Sentivo che era la cosa più giusta e insieme la più stupida che avessi mai fatto, e mi veniva da ridere.

Ma avevo bisogno di ascoltare la sua voce. Sentivo tanto la sua mancanza. Mi mancava la sua risata, persino le sue brontolate.

Rispose al primo squillo. «Bubbles?»

Oddio. Avrei dovuto rifletterci meglio. Mi salirono le lacrime agli occhi, mentre provavo l'assurdo bisogno di cantare a squarciagola *I Almost Do* di Taylor Swift. Oppure *Attack* dei Thirty Seconds To Mars.

«È tutto a posto?» La sua voce profonda era lieve, quasi un sussurro. Avrei voluto afferrarla e avvolgermela addosso, come una calda e spessa coperta.

Presi il coraggio a due mani. «Perché non me l'hai detto?» bisbigliai. «Perché non mi hai raccontato della storia con Alex?»

Lo sentii trattenere il fiato. Per un po' non disse niente, e io premetti il viso in uno dei cuscini dai colori pastello per impedirmi di riempire il silenzio con le mie parole... parole che non avrei potuto rimangiarmi una volta che le avessi pronunciate. Ma, sebbene rischiassi di soffocare, avevo dato abbastanza di me. Toccava a lui.

«Posso venire da te?» mi chiese infine.

«Non credo che sarebbe una buona idea», mormorai nel cuscino.

Kaden fece un altro respiro profondo. «Ti meriti una spiegazione, Allie. Ti prego. Lasciami spiegare tutto di persona.»

Non ero sobria. Probabilmente l'indomani me ne sarei pentita amaramente. Ma volevo disperatamente vederlo, avevo bisogno di sentire la sua versione della storia. Perciò risposi soltanto: «D'accordo».

Arrivò in dieci minuti. Quando mi alzai, mi sentii mancare. Non sapevo se dipendesse da Kaden o dallo spumante. Feci qualche profondo respiro prima di aprire la porta.

Kaden aveva un'aria... stanca. Profonde occhiaie che non avevo mai visto prima gli cerchiavano gli occhi color caramello; di solito era una delle persone più riposate che conoscessi. Si era messo il berretto azzurro con la visiera all'indietro, e il suo odore era esattamente quello che ricordavo. Portava la mia felpa. D'accordo, tecnicamente non era mia, ma era quella che mi aveva sempre prestato per le nostre escursioni. Nelle ultime settimane avevo tentato con tutte le forze di scacciare i ricordi del tempo che avevamo trascorso insieme, ma quelle immagini mi sommersero impetuose. A stento mi trattenni dal gettargli le braccia al collo e affondare il naso nell'incavo della sua clavicola.

Strinsi invece il pomello della porta.

Le emozioni di Kaden sembravano impazzite come le mie. Il suo sguardo si illuminò quando mi vide. Ma poi evidentemente ricordò il motivo della sua visita, e i suoi occhi tornarono cupi e rassegnati.

Mi feci da parte e con un gesto della mano lo invitai a entrare.

«Benvenuto a casa Harper», dissi asciutta. Era con quelle parole che mi aveva accolto nel suo appartamento la prima volta.

Lui trasalì, e mi pentii all'istante della mia infelice battuta. Fece finta di non aver sentito, affondò le mani nel tascone della felpa e mi seguì in salotto.

«Accomodati», dissi educata indicando il divano. «Vuoi qualcosa da bere?»

«Cos'hai?»

«Spumante?» dissi, più come una domanda che un'affermazione. «Anzi, no. Lo abbiamo finito tutto. Acqua del rubinetto?»

L'angolo della sua bocca guizzò per un istante. «L'acqua del rubinetto è perfetta.»

Riempii una delle tazze con i gatti e la posai sul tavolino del salotto. Poi mi accomodai all'estremità opposta del divano.

«Bell'appartamento», osservò Kaden sorseggiando l'acqua.

«Come facevi a sapere l'indirizzo?» domandai meravigliata. Non ci avevo pensato fino a quel momento.

«Le tue cose non entravano nell'auto di Spencer, così abbiamo preso la mia jeep.»

Mi irrigidii. «Hai portato qui i miei mobili?»

Kaden annuì. «Spero che per te fosse okay.»

Aveva portato i miei mobili. Non sapevo come interpretare quella informazione, perciò mi limitai a fissarlo. Il mio sguardo scese dai suoi occhi alle sue labbra, le spalle, le braccia e di nuovo su, fino alle sopracciglia. Ogni muscolo del suo corpo era teso: anche a lui costava un'immensa fatica rimanere seduto dall'altro lato del divano e non accanto a me.

Continuavo a desiderarlo, non dovevo farmi illusioni, anche se mi aveva profondamente ferito. Anelavo alle sue carezze, al punto da sentirmi completamente in subbuglio. Con le dita avvinghiate a un cuscino che tenevo in grembo e lo sguardo fisso su una candela sul tavolo, mi sforzavo di tenere sotto controllo il battito del cuore. Solo quando ci fui riuscita, mi azzardai a guardare in faccia Kaden.

«Bene.» Si schiarì la voce. «Volevi parlarmi.»

Lo sguardo che mi rivolse mi lasciò senza fiato. Era pieno di dolore e di desiderio, e intensificò le emozioni che si agitavano dentro di me.

«Allie», bisbigliò. Scosse la testa e deglutì a fatica. Poi strinse pugni e si alzò.

Lo fissai senza avere il coraggio di muovermi.

Si avvicinò lentamente. Si accucciò davanti a me e mi allargò dolcemente le ginocchia. Trattenni il fiato.

«Kaden.»

«Voglio solo parlare. Sul serio.» Posò le mani ai lati del mio corpo. Le sue braccia mi sfiorarono le cosce. «Non riesco a concentrarmi se stai dall'altra parte della stanza...» Si schiarì la voce di nuovo. «Per te va bene?»

Annuii prima ancora di essere riuscita a formulare un pensiero logico. Quanto mi era mancata la sua vicinanza. Era giusto averlo così vicino. A essere precisi, il mio corpo era fermamente convinto che non fosse ancora abbastanza vicino, ma la mia testa gridava indignata che dovevo dominarmi. Tra i due non sembrava esserci accordo. Così rimasi nella posizione in cui ero e strinsi al petto il cuscino come un'àncora di salvataggio.

«Per prima cosa vorrei scusarmi del mio comportamento», iniziò esitante. «Ho sbagliato a trattarti in quel modo, e me ne pento profondamente. Ma quel giorno... ero sicuro di aver preso la decisione giusta.»

«Dimmi perché», bisbigliai.

Fece qualche respiro profondo. Vidi le sue braccia contrarsi, le sentii addirittura sulle gambe. Il divano scricchiolò per la forza della spinta delle sue mani. «Circa tre anni fa ero al mare con Spencer per un fine settimana. A proposito, devi venire anche tu. È un posto bellissimo, la natura incontaminata, scogliere a picco sul Pacifico, onde che si infrangono e spiagge più belle di qualsiasi film...»

«Kaden», lo interruppi dolcemente. «Non sei qui per parlare delle coste dell'Oregon.»

Si riscosse, come per riordinare i pensieri. «Adesso capisco perché chiacchieri sempre così tanto.»

Lo guardai senza dire niente e aspettai che si riprendesse. Si capiva che gli costava una terribile fatica confidarsi con me. Aprì più volte la bocca, poi si passò la lingua sulle labbra e la richiuse.

«Al ritorno», riprese, «passai a trovare Kendra. Non

l'avevo vista per tutta la settimana ed ero... ero contento di essere tornato a casa e volevo...» Si schiarì la voce. «Volevo dimostrarle quanto mi fosse mancata, se mi capisci.»

Annuii. Un senso di nausea mi contrasse lo stomaco.

«A un certo punto è impazzita, Allie. Mi ha cacciato via, iperventilava e piangeva. Mi sono fermato subito e le ho chiesto cosa fosse successo.» Parlava in fretta, mangiandosi le parole. «Pensavo che fosse di nuovo una delle sue fasi. Stavamo insieme da due anni, e conoscevo le sue lune. Pensavo che fosse offesa perché Spencer e io eravamo andati via senza di lei. Almeno lo pensavo finché...» Tacque e abbassò la testa.

«Finché cosa?» bisbigliai.

Lui mi guardò. «Finché lei ha detto di voler troncare la storia con me. Immediatamente.»

Io annuii e lo spronai a proseguire.

«Compresi istintivamente che qualcosa non andava. E ritenevo che mi dovesse una spiegazione. Lei continuava a rifiutarsi e alla fine non riusciva più neppure a guardarmi negli occhi. Mi sono arrabbiato e l'ho afferrata per le spalle per costringerla a guardarmi.» Gli occhi di Kaden erano quasi neri, il viso tormentato dalla sofferenza. «Appena l'ho afferrata, si è messa a urlare. Erano grida assordanti e non la smetteva più.» Deglutì con fatica. «I suoi genitori si sono precipitati in camera per sapere che genere di festa fosse stata quella dove avevo portato Kendra e cosa le avessi fatto. Non sapevo a cosa si riferivano, dopotutto erano giorni che non la vedevo. Mi misi a litigare con loro, e alla fine mi cacciarono di casa.»

Kaden fece un'altra pausa. Allentai la presa sul cuscino e stavo quasi per toccarlo, ma non potevo. Non ancora.

«Cos'è successo dopo?»

«Sono andato dalla sua migliore amica, per scoprire cosa avesse fatto Kendra durante la mia assenza. All'inizio Mia si è rifiutata di parlare con me, ma ho insistito, e mi ha raccontato che lei e Kendra erano state invitate a una festa da due tizi del college. Kendra a un certo punto era sparita e si era presentata solo il mattino dopo a casa di Mia, sconvolta e spaventata. Era senza calze e aveva dei lividi sulle braccia.»

«Oh no», mormorai turbata.

«Credo che entrambi sapessimo cosa fosse successo, ma nessuno dei due aveva il coraggio di dirlo chiaramente. Sono corso come un pazzo dal tipo che aveva organizzato la festa. Ma lui non sapeva nemmeno di chi stessi parlando.» Kaden fece una risata amara. «Poi ho implorato i genitori di Kendra di permettermi di parlare ancora con lei. Kendra non aveva ancora raccontato loro cosa fosse accaduto, ed erano così disperati da lasciarmi fare un altro tentativo. Le parlai, la convinsi che poteva fidarsi di me, che insieme ce l'avremmo fatta. Lei per tutto il tempo continuava a fissare il muro, io però non mi persi d'animo. Dovevo sentire la storia dalla sua bocca. Odiandomi per quello che stavo facendo, le chiesi esplicitamente se qualcuno l'avesse violentata.» Kaden si schiarì di nuovo la voce. «E lei rispose di sì.»

Benché conoscessi già la storia, trattenni il faiato.

«Le chiesi se fosse stata all'ospedale per farsi visitare, e disse di no. Poi la implorai di dirmi chi era stato. Se fosse uno sconosciuto oppure uno che conosceva. Lei però continuava a scuotere la testa allontanandosi da me, come se fossi io a farle paura. Non mi ero mai sentito così impotente in vita mia.» Kaden strinse i pugni. «Alla fine chiamai i suoi genitori. Ci volle parecchio, ma poi si confidò con loro facendo il nome del colpevole.»

«Alex», bisbigliai, e Kaden sussultò, come se si svegliasse da una trance. Alzò la testa e mi guardò annuendo.

«Il suo nome mi colse di sorpresa. Se la situazione non fosse stata tanto grave, avrei sospettato che lei mi stesse in giro.»

Deglutii e mi accorsi di avere la gola secca.

«Dopo averlo pronunciato una volta, continuò a ripetere il nome di Alex più e più volte. Rimasi ammutolito. Non capivo perché dicesse così. Non le credevo. Non potevo crederle, benché sembrasse disperata, benché giurasse di dire la verità. A Kendra era sempre piaciuto essere al centro dell'attenzione. Immaginai che lo stesse facendo per quel motivo.» Scosse la testa. «Mi sembrava il finale di un mediocre giallo. Alex era mio fratello: avrei messo la mano sul fuoco per lui. Quello stesso giorno andai da lui. Naturalmente mi assicurò di non essere stato alla festa, e io gli credetti.» Kaden fece una risata amara. Dal suo sguardo compresi quanto gli facessero male quei ricordi e quanto si disprezzasse per le proprie azioni. «Ovvio che gli credetti. E quando le accuse divennero più forti, mi schierai dalla sua parte. I genitori di Kendra mi odiavano, e anche i nostri amici in comune. Tutti mi dicevano di non voler frequentare il fratello di uno stupratore. A parte Spencer, mi hanno voltato tutti le spalle. Era come... un brutto sogno, che non finiva mai. Alex poteva avere tutte le ragazze che voleva. Ero fermamente convinto che non avrebbe mai costretto nessuno, men che meno la fidanzata del suo fratello minore. E poi mio padre continuava a dire che Alex quella notte non si era mosso di casa.»

Gli mancò la voce. Era così disperato e ferito che non resistetti più. Gli accarezzai dolcemente il braccio.

«E poi cos'è accaduto?» bisbigliai.

Gli occhi di Kaden si fecero ancora più scuri, se possibile. «I genitori di Kendra volevano denunciare Alex, ma mio padre fece loro un'offerta. Non c'è bisogno che ti racconti che con i soldi si può comprare tutto...» Mi guardò e per un po' rimase in silenzio. «Mio padre non poteva permettersi pubblicità negativa. All'epoca, la sua azienda non navigava in buone acque, una notizia di quel tipo avrebbe significato la bancarotta. Gli credevo, e probabilmente avrei anche testimoniato in suo favore in tribunale, se si fosse arrivati a un processo, da quanto ero accecato. I genitori di Kendra accettarono i soldi e sottoscrissero un accordo di riservatezza.»

Fui assalita dalla nausea. Sapevo esattamente cosa doveva aver provato quella ragazza.

«Alex mi ha assicurato di non essere stato lui. Me l'ha giurato guardandomi negli occhi, e fingendo di non sapere di cosa parlassi, quando l'ho affrontato. Mi ha mentito deliberatamente.»

Non avevo quasi il coraggio di fargli la domanda successiva. «Come hai scoperto la verità?»

Kaden strinse le labbra e impiegò un po' di tempo prima di parlare. «Ho ascoltato per caso un dialogo tra mio padre e Alex. Mio padre gli ha chiesto se avesse almeno usato il preservativo.»

Mi portai una mano alla bocca.

«Non ci ho visto più e ho aggredito Alex. L'ho colpito e non riuscivo più a smettere. Lui si è scusato, più volte, poi ha sostenuto che era stata lei a provocarlo e che era consenziente... Poi sono andato da Kendra, ma lei non voleva vedermi. Ho tentato di scusarmi, di spiegarle, ma ci sono voluti mesi prima che riuscisse a guardarmi di nuovo, figuriamoci a parlare con me. Mi ha perdonato, ma mi ha fatto capire che non avrebbe mai più potuto guardarmi con gli stessi occhi di prima. Quella vicenda ci ha distrutto. Non solo il nostro rapporto, ma anche la nostra amicizia.»

«Ma tu non hai alcuna colpa, Kaden», dichiarai convinta, spostandomi in avanti per essergli più vicina.

Lui alzò gli occhi. Aveva un'espressione piena di amarezza. «Non ho colpa per gli errori di Alex. Ma ho contribuito a insabbiare la cosa. L'ho fatta passare liscia a quel porco. Perché mi sono fidato ciecamente di mio padre e di mio fratello, come un perfetto idiota.»

«Non sei stato tu quello che ha mentito. È comprensibile che tu ti sia schierato dalla parte della tua famiglia. Non hai fatto niente di sbagliato», dissi indignata. Poi mi bloccai. «Aspetta un momento... è per questo che mi hai buttato fuori?»

Kaden strinse i denti.

«Perché pensavi che potessi ritenerti responsabile di quanto successo a Kendra?»

«Con quello che hai passato, Allie...» disse con voce rotta. «Anche la tua storia è stata insabbiata. Come potevo stare con te, sapendo di aver fatto la stessa cosa?»

Avrei voluto ribattere, ma lui alzò una mano.

«Ho visto quanto ti fanno male quei ricordi ancora oggi. Nessuno merita una cosa del genere. Quello che ti è successo non è giusto. E io... io ho difeso un maledetto stupratore!»

«Questo non ti rende suo complice!» esclamai frustrata, domandandomi se non si rendesse conto che ciò che affermava era un'assurdità. «Tu non sapevi che era stato lui.»

«Avrei dovuto approfondire di più la sua storia.»

«Kaden...»

«Hai lottato duramente per respirare liberamente, Allie. Come potevo farti questo? Tutte le volte che mi avessi guardato, avresti riconosciuto in me... lui.»

Scivolai dal divano verso di lui. Le sue braccia rimasero immobili sul cuscino. Sembrava pietrificato.

«Quello che è successo non è colpa tua, Kaden», ripetei. Gli gettai le braccia al collo e lo strinsi forte.

«Come fai a dirlo?»

Mi spostai all'indietro per guardarlo negli occhi. Doveva comprendere ogni singola parola che stavo per dirgli.

«Perché ti conosco. Non so come fossi prima, né se la penserei diversamente se Kendra fosse stata mia amica. Ma conosco il ragazzo che sei diventato. E non c'è niente di sbagliato in lui. Il ragazzo che ho conosciuto si getta nel fuoco per gli amici. Il ragazzo che conosco prende un aereo in un giorno di festa e percorre migliaia di chilometri per essere con un'amica che sta male. Ti conosco, Kaden. E non ti riterrò mai responsabile per quanto è successo.»

Lui chiuse gli occhi. Un attimo dopo mi prese tra le braccia e mi strinse a sé. Le sue spalle tremavano e nascose il viso nell'incavo del mio collo. Lo accarezzai dolcemente sulla schiena mormorandogli parole di conforto, ripetendogli che non aveva nessuna colpa. Lo tenni stretto tentando di scacciare i demoni del suo passato, come lui aveva fatto per me.

Senza accorgercene, a un certo punto ci ritrovammo sdraiati sul pavimento. Kaden mi teneva sempre le braccia strette in vita e il viso nascosto nell'incavo del mio collo. Ma il suo corpo non tremava più e il suo respiro era calmo e regolare.

«Sei la migliore.»

Alzai leggermente la testa. «Come?»

«Quella volta in albergo, quando... abbiamo fatto un compromesso e io ti ho detto che eri il secondo migliore accordo che avessi mai stipulato.»

Si staccò da me e si mise a sedere. Aveva il viso arrossato, ma non sembrava più disperato come prima, bensì quasi sollevato. Come se gli avessero tolto un enorme peso dalle spalle.

«La cosa migliore che abbia mai fatto è stato accoglierti nel mio appartamento, Bubbles.» Mi scostò i capelli dal viso.

«Poi però mi hai cacciata via», gli ricordai, sforzandomi di non usare un tono troppo severo. Dopo ciò che mi aveva appena confidato, non me la sentivo di avercela con lui. Vederlo soffrire mi aveva di nuovo spezzato il cuore.

«Al contrario, quello è stato il mio errore più grande.»

«Sono d'accordo, Mr. White.»

«Mi spiace di averti fatto soffrire tanto, Bubbles. E di aver distrutto la nostra storia. Io...» Mi guardò determinato. «Rimedierò a tutto. Finché saremo guariti.»

Ricambiai il suo sguardo, forse un po' meno decisa.

Le cose erano cambiate. Ormai sapevo che il motivo del comportamento di Kaden non dipendeva da me, bensì dal suo passato. Aveva bisogno di tempo per elaborare la cosa, me ne rendevo conto. E non sarebbe stato facile, per nessuno dei due. Sapevo fin troppo bene quanta energia richiedono determinati processi.

Ma si trattava di Kaden, il ragazzo di cui mi ero perdutamente innamorata. Se non ce l'avesse fatta da solo, gli avrei dato tutte le energie di cui disponevo. Ce l'avremmo fatta.

«Non siamo messi così male, Kaden. Dammi solo un po' di tempo», dissi dolcemente.

Il sorriso che mi regalò mi avrebbe ripagato di qualsiasi cosa. Qualsiasi.

«Va bene. Nel frattempo farò in modo che tu possa tornare a sorridere.»

36

La prima mattina nel mio nuovo appartamento fu fantastica. Almeno finché mi resi conto di non avere una caffettiera, e ciò smorzò un po' il mio entusiasmo. Provai a scacciare la stanchezza con una doccia, ma non ebbi il coraggio di aprire l'acqua gelata, perciò il risultato non fu troppo soddisfacente.

Kaden era tornato a casa la sera precedente. Pensavamo che fosse la decisione giusta. Non avrei voluto più lasciarlo andare via, ma il suo comportamento nei miei confronti mi faceva ancora male. Insieme alla nostra nuova situazione abitativa, aveva dato una bella botta alla nostra relazione. Sapevo che potevamo farcela, ma avevamo entrambi bisogno di tempo.

Stavo per mettermi il mascara quando suonarono alla porta. Gettai un'occhiata stupita al cellulare per controllare se Dawn fosse passata di lì mentre andava all'università, per fare la strada insieme. Ma non c'erano sue notizie. Andai al citofono, ma dall'altra parte non c'era nessuno. Guardai dallo spioncino ma nemmeno fuori della porta c'era nessuno. Socchiusi la porta... e lanciai un grido stridulo.

Sullo zerbino c'era una macchina per il caffè. Mi chinai per guardarla meglio e vidi che non era una macchina qualunque. Era decisamente quella di Kaden. L'angolo spezzato nel vassoio raccogligocce era un indizio incontrovertibile, ed era opera mia. Poco dopo essermi trasferita da Kaden, lo avevo fatto cadere mentre tentavo di pulirlo. Lui mi aveva guardato storto tutte le mattine per un'intera settimana. All'epoca me l'ero presa tantissimo, mentre in quel momento, guardandolo, provavo un brivido.

Accanto alla macchina c'era una scatola azzurra. La aprii ed esultai. Era piena di barattolini di panna da caffè di gusti assortiti. Menta, vaniglia, cacao... c'era di tutto. Mi sarebbero bastati per settimane.

Abbracciai la macchina per il caffè e la scatola come vecchi amici e ci strofinai contro la guancia. Le portai in cucina e cercai una presa libera. Poco dopo versai in una delle mie nuove tazze un caffè dall'aroma irresistibile e, non sapendo decidere, ci versai contemporaneamente due barattolini di gusti diversi. Mi feci un selfie mentre portavo la tazza alle labbra con gli occhi chiusi e l'espressione beata, e lo mandai a Kaden con un emoji sorridente.

La risposta non tardò ad arrivare:

Che gusto?

Sorrisi sorseggiando il caffè e digitai la risposta con una mano sola.

Cacao e caramello.

Mai sentito niente di più disgustoso.

Il sorriso compiaciuto che mi si stampò in faccia non mi avrebbe abbandonato per tutta la giornata.

La seconda sorpresa mi aspettava quando arrivai alla macchina. Negli ultimi giorni le temperature erano scese sotto zero, ed ero pronta a farmi una bella sudata per scrostare il parabrezza dal ghiaccio, ma vidi che ci aveva già pensato qualcuno. Mi tolsi la sciarpa dal viso e guardai l'auto con aria perplessa. Un attimo dopo mi venne in mente che forse era stato Kaden. Il sospetto fu confermato quando trovai un pacchetto rettangolare sul cofano.

Salii in macchina e strappai impaziente il nastro un po' storto e la carta. Battei le palpebre più volte. Tenevo in mano un pacco di CD. Erano tantissimi, tutti presi dalla macchina di Kaden. Sapevo quanto tenesse ai suoi CD. Una volta mi aveva raccontato che non li prestava mai. Li presi in mano uno alla volta e li osservai. Alcuni gruppi li avevo conosciuti (e apprezzati) solo grazie a Kaden; di altri eravamo appassionati entrambi da tempo.

Ogni CD conteneva almeno un pezzo che ci legava. Quando giunsi in fondo al mucchio, trovai un foglietto che li elencava tutti. Alla fine però aveva aggiunto qualche altro titolo che non conoscevo e che ascoltai andando al campus.

Non fu una buona idea. Quando entrai nel parcheggio, ero sul punto di scoppiare a piangere.

I testi erano meravigliosi e commoventi: avrei voluto fare retromarcia e correre da Kaden. Non sapevo se scrivergli o meno. Alla fine eravamo... non ci eravamo detti cosa fossimo, al momento. In realtà quell'interregno avrebbe dovuto farmi impazzire e rendermi insicura, invece mi sentivo stranamente calma e fiduciosa come non mai. Con Kaden mi sentivo completa e, se pensavo ai testi delle canzoni sul suo elenco, mi convincevo che per lui fosse la stessa cosa.

Pranzai insieme a Dawn e Scott. Raccontai loro della visita di Kaden la sera precedente, tralasciando i dettagli privati; spiegai soltanto che era venuto a scusarsi e che voleva rimediare al suo errore.

«Mmm», fece Scott quando ebbi finito.

«Mi sembra incredibilmente romantico e per qualche motivo non si addice a Kaden», commentò Dawn pensierosa. Evidentemente non riusciva a conciliare il Kaden del mio racconto con quello che conosceva.

«Mi ha regalato la sua macchina per il caffè. Mentre mi preparavo, stamattina, me la sono trovata sullo zerbino. E ha tolto il ghiaccio dal mio parabrezza. E mi ha lasciato i suoi CD. Impacchettati come un regalo. Con un nastro», esclamai entusiasta.

Dawn posò il mento sulla mano. «Che bello», sospirò sognante. «Come in un film.»

«Secondo me non dovresti cedere subito, Allie», dichiarò Scott agitando la forchetta davanti al mio naso. «Se Micah avesse fatto una stronzata simile, non se la sarebbe cavata con un po' di musica e del caffè.»

Il mio entusiasmo si raffreddò all'istante. Viste così, le azioni di Kaden non erano più granché.

Avvertii un fremito sulla schiena nell'istante in cui Dawn mi diceva: «Non ti girare, Allie».

«Non puoi continuare a dirmi certe cose e pensare che io ti ascolti. La prossima volta farai meglio a indicare il tuo piatto oppure Scott, perché naturalmente adesso io...»

Due mani si posarono sulle mie spalle, e rimasi paralizzata. Piegai la testa all'indietro e vidi la faccia divertita di Kaden.

«A quanto sento, stai blaterando come al solito», disse malizioso.

«Che ci fai qui? Non hai il corso di Scienze della Comunicazione?» dissi brusca, vergognandomene subito. Sembravo una stalker. O un'amica con manie di controllo. O una ex ragazza. O qualunque cosa fossi per lui in quel momento.

Kaden si massaggiò la nuca. «Avevo un appuntamento dal mio tatuatore.»

«Ti sei fatto tatuare qualcosa di nuovo?»

Lui annuì, sempre con quel sorriso storto e misterioso.

«Dove? E cosa?» gli domandai. Come sempre, quando pensavo ai suoi tatuaggi, il cuore cominciò a battermi forte.

«Ti piacerebbe saperlo, vero?» disse con un lampo di divertimento negli occhi.

«Non sarà il ritratto di Allie sulla natica?» disse Scott, e Dawn e io scoppiammo a ridere.

«No, però non sarebbe una cattiva idea...»

«Non fargli venire strane idee», rimproverai Scott.

Kaden rise piano e si chinò su di me. «Adesso devo andare. Volevo solo lasciarti il dolce.»

Mi mise davanti una ciotolina fumante da cui si sprigionava un celestiale profumo di cioccolato. Mi chinai ad annusarla. Mi aveva portato un brownie caldo.

Mi girai verso Scott, ma non mi degnò di uno sguardo. Fissava interdetto il sacchetto che Kaden gli porgeva. Alla fine lo prese esitante, lo aprì e ci guardò dentro. «Mi hai comprato una ciambella?» domandò allibito.

«Esatto. E per Dawn», disse Kaden porgendole un secondo sacchetto, «un muffin ai mirtilli.»

«A me non piacciono...»

«Lo so. È al cioccolato. Bene, adesso devo andare.» Subito dopo si sporse in avanti e io mi irrigidii. Per un attimo pensai che volesse baciarmi. Invece mi sfiorò l'orecchio con le labbra. «Non riuscirò mai a saziarmi della tua vista, Allie. Sei meravigliosa.»

Si rialzò, rivolse un cenno a Scott e Dawn, quindi si allontanò.

«Beh, io lo perdono», dichiarò Dawn addentando il muffin. Qualche briciola al cioccolato le rimase attaccata alle labbra.

Scott fissava la ciambella come se avesse appena scoperto una nuova forma di vita. «Io lo vorrei odiare, ma non credo di farcela se mi porta le ciambelle.»

Spezzettai il brownie con il cucchiaino da caffè e ne presi un boccone. Poi mi rivolsi a Scott. «Adesso capisci quello che provo.»

«Ma ora cosa facciamo?» chiese Dawn.

«Ci gustiamo il dessert...» Il brownie aveva pure il cuore morbido. Sospirai estasiata. Caffè, musica, cioccolato. Una cosa bisognava riconoscerla a Kaden: sapeva come conquistare il cuore di una donna e dei suoi amici.

«Questo non significa che la ricerca del coinquilino vada sospesa, giusto?» chiese Dawn. «Abbiamo messo annunci dappertutto.»

E per la fine della settimana avevamo organizzato una visita a porte aperte, in cui chiunque fosse interessato alla camera poteva venire a vederla.

«Le due cose non sono legate.» Scott infilò un dito nel

ripieno della ciambella, gesto nel contempo disgustoso e tenero. Dopo essersi leccato il dito, iniziò a gesticolare vivacemente. «Il fatto che loro due abbiano chiarito la situazione, non significa che debbano tornare a vivere insieme. Forse questa indipendenza è anche una cosa positiva.»

Aveva perfettamente ragione. La storia tra me e Kaden non aveva niente a che fare con i nostri appartamenti. E, a parte il fatto che quella stanza non mi serviva, l'affitto era troppo alto per il mio budget. Dovevo assolutamente trovare un coinquilino o una coinquilina, a prescindere dalla bontà del nostro dessert.

Il resto della settimana trascorse in maniera analoga. La mattina trovavo una piccola sorpresa sullo zerbino, il parabrezza era pulito e Kaden portava sempre un dolce a me e ai miei amici. La sera mi telefonava per sapere come stavo e come fosse andata la giornata. Manteneva la promessa e ogni giorno mi faceva sorridere.

Non mi baciò né mi toccò mai, cosa che mi fece impazzire fin dal secondo giorno. Desideravo averlo vicino, eppure ero stata io a chiedergli del tempo. Continuavo a nutrire la convinzione che non dovessimo precipitare le cose, ma ciascuno dei suoi gesti era così affettuoso che non sapevo più dove mi portassero le emozioni. Quando scompariva dopo la breve visita per pranzo, dovevo trattenermi per non alzarmi e seguirlo.

Quando tornai a casa, il giovedì, trovai un altro pacchetto sullo zerbino. Era uno scatolone piuttosto grande e pesante, che portai con fatica fino al tavolo del soggiorno.

Lasciai il giaccone e la sciarpa in corridoio e cominciai

a scartare il pacco, con dita tremanti per l'emozione. Ero ansiosa di vedere cos'altro si era fatto venire in mente Kaden.

E non rimasi delusa.

I miei gesti frenetici rallentarono quando compresi cosa conteneva la scatola. Infilai dentro la mano con cautela e spostai i pezzetti di polistirolo.

Erano cornici. Cornici di diverse dimensioni e colori, con disegni variopinti e di vari materiali. Ma la cosa più bella erano le foto che contenevano.

In quelle più piccole c'erano selfie di me e Dawn oltre a foto di Dawn, Scott e me. In una avevo la lingua infilata nell'orecchio di Scott, mentre Dawn faceva una smorfia tenendosi la bocca spalancata con le dita. Scott faceva una faccia estasiata, come se la mia lingua nell'orecchio fosse un godimento grandissimo. Era la foto più assurda che ci fossimo mai fatti e mi bastò uno sguardo per farmi scoppiare a ridere.

C'erano poi tre cornici di formato medio. Nella prima era infilata una foto in bianco e nero di Kaden, Spencer e me, scattata da Monica. Ero sdraiata di schiena, la testa oltre il bordo del divano e le gambe sollevate in aria. Non ricordavo esattamente cosa stessi facendo al momento, ma anche se la posizione non sembrava particolarmente comoda, avevo l'aria felice. Kaden al contrario mi osservava accigliato e con le braccia conserte, mentre Spencer sorrideva all'obiettivo e sembrava l'unico a essersi reso conto che in quel momento ci stavano fotografando. La seconda foto ritraeva Kaden e me. Non sapevo chi l'avesse scattata, ma io facevo la linguaccia e Kaden rideva. Con un piacevole fremito allo stomaco osservai le rughe d'espressione di Kaden.

La terza cornice conteneva la fotografia che avevo scattato io a Portland di noi due. Tenevamo ciascuno la custodia di un disco davanti al viso, per dare l'impressione che la faccia sulla copertina fosse la nostra. Ricordo ancora quanto avevamo riso dietro le custodie. Quel giorno sarebbe rimasto per sempre tra i miei ricordi più belli. Accarezzai delicatamente il vetro.

Solo per ultima tirai fuori dallo scatolone la cornice più grande. Era massiccia e pesante, e quando la rigirai sul davanti e me la posai sulle gambe rimasi senza fiato.

Ero ritratta di spalle di tre quarti, seduta sulla nostra terrazza panoramica mentre guardavo la vallata. Il vento soffiava i miei capelli da una parte, il cielo sullo sfondo era un misto di rosa, viola e arancione. Stavo appoggiata all'indietro sulle braccia, sembravo rilassata e spensierata.

Kaden aveva ritoccato la foto e i colori risultavano più nitidi, almeno su di me. Infatti, sebbene portassi la felpa grigia, la mia silhouette si stagliava chiaramente sullo sfondo sfocato.

Sopra di me era stata aggiunta una parola con una grafia tondeggiante.

Libertà.

Sussultai. Kaden aveva catturato in un'immagine l'emozione che provavo tutte le volte che salivamo su quella montagna. E io non me n'ero nemmeno accorta. Evidentemente sapeva quanto fossero importanti per me gli istanti passati lassù.

Mi bruciavano gli occhi e mi veniva da ridere per la felicità. Era un regalo così incredibilmente premuroso e azzeccato e affettuoso e fantastico che dovetti contemplare ancora una volta da capo tutte le foto. Accarezzai le singole cornici, e avrei voluto appenderle tutte contemporaneamente.

Prima però volevo chiamare Kaden. Presi il cellulare e composi il suo numero.

«Bubbles.» Ormai mi piaceva sentirmi chiamare con questo soprannome da lui. Sebbene fosse idiota, mi faceva sorridere e mi provocava uno sfarfallio allo stomaco.

«Grazie delle fotografie. Sono meravigliose.» La mia voce rispecchiava le emozioni che provavo. Commozione. Turbamento. Felicità.

«Stai piangendo», constatò Kaden, e mi parve di cogliere un sorriso nel suo tono. «E pensare che volevo farti sorridere. È un bene o un male?»

Mi misi a ridere. «Un bene al cento per cento. Ma in realtà non puoi lasciarmi tutte queste cornici davanti alla porta e costringermi a fare il lavoro da sola. Che ne dici?»

Udii un fruscio in sottofondo. Subito dopo ci fu un tonfo, e Kaden imprecò. «Mi sono alzato così in fretta che sono inciampato.»

Ridendo, mi asciugai gli occhi.

«Io mi faccio male e tu non fai altro che ridere», brontolò lui, ma era chiaro che era felice della mia telefonata. «Arrivo tra dieci minuti?»

Sembrava una domanda e io annuii più volte, finché mi resi conto che lui non poteva vedermi.

«Ti aspetto con gioia», dissi, ed era la pura verità.

Quando il campanello suonò, dovetti trattenermi per non precipitarmi alla porta. Ero comunque trafelata quando gli aprii.

Kaden mi fece un sorriso storto e mi mostrò una cassetta

degli attrezzi. Mi precedette in salotto, dove fece un giro su se stesso. «Bene», esordì, «dove vuoi mettere le foto?»

Lo seguii lentamente.

In realtà avrei voluto gettarmi su di lui, trascinarlo in camera da letto e baciarlo fino a soffocarlo.

«Bubbles?» La sua voce profonda mi strappò alle mie fantasticherie, e lo guardai paonazza.

«Sì?»

«Non mi hai nemmeno ascoltato.»

«Scusa.»

«Che ne diresti di qui?» propose indicando la parete dietro al divano. In quel punto avrei potuto vedere le foto tutti i giorni, proprio come gli amici che fossero venuti a trovarmi. Anche se... forse il mio nuovo coinquilino o la mia nuova coinquilina si sarebbero sentiti esclusi. Dopotutto, si trattava di fotografie che ritraevano soltanto la mia cerchia di amici.

«Non saprei», risposi esitante. «Magari in camera da letto...»

«Tu non le vuoi in camera da letto, quindi non le appenderò lì», disse Kaden deciso.

«Come fai a saperlo?»

«Ti conosco», mormorò, tirando fuori dalla cassetta il metro da falegname. Misurò le distanze, calcolò altezza e larghezza della parete, poi si girò verso di me. «Direi di metterle un po' più in alto. Altrimenti ci si va a sbattere con la testa se ci si appoggia all'indietro. Che ne dici?»

Mi sembrava un ragionamento logico, e annuii.

«Sai già in che ordine appenderle?»

Osservai le fotografie e provai a immaginare qualche possibile combinazione. «Penso che sia meglio mescolarle anziché metterle tutte in fila.»

«Magari potresti fare qualche prova, mentre cerco i chiodi adatti.»

Seguii il suo consiglio e suddivisi le fotografie sul pavimento. La cornice più grande andava sicuramente messa al centro. Poi mescolai quelle dei miei amici con quelle di Kaden, Spencer e me, e dopo qualche tentativo trovai una soluzione che mi soddisfaceva.

«Guarda», gli dissi. Lui si mise dietro di me e osservò la disposizione da sopra la mia spalla. Automaticamente il battito del mio cuore accelerò.

«Ottimo. Direi di aumentare un po' la distanza tra le cornici», commentò. «La parete è piuttosto grande, altrimenti sembrerebbero tutte ammucchiate.»

«Mi fido di te.» Piegai la testa all'indietro e lo guardai.

Lui rimase immobile per un secondo, poi mi sorrise soddisfatto. Subito dopo si mise al lavoro. Salì in piedi sul divano e piantò i chiodi nella parete, mentre io gli porgevo le foto corrispondenti. Dopo aver attaccato la seconda cornice e aver controllato con una livella che fossero dritte, mi chiese di tenergli il martello in modo che potesse togliersi il pullover. Quando se lo sfilò dalla testa, la camicia che portava sotto gli risalì sull'addome; alla vista dei suoi muscoli mi sentii avvampare in tutto il corpo. Mi morsi l'interno della guancia per trattenermi dall'allungare la mano verso di lui. Fu questione di un attimo. Kaden gettò il pullover sul divano e io gli restituii il martello per continuare il lavoro. Lui piantò il chiodo successivo e la manica della camicia gli risalì sull'avambraccio.

«Aspetta.»

Lo dissi senza volerlo. Mi alzai istintivamente e fissai il suo braccio sollevato. Quando si accorse del proprio errore, irrigidì le spalle. Fece per abbassare il braccio, ma io glielo afferrai e lo girai in modo da vedere l'interno del suo bicipite. C'era una scritta nera che non avevo mai visto.

Not broken, just bent.

Accarezzai con un dito le linee nere. Kaden sussultò, ma non si mosse di un millimetro.

«Cos'è?» bisbigliai alzando lo sguardo.

Lui sembrava incerto. «Le tue parole», rispose altrettanto piano. Il suo sguardo era intenso. «Le parole che mi hanno permesso di credere di nuovo in me stesso. Le parole che mi hanno fatto impazzire perché non potevo credere che qualcuno fosse capace di vedermi come fai tu.» Gli mancò la voce e deglutì con fatica.

Ripensai a quella giornata alla cascata. Al nostro dialogo, a tutti i segnali nascosti che mi aveva lanciato. A tutto ciò che lui aveva confidato a me e io a lui.

Tu non sei rotto, Kaden. Solo un po' ammaccato. Non c'è niente in te che non possa essere aggiustato.

«Tu hai... ti sei tatuato le mie parole. Sulla pelle», mormorai guardando di nuovo la scritta. La pelle intorno era ancora un po' arrossata.

«Tutto di te mi entra nella pelle, Allie.» Scese dal divano e si mise davanti a me. Il pomo d'Adamo gli guizzava quando deglutiva, e il mio sguardo passava dai suoi occhi al tatuaggio, alle sue labbra. «Mi sto sforzando di procedere lentamente, Bubbles. Ma se continui a guardarmi così... non posso garantire niente.»

Non riuscivo a smettere. Non volevo smettere. In quel momento avevo un solo desiderio: dimostrargli quanto mi fosse mancato.

«Per favore, Kaden», dissi con voce incrinata.

Lui emise un suono gutturale e mi strinse a sé. Le sue labbra piombarono sulle mie, le sue braccia mi avvinghiarono. Era quasi doloroso da quanto mi teneva stretta, ma lo lasciai fare. Fece un sospiro quando le mie labbra si schiusero e gli lasciai scivolare la lingua in bocca. Le gambe mi cedettero, ma Kaden mi sostenne e cademmo entrambi sul divano. Mi strinsi a lui, misi nel mio bacio tutto ciò che avevo da dare: i momenti dolorosi, la terribile solitudine, la felicità che mi faceva provare e tutto il desiderio degli ultimi giorni e delle ultime notti. Semplicemente tutto.

Mi afferrò la nuca con un gemito, sembrava quasi volermi divorare corpo e anima. Ma non bastava ancora. Con lui non sarebbe mai bastato. Le mie mani esplorarono il suo corpo come se fosse stata la prima volta. Il nostro bacio divenne più tenero ma non meno disperato. Kaden mormorò delle parole contro la mia pelle, mi baciò le guance, la fronte, il collo.

«Ti amo.»

Mi irrigidii sotto di lui.

«Cos'hai detto?» bisbigliai con un filo di voce.

«Ti amo», mormorò contro le mie labbra. «Ti amo così tanto che mi fa quasi male.»

Con le dita percorsi la linea marcata del suo mento. Il suo peso mi schiacciava. Avrei voluto attirarlo ancora di più verso di me, ma quando cominciai a tirargli la camicia, lui mi prese la mano e me la bloccò sopra la testa.

Alzò lo sguardo e mi fissò a lungo negli occhi. Non so cosa ci vedesse, ma all'improvviso un sorriso storto affiorò sul suo viso. Sembrava intimidito. «Wow, Bubbles finalmente sono riuscito a lasciarti senza parole.»

Mi rendevo conto che stava tentando di allentare la tensione tra noi. Dopo un breve istante in cui provai a rallentare il mio respiro affannoso, dissi asciutta: «Non sapevo che amarmi facesse male».

Gli angoli della sua bocca guizzarono. «Non immagini neppure quanto.»

«Quanto?» chiesi. Doveva essere una battuta, ma con mia sorpresa Kaden cercò davvero le parole adatte. Lo ascoltai rapita.

«È come se tutto il mio corpo fosse in fiamme. Ma in maniera positiva. Tutto si concentra dentro di me e si dilata allo stesso tempo quando ti vedo, sento il tuo odore o... sono una frana a descrivere certe cose.» Il suo sorriso divenne pericoloso. Chinò la testa e mi prese il labbro inferiore tra i denti. «Qui dentro sono più bravo.»

Mi baciò di nuovo. Poi si staccò da me e si mise seduto, senza lasciarmi andare, cosicché mi ritrovai a cavalcioni sopra di lui. I nostri nasi si sfioravano e gli occhi di Kaden mi fissavano da molto vicino.

«Ho organizzato ancora tante cose», disse.

Piegai la testa di lato, stupita. «Altri regali ancora?»

«Certo, Bubbles.»

«Buono a sapersi. Vedi, ormai mi sono abituata a ricevere tutti i giorni un dessert in regalo.»

«Per domani ho in mente qualcosa di molto speciale», proseguì lui appoggiandosi all'indietro. Posò le mani sui miei fianchi e mi attirò ancora più vicino a sé.

«Per questo adesso te ne andrai», dichiarai asciutta.

«No», replicò lui sorpreso. «A meno che tu voglia cacciarmi.»

Scossi la testa.

«Molto bene. Allora... dato che per domani ho organizzato

qualcosa di grandioso, oggi mi piacerebbe...» Mi lisciò la camicia con un tenero gesto in modo da coprirmi di nuovo la pancia. Non mi ero nemmeno accorta che si fosse scoperta.

«Vorresti procedere lentamente.»

Fece un breve cenno d'assenso. Poi fece una smorfia. «Anche se non è il caso di usare il verbo 'volere'. Ma ho intenzione di guadagnarmelo.» Aveva un tono turbato e il suo mezzo sorriso era triste.

«So che ti dispiace, Kaden», gli dissi accarezzandogli la guancia. «E ti perdono. Ti ho perdonato già da molto.»

Lui si appoggiò alla mia mano. «Allora aspetta fino a domani.»

«Un altro brownie?» domandai trepidante.

Scosse la testa. «Meglio, molto meglio.»

Qualunque cosa potesse esistere migliore di un brownie caldo con il cuore morbido, ero ansiosa di averla.

37

QUANDO suonò la sveglia il mattino dopo, balzai giù dal letto e corsi ad aprire la porta. Niente. La richiusi delusa.

La giornata all'università sembrò interminabile. A mezzogiorno iniziò a nevicare, e due possibili affittuari disdirono gli appuntamenti, perché arrivavano da fuori e non si fidavano a guidare fino a Woodshill con la strada ghiacciata. Non potevo biasimarli.

«Questo era il secondo», sospirai mostrando il cellulare.

«Quanti ne rimangono?» chiese Scott entrando con me nell'aula magna.

«Sei, credo.» Non ero sicura che tra loro ci fosse qualcuno di adatto. Ricordavo il mio inizio a Woodshill e il genere di persone che avevo incontrato andando in cerca di un appartamento. Stavolta, però, partivo sicuramente da una situazione migliore.

«Vedrai che qualcuno andrà bene. In caso contrario lo butteremo fuori senza troppe cerimonie.»

Come al solito ci mettemmo a sedere in una delle ultime file, dove non si correva il pericolo di essere interrogati dalla professoressa.

Mi tolsi la borsa dalla spalla con un sorriso e la posai sul sedile accanto a me. «E se non lo farai tu, ci penserà Dawn.»

Scott mi guardò di sbieco. «Significa che le dita le sono tornate a posto?»

Annuii. «È per questo che oggi non è venuta. Ha l'ultima visita di controllo. Le ho dato la mia chiave di riserva in modo che poi possa venire direttamente da me.»

«Sono contento. Non vedo l'ora che arrivi oggi pomeriggio.» Si strofinò le mani con un'espressione diabolica.

Da parte mia, non ero altrettanto sicura se gioire o preoccuparmi. Sicuramente sarebbe stato divertente avere con me Scott e Dawn, e un secondo parere non poteva farmi che piacere. Ma cosa sarebbe successo se nessuno dei candidati mi fosse andato a genio?

Durante la lezione i miei pensieri vagarono verso Kaden, come succedeva spesso negli ultimi tempi. Aspettavo con ansia la grande sorpresa che aveva in serbo per me.

Fino a quel momento non era accaduto niente. Non lo avevo neppure visto, e non mi aveva scritto né chiamato. Ma mi fidavo di lui e avrei avuto pazienza, per quanto mi costasse fatica.

«Sei così innamorata che viene da vomitare solo a guardarti», mi bisbigliò Scott all'orecchio, in modo che la professoressa Falcony non ci sentisse.

Chinai lo sguardo sul quaderno con un sorriso.

«Non lo neghi neppure.»

«Perché dovrei? Non posso più farci niente.»

«Certo che si sta dando molto da fare per te.»

«Ieri mi ha mostrato il suo nuovo tatuaggio», sussurrai esaltata.

«Avanti, dimmi. Immagino che non sia la tua faccia sulla sua chiappa.» Agitò una mano per spronarmi proseguire.

«Si è fatto tatuare una frase che...» feci una breve pausa per trovare le parole giuste, «che per noi ha un grande significato. Gliel'avevo detta io una volta, in un momento particolare.»

Scott fece un fischio sommesso. «Quel tipo sa proprio come prenderti.»

«Lo dicevo io», replicai sottovoce senza riuscire a trattenere un sorriso.

«Se i due signori in fondo avranno la compiacenza di ascoltare, potrei proseguire con la slide successiva», ci rimproverò a voce alta la professoressa Falcony. Metà aula si girò verso di noi, e Scott e io sprofondammo immediatamente ai nostri posti. L'insegnante doveva avere un udito che nemmeno Daredevil, se ci aveva sentito parlare da quella distanza.

Dopo la lezione tornammo a casa mia. Fu un viaggio faticoso. Nevicava sempre e, sebbene non facesse presa sull'asfalto, la poltiglia faceva sbandare l'auto. Impiegammo molto più del solito, ma arrivammo sani e salvi al mio appartamento. Stavamo discutendo della ricerca che la Falcony ci aveva assegnato, quando Scott mi prese per un braccio e si bloccò sul pianerottolo.

Girai subito la testa e vidi lo scatolone davanti alla porta. Era grande, molto più grande degli altri. Lo osservai incuriosita da tutte le parti. Sopra c'era un foglietto che staccai e rigirai.

«Aprire solo in mia presenza!» lessi a voce alta.

Cosa significava? Kaden non aveva accennato al fatto che volesse passare da me. Quanto avrei dovuto aspettare per scoprire cosa conteneva? Non ero una persona molto paziente in fatto di sorprese, e Kaden lo sapeva perfettamente.

«Ma perché ti mette qui un regalo se non puoi aprirlo?» chiese Scott un po' deluso.

«Non ne ho idea», mormorai. Di sicuro aveva a che fare con la grande sorpresa di cui mi aveva parlato. Tentai di sollevarlo, ma fallii miseramente. Era pesantissimo.

«Tu prendilo a sinistra, io a destra», disse Scott afferrando l'apertura laterale.

Insieme riuscimmo a trasportare quel coso dentro l'appartamento, poi lo spingemmo ansimando. Vidi le scarpe di Dawn nell'ingresso e il suo giaccone sul comò ma, prima che potessi chiamarla, spuntò di corsa dal salotto.

«Guardate, guardate!» Ci mostrò la mano e agitò le dita. «Sono libera!»

«Dai, fammi vedere.» La esaminai da vicino. Non c'erano più tumefazioni e muoveva le dita senza fatica.

«Tutto a posto.» Ci sorrise raggiante e mi contagiò. Poi posò lo sguardo sullo scatolone. «Cos'è?»

«L'ultima sorpresa di Kaden per Allie», rispose Scott.

«Quando sono arrivata io, non c'era», disse Dawn. Poi i suoi occhi si illuminarono. «Forse c'è dentro anche qualcosa per noi!» Stava per afferrare un angolo del nastro adesivo per staccarlo, quando lesse il biglietto. «Accidenti. Che guastafeste. Come minimo ci sono dentro dei giocattoli erotici.»

«Nessuno potrebbe averne bisogno in una quantità tale», ribatté Scott. «Poi è pesantissimo. Prova un po' a sollevarlo.»

Dawn ci provò, ma con lo stesso risultato di noi due. «Per la miseria, ma cosa ci ha messo dentro?»

Con l'aiuto di Scott spostammo lo scatolone in camera

mia, perché non fosse tra i piedi all'arrivo degli ospiti. Mentre lo spostavamo si udì un forte fruscio.

«Che sia un'altalena dell'amore?» suggerì Scott.

«Anche se fosse, non metterò nessun'altalena dall'amore in questo appartamento», replicai facendo uscire entrambi dalla mia camera.

«Ma il posto lo avresti. Una volta Micah e io abbiamo...»

«No!» esclamò Dawn nel momento stesso in cui io dicevo: «Basta!»

Scott si mise a braccia conserte e stava per sedersi sul divano, quando il suo sguardo fu catturato dalle foto appese alla parete. Fischiò impressionato e si avvicinò.

«Sono bellissime. Soprattutto quella», commentò indicando la più grande. «Te le ha mandate Kaden?»

«Già. Le ho trovate ieri davanti alla porta.»

«D'accordo. Credo di essermi innamorato un po' anch'io a questo punto.»

«Sono fotografie stupende», concordò Dawn. «La mia preferita è quella», disse indicando l'immagine in cui leccavo l'orecchio di Scott.

Ridacchiai. «Sì, piace parecchio anche a me.»

«Solo perché il mio cerume era delizioso, ammettilo», fece Scott, e Dawn e io scoppiammo a ridere disgustate.

Rimettemmo un po' a posto il salotto e passammo l'aspirapolvere nella camera libera, per renderla ancora più presentabile. Intanto cantavamo a squarciagola pezzi di Music Hall e ballavamo come pazzi su e giù per l'appartamento. Era da tempo che non ridevo così, e ancora una volta mi resi conto di essere sulla strada giusta. Tutto sarebbe andato per il meglio.

Il primo candidato arrivò con un quarto d'ora di anticipo.

Schiacciai l'apriporta e lo feci accomodare. Si chiamava Isaac, studiava come minimo duecento materie e, con gli occhiali dalla montatura di corno e il cravattino, aveva l'aria di un nerd attraente. Scott fu subito tutto fuoco e fiamme e si mise a fare gesti osceni alle spalle di Isaac. A me veniva da ridere e Dawn era paonazza. Nel giro di poco tempo suonarono altre due volte alla porta. Ben presto l'appartamento fu pieno di persone che giravano per le stanze, mi facevano domande e – di questo ero abbastanza sicura – arredavano mentalmente la camera libera.

Quando il campanello suonò di nuovo, incaricai Dawn di aprire, mentre informavo Isaac e gli altri della cauzione e delle spese accessorie.

«Allie?» mi chiamò Dawn dall'ingresso.

«Qui ci penso io», si offrì Scott, cominciando a raccontare del nipote della padrona di casa che aveva ristrutturato di recente l'alloggio.

Raggiunsi Dawn nell'ingresso e mi bloccai.

Sulla porta c'era Kaden, con in mano uno dei fogli che avevamo appeso alle bacheche all'università.

«Mi è stato detto che oggi c'è una visita per una camera da affittare. Vorrei propormi.»

Avrei voluto dire qualcosa, ma non ci riuscivo. Il mio sguardo scese verso il basso e lanciai un gridolino stridulo. Accanto a Kaden, sullo zerbino, c'era un trasportino.

«Cos'è?...» balbettai.

«Il tuo regalo di oggi», rispose Kaden con un sorriso. «Ma per aprirlo devi farmi entrare e partecipare alla visita.»

«No.» Fu la prima parola che mi venne in mente.

«Come no?»

«Non possiamo tornare a vivere insieme! Tu... Noi

volevamo procedere per gradi, non lo ricordi?» balbettai, mentre lui raccoglieva il trasportino dal pavimento ed entrava in casa. Dawn non badava assolutamente a lui, ma teneva gli occhi fissi su di me.

«Fammi almeno vedere questa maledetta camera.» Con quelle parole mi oltrepassò e si diresse in salotto.

«È completamente pazzo», mormorai, seguendolo con lo sguardo.

«Di te», specificò Dawn con un'occhiata eloquente.

«È un bene o un male?» domandai alla mia amica, che si limitò a sorridere.

«Dimmelo tu.»

Non sapevo che risposta darle.

«Qualcuno di voi è allergico ai gatti?» sentii chiedere all'improvviso a voce alta da Kaden. «In questo caso è meglio che ve ne andiate.»

Ma che diavolo...

Mi affrettai a seguirlo e lo vidi posare la gabbia in mezzo alla stanza libera. Una delle ragazze era già sparita. Poco più tardi, udii la porta d'ingresso richiudersi. Un altro candidato la seguì.

Kaden si accucciò sul pavimento e aprì il trasportino con gesti esperti.

Rimasi a guardarlo esterrefatta. «Mi vuoi prendere in giro», esclamai.

«*Shhh*, che spaventi Spidey.» La voce di Kaden era pacata e profonda.

«Spidey?»

«Veramente l'ho chiamato Spiderman junior, ma Spidey mi sembra più carino. Vieni, piccolino», disse schioccando la lingua.

Non poteva fare sul serio.
«Kaden...» dissi in tono di ammonimento.
«Cosa c'è?» Mi guardò accigliato. «Hai sempre detto di volere un gatto.»
«Io... Cosa?»
«Ripetevi sempre che volevi un gatto. Allora ho pensato di regalarti Spidey. Peccato che si sia messo a dormire proprio adesso. Vabbè, non importa.» Si alzò e si strofinò le mani sui jeans. «Dai, fammi fare il giro ufficiale.»
Mi limitai a guardarlo. «Non dirai sul serio», dichiarai esprimendo a voce alta il mio pensiero.
A un tratto il sorriso sparì dalla sua faccia. «L'appartamento in cui abito adesso è completamente vuoto. Ho assoluto bisogno di cambiare casa.»
Scossi la testa. Era completamente pazzo, però sarei stata al gioco. «Questa è la camera. Non è arredata, perciò dovrai pensarci tu.»
«Nessun problema. Ho ancora qualche mobile nel vecchio appartamento», replicò lui immediatamente, come se si fosse preparato la battuta. Tornai con lui in salotto, dove nel frattempo si erano riuniti anche gli altri candidati ad ascoltare le storie che raccontava Scott riguardo alle foto.
«Questo è il salotto», annunciai senza motivo e fissai Kaden che si guardò in giro attentamente come se lo facesse per la prima volta.
«Bel collage di foto», disse, socchiudendo gli occhi. «Mi piace molto quella lì.» Indicò la mia foto e io non potei far altro che scuotere di nuovo la testa.
Gli altri lo guardavano di sottecchi. Lui se ne accorse e si massaggiò brevemente la nuca. Poi sospirò e alzò lo sguardo per posarlo a turno su ciascuno di loro. «Va bene,

gente, sarò sincero», disse, facendo un passo verso i ragazzi e l'unica ragazza rimasta. «Conosco Allie Harper. Negli ultimi mesi ho condiviso con lei un appartamento. E posso dirvi che è stata dura. Non è una coinquilina facile, anche se vuole ingannarvi con il suo sorriso innocente e tutti i ninnoli sparsi qui in giro.»

«Kaden», sibilai.

Lui alzò una mano. «No, sul serio, Allie, non sei una coinquilina particolarmente piacevole.»

«E perché mai, se posso chiederlo?» gracchiai mettendomi le mani sui fianchi. Che vergogna, avrei voluto tappargli la bocca...

Con la coda dell'occhio vidi Dawn sedersi sul divano e trascinare con sé Scott. Gli altri avevano l'aria imbarazzata.

«Tanto per cominciare, piangi per ogni minuzia. Sul serio.» Si rivolse nuovamente agli sconosciuti. «Una volta è scoppiata a piangere quando le ho offerto una pizza.»

«È stato solo perché...»

«Secondo», mi interruppe, «canta sotto la doccia. È stonata come una campana.»

«Ti sei completamente bevuto il cervello, Kaden!» Avevo le guance in fiamme. Strinsi i pugni. «Ora basta.»

Non poteva certo credere che fosse il modo giusto per convincermi ad accettarlo come coinquilino.

«Terzo», proseguì imperterrito, «le piace mescolare i profumi più vomitevoli. Preparatevi, perché qui giorno e notte c'è una puzza come in una fabbrica di caramelle. Una puzza che fa venire l'emicrania.»

«C'è di peggio», commentò Isaac sorridendomi timido, e io ricambiai riconoscente.

Kaden fece un passo verso di lui e lo scrutò dall'alto in

basso. «Tu di sicuro non ti trasferirai mai a vivere qui. Già solo per il modo in cui la guardi. Usa quell'espressione da cane bastonato da qualche altra parte e sparisci, vecchio mio.»

«Kaden, credo che tu abbia frainteso completamente!» esclamai con il sangue alla testa. «Il fatto che ci siamo riconciliati non significa che tu possa presentarti qui a boicottare la mia ricerca di un coinquilino.»

«Non è quello che voglio fare», replicò.

Mi misi a braccia conserte.

«E va bene, d'accordo, è quello che voglio. Ma soltanto», si schiarì la voce, «perché so che noi siamo un'ottima squadra. Credo che non troveresti nessun altro meglio di me. Inoltre ci siamo riconciliati, e io passerò molto tempo qui; alla lunga, un coinquilino ci darebbe sui nervi.»

Scossi la testa. «Non puoi rovinarmi di nuovo i piani solo perché non corrispondono alle tue aspettative», sussurrai, sperando che gli altri non sentissero.

Kaden fece un passo verso di me. Per un istante pensai che volesse toccarmi, ma poi lasciò ricadere le mani lungo i fianchi. «So di aver fatto un casino. Ma ti prego, Allie. Ti prego, dammi una possibilità.»

Sospirai. Ma chi volevo illudere?

Il mio sguardo incrociò quello di Isaac, che si spostava da me a Kaden. Dopo un po' scosse il capo, mormorò qualcosa per scusarsi con me e se ne andò. Un altro ragazzo lo seguì, poi sentimmo la porta chiudersi un'altra volta.

«Qualcun altro ha intenzione di fare il filo alla mia ragazza?» domandò Kaden in giro.

Restai paralizzata. Dawn lanciò un grido stridulo e anche Scott trattenne il fiato.

Feci un passo verso Kaden. «Come mi hai chiamata?»

Quando si rese conto delle parole che aveva appena pronunciato, il suo atteggiamento si fece più incerto. «Veramente speravo che andasse in un altro modo. Non immaginavo tutte queste persone. E Spidey avrebbe dovuto saltarti in braccio con un nastro al collo, miagolando e conquistandoti all'istante. E poi volevo scusarmi un'ultima volta e domandarti se... Vabbè, non ha più importanza.»

«Tutto questo è peggio di una soap-opera. Ci rinuncio», gemette la ragazza gettandosi i capelli dietro le spalle. Poi uscì dall'appartamento.

Rimaneva solo un ragazzo, che guardava confuso Kaden, me, Dawn e Scott.

«Ecco, io non ho niente contro le soap-opera», dichiarò arditamente, ma quando Kaden lo incenerì con lo sguardo, fece un passo indietro.

«Vedrai che trovi un altro appartamento, non disperare», gli disse Dawn dandogli una pacca amichevole sulla spalla. Poi lo prese per il gomito e indicò a Scott di seguirli fuori.

Kaden e io restammo soli.

Lui sorrideva, chiaramente soddisfatto della situazione. Al contrario, io continuavo a fissarlo sbigottita.

«Guarda chi si è svegliato.» Si accovacciò e schioccò le dita. Seguii il suo sguardo e vidi un batuffolo rosso uscire dalla camera libera. Spidey avanzava cauto, un passo alla volta, annusando il pavimento. Non era sicuro di dove andare e si fermò sulla porta del soggiorno.

«Mi hai comprato un gatto», dichiarai commossa.

«Esatto. Ho già parlato con la proprietaria. Ieri l'ho anche portato a fare la vaccinazione.» Provò ad attirare il micio in salotto, ma lui non si fidava. Alla fine ci rinunciò e si alzò. «A proposito, adesso puoi aprire lo scatolone. Dove l'hai messo?»

Ero ancora così confusa che indicai senza parlare la porta della camera da letto. Kaden mi portò con sé. Prese la sedia dalla mia scrivania e ci si accomodò, come faceva sempre in passato. Io invece mi avvicinai allo scatolone, senza dire né fare nient'altro, perché non sapevo come comportarmi. Strappai il nastro adesivo e aprii il coperchio. Se si trattava davvero di giocattoli erotici, Kaden aveva gusti insoliti. Dentro lo scatolone c'erano palline e piume, diversi uccelli e topolini di plastica. E dei sacchi di...

«Sabbia per gatti?!» esclamai. «Mi regali della sabbia per gatti? Sarebbe questo l'ultimo regalo?»

«Non è sabbia qualunque. È sabbia profumata secondo i tuoi disgustosi gusti.»

Proprio così. Sul primo sacco c'era scritto CARAMELLO, sul secondo COCCO. Non resistetti più e scoppiai in una risata fragorosa. Risi così tanto che mi vennero le lacrime agli occhi.

Con la vista appannata, mi accorsi che Kaden si era alzato e mi veniva incontro. Si fermò accanto a me e mi toccò lievemente sui fianchi, mettendo così fine al mio attacco di riso.

«Veramente avrei voluto mostrarti il tatuaggio solo oggi, e il gatto doveva servire a scacciare i candidati... Ma non so proprio come mi sia venuta questa idea. In realtà ho imparato da tempo che con te è meglio non fare progetti. Tanto sei in grado di mandare all'aria tutti i miei piani e le mie regole.»

Lo guardai. Le sue rughe d'espressione, i lineamenti marcati, la barba ispida. E i suoi occhi caldi e le sue labbra carnose che sapevano farmi impazzire.

«Le giornate senza di te sono state orribili, Bubbles. Non

c'era niente che andasse bene», disse Kaden con voce roca. «Mi mancava la tua risata. La tua capacità di farmi ridere. Di farmi essere la persona che desidero essere.»

«Anche tu mi sei mancato. Ma credi davvero che sia giusto rimetterci insieme?» Speravo tanto che potesse funzionare, però la paura non mi aveva ancora abbandonato. Mi fidavo di Kaden... ma di me stessa?

«Ci saranno giornate più buie», disse lui, come se mi avesse letto nel pensiero. «Giorni in cui sarà necessario che mi ricordi come potrebbero essere le cose. Ma ti prometto che farò tutto il possibile perché i giorni belli prevalgano.»

Qualcosa mi solleticò la gamba e abbassai lo sguardo spaventata. Mi venne da sorridere. Spidey mi stava annusando il piede. Il gattino sembrava un cuscino scoppiato. Il pelo scompigliato era tigrato di rosso, una parte del muso, quella su cui doveva aver dormito, era schiacciata. Kaden si accucciò per accarezzarlo. Il gatto gli si strusciò contro e cominciò a fare le fusa.

«Allora, Bubbles.» Kaden mi guardò. «Che ne dici?»

Mi misi in ginocchio e con cautela tesi la mano verso Spidey e lasciai che mi annusasse. Si strusciò contro le mie dita e le sue fusa mi riscaldarono da dentro. Dopo un po', guardai Kaden.

«Ci saranno delle regole.»

Epilogo

Tre settimane più tardi

Mi guardai allo specchio e, con aria critica, sistemai le maniche del vestito.

Kaden mi raggiunse e mi cinse in vita. Le sue mani calde mi strinsero mentre mi baciava dietro l'orecchio.

«Stai di nuovo riflettendo troppo», mormorò. Mi accarezzò il ventre, poi fece scendere lentamente le dita verso il basso. Gli bloccai le mani.

«Dawn e Scott daranno fuori di matto quando lo vedranno.» Alzai il braccio destro. Kaden mi sollevò la manica con aria compiaciuta scoprendo il tatuaggio che mi ero fatta fare due giorni prima sull'avambraccio.

Not broken, just bent.

Sorrise e si portò il mio polso alle labbra. Cominciò a baciarlo, poi salì verso l'altro.

«Secondo me è giusto che lo vedano tutti», mi soffiò sulla pelle e io trattenni il fiato.

«Ci prenderanno per pazzi, Kaden.»

«Bisogna ammettere che non hanno tutti i torti», commentò mordicchiandomi il collo.

«Mi sono fatta un tatuaggio. Perché sono pazza. Perché tu

sei pazzo, perché siamo completamente sballati a rimetterci insieme dopo così poco tempo!» Abbassai di nuovo la manica e dondolai nervosa da una gamba all'altra. «Sul serio, Kaden, se i miei genitori lo sapessero, farebbero una scenata che neanche te le immagini.»

Lui fece un passo indietro e mi lasciò. «Sembra che tu stia cercando un motivo perché tutto debba andare rovinosamente male, Bubbles.»

«Ma è la verità.»

«Anche prima abitavamo insieme. Perché dovrebbe interessarci quello che pensano gli altri? La cosa non riguarda nessuno, a parte noi due», replicò lui.

Prima che potessi ribattere, si chinò in avanti a baciarmi. La mia agitazione scomparve, e gli gettai le braccia al collo. Muoveva la bocca lentamente e con passione sulla mia, ma dopo qualche secondo mi staccai da lui. Se non avessimo smesso subito, non saremmo più usciti da quella stanza.

«Non puoi sempre baciarmi quando mi prende l'ansia.»

«Perché no? Funziona a meraviglia», disse lui restando a occhi chiusi.

Avrei voluto dargli un pugno, ma lui mi bloccò ridendo. Poi mi strinse a sé e affondò il viso nei miei capelli.

«Non hai rimpianti, vero?»

Volevo guardarlo in faccia, ma lui non mi permetteva di allontanarmi neppure di un millimetro. Gli accarezzai la schiena. «Certo che no. Non rimpiango assolutamente niente.»

Quelle parole mi erano sgorgate dal cuore. Se ascoltavo attentamente dentro di me, mi rendevo conto che mi era indifferente cosa pensassero i miei genitori del nostro appartamento o del mio tatuaggio.

Per la prima volta in vita mia ero veramente felice. Così felice che tutte le volte che ci pensavo un po' di più, scoppiavo a piangere.

«Bene», disse Kaden con un tono che non prometteva niente di buono, e prima che capissi cosa mi stava succedendo, mi aveva sollevato e gettato su una spalla. Lanciai un grido tutt'altro che femminile e cominciai a colpirlo sulla schiena.

«Ho la gonna, Kaden! Mettimi subito giù», gracchiai.

«Gli altri ti aspettano da un'eternità. Se continui a cercare motivi per l'apocalisse della nostra storia, non usciremo più da qui. Perciò...» Terminò la frase dandomi una sonora sculacciata. Lanciai un urlo stridulo e mi vendicai dandogli un pizzicotto nel fianco. Lui trattenne il fiato ridendo e rischiò di andare a sbattere contro lo stipite della porta. Solo quando ebbe richiuso la porta alle nostre spalle, mi mise a terra e sorrise compiaciuto. Stavo per ricambiare il trattamento con una pacca sul sedere, ma Dawn mi venne incontro e mi abbracciò.

«Finalmente», sospirò. Mi tenne per le spalle e mi guardò intensamente negli occhi, quasi cercasse un riflesso del mio stato d'animo. «Volevi forse nasconderti di nuovo da tutti?»

Diedi un'occhiata al nostro salotto addobbato, osservai le ghirlande e le lucine colorate che Dawn mi aveva regalato quando mi ero trasferita. Guardai la tavola, apparecchiata con stuzzichini vari, e poi il divano, dove Scott stava ridendo di una battuta che Micah gli aveva sussurrato all'orecchio. Era la prima volta che lo incontravamo di persona, e lo avevamo subito trovato simpatico.

Spencer era in cucina e discuteva a gran voce con Monica sul tempo di cottura di una pizza fatta in casa. Ethan era in piedi lì accanto e li guardava scuotendo la testa.

Automaticamente i miei occhi tornarono su Kaden, che stava rubando un grappolo d'uva dalla tavola e mi rivolse un'occhiata colpevole quando gli sorrisi. Si udì un miagolio soffocato e Spidey sporse la testa da sotto il divano. Kaden si mise in ginocchio per prenderlo in braccio. Ormai il gattino era diventato due volte il telecomando della tv. Kaden lo grattò sotto il mento e, quando Spidey si mise a fare le fusa, sul suo viso si allargò in un sorriso pieno di calore. Il mio cuore era pesante e leggero nello stesso tempo, e un fremito familiare si diffuse dentro di me arrivando fino alla punta dei piedi.

«No», risposi sincera alla domanda di Dawn. «Assolutamente no.»

Mi ero nascosta per anni, vivendo dietro una facciata. Avevo smesso di farlo quando mi ero trasferita lì. Avevo cercato la libertà e avevo trovato molto di più. Ovviamente c'erano giorni difficili, ci sarebbero sempre stati. Ma in momenti come quello, nei quali il cuore sembrava scoppiarmi dalla gioia, sapevo che ne valeva la pena.

Sì, ne valeva proprio la pena.

Ringraziamenti

Begin *Again* è il mio libro portafortuna. A partire dall'idea, passando per la stesura, fino alla ricerca di un editore, questo libro è stato magico.

Per prima cosa vorrei ringraziare le mie brillanti agenti Kristina Langenbuch Gerez e Gesa Weiß per aver trovato una casa per il mio debutto editoriale. In particolare Gesa: grazie per il tuo appoggio, il tuo lavoro e la tua disponibilità giorno e notte.

Ringrazio tutto il team di LYX, che mi ha accolto con tanto affetto, specialmente la mia mitica editor Stephanie Bubley. Senza di te, Allie e Kaden non sarebbero quelli che sono oggi. Grazie di aver dato forma alla storia e di aver lavorato con tanto impegno accanto a me. Sei fantastica!

Ringrazio le mie lettrici Laura Kneidl, Isabell Hofzumahaus e Yvonne Schmidt, che mi hanno spronato con le loro osservazioni. Yvo, senza di te sarei un fascio di nervi. Grazie di farmi ragionare quando sclero. Lo stesso vale per Andreas Dutter, che mi capisce come nessun altro.

Alle mie ragazze dell'università: grazie di rendere dolce

la mia giornata. Senza di voi la mia doppia vita non sarebbe così divertente.

Ringrazio anche le mie ragazze Kim Nina Ocker e Bianca Iosivoni, che rendono la scrittura un'attività non solitaria e sono sempre pronte a cercare modelli maschili su Pinterest (a scopo di ispirazione, naturalmente).

Un ringraziamento speciale al mio meraviglioso marito Christian, che fin dai tempi della scuola passava tra gli scaffali delle librerie dicendo: «Un giorno qui ci sarà il tuo libro». Grazie di fare in modo che io possa scrivere e di scalare le montagne insieme a me.

Infine vorrei ringraziare tutti coloro che hanno manifestato entusiasmo per *Begin Again* su Twitter, Instagram o nei loro magnifici blog: grazie di aver dato una possibilità a questa storia. Non vedo l'ora di condividere con voi la prossima!

La serie continua in...

Finito di stampare presso ELCOGRAF S.p.A.
Stabilimento di Cles (TN)
Printed in Italy